# 這些文字會發光

雪迪 著

# 【自序】

　　析文終於寫完了，我好像把我的生命澈底總結了一遍。

　　我的血都從體內流出來，凝聚在作品裡。當我寫完〈飢餓〉析文的最後一個字，我能聽見生命離開我，在遠處消逝的聲音。我把自己掏乾了！

　　在寫作此書時，整整幾個月，我陷入神經質的狀態。我的整個生命和每一篇作品共同震盪，我的激情和理智全都達到了極限。好幾次我感到我要崩潰，我的肉體承受不了我的情感，錯覺、迷亂、癲狂、幻象經常出現，甚至在夜深和黎明醒來時。我感覺到死亡接近我，只是由於我對詩歌的虔誠，它才從我身邊走開。而數次歇斯底里的發作，至今仍使我對被我傷害了的那些朋友和我的女友懷有深深的歉意！

　　關於此書選析的宗旨，我想說明一下。

　　第一，我是本著真誠、生命感強、技巧較高為原則來挑選做析的詩作的。我希望我選的詩代表或接近每位作者的最高水平，呈現出每位作者獨特的風貌（這是就目前所創作出的作品而言）。這是我反覆權衡我所能搜集到的每位作者的詩作的原因。我希望最後定下的詩沒有背離我的願望。從而，使這本書中的選詩，儘管它只有五十七首，卻可以代表中國當代的先鋒派詩歌，表現出它們目前達到的最高的水平。

　　第二，本書析文有三種寫作方式，每種寫作方式都和做析

的詩的風格密切相關。對於技巧較高的詩歌作品，我以純技術性分析的方式來寫，努力吃準作者的意圖；同時獻出我的意見，力圖在詩歌語言上有所創新和貢獻。對於那些抒情性較強的詩篇，其感染人的地方在於作者情感的強烈和詩句的力度；對於這些篇章，也許技術上可談的並不多，因此我是以我的情感和作者的情感交融的方式來寫，力圖為讀者創造出一個更加完整和遼闊的詩歌世界，使讀者看到一首優秀的詩是怎樣和一個理想的讀者一起共同完成的。在這樣的析文裡，我的最大願望就是我所寫出的要獨到、深刻；包容析詩的情感和範圍，但要提出更加廣闊和震撼的東西。這種類型的析文共有八篇。再有就是介於二者之間的詩歌作品，我是用技巧分析和情感交融糅合在一起的方式來做析，不放過可做技術性分析的句子和段落，這樣的析文共有十二篇。

第三，我不願寫那種乾巴巴的、純分析的、理性十足的解析文章，那樣的文章很多人都可以做。我要使用我的獨特的解析和批評方式，那就是：給文章注入感情。我將盡我最大的可能去把握對作品理解得準確、剖析得犀利和評論得公允，但我要讓我的血在文字裡流動，要讓讀者在我的文章裡看見一個真實的生命和一個活生生的人。有著普通人的情感和夢想，有著別人體會不到的悲哀。我要跟你們說我的心裡話，講我活著的所有心事，而不是讓你們看到我在做文章。我的每篇析文都是一個完整的作品，一個獨特的世界，裡面就是一篇一篇的詩，兼備評論的素質但洋溢著個人的激情，最後，希望還有思想家的深度。它是否成功還要讀者來決定，但我本能地感覺到，對於我情感加入

的部分和批評的形式，稱讚與指責都會來自於它們。

　　第四，一些詩人的作品由於沒搜集到而未能做析，如方含、鄒進、楊黎、魏志遠等，這不能不說是一個遺憾。我只能憑自己訂閱和購買的報刊雜誌、詩集，以及收藏的油印刊物來挑選，同時四處零散地尋找，實在沒有辦法。還有，未能挑選更多更年輕的、沒沒無聞的詩人的作品，我已是盡量尋找了。這是我的一個很大的心願，為發現出色的孤獨的詩人而努力。但至我截稿，未能再有收穫，這是此書的一個最大的遺憾。

　　第五，本書詩歌和析文的排列順序沒有評定個人高低的意思，完全是根據析文的長短，詩歌風格和析文的情緒、類型，以及讀者閱讀本書時心理的變換而安排；它是為了節奏穿插排列的，沒有高低之分。

　　第六，我的每篇析文都是和作者的交談。我認為它們就像是一個詩人對另一個詩人談讀了他的詩後的感覺和意見，只不過我是寫在了紙上。它們是絕對真誠、坦率，不含有私人偏見的。也許有的地方有誤差，也許有的地方使某些作者不愉快，我請求他們原諒，希望他們不會計較。我是和這些詩人真心相愛的，否則不會激動和瘋狂到那個地步。這一點，文章可以作證。

　　每位讀者對作品的進入和閱讀是產生的衝動，是一篇詩歌作品的最後完成；它必須由具有相應感悟力和創造力的讀者來配合。這又恰恰好似兩顆骰子的滾動，由最後它們二者呈現的點數之和來揭示一個命運。它們創造了一個結果：詩歌、人類有可能到達和超越的精神內涵！

　　最後，我要對原負責此書編輯工作的關正文同志表示感

謝。沒有他的信任和經常的督促，很難想像我會完成這本我一開始不是那麼情願寫的當代先鋒派詩歌的導讀。

　　向所有在我寫作過程中支持過我的詩人，信任並催促我完成此書的朋友，表示深深的感謝！

# 目　次

# 輯二 | 這些文字會發光・雪迪訪談錄

這些文字會發光

詩歌選析

# 評食指：一個正直人的生命

## 原詩

〈瘋狗〉／食指

受夠無情的戲弄之後，
我不再把自己當成人看，
彷彿我成了一條瘋狗，
漫無目的地遊蕩人間。

我還不是一條瘋狗，
不必為飢寒去冒風險，
為此我希望成條瘋狗，
更深刻地體驗生存的艱難。

我還不如一條瘋狗！
狗急牠能跳出牆院，
而我只能默默地忍受，
我比瘋狗有更多的辛酸。

假如我真的成條瘋狗，

就能掙脫這無形的鎖鏈，

那麼我將毫不遲疑地，

放棄所謂神聖的人權。

析文

　　食指，原名郭路生。他的詩70年代曾以手抄本的形式在社
會上流傳。這首〈瘋狗〉寫於1974年，而1968年寫的〈相信未
來〉則在老三屆中廣為傳誦。

　　對於食指，我像對一個真正有良知的詩人一樣尊敬。把他
的詩放在首篇析義，一是因為他的詩對和他同時代寫現代詩的
詩人有極大影響；再就是，對於他現在深受疾病折磨，精神苦
難，再也寫不出詩來的狀況，表示我的悲哀和深深的慰藉！

　　「受夠無情的戲弄之後，／我不再把自己當成人看，／彷
彿我成了一條瘋狗，／漫無目的地遊蕩人間。」戲弄！整整一
生就這樣過去了，它微不足道。對於歷史的長河和齜露出狗的
牙齒的社會，一個正直人的生命，微不足道！沒有「人」的尊
嚴可談，連我們自己都不再把自己當作人看。我們開始漂泊，
逃避被「人」撕咬的災難，我們尋找一種溫情和慰藉，以便可
以對自己說：活著，還是值得的！在旅途和流浪的道路上，我
們自己變得越來越不像自己，面目骯髒，靈魂疲憊，我們的臉
因為絕望而變形！成為一條狗的樣子。噢，一條瘋狗！

　　「我還不是一條瘋狗，／不必為飢寒去冒風險，／為此我
希望成條瘋狗，／更深刻地體驗生存的艱難。」如果真是一條

瘋狗。那牠就會被拒絕於同類之外。牠孤零一個，充滿仇恨！

　　與落葉為伍，以荒墟為家園，牠獨自體驗著生存的艱辛、諷刺和悲哀的核心。牠還能咬誰呢？牠的嘴只為咬自己的身體而生，牠的嚎叫只給太陽和落日籠罩的山巒、河流聽，牠在孤獨中接近了生命的本質。啊，食指，如果真是這樣，那也心甘情願！在劫數中把自己澈底地完成！但我不是一條瘋狗，我不曾達到這種地步，我的生命未曾達到那樣的地步。這是使人淪陷的悲哀，喪失了人格又無法接近混亂中閃爍著光芒的核心！

　　「我還不如一條瘋狗！／狗急牠能跳出牆院，／而我只能默默地忍受，／我比瘋狗有更多的辛酸。」如果真是一條瘋狗，牠可以報復，牠可以用牠的牙齒發洩仇恨；使侮辱過牠、殘害過牠的人留下恐怖的回憶，在他們的肉裡、血裡打下烙印，讓他們為犯罪和靈魂的醜惡付出代價。如果真是一條瘋狗，那牠可以以暴力回擊暴力，以凶殘回擊凶殘。食指，我們做不到！這是我們血液的悲哀，這是善良的悲哀。我們跳不出牆院，我們只能慘叫著、躲閃著；我們充其量詛咒自己，痛恨自己。我們根本就不是行動的人，我們只能在幻想中讓惡魔和死亡把自己吞沒，在默默忍受中結束自己被夢想纏繞的一生。

　　「假如我真的成條瘋狗，／就能掙脫這無形的的鎖鏈，／那麼我將毫不遲疑地，／放棄所謂神聖的人權。」噢，天哪，別去！別去那兒。那只能是死亡，那陰影的雙翼在我們前方搧動著，發出美妙的啼鳴。如果真是那樣，成為一條瘋狗就沒有了捆縛人的尊嚴的鏈條，就沒有侮辱和掙扎、摧殘，如果真是那樣！那「人」確實算不了什麼，活著也沒有什麼奇妙的。

可我明白這瘋狗暗喻著什麼，那無憂無慮的奔跑，那瘋的美妙境界，只有在死亡的疆土上才能完成。在「活」的國度，鎖鏈是永遠準備好了的！回來吧，食指！看看你的愛人——詩歌，抱緊她！在她眼裡看見人的尊嚴，不可侮辱的精神，肉體的疼痛、恥辱，向著世界打開你的愛人！生存只在反抗中才叫「活」。而在一個不尊重人的國度，根本就沒有「神聖的人權」！

# 評芒克：悲劇的最後完成者

〈沒有時間的時間〉／芒克

　　落日像是挨了頓鞭打

　　在赤身搖晃

　　而亂哄哄的炎熱仍舊炎熱

　　不肯散開

　　我看見，夏天

　　它把你逼近角落，它抱住你

　　它臭烘烘的軀體和下流的動作

　　在使你顫慄

　　我是你的屋子

　　我請你進來

　　我讓你靠著我的牆壁

　　我讓你別怕

　　我讓你雙腳離地

　　我讓你承受著欲望的重量

　　當我的臉朝著你倒下

你的身上是一片火紅的莊稼
你的身上是我在燃燒
是我的根在把你狂歡

人們都在瘋狂地撲向日子
好像這裡只剩下最後一天
一個日子被屠宰
被分割成一塊塊
一個日子被我們吞食
看吧，人們都紅了眼
腦袋在追著腦袋
手在撕咬著手
大的在欺侮小的
強的在欺辱弱的
而你又在幹什麼
你感覺她的下半身是岩石
從疼痛的裂縫中
正流出令人恐懼的血
一個美好的地方
卻沒有美好的生活

你哭吧，哭吧
我不在乎會淹死在你的懷裡
反正，我遲早總要閉上眼睛

我睫毛的荒草

將掩蓋住兩口乾涸的井

我終將無聲無息

不是化為灰燼

便是等到某一天

我白花花的骨頭

被泥土的大嘴吐出地面


你笑吧，笑吧

我們比炎熱還要炎熱

我們的臉在擁擠

我們就像是一塊退去了洪水的田地

又被烈日曬乾

我們在飄向黑暗

我們也在挨著鞭打和驅趕

走在前面的已和死亡擁抱

行動遲緩的皮開肉綻

我們，是可以戰勝的

也可以毀滅

我們卻還在人吃人


太陽已被趕出了天空

天穹被釘滿星星

而人們又該睡了

我們也該睡了

哎呀，你的身上怎麼冰涼

她一聲尖叫

讓我想到河流

一條河流的肚皮

在急速地摩擦河床


你不必大驚小怪

同你在一起我是別的人

你不是也不是你自己嗎

哦，夏天，它總是這樣

它光著惡臭的汗腳在我們面前走

當然，你厭惡別人

也同樣會被別人厭惡

你也是你自己的對手


一年之中

白天有時長也有時短

人一生中

有時卑微也有時高尚

你不必大驚小怪

當你在高興的時候

你也許會突然想死

當你痛苦不堪的時候

你還想著如何活得痛快

人活著，也會無人理睬

人死了，也依然會被人愛

沒有道理的道理也是道理

不合情理的也是情理

你不必大驚小怪

意料之中的也會出乎意料


不必大驚小怪

不必大驚小怪

我們走的是一條死路

我們就是我們的黑暗

## 析文

《沒有時間的時間》，是芒克最新的一本詩集，它由十六篇組成，我選析的這首是其中的第三篇。

由於全詩有一百零一行之長，因此我將以不同於本書其他詩篇的析法來做析，我將不逐行抄寫分析，而只註明第幾節。對於我認為很漂亮的句子做重點和具體的分析。


第一節：落日在赤身搖晃，是形容夕陽的隕落，它下降的過程被詩人想像成呈搖晃的樣子。鞭子，大概是把太陽的光線比喻為鞭子，那些鞭尖抽在夕陽的身上，好像落日痛苦不堪地搖擺。「赤身」是契合太陽的炎熱，也為了更形象地表達被

鞭打後疼痛搖晃的感覺。全詩在冷酷和暴力的基調上展開。當
太陽落下、黃昏來臨，炎熱依然貼著土地滾動，占據人們置身
的空間，使人們感到煩躁不堪。「亂哄哄」表現了川流的人群
和炎熱在人們內心造成的嘈雜的狀態，但芒克用這三個字形容
炎熱，就增加了形象的鮮明感和詩意。「夏天」被想像成一個
人，一個粗魯下流的傢伙；它把你一直堵到牆角，它抱住你，
這是我們置身於夏天的另一種說法，一種詩意的說法。「臭烘
烘的軀體」隱喻著夏天每個地方都飄蕩著的汗味，那是人的身
體發出的汗臭味道，被芒克移到了夏天的身上；還有垃圾和腐
爛物在炎熱中散發的酸臭氣。這個夏天的身體貼著你，它下流
的動作，那仍是人在炎熱之中做出的猥褻的動作，這個精神崩
潰的夏天，攔截住你，使你顫慄！

　　第二節：從大的場景轉換到二個人──男人和女人。男人
請女人進入他的生活，男人抱住女人，說「別怕」。男人把女
人抱起，噢，這個瘋狂的夏天！男人把他的整個身體壓在女人
的上面，「讓你承受著欲望的重量」。第二節的最後四句我認
為是很漂亮的。當這個男人要和這個女人做愛時，他感覺到那
女人的身上是一片火紅的莊稼！沒有隱喻，沒有象徵，這是最
最純粹的感覺。一片火紅的莊稼在男人雙眼的注視中燃燒！那
是成熟的、美的火焰！莊稼是糧食，難道這個女人也是這個男
人的糧食嗎？而這個男人也同樣的被這個女人所吞嚼？你的身
上是我在燃燒，是我在凶猛地燃燒，我的情欲，我的行為，是
我的根在把你狂飲。「根」應該理解為男人的性器。「狂歡」
是性的行為。芒克把一場性愛寫得如此美，純粹的詩歌語言和

形象，使我們讀後只感到震撼和美的享受，絲毫沒有猥褻的部分。這需要什麼樣的語言功力、想像力和對詩的悟性！他寫得新奇獨到，但同時我們也要看到，整整第二節是單純的對性的歌頌，它隱隱含有頹廢的成分。因為在這樣美的性行為中我們沒有看到「愛」。

　　第三節：「人們都在瘋狂地撲向日子／好像這裡只剩下最後一天」，好像人類的末日就要到來了。人們不再管子孫後代，人們不再為兒子們的生存環境著想。人類在破壞、發洩，盡自己的可能享受。生態平衡被破壞，河流被污染，樹木被砍伐，而試管嬰兒也被製造了出來。將來總有一天，性的對象也能被製造，而且會逼真形象，活靈活現。人們會用自己的雙手把自己澈底毀掉，給這個地球剩下無窮無盡的機器和大群大群四處流動的垃圾！人們會把自己製造成標準的垃圾！而現在，頹廢、墮落、瘋狂、自私棄斥了這個世界，人們都在瘋狂地撲向日子，好像明天就是末班車。學者和詩人們的呼叫聲是多麼微弱和可憐啊！日子被宰成一塊塊，被分到飢餓的人們的手裡，被吞進。看，人們都紅了眼，追逐，廝殺，毀滅同類。欺負和侮辱是人吃飽後消食的行動，是那些撐著的人必須做的。而你又在幹什麼？你在幹什麼？這個男人！你沒有廝殺，沒有毆打和侮辱弱小，你只是在和女人廝混！你只在墮落的麻木中幹著那件事情。那麼可恥，你如此麻木，你甚至沒有激情！「你感覺她的下半身是岩石」，那本應該是柔軟的地方，如今卻像石頭：冰冷、堅硬。這個女人也是如此麻木和冷漠，沒有激情和愛的性生活使她的下半身像岩石。「從疼痛的裂縫中／

正流出令人恐懼的血」，那是污濁和冷酷，無動於衷的血。這是處女的血的象徵，但它在這時被移為一種污穢的血的流出，使人觀之恐懼。那是五臟六腑都被空虛掏爛的血，正從一個裂縫中流出來。「一個美好的地方」，一個那麼美好燦爛的地方，一個孕育了整個人類的地方，被動物和植物、被天空和海洋永恆地歌唱的地方，卻沒有美好的生活。在那裡出入的是墮落和空虛，是養殖蛆蟲的地帶。

第四節：哭吧，我不在乎。這是頹廢者的自述。在你從處女變成婦人之後哭泣，在你為了你的空虛哭泣時，我不在乎會淹死在你的懷裡，遲早我會死的。我的眼睛會像乾涸的井，願望和昔日的青春之水全都乾涸。我總會死的，不在乎哪種死法。如果我沒有化成灰燼，我的骨頭，就會被土地的嘴重新吐出來，再一次暴露在世人的眼前，但這次是在死後。我不在乎。此節最後的三句有很強的詩歌形象感和新穎的寫法。

第五節：從二個人的場景推向頹廢的一群。笑吧，笑吧，我們就是炎熱，嘈雜和混亂就是我們的內心。臉擁擠，我們的身體像退去了洪水的田地。「洪水」應是罪惡、邪念、欲望等的象徵體；「田地」透露出身體曾是美好的東西的意思，但如今它們又被曬乾，飄向黑暗。「烈日」就是時間和日子，是經歷的過程。這些頹廢者，這些自甘墮落者！我們也在挨著鞭打，被一種不知道是什麼東西的東西驅趕，跑在前面的、跑得快的和死亡擁抱，行動遲緩的被生存的鞭子和自己造下來的惡果抽打，折磨得皮開肉綻。誰是幸福的？誰因為自己的行為而感到美滿、歡樂？誰？人是可以戰勝的！哪個白癡和吹牛皮的

人說人是不可戰勝的？人可以被輕輕地，在玩笑中隨便地毀滅。人是那麼軟弱，那樣地需要相互扶持，而我們卻還在人吃人！這一節的最後三句，芒克表達了他的道德觀。而後六句有著很深的人生感受，以很漂亮、簡潔的文字表述了出來。全詩在日常語氣中進行，有的地方有明顯的對漫不經心的寫作方式的追求。精彩的和一般的句子、段落相互交替出現。

第六節：回到二個人的場景。太陽已被趕出了天空。表面是在寫黑夜的來臨，其實是在寫信仰和美好被暴力和墮落趕走，「太陽」是象徵。我們沉睡了，再一次進入渾渾噩噩的狀態，而你的身體因為生命力的消逝變得冰涼。「一聲尖叫」暗示著什麼不清楚，也許和性行為有關。最後二句也許是性行為的形象描寫，也許只是一種詩意的呈現；但把河流的底部想像成肚皮，河流滾動是摩擦河床，無論如何是很漂亮的。僅這一點足夠了。

第七節：這一節是芒克想闡釋一種哲理，但我覺得不成功。因為他寫出來的不新，比起他下一節和第二、第三、第五節裡的一些句子也缺乏深度。夏天「光著惡臭的汗腳在我們面前走」是很漂亮的，原理如第一節的析義。

第八節：仍舊是芒克在捕捉對思想的體驗。但在這一節的第三至第九行中，芒克融入了它極深和強烈的人生體會，從而使這九句非常打動人。它猶如一種傾訴，真誠，還帶有內心的痛苦。「人一生中／有時卑微也有時高尚／你不必大驚小怪／當你在高興的時候／你也許會突然想死／當你痛苦不堪的時候／你也許還想著如何活得痛快」：這種體驗確實需要人活到

一定歲數才能感受得到。它準確、坦率，含有隱痛。往下的幾句，我以為就差了，尤其是最後四句。抽象的思辨，我認為在《沒有時間的時間》的十六篇裡，芒克這樣的句式和思索都不是很成功。

　　第九節：頹廢者說，這是最後的話語，帶有死亡前的悲愴。也是芒克對一代人，對那些尋求精神而誤入歧路，對那些以折磨自己的方式來對抗社會，以縱欲、頹廢、墮落的方式來反抗社會、反抗自己的人，對那樣的一大群人，對那些悲劇的最後完成者的總結。芒克置身其中，最起碼，《沒有時間的時間》的十六篇是以代言人和經歷者的面貌來說話的，這是這首長詩的最重要的價值。在那裡他描寫了頹廢的美、官能的享受、絕望、失落、悔恨、迷失；在那裡，他把男女之間的糾纏寫得如此淋漓，如此深刻。他在一些篇章裡告訴我們，想像力能夠飛騰到什麼地步，一些句子可以閃耀出什麼樣的純粹的詩美的光輝，它激動我，而芒克的失落的情緒又使我傷感（當然，我也為他一些很糟糕的篇章感到懊喪）。最重要的，是芒克以他的創作告訴我們，生命力是怎樣地支持著一個詩人，使他在本能和技巧的完善中向著大師接近！讓我們最終傾聽芒克的傷感的聲音，我將它視為對一種生活和精神探索的總結：

　　　　不必大驚小怪
　　　　不必大驚小怪
　　　　我們走的是一條死路
　　　　我們就是我們的黑暗

# 評楊煉：夢想中的光

〈十一月版畫〉／楊煉

　　十一月有一具被燒焦的屍骸
　　在窗口搖晃
　　黑色的無力哭泣的光

　　十一月是被剝盡了外衣的核桃
　　黑色的無力哭泣的女人
　　酸雨中孤零零暴露的大腦

　　墜落　和你不分先後
　　整個早晨　黑色的田野
　　白的霜

　　白的馬群　白花花的海流
　　與二月對稱地逝去
　　在天上　黑暗中充滿不哭泣的光

## 析文

「十一月有一具被燒焦的屍骸／在窗口搖晃／黑色的無力哭泣的光」：被燒焦的屍骸，大概指田野秋收後，被農人用火將麥碴和零散的麥秸燒一遍，讓灰燼伴隨雨水和雪水滲到泥土裡，做來年小麥的肥料。被燒過的黑乎乎的麥地在窗戶的外面袒露著，當風吹過，就會有一些草灰飛揚起來，猶如一具被燒焦的殘骸在窗口搖晃。這是一幅淒冷的風景。「燒焦」、「屍骸」、「搖晃」等詞，顯露了作者面對這一景象的心情。由於標題是〈十一月版畫〉，它有可能是對一幅版畫作品的描寫，但我想它更可能是作者用近於版畫的刀法般的筆觸、句式，還有黑白的強烈對比、情緒的跌宕反差，來描寫一幅田野的風景，使人在文字和意境中看到版畫般的效果。那麼，黑色的無力哭泣的光，是作者面對這一淒涼景色，面對土地吐露出果實後被修整、被糟蹋的慘狀（這裡是否有人的處境的隱喻），而從內心發出的歎息。它是哭泣的，無力的，那慨歎像一道光在心靈裡流動。或者，是指田野本身在為輝煌後的這幅慘樣哭泣。同時這句是和燒焦的屍骸一道起著版畫作品中大塊的黑的效果。

「十一月是被剝盡了外衣的核桃／黑色的無力哭泣的女人／酸雨中孤零零暴露的的大腦」：核桃被砸開了殼就露出白色的肉，那是被傷害的象徵，在這裡它延伸為整個田野。也許第一節不僅僅指麥田，而是一片被火燎燒過的田野。十一月，整個田野在凋零和衰落中被傷害的感覺，用「剝盡了外衣的核

桃」表達出來。「剝」字形象、準確地表現了田野一層層地凋零、樹木逐漸枯萎的過程。因為剝要一層一層、一塊一塊地進行，同時「剝」字也透露出殘酷暴力的感覺。「黑色的無力哭泣的女人」，是上句暴力意味的延伸，同時也是一種「感覺」：頹敗的田野猶如內心陰暗的哭泣的女人。它也可以理解為比喻：被燒焦的田野，殘枝搖曳，敗葉飄飛，好像是身穿喪服的女人在十一月裡哭泣。當然，「感覺」比比喻要漂亮得多。但最重要的是：又有一大塊一大塊的黑色出現了。這是作者直接用標明色彩的文字在點，在往上刷，在製造效果。「白」的文字將在下面出現。那些陳述性的文字我們不妨把它們當作作品裡的灰色調，是屬於中間的色調，它們使你產生的是詩意的感覺，而不是鮮明刺激的顏色，黑白灰具備了。這就是我說的楊煉「用近於版畫的刀法般的筆觸、句式、顏色處理來完成此詩」的技術上的分析和說明。當雨穿過大氣降落，我們這被污染的地球，使雨水充滿酸性。它反過來，猶如惡性的循環，又浸蝕著人類已經被打開的大腦。「孤零零暴露的大腦」，是被剝盡了外衣的核桃這一意象的呼應。那核桃肉的牙形形狀，抱合的感覺，確實很像我們在圖片和影視中看見的大腦內部的形狀，蜷曲著，猶如白色的核桃肉的抱合。「孤零零」三字，強烈地暗示著田野被城市包圍，越來越小的現狀；它透露出詩人的孤獨和焦慮感，也表達出田野面對人類摧殘的淒苦。「酸」字，它不僅是污染的說明，從感受上，當我們裸露的腦神經接觸到酸，那種痙攣和顫慄的疼，那種麻木和難以言傳的痛苦的感覺，就是楊煉想要達到和刺激讀者的效果。在

三句中有這麼多東西，但句子又不顯得澀和硌，不覺混亂，反
而凝煉乾淨，這說明楊煉所具有的相當的文字功力和這首詩抑
制感情、不動聲色地讓文字來體現的特色。

　　「墜落　和你不分先後／整個早晨　黑色的田野／白的
霜」：「墜落」我想是指楊煉的心情的墜落。上面所有的一切
壓在他的心上，使他感覺朝向一個痛苦的深淵掉。「和你不分
先後」是指和整個受難受創的田野所擁有的痛苦，不分先後。
整個被毀的自然的疼痛就是一個詩人的疼痛。當詩人面向田
野，說：我的身體疼了！那必是有一棵植物在死亡，有一隻動
物被人殺害。整個早晨，田野黑乎乎的，一片白白的霜降落。
看，白的顏色出現了。它瞬間使整幅景象活了起來。白霜覆蓋
在黑土上，形成鮮明的反差，這確實是純粹的版畫。另外，白
霜也象徵著詩人在墜落的過程裡心中的迷茫，被這痛苦的田野
景色弄傷時的疼的眩暈。

　　「墜落」可以有多種解釋，因為它本身不確定，只是從情
緒上似和上節連結著。

　　「白的馬群　白花花的海流／與二月對稱地逝去／在天上
　黑暗中充滿不哭泣的光」：白的馬群、白花花的海流，都可
理解為是純粹的自然的物體，它們充滿活力，給荒蕪焦糊的田
野帶來希望。馬群在近處奔跑，遠遠地有海流翻湧，與二月
的寒冷死寂對稱地消逝，沒有一種惡能最終統治人類，也沒有
一種美能永留人間；它們永遠對稱地存在，昭示著偉大的和猥
褻的靈魂。白馬群、白海流，從形式上是白顏色的再次出現。
它在這幾句中連續出現，使我戲謔地想到猶如一個動了真情的

藝術家在他的版子上瘋狂地挖著，拿刀子掏著、削著：要創造白！要輝煌的形象！要在色調的輝映中，暴露生命！

　　白。白。黑！墜落，和你不分先後。在天上，黑暗中充滿不哭泣的光。那是在天上，在人類無法停留的地方，即使在黑暗中，飽滿地排列著的光也是從不哭泣的！楊煉，那是夢想，夢想中的光是永不消逝的！我們在活著的苦難中永遠給夢想留出一塊地方，像你這〈十一月的版畫〉，在最後，刷上天空！

# 評多多：永遠地愛，直到進入黃土

## 原詩

〈通往父親的路〉／多多

坐彎了十二個季節的椅背，一路
打腫我的手察看麥田
冬天的筆跡，從毀滅中長出！

有人在天上喊：買下雲
買下雲投在田埂上的全部陰影！
嚴厲的聲音，母親

的母親，從遺囑中走出
披著大雪
用一個氣候扣壓住小屋

屋內，就是那塊著名的田野
長有金色睫毛的倒刺，一個男孩跪著
挖我愛人：「再也不准你死去！」

我，就跪在男孩身後

挖我母親：「決不是因決不再愛！」

我的身後跪著我的祖先


與將被做成椅子的幼樹一道

升向冷酷的太空

拔草，我們身後


跪著一個陰沉的星球

穿著鐵鞋尋找出生的跡象

然後接著挖──通往父親的路……

## 析文

　　「坐彎了十二個季節的椅背，一路／打腫我的手察看麥田／冬天的筆跡，從毀滅中長出」：十二個季節，當是三十六年。這是否喻示著多多寫這首詩時是三十六歲？三十六年，多多的生命置身其中。他生命的重量壓在這三十六年上，猶如椅背被三十六年的光陰壓彎。三十六年，該有多少的幸福和災難啊！一路，打腫我的手察看麥田：從一走到三十六，這漫長而短暫的時間，令人暈眩，足可以使一個脆弱的人痛不欲生的光陰，就這樣一路走過來了。手背被打腫，在腫脹的肌肉上汗毛豎立著，確實有麥田的勁頭。但「打腫」二字滲出了多少苦澀，對自己的苛求、虐待，那些因過分執著而得到的痛苦、災難的影子，不全都是自己的行為導致的嗎？死不悔改！殘酷的

命運對於多多（對於我）不就是被刻在臉上了嗎？這是「打腫」二字所有潛藏的含義。看看，形式和內容是怎樣統一的！「麥田」二字，顯示出多多對於生命中收穫到的東西的驕傲和欣悅，它們就這樣和諧、隱祕地震顫著。「冬天的筆跡，從毀滅中長出！」冬小麥！在嚴寒中聳立著！那是從毀滅和詛咒中長出來的，這裡有多少的憤慨和絕望？麥子在泥土裡猶如一些筆跡，而它們是在冬天，寒冷摧毀一切生物的時刻呈現的。它們向上生長，筆跡蔓延，一些徵兆堵塞了多多的十二個季節。

「有人在天上喊：買下雲／買下雲投在田埂上的全部陰影！／嚴厲的聲音」：誰能買下雲？誰能買下——陰影？只有靈魂能將它們買下，只有那沉重而苦難的靈魂，在受罪的時光裡能夠囊括她們陰森的內容，只有靈魂敢於如此幻想！這二句給我們帶來一種陰暗的勁頭和迷茫的感覺。就在多多內審自己的生命並看見毀滅在冬天的天空顯示字跡時，他又聽見一種聲音，在天空的後面喊，這又是徵兆！這些聲音都是多多無法抵抗並使他的骨髓感到顫慄的！這是命運和一切厄運的主持者的聲音。雲投在田埂上的全部陰影，不就是災難、痛苦、光芒及幸福的被遮蔽，終生顛沛永無安寧的隱喻嗎？買下它們，讓它們屬於你，天哪！那我們躲都躲不及的玩意兒，而嚴厲的、在天上的聲音喊：買下它！它竟要求我們自願去買下它。一個「買」字，隱含了多多多少自嘲和苦澀，隱含了多少對自己命運無法駕馭的無奈，眼見著它朝向毀滅的複雜痛苦的心情！

「母親／／的母親，從遺囑中走出／披著大雪／用一個氣候扣壓住小屋／／屋內，就是那塊著名的田野／長有金色

睫毛的倒刺，一個男孩跪著／挖我愛人：『再也不准你死去！』」：母親的母親，是外祖母，但這裡的意思只是表示祖先。從遺囑裡走出來，她在我們眼前出現時渾身披著大雪！啊，那從死亡中來的人，全身披著大雪。這句太美了，我無法解釋。我的靈魂感覺到了美的顫慄而嘴無法說出。大雪為我們勾勒了死亡的境界，那一定也是多多夢想的美好世界。我以為多多給這句注入了這樣美好的情感，那靈光的閃耀完全來自於多多潛在的對死亡的認識，他將它想像得無比美好，那至美絕倫的境界！我真不想再對多多的這首詩分析下去了，它加重了我這一階段極糟的心情，我感到被窒息和黑暗又在腦子裡出現。看，還有光斑──我在流淚……

　　讓我重新開始。祖先從遺囑裡走出來了，用一個氣候扣壓住小屋。「氣候」，它是和死亡、復活、沉重等情緒相應的氣候，另外從字面上也對應著上句的「大雪」。覆蓋著一切的氣候在一間小屋周圍，猶如鍋一樣密封地扣住它。那大的哀傷的氣氛籠罩著，也潛在地表達了多多被一種情緒死死罩住的感覺。「那塊著名的田野」，是指詩人自己的生命嗎？詩人就住在那間屋子裡，他的全部生命猶如一片田野，「著名的」是詩人對自己生命質量的相信。或者，這些都是抽象的，小屋、著名的田野，只是抽象地象徵生命和人的生存。那生命的展開（田野）同時被好幾種東西死死籮住，小屋、氣候，它們在此時全都有了象徵，隨讀者理解。這是一種分析，我以為都有可能，這裡講的是詩人本意。從詩歌本身來講，這是好句子達到的效果，它們給予你的是美感和幻覺。就在那田野上，「長有

金色睫毛的倒刺」：睫毛和倒刺使我們感到了植物的莖桿和頂端的光芒，但它同時使我們感到人類生命的存在。植物和人的感覺同時出現在一句之中，契合了上句的田野和小屋，從遺囑中走出的祖先，這得需要相當的功力才能達到這種簡潔和混亂。「金色」既可想像為植物的顏色，又可理解為對生命的讚美。「倒刺」二字在生命的寓意上還有慘痛的味道。生命的照應體緊跟著出現了！就在著名的田野上，一個男孩跪著，挖我愛人，即孩子的母親：「再也不准你死去！」這是什麼樣的慘痛和刺激？那男孩子含有多少悲憤和失去母親後生活裡承受的苦難，在這一聲尖叫裡噴吐出來。而這是多多情感的轉移，男孩子的辛酸和悲痛中有一部分是他的。他對死去的愛人、夢想中的愛人的哭嚎：「不准你死去！」

「我，就跪在男孩身後／挖我母親：『決不是因決不再愛！』／我的身後跪著我的祖先／／與將被做成椅子的幼樹一道／升向冷酷的太空／／拔草，我們身後／／跪著一個陰沉的星球／穿著鐵鞋尋找出生的跡象／然後接著挖──通往父親的路……」：我先請讀者想像這個畫面：在一望無垠的田野上，植物閃耀著光芒；在光芒之中，一個男孩跪著，兩眼流淚，挖埋在地下的母親；而一個男人跪在男孩的後面，兩眼流血，手一下一下地刨著，挖男人的母親；在男人的背後跪著無數老者，他們枯槁的手抓住幼樹，然後升起，他們乾枯的臉和樹木一起在空中閃著光；而在這一排窄長的肉體之後，一個星球穿著鐵鞋「哐哐」地走著，搜尋出現嬰兒的地點，把那碩大的鐵鑔向有哭聲的地方扔過去。想想這個畫面，有多麼地夢幻離

奇。從那畫面裡散發出血腥的氣味！

　　我，在男孩的身後，挖我母親：決不是因決不再愛！永遠地愛！直到進入黃土。那愛促使我要把死去的人挖出來，重新愛她一遍！我們已經感覺到了多多的神經質和愛——對生命、真摯的歇斯底里。另外，男孩和「我」的挖的對象，應和了第三節：「母親／的母親，從遺囑中走出」。對於男孩來講，我所挖的，就是男孩的母親的母親。那遺囑和死亡的場景對任何人都是存在的！

　　如此排列下去。祖先，他們的陰魂還原成肉體，他們由於一種願望再次回到這個「活」的世界上，跪在詩人的後面。「被做成椅子的幼樹」，是殘酷的現實和詩人心中的隱痛。幼樹象徵美好、純潔和美妙的生命力，但它們都將去死，被一株株地剝開，拼成椅子，被另一種生物壓、砸和摧毀。所以有下一節：「冷酷的太空」。憤慨無濟於事！現實就像太空一樣不可摧毀和包容一切。那些祖先們復活之後，面對仍舊和他們生時一樣的殘酷的現實，並被醜惡的力量帶引著，升到虛幻的太空，做著無比荒誕的事情，在太空尋找草並把它們拔掉。「拔草」二字，一是講祖先在虛幻的世界（死亡世界）幹的虛幻的事情，這是想像和虛擬；二是說他們再次活來，仍舊只能幹無比荒誕的事情。再有，就是詩歌的感覺了：在太空拔草，想像力極好。把不可能的事、遙遠的意象用一個動作連結，顯示了超出理性的詩意、莫測的美。

　　啊，我們身後，整個人類的身後，那星球像一個怪物穿著碩大沉重的鐵鞋。它站在我們祖先的後面，冷漠地看著他們再

次升入虛幻之境，看著我們倒地，化為泥水，並有無數歲月之後的一個詩人來這兒挖我的骸骨。他「哐哐」地走著，在地球上尋找生命出現的跡象。他射出綠光的眼睛看見了一種東西的蠕動，突然跪下，砸在地上。這個看法無比陰沉的星球，用他的巨爪挖著──通往父親的路！

「通往父親的路」是什麼路？這將是多層的象徵：生命之路？最成熟、完美的道路，那裡，一個人類的成熟的結晶，父親屹立著。然而，它也可能是死亡之路。生命的慘痛和夢想，做過父親又失去了女兒的悲哀和災難，使這個父親成為熟透的苦難的象徵。但最終，它有一點是確鑿無疑的，那是一條──生命的道路！

這是詩在結尾向縱深前進，也是破譯詩的標題的關鍵。它只可能是生命，儘管這生命無比慘痛，並充滿絕望，但它在結尾有了有力的象徵。整整一個星球，噢，陰沉的星球，都在尋找生命重新降臨的跡象！那是多多對自己的夢想，渴望生命以烈焰充盈他全身！然後，它可以接著幹，只有生命純潔飽滿才能幹成的事情。他可以走上那條路，和我們一起揚起拳頭喊叫：再也不准你死去！

# 評江河：我知道什麼叫幸福

〈月光〉／江河

> 你到月光裡去跳會兒舞
> 一個人去
> 光著腳去
> 我不看你
> 你輕輕地跳就行了
> 我聽不見你
>
> 你跳時別忘了看看自己
> 不用消失進月光裡
> 我先不想你
> 看看頸窩裡鳥睡了嗎
> 你側過頭
> 看著頭髮怎樣在背上拍你
> 你再看月亮時
> 你再哭出聲來的時候
> 就知道頭髮怎樣在身後

撫慰你

你喜歡在夜裡聽短小的曲子
使你入睡前
不覺得夜有那麼長
你在月光裡跳舞也那麼小
小得月光銀銀漫過了長夜

這時你會看到
月光把影子在你身上移來移去
你擺弄你的心思
像彈奏那些短小的曲子
我想你在月光裡看自己跳舞
我看不見你
我用你的眼光看
你輕輕跳就行了
我不聽你
我知道你不願意讓月光聽見
你想讓夜靜得什麼也聽不見

## 析文

　　「你到月光裡去跳會兒舞／一個人去／光著腳去」：那是一個什麼樣的夜晚？這樣的夜晚在我們每個人記憶中都有。它使我們一生都感到幸福，並在痛苦降臨時，被回憶挽救。那樣

的夜晚，照亮了我們全部生命的悲傷，直到我們告別這個世界，衰老的心裡都流動著一種溫情。你到月光裡去跳會兒舞，一個人，光著腳去，像鋼琴的鍵被幸福的手摸著，那手指緩慢並且柔和，不想讓輕輕的樂音消失。於是月光出現了，一個光著腳的女孩在月亮的中心旋轉。她的黑髮披散下來，在情人的眼裡成為黑夜。「我不看你／你輕輕地跳就行了／我聽不見你」：只有月光流動。鋼琴和昆蟲在舞蹈的女孩和詩人迷醉的臉之間輕輕地跳，聽不見你，都使詩的開首帶有低語的寂靜的感覺。而一個人，光著腳，增加了迷幻的氣氛和「輕」的感覺。全詩在開首近似於一種喃喃，那是江河的文字和創造出的意境造成的。鋼琴的單音、白色的鍵子，猶如夢幻的月光在詩人的幸福裡瀰漫。

　　「你跳時別忘記了看看自己／不用消失進月光裡」：那是純粹的江河。在那樣的陶然裡不要把自己丟了。你自己的美和月光的美是同樣的，不要使自己進入到那樣的境界，你自己就是多麼輝煌的一個境界呀！這時我已聽見了和弦，並在月光中看見鋼琴朦朧的影子。那單音幻變成四周的夜色，有鳥在樹下搧動翅膀。「我先不想你／看看頸窩裡鳥睡了嗎」：頸窩，暗指鳥巢。巢架在樹杈上和頸窩在脖頸於肩膀之間形成，非常相像的。那裡面也有鳥兒嗎？在這樣寂靜和夢幻的夜晚，我要看看那些小動物都睡了嗎？這時有一種柔情，在情人的舞蹈裡擴散開來。或者，頸窩，是暗指以往情人（愛人）把頭枕在自己的肩膀上入睡，那靜謐的頭像一隻柔弱的小鳥。這就將回憶與現在打亂了，造成夢幻的效果。噢，我先不看你，我確實聽見

了江河在跟我說話，那很輕、很寂靜的聲音。「你側過頭／看著頭髮怎樣在背上拍你／你再看月亮時／你在哭出聲來的時候／就知道頭髮在身後／撫慰你」：旋律已經出現了，鋼琴在一圈蠟燭的光焰裡豎著。黑色的琴蓋猶如一隻夜鳥，從夢中抬起頭，發出夢囈的叫聲。你看，那頭髮在你跳躍旋轉時從背後拍打你，那些小石頭都嵌在你的小腳趾縫中；你抬頭看看月亮，你想哭嗎？你在自己莫測的舞蹈動作中感覺到了什麼？你覺得什麼樣的情感在你旋轉時裹住了你，什麼樣的回憶在你內心情感的湧流中閃耀了一下，隨之又黯淡下去？是什麼，什麼？使你在忘記了自己的抒情中，使你在什麼都不想的美妙時刻，不知不覺地流出淚水？噢，那個女孩，告訴我！是什麼使你獨自哭泣？那時，你的頭髮柔軟地貼在身後，它們像一個溫柔的情人，安慰你，陪伴在身邊。

那旋律非常清晰地在夜晚的泥土裡繚繞。

「你喜歡在夜裡聽短小的曲子／使你入睡前／不覺得夜有那麼長／你在月光裡跳舞也那麼小／小得月光銀銀漫過了長夜」：一隻又一隻的昆蟲叫起來了，那個光腳的女孩呢？聽短小的曲子，使得入睡前，不覺得夜很漫長。憂傷的情感出現了，這是伴隨著夜和美妙所必然出現的。江河在極力壓制一些東西，使它們像月光一樣淡淡地滲出，在那輕淡裡卻含有無數的辛酸。「夜」是象徵悲傷、沉痛、黑暗，和生命所恐怖與拒斥的有關的感受。在一個小女孩的身上會有著什麼樣的夢魘，壓迫著她使她感受黑暗的長久，使她出於本能在月光中跳舞。「曲子」指的是音樂，能產生幻覺和夢想的東西，使你擺脫黑

暗又使你更深地進入黑暗的東西，人類所能製造的最好的「宿命」的象徵物。「短小」是和長夜的對比，產生閱讀心理的效果，那個女孩，你在月光裡那麼小，你就如月亮的核，光芒的中心，你是最完美、最晶瑩的月光，擋住了整個黑夜。「漫」字形容水，「月光」一大片，白茫茫的，也確是水的感覺。

　　如果這是一支美麗的奏鳴曲，那這一切和第二節的下半部都是展開部，它們平行移動、展開，讓我們在其中聽見生命聳動的聲音。

　　「這時你會看到／月光把影子在你身上移來移去／你擺弄你的心思／像彈奏那些短小的曲子」：「影子」，是什麼影子？舞蹈者的影子？月光造成的周圍物質的影子？也許是第二個。由於舞蹈者在移動，因此那些被月光反射的樹木、房宿的影子好像在移動，掃過舞蹈者的身體。這是一種反過來的效果，不清晰的表達增加了模糊、迷茫的感覺，而且，你們聽，音樂的聲音又慢慢低了下來，鋼琴的音出現了，旋律開始變得若連若斷。在整首樂曲的中心看，舞蹈者在旋轉；生活的場景被剪接在剛才一節的膠片中，鏡頭跳躍，猶如回憶和夢幻。在舞蹈之中，回味著自己的心事，猶如彈奏一支短小的曲子。這二句我覺得沒有第二節頭三句美，意思是相似的，那三句更準確、神奇；而這二句顯得生硬些，有硬寫出來的感覺，也沒有那三句深入。另外，由於意思相近、詞彙相近，短小的曲子、聽、彈奏等，造成感染力的降低（當然，也未出現迴旋感），新穎的刺激消失了。「我想你在月光裡看自己跳舞／我看不見你／我用你的眼光看／你輕輕跳就行了」：那些蠟燭意境開始

搖曳，那些紅色的蠟燭和迷幻的光環！河流在光環之外，水草沉睡。鋼琴的影子覆蓋在舞蹈女孩仰起的臉上，在她那麼亮的眼睛裡，我還看見一把大提琴移動的弓弦。你就看著自己跳舞吧，提琴的低音部始終跟隨著你，還有鋼琴的清脆的和弦，以及夏夜蟲子的震顫。我看不見你，我的全身陷入幸福和回憶之中。從那兒，我筆直地看見我的老年，你用自己的眼光看，輕輕地、輕輕地跳。其實你已經消逝，你就是一些幸福的動作，我的生命在陶醉之中顫動，燃燒的眼神。就是那眼神，使我知道什麼叫幸福！噢，噢，輕輕的鋼琴的聲音，月光覆蓋著昆蟲。那些鳥，來看看我嗎？蠟燭要熄滅了。輕輕地，輕輕地，跳，光著腳的愛？孩子？鋼琴合上了，你在旋轉？一個，又一個，夢的動作。細小的閃耀的白金啊！噢，「我不聽你／我知道你不願意讓月光聽見／你想讓夜靜得什麼也聽不見」……

# 評駱一禾：我的恩人，大太陽

原詩

〈久唱〉／駱一禾

麥地
雨來的時候閃光
彩虹來的時候彩虹閃光
大太陽
我在麥地正中端坐
我的恩人也閃耀著光芒
大太陽

四匹駿馬在大路上奔馳
道路呵　道路呵
你要把所有人帶向何方
四匹駿馬
四個麥地的方向

我們能把你帶到哪裡
我們能把你帶到哪裡

所有的人
我的血漿在熱烈的絲柏上向外噴射
我的心房在河面激流滾滾


在天上的光芒四射
在地面的熱烈可親
刀子割下的良心，那原來的空中花園
麥地，我鄉村裡的部落
你在哪兒呵
你怎不叫我世代的詩人如焚


訴諸所有人的憂傷久唱
風吹麥地
風在道路上久久懷念著可愛的家鄉

## 析文

「麥地／雨來的時候閃光／彩虹來的時候彩虹閃光／大太
陽／我在麥地正中端坐／我的恩人也閃耀著光芒／大太陽」：
當雨水降下，整片麥地因為水的晶瑩而閃耀光芒，我們並且聽
見雨水的聲音，切合著標題；彩虹在雨後橫在天空，那弧形
的彩虹在清晰的空氣中，在雨水沖刷了人們的意識之後，整整
一天，人們將以新的（與雨水降臨前不同的）心情來度過隨後
的時間。彩虹彎垂在天空，在人們此時的眼裡猶如閃耀光芒。
「大太陽」這三個字是多麼親切，它十足地顯露出一禾寫此詩

時的喜悅心情和對那賜予萬物以生命的太陽的膜拜。這三個字
看似隨便，但實很精心，顯示出與眾不同的寫法，同時充滿了
貫穿全詩的棘突、勞動和豐收物的氣息。我非常喜歡這三個
字，這也是充盈全詩的語氣，讓我覺得親切，看見泥土和家
鄉，使我每每讀到這兒怦然動情。大太陽呀，在雨後的天空陡
然暴露，而我盤坐在麥地正中，麥穗繞著我的額頭。我的恩
人，你就這樣閃耀著光芒，大太陽！三個光芒：土地、天空、
太陽，世界匯合、「自然」渾圓成一個球體，放射著燦爛奪目
的光芒，而人就在正中。我們要看到，一禾把人，即我，安置
在麥地的正中，這裡有著多強的勞動和豐收的意味，而太陽就
在頭頂垂直地照耀著，腳下沒有一絲陰影，多麼幸福啊！置身
於勞動的中心，而不是人在亂七八糟的情感裡生存。久唱！你
朝向的方向在第一節已經讓我們看見，那裡是無限的甜蜜和柔
情，是我們從一禾的語言中清晰地感觸到的：「我的恩人／大
太陽」！

　　「四匹駿馬在大路上奔馳／道路呵　道路呵／你要把所有
的人帶向何方／四匹駿馬／四個麥地的方向」：豐收時辰！豐
收的時辰！女人呀，你們的乳汁就在麥地裡流著，那白白胖胖
的孩子就在每隻穀皮的正中。四匹駿馬在奔馳，而一禾在柔
情地喊著：「道路呵　道路呵／你要把所有人帶向何方」？這
猶如電影的膠片，道路就在下面閃過，車上坐著興高采烈的人
們，他們知道，他們是向麥地奔去。他們的兜兒即將成為穀
倉，看，四匹駿馬，四個麥地的方向！在整個大地上都遍布著
麥地，無論駿馬拉著人們向哪裡奔馳，在馬頭前方出現的都將

是黃橙橙的麥地，並將從車上傾瀉下歡呼的水！仍舊是親切的
語氣，充溢著豐收時難言的歡情。我真不明白，一禾是怎樣寫
出來的，並使我在寫此文時欣喜若狂，好像在我的文字裡看見
了歡樂的人群，那些生我養我的父老鄉親！四匹駿馬、四個麥
地，是象徵東南西北的所有方向，這個數字是涵蓋的意思。
「駿馬」一詞，和盈蕩全詩的豐收的氣氛諧和，增添了活力和歡
樂。這是一禾用詞的精心，此外也使全詩帶有了謠曲的感覺。

　　「我們能把你帶到哪裡／我們能把你帶到哪裡／所有的人
／我的血漿在熱烈的絲柏上向外噴射／我的新房在河面上激流
滾滾」：「我們」指什麼？不清楚。也許指「道路」，也許是
「麥地」，但最可能的是「久唱」的聲音和充盈了詩人全身的
一種情感，以我們作為代替。到哪裡去呢，所有人？能把你們
帶到哪裡？讓你們看見歡樂的場景，讓你們看見一種恩情在生
命的前方，所有的人！那歡樂和生命的歌唱（血漿）在田野的
每株植物裡向外噴射，我的感歎和讚美（心房）隨著穿過大地
的每條河流，在閃著光芒的河面上激流滾滾。能把你們帶到哪
裡呢？讓你們看看我的豐收的國土，所有的人！

　　「帶到哪裡」是並列二句，增加了詠唱的氣氛，而末二句
都用了視覺性很強的詞：噴射、激流滾滾，使氣氛熱烈和動感
鮮明。

　　「在天上的光芒四射／在地面的熱烈可親／刀子割下的良
心，那原來的空中花園／麥地，我鄉村裡的部落／你在哪兒啊
／你怎不叫我世代的詩人如焚」：在天上的是大太陽，我們的
恩人，他閃耀著慈祥的光芒。在地面的是麥地，我們的奶水，

她撫愛我們的動作溫柔熱情。久唱！幸福啊！你要把我們帶到哪兒？用刀子割下來的良心，我們捧著，我們舉著，我們知恩知情。我們把它們暴露著，端到大太陽的下面和麥地的上面。那良心啊，我們詠唱並且把它們修整得乾乾淨淨，那本來就是懸在空中的花園。「花園」暗指良心的美麗，鮮明地表達了詩人的良心（儘管表達的方式很隱晦）。「空中」二字，說明良心也是很虛的。他可以有又可以無，如吊在空中，虛幻之極！「麥地，我鄉村裡的部落」：「部落」是很古老的了，如今幾乎已蕩然無存，只有未被文明侵占的地方還存留著，詩人在經過整整三節和第四節頭二句無限地讚歎後，在那樣幸福美滿的情感之中，突然把「部落」和麥地連在一起，陰影出現了！道路啊，你要把所有的人帶向何方？麥地，如今你在哪兒？那豐收和歡樂在哪兒？純潔、毫無嫉妒的人群在哪兒？我的父老鄉親，你們朝向麥子歡笑的臉，如今為什麼都背了過去？我的麥地，四匹駿馬駛往的麥地，如今在馬頭前豎立的是樓房和縫隙中走出的面無表情的人！我的鄉村的麥地呀！我的恩人，在哪兒？你們都在哪兒？怎不叫我世代的詩人如焚？怎不叫我說說良心！

　　「訴諸所有人的憂傷久唱／風吹麥地／風在道路上久久懷念著可愛的家鄉」：失去了，我的黃橙橙的麥地，我的胸膛寬厚的乳娘！那將是所有人的憂傷，儘管有許多人根本就不懂。風吹麥地，風吹麥地，風吹動越來越小的麥地，駿馬蹄敲大地的聲音遠去，風在道路上，在曾經湧流著歡樂的人群的道路上，在低沉並略帶嗚咽地詠唱。那詠唱的聲音從遠古的村落，

從大地上全都是麥地的時代，一直延續到今；只是，今天的聲音飽含憂傷，今天的風輕輕地揉過麥地，來到道路上，向著家鄉的方向久久地詠唱。

# 評石濤：神聖、純淨的時刻

## 原詩

〈四月正午時刻〉／石濤

　　誰在這個時刻

　　在凶險的模糊不明的四月的正午

　　注視我。我的眼睛

　　一些深夜的玻璃

　　正向世紀多病的臉諂媚


　　經過十年絕望的賭博，信仰

　　像雨水一樣流進陰溝

　　我們還能夠想想我們

　　舊日的好時光

　　在一場無人痊癒的疾病之後

　　我們平靜地喝酒

　　用更加平靜的雙手

　　在信中散步。我們

　　不能再像燈光那樣詢問

　　天空有沒有過

被上帝的籃子篩成一片金黃的時刻

## 析文

　　石濤，深圳的青年詩人。這首〈四月正午時刻〉是從他送給我的打印詩集《冥想：詩十三首》中挑選出來的。他曾因小說《離開綠地》受到文壇注目。

　　「誰在這個時刻／在凶險的模糊不明的四月的正午／注視我」：凶險的、模糊不明的四月的正午，石濤，你在這個本應感到溫暖（春天來臨）的四月的正午，被什麼樣的情感圍困？它威脅你並折磨你，使你的臉流露恐怖的表情。那四月是險惡的。難道所有的日子都是？又是誰在正午的天空中注視著我？「我的眼睛／一些深夜的玻璃／正向世紀多病的臉諂媚」：深夜的玻璃上閃爍的是暗藍的漆黑的光，它就像詩人的眼睛裡閃爍的光芒。「深夜的玻璃」，這裡帶有陰森恐怖的味道，暗喻詩人的心理；同時，玻璃鑲嵌在深夜裡，也符合眼睛分布在臉上的原理。它們一起向著「世紀多病的臉諂媚」。這是四月的正午時刻的主題。向著一個染上重病的世紀，那世紀是否危了？精神糜爛了，肉被挖空，骨頭被搗碎，而那血液，使那張臉充滿病態。但這不是主要的，使人更憤怒和厭惡的是詩人睜開他的眼睛，帶著恐怖畏懼的心情，向著這個全身是病的世紀諂媚。他在出賣自己的靈魂！啊，在這四月正午的時刻，一個民族在諂媚！向著什麼？那是我在這裡也不敢說出的東西。「世紀多病的臉」：「臉」的意象和詩人的「眼睛」貼得太

近，詩意就差了。如選擇一個和眼睛離得遠些，又和「深夜的
玻璃呼應」，應合被諂媚的對應體，詩句更漂亮！

　　「經過十年絕望的賭博，信仰／像雨水一樣流進陰溝／我
們還能想想我們／舊日的好時光」：十年絕望的賭博，我們不提
「文革」會更好。有多少個十年曾經糟蹋了我們，先是讓那些罪
惡的玩意糟蹋我們的理想和青春，讓我們不把自己當作人；然後
是我們自己再把自己糟蹋一遍，惡毒和準確，踐踏自己的靈魂、
良知，最後是生命。我們反反覆覆地幹著，和別人比較著幹，看
誰把自己弄得更像一個畜生！那些夢魘的日子確實像一場賭博，
為了拯救自己越陷越深。與魔鬼下賭，僅僅因為那個時代是魔
鬼，讓我們命中註定地遭遇上了，而我們又不具有賭徒的亡命精
神和貓膩的技巧。那些陰溝中流淌的全是從地面上來的水，那些
水被陽光照過，穿透過雲和塵土，撫摸過愛人的臉，如今全在陰
溝裡流淌著。一個畜生的時代！噢，我們還能夠想想我們舊日的
好時光。我們還有回憶的功能，我們還沒有被罪惡幹掉，在從
魔鬼的肚子爬出來後，看看我們的臉，那些歪曲的、精神病患
者的臉！看看靈魂！噢，想想我們舊日的好時光，我要流淚！
「在一場無人痊癒的疾病之後／我們平靜地喝酒／用更加平靜的
雙手／在信中散步」：無人痊癒！誰懂？經過這樣一個時代，誰
的靈魂還是乾淨的？誰是純潔無辜？誰？都是誰？在做出一副嘴
臉？難道我們不曾和罪惡攜手並進？難道不是我們使它漂亮地得
逞？這絕對不僅僅指那十年，是的，這是我說的，在一些清楚的
人之間，在一些體會著自己靈魂的罪惡的人之間，在那些深刻和
不願衝動的詩人裡，石濤！「我們平靜地喝酒」：「喝酒」這兩

個字裡難道不隱含著懺悔意識嗎？「用更加平靜的雙手╱在信中
散步」：這已有不再爭辯什麼的意味。「信」透露出孤獨的情感
和與舊日的朋友傾訴、交談。這兩句頗有一切都看穿的意味，手
書寫著字而成為一封信，就是手在紙上經過，說成是散步，輕閒
的感覺表達了出來，又有新奇的美感。因為腳才能散步，但手在
信上摸索著，也確是有散步的味道，詩感和心境全都理想地表達
了出來。「我們╱不能再像燈光那樣詢問╱天空有沒有過╱被上
帝用籃子篩成一片金黃的時刻」：當燈被打亮，黑暗就被暫時驅
逐。那燈盞照耀出的光亮被包裹在四面的黑暗之中，確實有向四
面八方詢問的味道，如果我們擁有一顆惶惑和詩感的心的話。告
訴我，我們傷痕累累平靜地問著，我們的心已經快要死了。告訴
我，苦難被壓在靈魂的底下，我只還想最後問一問：那天空有沒
有過，「被上帝的籃子篩成一片金黃的時刻」？有──沒──有
──過？！那金黃的、純粹的，那驕傲的，我們只為它而生，漂
泊世上，也只為它死──那神聖、純淨的時刻！這巨大的太陽垂
直照耀我們的正午的時刻！它被上帝的籃子篩成一片金黃。站在
它的下面，喊一聲：「美啊！」

　　這首詩情緒抑制得很好，起伏跌宕，讀來頗有節奏。冷靜
地思索加上潛伏騷動的感情，使我再一次目睹石濤那張貌似平
靜實則扭曲的臉，使我想起他跟我說過的話：誰在這個時代沒
有瘋狂騷動的情感，他就不是真正的詩人。

　　好，讓我們向真正的詩人致意！我們向哪個方向眺望？大
師會出現在中國的天空嗎？是誰，會被上帝的籃子篩成一片金
黃？誰，占有那個時刻？

# 評北島：在思想的籃子裡

〈語言〉／北島

　　許多種語言
　　在這世界上飛行
　　碰撞，產生了火星
　　有時是仇恨
　　有時是愛情

　　理性的大廈
　　正無聲地陷落
　　竹篾般單薄的思想
　　編成的籃子
　　盛滿盲目的毒蘑

　　那些岩畫上的走獸
　　踏著花朵馳過
　　一棵蒲公英祕密地
　　生長在某個角落

風帶走了它的種子

許多種語言
在這世界上飛行
語言的產生
並不能增加或減輕
人類沉默的痛苦

## 析文

　　以〈回答〉震響於詩壇，以《慧星》及《生活》受困於評論界，以「中國現代詩旗手」之稱立於中國詩壇的北島，由於他的詩歌的鮮明的反叛性、對人的生存位置的思考、對理性的闡釋及對傳統詩歌技法的摒棄，至今已在詩歌史上占據了不可替代的位置。他的世界是一個理性和道義的世界，儘管這也許和詩的世界相悖，但在這篇文字裡我不準備討論北島的這一問題。讓我們來看看他的詩，他是怎樣通過文字，那些詞彙的相互連接來建築起他的詩歌大廈的。

　　「許多種語言／在這世界上飛行／碰撞，產生了火星／有時是仇恨／有時是愛情」：這是理性，形象的力量在這裡被理念淹沒；它使我們知道這個世界上有許多種語言的存在，它們相互交叉，由於碰撞確立了本身存在的位置。那些說出這些語言的嘴，那些面孔和心靈，由於心懷歹意或善良的美好的願望，使這些語言有了不同的效果，有時給人類帶來仇恨，有時

是愛。北島省略了中間的人的部分，直接把語言，這個抽象物，說成是仇恨的或愛情的，從而使詩精煉和耐讀一些。

「理性的大廈／正無聲地陷落／竹篾般單薄的思想／編成的籃子／盛滿盲目的毒蘑」：真理和概念消失。「語言」這個不含有情感的名詞由於有了吐出語言的嘴和瞄準語言的心，變得含有各種情感，給人類帶來各種歡樂和災難。那麼還有什麼是對一種物質或現象的界定？在這個世界上，這個由於有了人而變得無法預測、日益混亂的世界！北島把這個被思索的現象體稱為「理性的大廈」，它塌陷了。那麼，人類的思想，那些善變的、淺薄的，那些無法預言和指出孰重孰輕的，它們向著一個方向匯集，從而像一隻編成的籃子。北島為了指出思想的單薄而使用「竹篾」這個意象。竹篾很薄，也脆弱，易折斷，用來編織而契合思想。那裡滿滿盛著的是從他人那裡剽竊來的，未經過自己生命檢驗和有自己的血通過的話語，那些不是來自於信念的東西，那些看似鮮豔實際充滿淺薄與模仿等毒素的語句，在思想的籃子裡，像一堆堆摘採的蘑菇（注意：這裡「蘑菇」的物體具有的特性、喻義和籃子、思想的巧妙的契合，顯示了作者純熟的技藝）。或者，北島，我們把你想像得更狠和惡毒一些，像我經常看見的你那張缺少表情和眼睛在鏡片後面抽動的瘦窄的臉。你所說的「盲目的」，是否對整個人類的生命素質和作為「人」這種動物所能達到的深度和觸摸到正確的目標，在這點你從根本上帶有宿命觀。是呀！那麼究竟哪裡、哪個方向是人類思維的正確目標？

噢，思想，全是思想！詩的意境在這裡幾乎微不可言！

「那些岩畫上的走獸／踏著花朵馳過」：這也是一種語言，它們沒有聲音；它們被先人，那些無法預知後人思想和經歷的先人，用刀尖刻畫在石頭的肌膚上。這種語言，這些壁畫，流傳下來，一代一代，博得人們的讚歎。一棵蒲公英，一種大自然的生靈，在根本不被人重視的角落默默生長，這也是一種語言。風把它們的種子帶到四面八方，使它們無數個世紀繁衍下來。這種語言是怎樣地流傳下來並保持了它們作為植物和動物的語言內容的純粹？是什麼力量使走獸的蹄子在花朵上踏過並使花依然燦爛地開放？

那些走獸的皮膚上浸滿花蕊的芳香，並使這種語言以無法抵擋的勢頭隨風擴散！有誰來解答這個祕密？有誰來研究這種語言？或你，詩人，在破譯了這種語言後保持了沉默！

這是一節華采段落。意象並不很新穎，但表達的思想卻非常豐富和深邃，這使我感覺到北島簡直像個沉思默想的哲人。有時，他在思考時走到了田野上。

「許多種語言／在這世界上飛行」：這是曲調的迴旋，並且為下三行的展開做工作。「語言的產生／並不能增加或減輕／人類沉默的痛苦」：北島，你就是個宿命論者。你對人類含有太多悲觀的看法，以至於你的詩總是放射出人類悲壯的光彩！那是使人在讀後衝動並太貼近他自己狀況的東西，吸引人並使人容易愛上你的詩！語言，這種使人無法更準確表達生存本質的東西，這給人類帶來仇恨也給人類帶來同情的東西，這個謬誤的但無法替代的東西，事物的因循相報的見證，並不能由於你的存在而增加或減輕，人類無法用語言表達的、微妙

的、難以述說的，因之只得緘口或沉默的痛苦！並不能改變，人類為了活下來並延續下去而存在的、生存本質的痛苦！這個現狀，由於發明了語言，而躲避語言，由於有嘴能發出聲音而必須沉默。這個現狀，語言啊！你的多或少，你的進化，都不能帶來任何的改變！

　　多麼雄壯和精緻的思想！也許它有某些是我的，但卻是我讀北島的詩重新喚起，或通過讀他的詩句聯想到的。北島的地位，他的詩歌大廈，就是這樣建築起來的！

# 評張真：裸露出來的神經

原詩

〈朋友家裡的貓〉／張真

　　你給我們開門的時候
　　驚人地站直身子，一動不動
　　你審視我們龐大的行李
　　而我們也注意到
　　你雪白的肚皮毛茸茸地起伏著
　　你而且是男的

　　我們開始喝茶
　　窗臺上有一盆年久的仙人掌
　　據說你累的時候
　　就坐在那兒打一個盹
　　但你幾乎從無睡意
　　你的身子總是緊繃繃像彈簧

　　我們不敢迎視你
　　你的右眼是火紅的

另一隻是烏黑的
在晚上卻都發出藍光
你瘋狂地迷於一切線條
鞋帶、桌腿以及鎖鏈
你真的差點纏斷了我的脖子
有一分鐘我指點著一幅老畫
你的前爪馬上掛住了我的食指
以後我吃東西的時候
那根手指就感到無比沉重

入夜時分你格外癲狂
你把頭塞進套鞋翻起跟頭
然後像利箭一樣射過
我們與朋友之間的長桌
你把身體彎折出種種可怕的姿態
然後大叫一聲跳上鋼琴
鍵盤被奏出一串占卜似的聲音
這時鐘就響了
牆壁也震得搖晃起來

第一個夜晚你徹夜地
蹲在我們的枕畔
我們做愛的時候
你從喉嚨深處發出咕嚕嚕的響聲

　　像害哮喘病的垂死的老頭

　　而你一雙鬼火似的眼睛

　　卻發出詛咒使我驚恐

　　我也盯視著你

　　永不入眠


　　我們要離去的時候

　　還是你開的門

　　這回你毫無表示

　　而在火車上的時候

　　我發現自己所有的詩稿

　　已被啃得稀巴爛


　　這一輩子將無從澄清

　　你愛我還是恨我

　　那些深夜我無法逃避你

　　如果那些白天晦暗而又低沉


## 析文

　　「我自覺世界寬廣，但是無家可歸。」

　　張真，優秀的年輕女詩人。她是屬於用骨頭寫詩的。有一種永遠也無法模仿，讀後使人瘋狂的哀歎的詩，在那樣的詩的句子裡，你能看見人裸露出來的神經。

　　這種詩只有女人才寫得出來。

　　它再一次使我回憶西爾維婭‧普拉斯，這個瘋狂的巫氣充盈全身的女人，這個偉大的「死」的藝術家，安妮‧塞克斯頓。

　　　她將向東走，一浬一浬，航過古老的血流
　　　將它清楚地剖開
　　　每個小時在撕開它，捶打它，捶打它
　　　用力穿透好像穿透一個處女
　　　啊，她是這樣迅速
　　　這死了的街道從不停止！

　　這是神經！這確實是子宮的部位的成千根血管，男人寫得出來嗎？在這個深淵裡他們只能自歎弗如。他們的世界是暴力（力量）和信仰的世界，信念強大（他們容易和歷史糾纏）。即使連狄蘭‧托馬斯也難以逃脫。而特德‧休斯和約翰‧阿胥伯萊則強大地印證了這一點。
　　讓我把話拉回來。「普拉斯熱」在中國已經形成了，對於那些宣洩式的、玩鬧式的、幾塊皮膚的模仿作品，我再次說我不屑一顧。

　　「你給我們開門的時候／驚人地站直身子，一動不動／你審視我們龐大的行李／而我們也注意到／你雪白的肚皮毛茸茸地起伏著／你而且是男的」：開句就把一種氣氛渲染出來。一隻貓直立著，凶險的味道隱約而出。龐大的行李，大概說明他們旅行到了朋友家。他們尚不知，朋友家的貓是怎樣度過牠孤

獨和騷亂的時辰？當牠直立時，牠的爪子向前伸著。「肚皮毛茸茸地起伏」：「毛茸茸」表達出野獸的感覺，「起伏」暗含著這隻牲畜的情緒。關鍵是最後一句，「你而且是男的」。一個女人說出一個動物是男的，她不說是「公」的，而把牠當作人來說，這裡隱含的情欲和「性」的味道，以潛意識和本能表達出來（而在第五節做了非常漂亮的呼應）。另外，貓是男的或女的，這種方式也新穎，打破常規，雙重喻義，這裡應該有張真的直覺成分。

「我們開始喝茶／窗臺上有一盆年久的仙人掌／據說你累的時候／就坐在那兒打一個盹」：整篇是以敘述方式進行的，慢慢帶出一種東西，頭二句應該說有情節和詩歌意境描寫的成分。但張真滿屋子的意象，單選了仙人掌，為什麼？「仙人掌」是有刺的，當那隻貓疲倦時靠在那兒打盹，仙人掌逼人的外觀，無數根刺和貓，這些合在一起給那隻貓（同時還有氣氛）增加了凶和惡的氣味，同時這四句也是情景的描寫；它好在不動聲色。「但你幾乎從無睡意／你的身子總是緊繃繃像彈簧」：貓的狀態，總有什麼東西在牠身上蟄伏著，時刻要爆發出來；「緊繃」和「彈簧」傳達了這層意思。

「我們不敢迎視你／你的右眼是火紅的／另一隻是烏黑的／在晚上卻都發出藍光」：右眼火紅，左眼烏黑，表面看是貓眼的顏色，但實際是象徵，它們分別象徵激情和罪惡。而藍光象徵二者合一後給人類帶來的顫慄。「藍光」本身也給人的心理帶來淒冷的感覺。文字本身的內涵和象徵巧妙準確地融合，造成良好的詩意，而對這樣的激情和罪惡的閃爍，誰還敢迎

視？但我不排除這裡的顏色不包含象徵，僅僅是用顏色來傳達感覺和造成效果。「你瘋狂地迷於一切線條／鞋帶、桌腿以及鎖鏈／你真的差點纏斷了我的脖子／有一分鐘我指點著一幅老畫／你的前爪馬上掛住了我的食指／以後我吃東西的時候那根手指就感到無比沉重」：貓的特性，抓撲追逐條狀的東西，張真指出三個日常生活用具來說明。這很實在的三個意象我認為也是一個緩衝、陪襯，為了突出後面的效果。是的，貓是撲咬條狀物，但牠為什麼會撲向人的脖子？咽喉的所在，那是結束人的生命的地點，野獸和罪孽的感覺在這裡脫然而出。張真用這一句更深入地表達了「惡」，生物體內激蕩著的「惡」！還有氣氛。身體的構成有許多條狀物，如腿、腳、胳膊，而張真恰恰選擇脖子。它既契合條狀，那兒又是人的致命處。手指也是條狀，所以貓會掛在上面（「老畫」是契合全詩形成的景致感，用典雅的氣息和貓的邪魔之氣對照，形成節奏和變化的意境）。但詩人要說的是，以後每次進食時，貓掛在指頭上的沉重感就出現了。這是不是在說，詩人在噬咬時，在進行生命的維持時，意識到她也是在撲咬和殺死比她弱的生物？那手指移動時出現的沉重感，是不是殘害和罪孽的感覺？我承認，這些東西在文字裡隱藏得很深。或者，詩人在寫時沒注入這層深意，她只是寫了當時用手叉挑食物時那貓掛在手指上的記憶和恐懼心情的重返。也許僅這一層意思，而我沿著文字深入了。

　　「入夜時分你格外瘋狂／你把頭塞進鞋套翻起跟頭／然後像利箭一樣射過／我們與朋友之間的長桌」：黑夜來臨，是否喚醒了這隻貓（連牠都是象徵體，人類不是如此嗎？）身體裡

蟄伏的東西，那些東西恰恰和黑暗契合。接著三句是用具體的
動作表現貓被體內東西激蕩的情況。注意，「頭塞進鞋套」這
也是理性被蒙蔽的現象，因為眼睛看不見了。但我以上以下所
說的、深入的，都不排除貓的種種動作，是張真和她愛人在他
們朋友的公寓裡住宿時，朋友家裡的那隻貓的真實動作。關鍵
在於那些動作被選擇進詩句，充滿了隱喻和象徵。「你把身體
彎折出種種可怕的姿態／然後大叫一聲跳上鋼琴／鍵盤被奏出
一串占卜似的聲音／這時鐘就響了／牆壁也震得搖晃起來」：
那些隱含的東西把貓的身體折疊起來，那種種方式是非常可怕
的，在亢奮和折磨中又突然打開，號叫一聲彈上鋼琴，於是牠
就在鋼琴上跳躍、奔竄，「鍵盤被奏出一串占卜似的聲音」。
這裡象徵著貓的體內的情感和種種發狂的念頭的奔突、撞擊，
牠的表現姿勢只能是姿態，而一串聲音則使我們清晰地感覺到
那些驚恐的玩意兒。「占卜似的」則暗指那些情感、念頭的不
可琢磨，魔怪氣。「這時鐘就響了」，天哪，這冥冥之中的契
合，強烈地表現出了迴蕩整個房間的「巫」的氣氛，它們被一
種怪誕和驚恐籠罩著。這種效果根本就無法用文字表達和解釋
出來，這只有一個女人，精神恍惚，內心痛苦混亂，充滿某種
怪異的預感，才能寫出來。這時，我似乎能在我的眼睛裡看見
兩口鐘，呼應著，搖動著，震酥我的神經。而「牆壁也震得搖
晃起來」，這句似乎稍微軟了些，勁頭、味道、感覺都沒上一
句好。

　　「第一個夜晚你徹夜地／蹲在我們枕畔／我們做愛的時候
／你從喉嚨深處發出咕嚕嚕的響聲／像害哮喘病的垂死的老頭

／而你一雙鬼火似的眼睛／卻發出詛咒使我驚恐／我也盯視著你／永不入眠」：張真是第一個在詩歌中明確談到「做愛」的人，但關鍵在於，她使全詩進入了極深的層次。無數動物性的情感在人類的靈魂裡躍動、撞擊，閃爍出「美」的光芒！那隻貓在男女相伴的第一個夜晚（第一個夜晚可能也是為了強調氣氛），通宵蹲在他們的枕邊。當男女主人進行性的交媾時，牠喉嚨深處「咕嚕嚕」的壓抑的粗糙的聲音，那被大自然的情景激發的原始情感、破壞的發洩的欲望、罪惡、瘋狂、仇恨、黑夜刺進牠的肉裡，那從血裡傳來的疼痛，全都進入一隻貓的喉嚨，並壓迫著牠的小生命發出「咕嚕嚕」的聲音。這就是全詩帶給我的感覺，那三個象聲字給予我的無限的刺激，我不得不為作者選擇字的能力驚歎！而緊跟著的一句僅僅是一個無力且不準確的比喻。但震撼我的靈魂的，使我看見張真的神經的，卻是以下四句：「而你一雙鬼火似的眼睛／卻發出詛咒使我驚恐／我也盯視著你／永不入眠」！詛咒，牠詛咒什麼？噢，牠是男的！牠是一隻公貓，牠盯著那個正在性交的女人，那個異性，牠因為瘋狂的渴望放射出仇恨，牠因為享受不到那些快感陰險地詛咒，牠盯著那個正在性交的女人，這隻公貓！黑暗的力量貼著腹部上升到整座天空，並突然以群星燦爛的仇恨傾瀉下來，使浸透著父輩的罪孽感的兒子出生！牠是男的！牠是動物！那動物的野蠻的渴望和仇視，也許包含著對人類的仇恨，牠不僅僅是性的仇視，這裡還有一種本能。這一切，在那隻公貓的眼睛裡噴射出來，使張真感到了「人類」的恐怖，感到「女人」的恐怖，並在和牠的對視中（天哪，她居然還能對

視！這得需要什麼樣的靈魂的黑暗，什麼樣的對於死亡的直覺和追逐！）永遠不能平安地睡去。那隻公貓的眼睛，那眼睛背後的一切，永生都刺爛她的心！

這最精彩的一節，誰曾寫出過？她確實是深得普拉斯精髓。這只有女人才寫得出來的東西！而且在前四節的鋪墊渲染中，在這兒，驟然形成壯麗的高峰！

「我們要離去的時候／還是你開的門／這回你毫無表示／而在火車上的時候／我發現自己所有的詩稿／已被啃得稀巴爛」：貓已經成了一種象徵。歸來和離別，占據著我們的生活，而那貓究竟意味著什麼？詩稿被抓爛嚼碎，這仍舊表達著仇恨的意思。這將是張真最珍愛的、內心的東西被破壞，這是那隻貓的瘋狂的報復！但詩，已經帶有了精神的象徵，這把張真自己拔高了，也隱約地使那「性交」帶有了高尚的、靈魂交流的味道。這是張真敢於重複（貓的仇恨）的原因。另外，這裡是否含有「動物性」對於人類精神的破壞，那些都確實發生過，並將世世代代，只要有人，有人體裡的黑夜和隱藏的野獸，就會無限地發生下去！那這將把整首詩又向廣垠的方向擴展了。最後，這也契合了貓喜歡抓撓箱子裡的紙張的癖好。

「這一輩子將無從澄清／你愛我還是恨我／那些深夜我無從逃避你／如果那些白天晦暗而又低沉」：全詩始終是以敘述的口氣進行。平和，即使極強烈的地方也盡力地控制著。這使詩句之間始終迴蕩著一種效果，對比產生的刺激。意象很少，句子也似乎直白，但效果是在直白的後面穿射過來的。這是〈朋友家裡的貓〉一詩的特色。

　　是的，無法說清。那隻公貓在那瞬間的情感，那肯定是恨和惡，但日常中牠也會無數次地做出親暱的表示，表達牠對主人、對人類的依靠。無法說清！是恨？是愛？在動物的身上，在本能之中。那些深夜，每當深夜到來，我都會看見你的那隻噴火的眼睛，壓抑的響聲，貫穿我並占有了我的是時間，恐怖和疑惑，它們會清晰而不折不撓地來臨。如果，如果那些白天是陰沉而苦難的！如果我的靈魂裡始終迴蕩著被摧殘和反抗的聲音！

# 評李路：比良知強大，比愛永久

## 原詩

### 〈虛無〉／李路

你那樣安詳
在無數生命凋萎以後
沉默著
伴著茫茫世紀的沉浮
依然逗留在天幕的雲層
超越了一切限度

以最大的隱忍
我們的耐力彎曲了
在你良久的注視下
萬物更生，卻不堪輕輕一擊

## 析文

　　「你那樣安詳／在無數生命雕萎以後／沉默著／伴隨茫茫世紀的沉浮／依然逗留在天幕的雲層／超越了一切限度」：有一種境界確實是和人的狀態相合。當這樣的人去寫那樣的東西

時，詩歌顯得那麼自然、渾成，無做作和吃力去抓的感覺。李路，是北京的青年女詩人。應該說，我對她有著最深入的了解，一直進入到骨頭，就像我熟悉我的肉體一樣。我愛她，今生今世！一種命運把我們牢牢地拴在一起，靈魂的默契使我們不需要多說一句話。在這本書裡，我對她的追憶貫徹始終，那是被她親手焚毀了的她的所有詩稿，是無能為力的詩歌的死亡，是我的最祕密的疼痛！我要把二個人的對生命的愛貫徹在這本書裡，翻騰著；以我的瘋狂來注入情感，以她的冷靜來審視技巧。小紅，我們合二為一了！

　　那麼安詳，「虛無」，作為一種氣和籠罩萬物的存在，作為一種狀態，它橫貫人類並充盈了整個宇宙。它開了道、佛、宗教和一切藝術得以存在的端倪。它「在無數生命雕萎以後／沉默著」，戰勝了人類，也站在生命的上面，俯視著為了活下去而奔波的一代一代的眾生，它「伴著茫茫世紀的沉浮／依然逗留在天幕的雲層／超越了一切限度」。最終，它進入宇宙，跨越一切限度。「茫茫世紀的沉浮」，這裡加入了詩人對人類生命的描述，那一個瞬間和另一個瞬間的興衰榮辱；誰在一秒鐘的時間裡沉下去？誰又在一秒鐘的時間裡爬上來，並大喊著：我成功了！成功之後是什麼？是不是那強大粗暴的「虛無」進入成功者的心臟，用一種利器戳爛他的心，搗毀他，給人類留下又一個被「虛無」打上印記的標本。而多少個世紀都這樣沉淪和凸起，目睹「虛無」在他們上面翱翔。

　　「以最大隱忍，我們的耐力彎曲了」：我們「人」，這在

世紀的歲月裡像早上出生晚上死掉的蜉蝣，像那些最小的蟲子。一座城市像一個蟻穴，時間的雨水灌入，那些人蟻漂浮在上面，他們的細爪在沒有縫隙的水中撓著，他們的牙齒咬住水的波紋，不敢鬆口發出一聲叫喚，就被帶走了。在「虛無」的前面，我們忍耐，我們試圖以自己的血肉之軀和它對峙，我們試圖接近永恆。哈！我們認為人是宇宙的主宰，是君臨一切的統治者！我們甚至不敢和虛偽到不承認有外星人的存在！在茫茫宇宙中，我們算個什麼東西！肉體是垃圾，那尋找不到傾瀉地點的一堆堆玩意兒；只有精神會偶爾地在宇宙裡閃爍點點的光亮。在和充盈宇宙的「虛無」的抗衡中，「人」的耐力彎曲了。「彎曲」二字即表達了不支的狀況，又體現出一種射線在宇宙裡穿行的感覺，形成意境的和諧。「在你良久的注視下／萬物更生／卻不堪輕輕一擊」。李路，這就是你，這就是你的絕望和我祕密的疼痛！這就是我們會因為一個契合的念頭抱頭痛哭的緣由，那我深情地親吻你時的慘痛！竄流我們全身的顫慄。「它」在永久和冷酷地注視我們，比良知更強大，比愛更永久。在它下面，我們出生，我們因為它的恩賜出生，我們像被它的手製造出的玩具娃娃，在永恆的黑夜裡寂寞地眨著眼睛。啊，萬物更生！生命是如此地鮮豔、實在，她活潑、開朗，她的歌曲從一隻嘴傳到另一隻嘴上，在更小的生命的身上開花。把果實放置在婦女的子宮裡，並從那兒傳出讚美的香氣。萬物更生！人類、動物和植物，生存的土地上歡騰著，這一切，一切！不堪——輕輕一擊！

死亡來臨！讓那些歡樂的臉保持著興奮的形狀，這只是某

種東西的輕輕一推啊！

　　這，就是虛無！

　　全詩以冷峻的口氣、很冷的筆調來寫。那迫人的語言的乾硬感和詩呈現的氛圍、表達的內容良好地契合，完美地呈現了一個世界，使我們感到猶如一個內心冷酷面容嚴峻的女人，坐在明晃晃的陽光圍繞的一片陰影裡，寫出被她所感覺到的人類殘酷的命運！

# 評張棗：生命中數不盡的微妙事情

原詩

〈姨〉／張棗

　　那看望姨的來自這個世界
　　他進來像一個黑夜
　　我們的房間充滿美麗的呼吸
　　而姨的臉，退避並且羞怯

　　那看望姨的是光潔的額頭
　　我多年後的額頭
　　他面對姨坐下
　　像我今天這樣坐下

　　憂傷的磁石有如大晴天的暗礁
　　吸住開水，氣候和狐狸
　　姨每天都把他眺望
　　像我每天都盼望你
　　多年以後，媽媽照過的鏡子仍未破碎
　　而姨，就是鏡子的妹妹

析文

　　第一次讀到張棗的詩是〈鏡中〉。他的「只要想起一生中
後悔的事，梅花便落了下來」使我喜愛之至。我以為和王寅的
「鳥在空中動作，避開一葉落花」有異曲同工之妙。美得難以
言傳的感觸在於距離的遙遠和生命中數不盡的微妙事情。後來
的〈何人斯〉感覺就差了，雖然也喜歡，但哲學思辨的味道太
足，詩歌的意境和氣氛差，好句子也不多。因為詩歌終究是那
種神經感覺和生命的內部力量，直接弄疼你和使你如醉如癡，
而不是哲理。

　　因之，在我讀過的張棗的詩裡，我反覆權衡（最難定奪的
還是〈姨〉和那首〈穿上最美麗的衣裳〉），最後定下這首有
著巫氣味道的〈姨〉。

　　「那看望姨的來自這個世界／他進來像一個黑夜／我們的
房間充滿美麗的呼吸」：這個世界應該理解為活著的人的世
界，但這句等於從起始就籠罩一種神祕氣氛，這是「來自這個
世界」這幾個字造成的。他一進來就像黑夜的降臨，這裡有一
種陰暗和死亡的味道，但它又和這個世界——生者的世界形成
呼應，告訴你，那不是從陰間來的人。效果完成了，反差的使
用造成難以言說的氣氛。而當那個人的來臨帶來黑暗降臨般的
感覺時，在這不好的感覺下（習慣認為），我們的房間反倒充
滿了美麗的呼吸。「美麗的呼吸」可能是在讚頌那種驚恐的屏
住呼吸的狀態，認為那是難得的美感；但作者大概還是在說一

種快樂景象的出現，他的來臨使我們無比喜悅。這是兩種意思：前一種是潛在和隱約的，後一種是直接的。但這二句給你造成很奇特、詭祕的感覺，使你驚奇你的脈搏怎麼異樣地跳了兩下。它來源於「黑夜」（壓抑感）和「美麗的呼吸」（明快舒暢感）的並列使用，反差和衝突形成奇特的效果。連著三句之相同的技法帶出詩歌的氣氛。「而姨的臉，退避並且羞怯」：這是姨的表現，含蓄而溫情。張棗把我們的注意力引入到姨的那張臉上，形成一個光斑，集中而明亮。這是一種技術的表達，使我們鮮明地感到某種東西，作品也顯得凝煉。另外，「臉」和「美麗的呼吸」契合，而「退避」、「羞怯」等詞又和「美麗的呼吸」、「黑夜」、「看望」等形成統一的氣氛。這些都是相互呼應達到效果。

　　噢，我承認，在這篇解析裡我顯得很囉嗦；但那是因為如果想從技術上入手就必須把好多隱含的都點到，還得吃準。這已經使我顯得有些焦躁了。為了準確和盡量全面，我請讀者諒解。

　　「那看望姨的是光潔的額頭／我多年後的額頭」：困難似乎過去了，以下的好解釋些。那來看望的人的額頭，是我在多年後、將成長成的樣子？（可那人是誰？這裡是否含有崇拜和敬意的情感？這是非常隱祕的部分，我選這首詩的關鍵，我提請讀者注意。）「光潔的」三字仍舊和上一節的「黑夜」、「房間充滿美麗的呼吸」等情景響應，形成詩意的連貫。這三個字似乎很自然，修飾額頭，但它的明亮感，這裡作者的精心安排和對詩的悟性，確實值得稱道。「他面對姨坐下／像我今天這樣坐下」：他那時對著姨坐下的心情和我此刻面對一首正

在進行著的詩坐著的心情是一致的，它們都含有崇敬和愛戀的味道。我為什麼提出面對一首詩，因為張棗說「今天這樣坐下」，那他說此話的時刻就正在寫這首詩，這裡想要表達的隱藏得多麼深，近似於狡猾了。而「面對姨坐下」的敘述語氣，是人感到一些神祕的味道。或者，還有另一種理解。「他」當時面對姨坐下的詭譎的心情，就像我今天對姨懷有的詭譎的心情。為什麼這樣理解？在以後的析義中讀者將會明白。

那種氣氛一直保存著。「憂傷的磁石有如大晴天的暗礁／吸住開水，氣候和狐狸」：傷感出現了，那是伴隨愛和情而來的。這傷感像一塊磁石；如果它是磁石，它就猶如暗礁，意味著要撞毀生命中的什麼東西。「大晴天」說明它是明明白白地要撞毀什麼，毫無隱蔽。而傷感的情緒是包裹在整個生命之中，所以作者用「暗」字。「開水」可能暗喻一種情感，那種沸騰的狀態。狂戀和痛苦也許雙雙來臨，它們相互牴觸又命中註定地緊緊吸附。這就是「磁石」一詞的呼應。「氣候」呼應「大晴天」，也暗喻兩人相處時的氣氛；「狐狸」也有暗示，不好說，也許是指戀人感情前進中某方的計策和貓膩，大致如此。同時「狐狸」呼應「暗礁」，因為狐狸終究可以圍繞著礁石跑，顯示著某種徵兆！

短短二句隱含著這麼多意義，這確實需要相當的功力和冷靜。意象與意象的距離遙遠，但又暗中契合，使詩句出現奇妙的效果。

「姨每天都把他眺望／像每天都盼望你」：「每天都把他眺望」好理解，也沒有什麼隱指。但作者「每天都盼望你」的

「你」是誰？是什麼？作者根本不交代。這就使詩抽象了，也使者二句的結合顯得隱晦撲朔。張棗在這二句中是從「你」字上來把握句子的神祕感覺的。這首詩到這兒那詭祕的氣氛驟然濃烈（如果「你」指的是姨呢？如果這樣，那將全詩向深處無限度地推進）。「多年以後，媽媽照過的鏡子仍未破碎／而姨就是鏡子的妹妹」：這句裡有遊戲的成分，姨是媽媽的妹妹，這關係不用說。可作者換了種方式，借鏡子來曲折表達這一點，就使句子有了很足的詩味。但這只是淺層的釋義。媽媽照過的鏡子仍未破碎，定有所指。是不是指的媽媽的形象仍舊完好地保存在作者的心中，而姨，是「鏡子的妹妹」就是那形象的妹妹，她們因為血緣和情感的聯繫而在作者的情感中引出了別的東西！

全詩最精彩和造成整首詩的巫氣、詭祕的緣由出現了。張棗，你在隱祕的戀著你的姨（當然，這不是說事實中就是如此？這是指作品）！因此，那看望姨的人、黑夜和以下的一切句子造成的迷幻感及詭祕的氣氛，所有根本說不出的玩意兒，那使我暴躁也難以說準的東西，全是由於你祕密地戀著姨而那人出現後加給你的潛在的心理。這首詩最光輝的地方在於他用縹緲的語言、難言的氣氛表達潛意識！表達了一個人不願說出的隱祕！

這是大陸詩壇上第一首表達弗洛伊德式戀母情結的作品，它的內容和形式準確契合，也是我讀過的張棗最好的作品。

# 評萬夏：靈魂的暈眩和疼痛

原詩

〈瘋鐘〉／萬夏

　　大雨落下，消失中彎向高丘
　　捏著被占卜過的手相傾聽密雲不雨之響
　　那是一策卦辭落地的聲音
　　她的手相呈魚鱗
　　在微醉裡游得遠遠的

　　由此得來的筮草曬在路邊的樹枝
　　她又將四肢張成鏤花的剪子
　　使所有的鐘點醉步於一柄白刃
　　切片於早餐的瓷器
　　那被蒙上眼睛的僧人此刻
　　才在垮塌了的塔頂敲瘋了鐘

　　過後，她從危險的樓梯上下來
　　用手相捏住剪子
　　那時暴雨還在密雲裡慢慢斜下來

垮掉的塔尖也倒在瓷盤裡游著雨水
整個早晨正試圖進入一張玻璃
朦朧地照著她的臉

## 析文

　　萬夏，四川的青年詩人。在以前很少讀到他的詩，我第一次讀到他的詩時為他的獨特和才氣所吸引。他的詩相近於上海的陳冬冬，從措詞搭句的路數上來講，但比冬冬多了一種神祕或曰詭祕的感覺。這也許是四川那個地方潮濕低凹所造成的。他寫的是生命中的夢幻和一些難以言說的意識，詩顯得純粹。

　　「大雨落下，消失中彎向高丘」：雨水落下，在一個高坡的地帶被坡面和坡頂截住。因此，雨水的落點從遠處看去像一個弧形彎向山坡，消失在泥土裡。「捏著被占卜過的手相傾聽密雲不雨之響／那是一策卦辭落地的聲音」：捏著，可能指用一隻手掐住另一隻手的手掌；也可能就是說提起一隻手掌而內心充滿捏著它的感覺。那手掌是被人占卜過的。一邊凝視著被人語言過的命運，一邊傾聽頭頂上濃雲密布，而雨水欲降未降的氣勢的響聲。這裡的「之響」是在說一種氣氛的響聲，造成詩意的效果，那種響聲是一塊寫著卦語的牌掉到地上的響聲。因此，「密雲不雨」是詩人自己或者誰的命運，而這「密雲不雨」也是被卜算過的手相，是寫在被算者的手上的。這二句的幾個意象和意境循循響應，造成較強的氣氛。「她的手相呈魚鱗／在微醉裡游得遠遠的」：我們每個人的手相都可以說是呈

魚鱗狀，但萬廈這裡使用這個詞，除了常識性外，還為了和雨水、「游」字銜接起來，形成和諧。問題是「微醉」，不易解釋。它是在品味和幻想自己的命運中微醉的，還是這命運本身就是微醉的？這是一個主體和審視主體的區別。但它是「微」醉，看來那命運還不是很殘酷和無法逆轉。可是這裡我覺得不舒服的是：魚微醉，這和卦辭、高丘、雨所形成的較大的氣氛不相和諧。也許，這裡萬廈為了應和手相的形狀而失去了整體的呼應，顯得輕和連續的感覺被破壞。總之，那宣告命運的東西逐漸地離得遠遠的了，而手相的擁有者是個女的。

我還可以提出另一種解釋，它不像，但可能性也存在著。那「捏著的被占卜的手相」暗示的是一把雨傘，因為雨傘和手的形狀相近。密雲不雨的氣氛壓迫著雨傘，也可以是雨傘在傾聽，擊打雨傘的，都是命運。魚鱗也就指傘面的紋路了，布紋或油紙紋。而游得遠遠，就是越走越遠了。如果是這樣一層意思，那它很淺顯，屬於文字的玩法。我仍舊把它當作第一種來理解。

「由此得來的筮草成垛曬在路邊的樹枝」：筮草也許和魚游動遇到的水草有關，因為它們都屬於命中相逢的東西，但我還是把這「筮草」理解為抽象存在，只和卦辭呼應。它們大量地，被集成垛曬在路邊的——樹枝——哈，這很妙。曬在樹枝上，而不是地面或什麼平面上。這一方面增添了巫的氣氛，一方面形成很難言傳的詩歌感覺。「她又將四肢張成鏤花的剪子」：把四肢張開，那肢幹像剪子的翼，整體上又像一張一閉的剪刀。「鏤花」一詞契合女性的她，這句的微妙和詞、物的

具象契合含有很地道的功夫。「使所有鐘點醉步於一柄白刃／切片於早餐的瓷器」：困難來了，一些東西根本無法準確地解釋。它是「感覺」。所有的鐘點、那剪子的絞出圖案的閉合、四肢的收縮，這些時間，都像一個人在一把刀刃上醉態地行走，萬夏所要說的是一種奇妙的感受，使用了一個形容，囊括著想像，把盛放早餐的瓷器切成一片片，也許只是把食物切成一片片的變相說法。或者，漂亮些，就是把瓷器切成一片片，這樣就蘊含了狠勁和凶險的氣味。而這刀是人的肢體，那萬夏就給命運注入了險惡的成分。在極縹緲的感覺和小心翼翼使用意象的過程中，全詩始終上下緊扣，互相渲染，但始終不直說。這是萬夏使我感到欽佩並從此密切關注他的創作的關鍵，也是他有可能成為出色詩人──他的才華的所在。「那被蒙上眼睛的僧人此刻才在垮塌了的塔頂敲瘋了鐘」：蒙眼的僧人是從哪裡來的？也許他完全是為了那口鐘被拽進詩句；也許，這「蒙眼的僧人」指的是人的內心一種失常的情感，一種不被理性管轄或能戰勝理性的本能，一個幾近蒼白、契合命運的象徵。「僧人」在這裡無準確指向，他只是暗示，跟那發出聲音的「鐘」呼應。「蒙眼」一詞，使我們感到那種盲目、焦躁的情緒、氣氛。「垮塌了」也是一種氣氛，也許它暗示內心的坍塌，信心的喪失，那跟命運呼應的，也許就是指具體的建築物。從文字上「垮塌了的塔頂」給我們造成了混亂、不合理，更好地渲染了內容所要傳達的混亂、瘋狂和頹喪，氣氛形成了！那東西──僧人、本能、情感，在塌陷物的頂上敲瘋了鐘，顯示是敲鐘的人瘋了。但說把鐘敲瘋了，豈不更漂亮！新

穎，味道還足。「鐘」本身也是生命、激情、宣喻的象徵，它自身發出聲響，而僧人又攔不住地敲。這二句的情緒激烈瘋狂，但萬夏以一種壓抑和詭祕方式來寫，那神祕的感覺即源於此，它更接近內心的幻覺、衝動和隱祕的感受。「蒙上眼睛的僧人」和全詩的意象群相距遙遠，但突然出現又與卦、情緒、命運隱隱契合，透出一道靈光。它顯示了天來之筆，漂亮至極！

詩歌從形式上給人以震動和快感的奧祕就在這裡。

「過後，她從危險的樓梯上下來／用手相捏住剪子」：從危險的樓梯上下來，「危險的樓梯」可能指她從狂亂和不自制的狀況慢慢恢復到理性與穩定的一段過程（那蒙眼的僧人是她內心狂亂的象徵？），一段一段的時間像一級級樓梯；另外，危險的樓梯也暗中契合坍塌了的塔。但我不明白，萬夏為什麼要說「危險的」，增添險惡的氣氛？但那就有否定本能的活動和指責瘋狂的情感之嫌。萬夏好像並不是指責這種情緒的人。我只能認為他是照顧了我開始分析的那些而忽略了我後來說的這一點。這說明文字的危險、莫測和萬夏在形式、語言把握上的疏忽。「用手相捏住剪子」：用命運捏住這帶來凶器感覺的玩意兒。萬夏沒有放棄已渲染到的氣氛，並使之繼續擴大以至結尾。「那時暴雨還在密雲裡慢慢斜下來／垮掉的塔尖也倒在瓷盤裡游著雨水」：又是一個漂亮的句子。暴雨從密雲中湧出、下降，是無比急驟的，但它的每一點又是靜止的，把這些點用到放慢的動作連起來，就形成慢慢地降下來的感覺。它所造成的效果，一是無比新奇，二是心理的氣氛和壓力，二者結合起來就是一個漂亮句子。「塔尖也倒在瓷盤裡」：那女人

曾在塔頂失去理性，那顆心在那兒曾瘋狂和頹喪，可以認為，塔尖就是變相說心。另外，塔的尖端與人的心臟是同樣的。因此，塔尖倒在瓷盤裡，是一個女人冷酷地把她的心放在瓷盤裡攪來攪去？坐在餐桌前？這是「垮塌了的塔頂」這幾個字的釋義的契合。這個析義太漂亮，以至於我不大相信萬夏能寫到這個地步，這得具有什麼樣的生命的罪惡感和懺悔與自戕的念頭！我要把它保留已有。這個析義使我想到日本當代版畫家池田滿壽夫的銅版畫；七大罪，一個個面孔陰森的女人透過尖細的指爪和耀目的白牙，晦澀地盯著你。它帶給人靈魂的暈眩和疼痛！按這個釋義，「游著雨水」就不貼切。再一個釋義，就是真實的坍塌的塔。塔尖出於光和雨水的折射正好位於瓷盤的中央，一個「倒」字把整座塔墜落的氣勢渲染出來，增加暴力的成分，那麼「游著雨水」就可以理解，也顯得和諧些了。但這四個字終究顯得不乾淨和不漂亮。「整個早晨正試圖進入一張玻璃／薄薄地照著她的臉」：那是一面鏡子。整個早晨，這是否帶有新生的意味，或者信息的回歸？它給我帶來一種明朗和雨水停歇的感覺，因為早晨終究是清新和充滿活力的。全詩展現了一種生存過程，那各種不同狀態的隱祕表達。「薄薄地」和玻璃吻合，也露出很少很淡的意思，文字的多層指向。還有另一種隱約的感覺：在整個威脅和騷亂後，這個被命運籠罩的女人疲憊了、厭倦了那些掙扎和抵抗，毫無表情的臉冷漠地朝向著在窗玻璃外面出現的早晨。那早晨正試圖衝破房屋的阻隔，充塞那個絕望的女人身體四周的空間！

# 評王寅：遠山傳來的簫聲

〈翻一翻手掌〉／王寅

　　鳥在空中動作避開一葉落花
　　魚在水下，繞過幾叢水藻

　　劇場夜晚的座位上翻一翻手掌
　　你在我身邊
　　我們全部祕密就在於這小小的動作
　　栗子的香味
　　手心的熱氣
　　你剛剛用手指寫上的字
　　一起傳向地心

　　那兒太遠太硬太寒冷
　　我們都相信那兒住著人
　　向風的蒼白

析文

　　「鳥在空中動作避開一葉落花」：第一句詩就使我知道我遇見一個描寫感覺的人，這種感覺的描寫主要來自語言的功力。而出神入化的感覺則決定於生命境界的高級，它們更近似生命直覺和對生存本質的領悟（如W. S.默溫、狄蘭・托馬斯）。鳥在空中飛翔描寫成鳥在空中動作，這有一種打破常規的感受心理，難言的美妙。一枚葉瓣或花瓣掉落下來，而鳥在飛翔時能夠驟然迴避，敏捷靈巧。動作的美感和意境，與詩人注入的理性，相互準確融合構成一行奇妙的詩句。精巧，體現出南方風景的靈氣。「魚在水下，繞過幾叢水藻」：道理和上一句相似，但失去了上一句難以言傳的東西。因為魚繞過水藻終究是容易且易於接受，所以這一句遠沒有上句漂亮，但它和上一句一起構成了詩歌的意境。

　　「劇場夜晚的座位上翻一翻手掌／你在我身邊／我們的全部祕密就在於這小小的動作」：如果我把它理解為坐在座位上翻一翻手掌，緊跟著「你在我身邊」，這頗有變戲法的魅力；它的美感仍舊在於難以言傳。上下句銜接得非常巧妙，是無理性、無邏輯的美感。但如果我把劇場的座位放下來以便坐下，那小小座位的翻動理解為翻一翻手掌，它確實像一隻隻豎立的手掌，那它就僅僅剩下意象連接得準確和漂亮了。因為如果這樣，下一句「你在我身邊」就變得很實。但此二句漂亮處就在於它二種理解和感受都存在、成立，因之增加了詩歌的神祕味道。是的，「全部祕密就在於這小小的動作」，對詩感和釋義

都在於此。「栗子的香味／手心的熱氣」：兩個並列而扯得很開的表達含義。這種差距和跳躍，繼續為這首詩增加抽象的氣味，增加著感覺的獲得。當然，也可以理解為一對情人在觀看節目時雙方剝栗子的動作，還有互送的味道。但它們是以簡潔、抽象而模糊的方式表達出來的。「你剛剛用手指寫上的字／一起傳向地心」：那是情人之間的動作嗎？用手在另一人的掌上寫字，這祕密的感受，整個劇場的其他人無從知曉。隨同血液和身體的熱量，通過腳（因為腳蹬在地上？），那栗子、手心的熱量、字一起進入地心。王寅把這種神祕或詭祕的氣氛渲染得很夠味。

　　「那兒太遠太堅硬太寒冷／我們都相信那兒住著人」：這一句是實在的。也許王寅憋不住了，它要吐出一句話。可就在他鬆一口的當兒，外在豁露了，失去了全詩的和諧性。如果能夠繼續下去，我想全詩效果和作為一首詩來說會更好。是的，在地心住著人，那裡堅硬、寒冷，因是地心；是否他也在暗暗喻示著我們生存的區域、狀態也是堅硬、寒冷的？因為反過來看我們居住的地方也可以是地心。這是我的推測，可能我使王寅的所指深入了一步。那兒住著人，「向風的蒼白」，不可思議？朝著風的部位是蒼白的，因為被風摧打。這裡含有點生存苦難的味道，或稱其為「苦澀」。但這種意思又和全詩無太大關聯，末一句脫穎而出。也許它僅是文字的感受，表達的是奇妙的感覺，也許有我所試圖深入的那一層。

　　生者、死者，存在與消失，空靈與堅實，它們所差的僅僅是「翻一翻手掌」。

　　這首詩表達得是夠細微的，文字很靈，詩讀起來像遠山傳來的簫聲。就詩論詩，我以為這是一首好詩。有些詩完成後並不是要表達什麼宏大深沉的感受、對生命的領悟、思想的深度，因此讀詩人如試圖硬要尋出點結實的東西，那是徒勞。它們所傳達的僅僅是一些很難傳達的感覺和體現出文字的奧祕，給讀者帶來一種飄然的快感。只要功夫到家，也算好詩；但這終究不能成為大家。這是很殘忍的！

# 評菲野：寫在血裡的詩句

〈沒有別的人〉／菲野

　　沒有別的人可以幫助我們
　　只有我們兩個
　　在同一張床上
　　瞭望同一塊天空
　　愛情像閃電
　　連接充血的花和果
　　在最後的結局前面
　　沒有別的人
　　沒有別的歌聲
　　沒有別的太陽

　　沒有別的人可以傷害我們
　　只有我們兩個
　　在法定的日日夜夜
　　積累痛苦的眼角紋
　　死亡像一個救世主

讓花和果落入一片新土地
在相對的真理和絕對的
虛無面前
我們只能抱頭痛哭

## 析文

　　菲野，哈爾濱的青年詩人，現居美國。在菲野的靈魂裡充滿古典的情操，那白俄羅斯的氣質從那座古城寒冷的冬天進入菲野的身體，使他充滿北部特有的憤世嫉俗的情感。

　　我酷愛他的詩。他的詩句像一隻失去控制時的豹子怒吼的喉嚨，那恐怖的充血地帶！死亡的沼澤！「痛苦而敏感的人只有那麼幾個，那些最優秀的都瘋了似了。」（〈每天〉）「音樂一次又一次，將我擊傷，我不屑參與你們的鬧劇。瞭望天空異常痛苦，而天才是一種疾病。」（〈自由〉）是的，那是疾病！席捲人類中最優秀的，對於那些猥瑣的人，自有另一種東西等待他們。

　　有多少個絕望的夜晚，我踡縮在床上，黑暗中傾聽音樂使我倍感孤獨，使我全身劇烈地顫抖不能自拔！使我無法逃離那一次次令我詛咒的藝術。我會看見寫在血裡的一些詩句，在黑暗中浮現；看見幾個人，它們傲嬌而忍耐的臉，向著站立著大師的天空接近！只有在那個時刻，在那樣的心裡，我才會重新聽見歡樂的聲音。我愛菲野的詩，而且他是極有希望的：

　　春天和秋天

為我而活下去
它們說
只有我
沒有你們


　　「沒有別人可以幫助我們／只有我們兩個／在同一張床上
／瞭望同一塊天空」：誰能幫助誰？誰能替誰承受苦難？在同
一塊天空下，幸福和災難像一扇鏡子的兩面。在某個早晨，哪
面先翻過來映照我們的臉？哪一面將它的光束一直照到我們的
心上？我們的叫聲是發自歡樂還是源於苦難？這一切別人會聆
聽嗎？有幾個人會因為這些聲音流下淚水？沒有別的人，沒有
別人來聆聽我們。只有我們兩個。「愛情像閃電／連接充血的
花和果／在最後的結局面前／沒有別的人／沒有別的歌聲／沒
有別的太陽」：我們躺在一張大床上，像在土地上漂流的船。
我們仰面向天。愛情像迅疾的電連接花苞和果實，那發芽到收
穫的過程只是瞬間，難道這就是我們的愛？在一個手勢的過程
裡體會了雙方靈魂裡的苦難！沒有別的人！「充血的」表達了
苦難和生命的豐盈、痛苦。「花」和「果」除了上面的一種釋
義外，還有另一種釋義：「花」是指那個女人；「果」則象徵
著詩人自己，飽滿成熟作為果實降臨人間，給人類帶來收穫的
景象。而愛情，在瞬間把他們連在一起了。也許這種釋義更接
近詩人本意。在那張漂流的大床上，在我們的愛情面前，最後
的結局到來了，世界的劫數來臨！噢，沒有別的人可以體驗並
預感到這些；沒有歌聲可以像我們的歌一樣，純真而苦澀地讚

美自己，在一個美好時代結束前剩存的純淨的人；沒有太陽！
那輪太陽照耀著芸芸眾生的同時，照耀著我們，那輪太陽不
算！只有在我們的靈魂中升起的太陽，照耀著我們自己。只有
我們才能體驗到那太陽的光芒！

　　「沒有別的人可以傷害我們／只有我們兩個／在法定的日
日夜夜／積累痛苦的眼角紋」：沒有別的手能夠插進我們的內
心毀滅我們，沒有別的臉能使我們的生命崩潰，沒有！沒有別
的人，可以勾銷我們，只有我們自己，只有我們自己能粉碎自
己，把自己毀成另一副樣子，變著花樣地把自己幹掉。只有我
們自己能夠聆聽內心的慘叫聲，而無動於衷！沒有別的人，只
有我們兩個，在相愛的日子裡相互折磨，在那命中註定的日日
夜夜，使對方衰老，使對方慘叫，拚盡全力地去愛，去溫柔，
看著對方在這樣的愛裡痛不欲生！誰能拯救誰！又有誰知道，
在那樣的溫存體貼裡，回憶和預告能殺死人！沒有別的人！
「死亡像一個救世主，讓花和果落入一片新土地」：只有死亡
的光潔年輕的臉，那用無數老者和垂危者的死換取的青春的
臉。只有它像一個偉大的救世主，讓著人類中誕生的美好的東
西（「花」和「果」）移入一片嶄新的土地，在死亡那兒，被
死亡打開的新世界！沒有別的能夠傷害我們，除了它，使我們
再生，使我們離開那片死滅的疆土！「在相對的真理和絕對的
／虛無面前／我們只能抱頭痛哭」：在新土地的光芒下，花和
果在無比清新的空氣裡滾動。「相對的真理」：那美好的事物
和情感只是相對我們而言；那災難和可以感知的歡樂，只對我
們發出強烈的召喚。我們為一種愛死去活來，我們為一種純真

慘遭折磨，為了一種信念感受孤獨，忍受世人的嘲笑。這一切，都是真理，都將永恆地照耀人類；但它們僅僅是對我們而言！「絕對的虛無」：死亡，那用我們的肉體來滋補它的血管的、狡黠的、冷酷的、技藝高超的年輕殺手，它的臉被一種莫測的光芒籠罩。誰能逃避？誰敢開著命運的車追趕他，並呼喊「我還會來」。那不僅僅對我們而言，對整個人類，那嘲笑我們也被我們蔑視的人，你們也逃脫不了。偉大的宿命，將我們全都囊括其中，你們也逃脫不了。偉大的命運，將我們全都囊括其中！在這冷酷的事實面前，沒有別的人能夠知道其中的辛酸，沒有別的人能夠洞察我們的絕望，在那樣的光芒的前頭，我們只能抱頭痛哭！

　　抱頭痛哭！沒有別的歌聲！沒有別的太陽！穿透一生地看過去，沒有別的人！

# 評孫文波：信念的明朗和良知

〈十四行詩〉／孫文波

　　它們被膽怯送上了這條道路

　　相互依靠，讓彼此的聲音淹沒自己

　　外人從很遠的地方觀望

　　只能看見混亂的一團，於是心中出現了

　　秋天雨後窪地的積水和枯葉


　　必須逃離，這是屬於某種最後選擇

　　在深深庭院的屋內杜門謝客

　　研讀很多著名的典籍，同死人對話

　　聆聽自己體內細微的顫慄

　　好像是顧影自憐，其實沒有這樣的意義


　　重要的是：忍受孤獨，在其中

　　發現和建立強大的品德

　　除了時間誰也不會在地上長期行走

　　除了寂靜誰也不會占有別人的心

析文

　　孫文波，四川的詩人。從《漢詩・一九八六》及《紅旗》等內部雜誌上讀到他的詩，在這之前，我想他的詩刊發出來的極少。他的詩使我和我的好友莫非興奮不已，儘管我們和他是路數不同的詩人。他是一個有著強大的精神體的人，宿命，具有古典的情操，信念的明朗和良知構成了他的詩歌世界。如我上面分析的一首，是我喜愛的，描繪出一代人的對立的精神世界。我認為他是極有可能成為大詩人的。

　　但孫文波的詩理念太強，句子往往過於直露，有單純追求精神內容和哲學思維之嫌。作為優秀的詩，還欠缺形象的傳達和詩的想像力。這將是致命的一點。如不適當節制和補充則有使詩被理念和思辨淹沒的可能。

　　此詩是《十四行詩選》的第一首，我把它改做〈十四行詩〉為題。這詩我以為欠缺的地方一如上面所說，再有，就是逃離之後，去和永恆的精神交流，忍受孤獨，那是使自己成為深刻的人和使自己輝煌的必然途徑，但有一點孫文波始終未說，那就是：生命的力量、活力和強烈洶湧的渴望！這是生命的本質。


　　「它們被膽怯送上了這條道路／相互依靠，讓彼此的聲音淹沒自己」：那是一條什麼樣的道路？在道路起始的地點，一個時代猶如壓輾機，隆隆地開過來。失去信仰的履帶輾碎了它們寄身其中的日子，使它們的靈魂潰敗，使它們盲目奔竄的

身體組成了一條道路：虛無。詩人，你斷言它們是被膽怯葬送
的，這「膽怯」一定還有十分廣泛的含義。它們只有靠在一起
才能相信，確認自己的存在。它們作為每一個人都已失去了信
心。必然出現的，應是讓依靠著的人們的動作，讓他們同樣驚
慌地適應把自己吞沒。個人澈底地消失了！「外人從很遠的地
方觀望／只能看見混亂的一團，於是心中出現了／秋天雨後窪
地的積水和枯葉」：個人消失了，自由、恐怖、發洩、模仿、
抄襲、罪惡作為一種權利被擊垮後保留的產品，災難後的瘟
疫，在一個大路上蔓延。混亂的一團，全都纏絞在一起，而那
是無數的人的面孔和肉體啊！像一個巨大的被砸裂的球滾動。
於是，站在遠處凝望著這一切的人，他的心中無情地出現了：
一灘積在窪地裡的泥水和漂浮在水坑中的，被秋天摧毀與刷洗
的無數葉子的圖像。

　　這一節的最後一句，意象的運用和筆觸的轉換，傳達出詩
的意境，使前幾句直露的現象有所好轉。

　　「必須逃離，這是屬於某種最後選擇／在深深庭院的屋內
杜門謝客／研讀很多著名的典籍，同死人對話／聆聽自己體內
細微的顫慄」：必須離開那裡，離開那吞噬的人的殺人的盲目
空虛的中心！使人喪失人格和尊嚴的相互耗損的場所，那是死
亡的沼澤。這對於我們，活著並尋找真理的人是最後的選擇。
在屋內，拒絕雜亂的人的來往。「庭院」增加了詩意並使得獨
居的所在含有自然的氣息。研讀古籍，同那些已與世長辭的先
人的精神交流。「著名」二字是要說明詩人選擇的交流對象都
是人類的精英。「聆聽自己體內細微的顫慄」，感觸那些被偉

人的靈魂叩響的聲音，感觸從自己體內生長的偉大情感，它們悄悄地出現並穿透詩人的所有骨頭到達頭顱，在哪裡發出嘯叫聲，生命的所有微妙的細節正在體內顫動，使靈魂覺得美不可言。「好像是顧影自憐，其實沒有這樣的意義」：這一切好像是自我欣賞，不，其實它對於生命有著重大的意義！

　　「重要的是：忍受孤獨，在其中／發現和建立強大的品德」：這是什麼樣的品德，在神聖的孤獨中建立的？在自我精神的修煉和進入生命本質的光芒中完成的？什麼樣的品德，和孤獨默契？和自身的血肉默契？摒棄虛偽和模仿，摒棄虛榮！永恆地擁有痛苦並站立在歡樂的頂部，那孤獨和聆聽能賜予人什麼樣的深度，使誰最終和遙遠的大師們站立在一起？「除了時間誰也不會在地上長期行走／除了寂靜誰也不會占有別人的心」：時間超越一切並毀滅一切，無情地摧毀人類。生命，即使精神也不能逃脫！即使死亡也被其占有。最終，只有寂靜（冷漠、死亡）能夠擊敗所有情感，以最後的完美方式，收拾人類，弄空人的心靈！

# 評姚振函：對土地和生命的讚歎

原詩

〈麥子熟了〉／姚振函

　　麥子快熟的時候
　　麥子還沒有熟

　　你去地裡幹活
　　鋤著玉米，或者
　　給棉花定苗
　　中午回家的時候
　　你無精打采，很累
　　低著頭，漫不經心走路

　　你的注意力只逃避了那麼幾分鐘
　　抬起頭來時，你忽然發現
　　身邊的麥子熟了
　　往遠處看，遠處
　　大片大片的麥子都熟了

你後悔剛才不該低著頭走路

那麼幾分鐘

麥子是怎麼熟的呢

## 析文

「麥子快熟的時候／麥子還沒有熟」：這是一剎那的事情。另外，這兩句使我們聞到了稻穀的香味。但它主要是給結尾的展開做了準備。

「你去地裡幹活／鋤著玉米，或者／給棉花定苗」：這些都是農活，和稻穀有關，和糧食、勞動有關，它圍繞著麥子即將成熟，使我們的心進入那片田野。「中午回家的時候／你無精打采，很累／低著頭，漫不經心走路」：你沒有看周圍的景色，那些麥田後面的鄉村風景，由於你一天的勞作而默默存在著。你很疲倦。

「你的注意力只逃避了那麼幾分鐘／抬起頭來時，你忽然發現／身邊的麥子熟了／往遠處看，遠處／大片大片的麥子都熟了」：僅僅幾分鐘，果實就掉落下來。生命和死亡在僅僅幾分鐘裡調換了位置，我們有了親人並擁有了愛情，都在僅僅幾分鐘內發生，我們的生命發生質的變化，我們對死去的人訴說痛苦，或者歡樂。全部的詩意就在這「幾分鐘」裡。最後一個變化必須有一個時間，只有一個，儘管它是無數個時間中的最後一個。這裡含有著巧妙和宿命。它的詩意在於囊括很多，涵蓋極大，但又似乎那麼單純，因而味道十足。這有多麼的靈巧啊！你瞧，「大片大片的麥子都熟了」。

「你後悔剛才不該低著頭走路／那麼幾分鐘／麥子是怎麼熟的呢」：如果你抬著頭，你會知道麥子是怎麼熟的嗎？它們的顏色像一種歡樂接近深紅，水分在秸稈裡奔跑，在熟的剎那根用力向下蹬，這一切即使你看著它你能知道嗎？你能說下「最後一下，熟」嗎？你能對一種歡樂說「我到頂了」嗎？多麼奇妙啊！詩人知道這些，但他確實是低著頭走路，他迴避那種眼睛睜睜盯著的狀態，以至於他可以用優美又撓著人的心的語氣說：你看，我是怎樣地錯過了那種歡樂呀！

　　全詩散發著濃郁的泥土氣息，語氣漫不經心，接近口語，句子直白，但它表達了很微妙的感覺。這樣的感覺裡隱藏著對土地和生命的讚歎，隱藏著強烈的詩的快感。這是我讀過的鄉土詩中最優秀的一首，它需要寫詩人有多麼敏感的心、柔情，需要機智和語言的功力。當然，這裡的微妙感覺只是在結尾一處，如果全詩能有多處閃爍著這種光芒，那就將是我們永難相忘的作品了。

# 評韓東：我們性格中溫柔的部分
## ——兼談「口語詩」

原詩

〈溫柔的部分〉／韓東

　　我有過寂寞的鄉村生活

　　它形成了我性格中溫柔的部分

　　每當厭倦的情緒來臨

　　就會有一陣風為我解脫

　　至少我不那麼無知

　　我知道糧食的由來

　　你看我怎樣把清貧的日子過到底

　　並能從中體會到快樂

　　而早出晚歸的習慣

　　撿起來還會像鋤頭那樣順手

　　只是我再也不能收穫什麼

　　不能重複其中每一個細小的動作

　　這裡永遠懷有某種真實的悲哀

　　就像農民痛哭自己的莊稼

### 析文

　　韓東，南京的年輕詩人。大概是以〈我們的朋友〉和〈一個孩子的消息〉進入詩壇，並博得普遍的讚賞。

　　在這裡我想對口語詩談一些話。

　　口語詩是指在詩中使用近似於日常語言，意象疊加很少，或幾乎不使用意象，造成句子較明朗、流暢的詩歌。這些詩讀來往往親切，接近我們的日常生活。但口語詩不意味著大白話，不意味持反對意象的準確和巧妙的使用。也許「口語詩」這個名稱就是極不準確的。

　　我以為，在將日常語言轉化成詩意方面，芒克是最優秀的。他的早期詩集《心事》是最精彩的範例，到了《陽光中的向日葵》，一些東西（樸素、尖銳）已經失去了，但作為日常語言的語氣還是保留了下來。芒克對於語言有著本能的直覺，並對詩有極幾好的悟性，這也就是我們說芒克是個天生的、不可救藥的詩人的原因。

　　大學生詩派對詩發起了一次毀滅性的運動，它們的聲勢似乎使它們能成為破壞者存留在詩壇上。但是，還是詩歌勝利了，作為一場運動，它們確實已接近尾聲，但卻留下了謬種繼續蠱惑每一個不願艱辛地鑽研詩藝的人，毀掉他們。

　　精神或者技巧，在詩中它必有其一（我不包括那種毫無新意、拙劣模仿的玩意兒）。二者渾然並進入極高層次，就是大師的完成。眾多口語氾濫，表現膚淺，內容極為做作的所謂「口語詩」、「大學生流派」（真正的不應該是這個樣子，優

秀作品不是運動鬧出來的，而是孤獨和深刻的體驗，準確地表達）的詩的失敗就在於它們二者之中任何一個都沒有達到！藝術規律是無情的。

　　我想盡快結束這裡的議論。如果你不使用意象，用提煉和燒鑄過的日常語言寫詩，那你就要在你的每一句中，從而在全詩中，注入深刻而獨到的精神內涵（這是我喜歡四川詩人孫文波的詩的原因）。或者，在一句表面直接和明朗的句子裡潛藏著某些詩意的東西，這是下策。最高級的是在句子與句子之間有著一種震顫，那些輝煌的、使人感動和震盪的全在句子之間的空白處，那些無法言傳的東西使你狂喜、騷亂、驚愕和美不可言。這是大師的技巧！

　　為什麼在析韓東的詩前說這些話？因為我覺得韓東的某些詩句過於直白，但他的整首詩卻充盈著一種「氣」。他的詩歌表達了我們日常生活中一些很熟悉的東西。如〈我們的朋友〉、〈一切安排就緒〉、〈你的手〉等，它們使你覺得親切，但最關鍵的也許是準確。在那些詩裡都有一種善良的柔情、些許的詼諧，和人生淡淡的哀愁、迷惘。就是這些使你感動，使你讀完他的詩後產生一種溫柔的情感。從形式上來說，它和那個「派」相似，但它絕對比那些東西高級。

　　韓東，在進入你的詩前說了這麼多似乎是題外的話，請你理解。因為它們確實涉及到詩，尤其可能威脅到你（那威脅來自於你自己）。另外，我以為你的詩總的來說還軟，每首都可以，可又找不出很漂亮的（而〈大雁塔〉、〈山民〉、〈我見過大海〉及〈老漁夫〉等被評論界看好的作品，我以為都是

很差的作品，毫無新意，甚至重複了一些小說早已描寫過的東西。這樣，它就失去了詩的純粹和絕對的高度，儘管那高度只是在我們的夢想中才能達到）！這是我較辛苦地選擇你的詩時的感覺。也許其原因只能在你的生命深處尋找了。

　　「我有過寂寞的鄉村生活／它形成了我性格中溫柔的部分」：鄉村生活，我們想那是非常安寧、恬靜的。那稻子的香味和水，還有田頭的水甕與光屁股的孩子，它們會使一個詩人的心流淚和顫動。遠離城市的傾軋角鬥、陰謀的威脅，那些使人的心靈破碎和惡毒的東西。這一切，在麥子的金黃色之中，在和平的泥土裡，使一個人的性格中出現了溫柔的部分。「寂寞」是為了強調鄉村生活的安寧。「每當厭倦的情緒來臨／就會有一陣風為我解脫」：生存在自然之中，涼爽美好的景色會使疲憊和厭倦的心情解脫。「風」是一個廣闊的象徵，象徵著鄉村生活中一切美好的東西。而這個詞又有極鮮明的動感，使「解脫」二字貼切，增添詩意。「至少我不那麼無知／我知道糧食的由來／你看我怎樣把清貧的日子過到底／並能從中體會到快樂／而早出晚歸的習慣／撿起來還會像鋤頭那樣順手」：糧食的由來，這裡一定有著更深的含義。韓東是拿它象徵人類所有不可缺少的東西，包括使人變得偉大的精神、死亡或生存的美德與良知；這一切用「糧食」二字不動聲色地暗示著。「由來」二字則囊括了精神的運動。但也可能這裡的「糧食」就是糧食，因為下面的「清貧」二字較單純。如有我理解的那麼廣泛深刻的含義，就應使用更準確、涵蓋性更大的詞彙，如

「貧苦」、「貧困」。因為「苦」和「困」字可以暗合精神，
而「清貧」則太像一種狀態。如是第二層意義，那全詩就降了
一大塊，而且如果「糧食」就是指糧食，那不知道它的由來也
未必就是無知，這裡的表達就顯得表面化了。把清貧的日子過
到底，並能從中體會到快樂，這就是純粹的詩人的感覺。因為
他確實是在使人狂喜的自然之中，他的精神並不處於飢餓狀
態。早出晚歸的習慣，農業生活的現象和詩人混跡自然的混
合，他就像當初使用過鋤頭那樣熟悉。「撿起來」這三個字可
以有二種解釋：撿起鋤頭，這是韓東的本意，一個鄉村生活的
比喻；但「撿起來」也有現在不這樣了，而人表白說我可以把
這個習慣撿起來，這就使這句詩從時間觀念上和上面的產生衝
突。問題產生在這三個字的雙重含義上。這個問題應該在韓東
選擇詞彙時小心地避免。這些微小的地方都會破壞整首詩的良
好感覺。「只是我再也不能收穫什麼／不能重複其中每一個細
小的動作／這裡永遠懷有某種真實的悲哀／就像農民痛苦自己
的莊稼」：詩幾乎無法分開讀，但有些句子確實深深打動我
們，這四句使我感到一種悲哀，生命的悲哀。就是這四句，使
我決定挑選這首詩。如今，我失去往日的快樂，那些無憂無慮
的溫柔的風，那些孩子和明亮的河流。「收穫」二字也有廣闊
的含義。情緒和作為一個詩人的創造，以及所有美好的情感都
很難重新再現。那曾經使我的生命狂喜的每個細小的動作，如
今都被遺忘，像一個癱瘓者無法重複往日充滿青春氣息的動
作。「細小的動作」也是象徵，涵蓋所有美好的東西。是呀！
這裡永遠懷有某種真實的悲哀，青春不再來！甚至我們已經看

見了「死亡」的影子，而曾經，我們根本就不把這兩個字當回事兒看！一些東西永遠失去了，不僅僅指當我們忘情於自然之中，還有無數欣悅我們生命的東西，失去了！丟掉了！就像農民痛苦被一場風暴毀掉的莊稼！

　　嗷，我感到我的心靈裡已經充滿淚水，儘管我經受過更慘痛的肉體和精神上的折磨。看哪，就是那些，那些美妙的、永遠閃爍的、純真的生活，那些往日！構成了我們性格中溫柔的部分！

# 評呂德安：溫柔的愛把靈魂打開

〈枯萎的花朵〉／呂德安

我把這些花藏起屋裡
它們多像一隻隻抓緊的小手
在我匆忙走動中拽住我的衣襟
好像再也哭不出聲來，這些孤單的
我心愛的花朵

我像梳理頭髮一般把它們
一枝枝地分開，我仔細地分清
它們在風中沾濕的花瓣
這是深藏著芬芳的海洋
已經奄奄一息，露出了石頭和泥土

你看她們枯萎了，垂下頭多麼悲傷
你看她們的莖子上微弱的光芒
它們抵抗過什麼接受過什麼
如果你只是匆匆看上一眼便走掉

你怎麼能感受出那裡邊日子的悲傷

這些花朵曾經陪伴我生活
我把它們放在窗口，它們就從心裡開始
盛開
直到那個心完全淹沒不見
你忽略了她，像忽略了腳下的土地
當你只從我窗前走過，你怎麼能
知道這顆心曾經如此純潔過

現在它要枯萎了，要死亡了
已經不再痛苦了，她看上去多麼寧靜
我捧起她們的頭多麼沉重
它們只到了死亡才顯得這麼沉重
（像鳥在空中猝然死亡的重量）
而我要把它們藏起屋裡不再放出來
只是想認清那最初傷害她們的夜晚

## 析文

呂德安，福建的年輕詩人。用一位朋友的話說：他是一個
幸運的詩人。因為他的詩幾乎人人都喜歡。那麼純情，貫穿著
整個田野的氣息，還有，恐懼黑夜的憂鬱。

他喜歡洛爾迦、葉賽寧，他的詩歌的謠曲風格和憂傷使他
和這兩位傳奇的純粹的詩人接近。我喜歡德安，喜歡看他憂傷

的樣子，那人的力量似乎從他的臉部都跑光了。也喜歡聽他說
「發表不多」詩那極輕微的聲響。還有，當我們酒後發瘋時，
他被突然降臨的衝動激狂，但實在又瘋不起來的那種難受的
樣子。

　　他有三種類型的詩。〈父親和我〉，許是德安「著名」的
詩了；他把一種聖潔的情感表達得如此完美，那「難言的恩
情」竟貫穿於日常之中，這類情感既偉大又流入我們多情的心
（包括〈外鄉人〉）。另一類是〈彎曲的樹枝〉、〈天使〉，
它使我感受到那種最純的感覺，那些難言的美妙和細緻的震
顫。在〈天使〉中我聞見了整座田野的氣味，它讓我們看見那
麼純粹和溫情的詩人，耽於夢想之中，一棵草的夭折都可能把
他的心擊垮。再有，就是〈枯萎的花朵〉。本來我想析〈彎曲
的樹枝〉，那更接近德安。但由於德安的父親的去世，接踵而
來的是他所心愛的姐姐的病情加重，德安在給我的來信中顯露
出那樣的悲哀和迷惘。因之，我析了這首〈枯萎的花朵〉，以
表我對德安，對一位詩人在厄運之中的深深的慰藉！

　　「我把這些花藏在屋裡／它們多像一隻隻抓緊的小手／在
我匆忙走動中拽住我的衣襟／好像再也哭不出聲來，這些孤單
的／我心愛的花朵」：哭泣的聲音。那個純情而歡樂的詩人哪
裡去了？花瓣像一隻隻收攏的小手：它們日益萎縮，像張開的
手掌慢慢回收。那美、燦爛明亮的時光，好像整在消逝中抓住
我，好像它們要哭而發不出聲。小手的比擬使我們自然聯想到
孩子，那麼哭不出聲，也就貼切自然，又富有感染力了。消逝

的美、弱小的孩子、孤單，這些緊緊連在一起，使人的內心為
之動情。

「我像梳理頭髮一般把它們／一枝枝地分開，我仔細地分
清／它們的風中沾濕的花瓣／這是深藏著芬芳的海洋／已經奄
奄一息，露出了石頭和泥土」：把花束一枝一枝地分開，確實
像把頭髮一絡一絡地整理，這比喻很準確，又充滿溫柔細膩的
情感。「風中沾濕的花瓣」也許指尚未完全枯乾，但又可以說
它剩下了一些濕潤的，以便下次把它們摧毀。這裡有一點小邏
輯。詩人把中間的抽去，說風中沾濕，我想是故意造成含混的
效果，使詩味足。那些，仍舊濕潤的開放的花朵，水分依舊充
盈在她們的體內，就好像在她們的肢體裡蘊含著無際的海洋，
散發出融化在海水裡的花朵的芳香。但那海就要乾枯了，花朵
就要死亡，它們將露出海底的石頭，滋潤著花莖的泥土和被花
瓣覆蓋的石塊。那凋零的花朵將再一次跟它們混合在一起，暴
露著整片大地的蒼涼！

在寫這些文字時，我的心靈裡一遍一遍地迴蕩著馬斯涅
〈悲歌〉的旋律，那麼淒絕，歌詞那樣地哀婉。這支歌伴我度
過了整整十年心靈苦難的時光！

「你看她們枯萎了，垂下頭多麼悲傷／你看她們的莖子上
微弱的光芒」：那花朵在枯萎後彎折著，像一個被重創的人垂
下了頭。她們的莖幹上仍舊殘存著生命的光亮。她們緊緊地抓
住這個世界並存在整整一個黑夜裡叫著：「不，我不走開！」
噢，她們抵抗過什麼？被什麼暴力蹂躪？被什麼樣的陰謀損害
過？絕望和驕傲是從哪片葉子的根部進入她們的身體？而什麼

樣的美又在一個早晨突然地怒放？「如果你只是匆匆看上一眼／便走掉／你怎麼能感受出那裡邊日子的悲傷」：匆匆看上一眼，蘊含著理解和進入的意思。呀，那些日子的悲傷！

「這些花朵曾經陪伴我生活／我把它們放在窗口，它們就從心裡開始／盛開／直到那個心完全淹沒不見」：它們的驕傲的美，融解一切的美，對生活良好的期待，就是從我的心裡開放出來的。我的心就像一隻瓶子（或者是泥土），那些「美」越來越旺盛，直到我的心在讚美的瘋狂的情感中暈厥過去，那些花把這個精緻的瓶子淹沒，花朵垂掛在周圍。「你忽略了她，像忽略了腳下的土地／當你只從我窗前走過，你怎麼能／直到這顆心曾經如此純潔過」：你不曾注視過我的存在，你不曾被一種美感動，被一種溫柔的愛把自己的靈魂打開。你就像一個趕路人，頑冥地追趕你的東西，你聽見人類的聲音了嗎？你聽見愛從花蕊上下來的聲音了嗎？你聽見我的心像泥土一樣散開並無比肥沃的音響了嗎？你固執而睥睨地走過，你不崇尚美，你不看我的心，這顆如此純潔、如此孤獨而驕傲的心！曾經是那樣，如今呢？在我重溫這些充滿柔情的詩句時，在我背對微弱的爐火，重新吟讀時，我的這顆心，早已不那麼純潔了。它被弄髒了！

「現在它要枯萎了，要死亡了／已經不再痛苦了，她看上去那麼寧靜／我捧起她們的頭多麼沉重（像鳥在空中猝然死亡的重量）」：枯萎了！枯萎了！死亡結束全部的痛苦，並在泥土中準備一個天堂，那天堂的光芒只為善良和充滿良知的人閃耀。罪惡的人則躺在冰冷的石頭裡，被砸、被輾的時候還去傷

害別的人。那些花朵的頭多麼沉重，無數世紀的美都集中在那
兒，還有謀殺者的罪惡（鳥在飛翔時猝然死亡，牠無法再輕，
也就是無法再重。這是反著說的效果，也顯示出死亡作為意義
的重量）。「而我要把他們藏起屋裡不再放出來／只是想認清
那最初傷害她們的夜晚」：認出仇人！讓那些死去的美的靈魂
在詩人的夢裡說出誰是凶手，指給我們看！那些夜晚將終生折
磨我們並被我們仇視。而將那些亡魂珍藏，只是因為在你們
或者的時候，我們沒有能力保護你們！我們的心，在恥辱中
──疼！

# 評莫非：在詩歌和我們生命的中間

原詩

〈空白的空白〉／莫非

　　在石頭的上下之間
　　我感到語言的雙重壓力
　　沉默已傷害了許多人
　　許多人在同一晚上病倒
　　我把自己安置在草地上
　　已經不是輾轉反側的年齡
　　從此開始接受年邁的妻子的教誨

　　一個病人
　　另一個病人
　　為呻吟的世界會診

　　我說不上來，在生死之間
　　有一條難以想見的裂痕
　　像那塊石頭
　　破碎後依舊完好

## 析文

　　莫非，北京的青年詩人，我的好友。這首詩是詩集《空白的空白》裡的第二十三首，我將其冠以了詩集的標題。

　　我認為莫非是一個理性的詩人，他的詩寫得克制，張力很大，具有相當出色的文字功力。他是屬於那種在家悶活不善結交的人，偶爾竄到我這兒，帶著他那張因練詩而變得菜青的臉，一見我的面就為詩的某些觀點爭吵不休。我倆都想用嗓門把對方壓倒，又因為經常談一些很抽象的問題，精神太集中。他每次一來我就吃不了午飯，每次他走後鄰居都會問我，是不是吵架了？我那麼不好意思地笑一下，嗓子很疼，筋疲力盡。

　　大概我倆除了寫作外關於詩的看法都悶著無處訴說。我不喜結交，喜歡獨處，喜歡瘋的時候要死，靜的時候要哭。我倆的詩歌風格也不同，但對於好詩好書的看法卻出奇地一致。

　　《空白的空白》我認為是他到目前為止寫得最好的詩集，和《棕櫚樹》、《狂人樂團》（皆為油印詩集）構成了他藝術生命的階梯。

　　對於莫非，完全是孤獨和內心的敏感，還有和這個世界較勁，和自己過不去造就了他的詩歌（一年一本詩集），造就了他，這個孤僻的人！

　　「在石頭的上下之間／我感到語言的雙重壓力」：在兩塊石頭空隙之間，我置身於那個危險的地帶，猶如我在活著的時間裡經常感到語言的雙重壓力，壓迫著我，使我感到了恐怖。語言的

雙重壓力：別人使用的侵犯我的語言，試圖改變我，使我面目全
非，使我相信我和無數眾生一模一樣，過著猥瑣和空虛的生活。
這種壓力從四周逼近我，好似空氣中的壓力，無法逃避並像化學
劑使我一點點發鏽。另一種壓力：我內心的語言，我的語言，它
和這個世界發生著什麼樣的衝突，由於我這個肉體的存在不得不
以妥協的方式解決。它的本能和純淨，它被我的思想和心穿透時
的聲音，它們都想呈現出來。當我把它們吐出來時它們被我生存
的現狀不自覺和無意識地扭曲。我的語言，貼著我的心跳躍，我
怎樣使你們面目真實地出現？我又看見了莫非那張菜青的臉，在
純粹的思辨和生存之間煎熬。這就是雙重壓力的析義。可憐的人
被壓迫著，還用盡力氣寫下這個命題。那壓力的劇烈和強大，莫
非的心所感受到的堅硬，以「石頭」的意象傳達出來。「沉默已
傷害了許多人／許多人在同一晚上病倒／我把自己安置在草地
上」：就是因為沉默，異化以無比凶猛的勁頭向前推進。「許多
人」絕對不是感知不到這種生活困窘的人，不是那些麻木和可恥
的人，他們根本就不屑被我們提到。莫非，我們說的是有感知的
人，感受到這樣的壓力和威脅，但沒有勇氣和技巧做出反抗的動
作。我們說的是這些人。他們也算是精粹了把！但他們忍受、適
應，悄悄地調整，以純的人的方式尋求出路，他們沉默！因為生
命的壓力從頭頂向整個人類壓下來，他們的沉默毀了自己，也在
毀滅別人的行動中加了一把力。嗷，許多人在同一晚上病倒，流
行的疾病在人類具有感知能力的人群中挑選，一部分一部分地擊
倒他們，那分散的後果使象徵邪惡的力量開心，看著他們不堪一
擊，看著他們的面孔一張張地變成一個模樣。「草地上」象徵自

然，是指莫非使自己來到本真的、未被污染的狀態，也可暗喻毛毯、絨毯之類的床上用品。「已經不是輾轉反側的年齡」，這裡講有二種解釋：堅定、不惑，把那些都看明白了，堅決不讓自己被改造和同化，因之「年邁的妻子」這不見得就是年齡的生命力已經萎縮。那妻子在以世人的觀念來勸說自己，教導自己，看看他們，平安、樂命，你還要幹什麼？再有，年邁的妻子，也可以理解為就是年齡、生理上的，那這種效果就給我們造成了隱祕的蒼涼感，一種戲劇性的感受，也是詩的效果。「不是輾轉反側的年齡」的另一種析義，是自己也已經知天達命了，忍受現狀，因此年邁的妻子開始跟自己沒有窮盡地數說著，說著那些「執迷不悟」、一根筋的日子。這種析義充滿了辛酸。但第一種析義的準確度要高。另外，輾轉反側，也同時契合在床上翻來覆去，它對兩個意思都進行了關照，這裡我們看到語言的奇妙和莫非選擇的精心。同時，多種理解並存，從而使詩韻味很足。

　　「一個病人／和另一個病人／為呻吟的世界會診」：兩個病人可以理解為莫非和他的妻子（這僅僅是詩歌效果的說法，莫非的妻子是嬌小可愛的），那叨叨的述說猶如給這病入膏肓的世界開出診斷書。但那診治者就是重號的病人，他們的聲音就是這個重病的世界在疼痛中的呻吟，他們就是世界的病灶，流動著，蔓延著，使這個世界不可救藥！

　　年邁的妻子是一種病！義無反顧的莫非是一種病！詩人是一種疾病！在生存的世界上，全是病人！同時，二個病人也可理解為別的人，生活的無數人之中的隨意兩個，反正全是病人。往下的析義和剛才是同樣的。

在這會兒我們已讀出了莫非的憤世嫉俗，他的重創和內心的傷痛！

「我說不上來，在生死之間／有一條難以想見的裂痕／像那塊石頭／破碎後依舊完好如初」：怎麼析，這種感覺怎麼說出來？我的心被撕開後又合上，我怎樣把那疼痛和感覺完整地說出來？莫非，你說。在生死之間，有一條難以想見的裂痕，那裂痕就是人所活過來的一聲！當你站在死亡的地點往回看，你見到的是你用整整一生創造的巨大的裂縫，你的青春、騷動和掙扎，都使那裂縫日趨險惡和完美！使它像一件無法遺忘的藝術品。整整一生啊，那裂縫從生延伸到死，那裂縫在我們的每個生日裡閃耀著迷人的光芒！我們是怎樣過來的呢？

這二句詩有著多少慘痛、感受和詩的技巧。因為生與死之間確實還隔著東西，這給莫非以無數的東西可造。但他寫得多簡潔、冷靜，「裂痕」二字壓抑了多少衝動和情感，但我們在它的裂縫裡看見了多少令我們感到恐怖和惶惑的東西！

像那塊石頭，破碎後依舊完好如初。這實在無法說出來。破碎後完好如初透露出內心的堅忍蒼涼、對煎熬的忍受和內部的疼痛。破碎後不可能完好如初，但莫非愣說：完好如初！這是辛酸和隱痛。而以「石頭」的意象來比喻，則還有著堅硬和冷漠的感覺，以上雜亂的字句摻和在一起，就是這句的大致析義。

開首的滲透和結尾的石頭呼應，但結尾的石頭已是破碎後的重合，如說完好如初，那也是裂痕全在裡面。過程是在中間展現的，在詩歌與我們整個的生命的中間。

# 評柏樺：這樣的光芒，這樣的慘痛

〈獻給曼捷斯塔姆〉／柏樺

> 那個生活在神經裡的人
> 害怕什麼呢？
> 害怕赤身裸體的純潔？
> 不！害怕聲音
> 那甩掉了思想的聲音
>
> 我夢想中的詩人
> 穿過太重的北方
> 穿過瘦弱的幻覺的童年
> 你難免來到人間
>
> 今天，我承擔你怪癖的一天
> 今天，我承擔你天真的一天
> 今天，我突出你的悲劇
>
> 沉默在指明

詩篇在心跳在憐惜

無辜的舌頭染上語言

這也是我記憶中的某一天


牛已停止耕耘

鐮刀已放棄亡命

秋風正屏住呼吸

呵，寒冷，你在加緊運送冬天


焦急的莫斯科

你握緊了動人的肺腑

迎著漫天雪花，翹首以待

呵，你看，他來了，我們詩人中最可泣

的亡魂

他正朝我走來


我開始屬於這兒

我開始鑽進你的形體

我開始代替你殘酷的天堂

我──一個外來的長不大的孩子

對於這一切

路邊的群眾只能更孤單

## 析文

「那個生活在神經裡的人／害怕什麼呢？／害怕赤身裸體的純潔？／不！害怕聲音／那甩掉了思想的聲音」：甩掉了思想的聲音，是直覺和本能的聲音。它像動物感到威脅時發出的恐嚇性的咆哮，或器官愉快和痛苦時的嘯叫。他的感受不是置於思想之中，而是發自生命的本能，那本能被安置在非常純潔和善良的狀態之中。曼捷斯塔姆，俄國詩人，一個偉大的純粹的詩人。他的純潔和敏感，他對人類的純正的願望，使他與所生產的時代格格不入，使這樣的詩人與大工業誕生後所有的時代格格不入。他，那樣的詩人，從此生存在自虐與狂躁的氣氛中；從此，在神聖的詩歌境界中創造自己熱愛的世界，在看見新世界的光輝時完成自我的毀滅！

那個生活在神經裡的人，柏樺，那個生活在神經裡的人，害怕生命？迷亂、癲癇和夢幻，無時無刻不充塞著他，摧打著他。就是那個曼捷斯塔姆，你在自己的錯亂中看見他的影子。難道他害怕那種純潔？那種純潔和坦蕩傷害了他，使他沒有朋友，使他在親人的逃離迴避中孤獨一人。難道就是這種純潔使他與「人」相距那麼遙遠？不，柏樺你說：他害怕——自己的本能的、純真的聲音。就是這樣的聲音，傷害了他作為一個「人」的肉體。

第一節以神經質的方式展開，宣布：拒絕思想。

「我夢想中的詩人／穿過太重的北方／穿過瘦弱的幻覺童年／你難免來到人間」：那個詩人，那個我熱愛、讚譽，我的

腦海縈繞著你的聲音的詩人（「夢想」二字的釋義），穿過沉重的冰凍的北方，穿過充滿幻覺的童年。那個瘦小衰弱、耽於夢想的孩子，你來到了人間。幻覺、夢想是貫穿全詩的迷幻和神經質狀態的描寫，我懷疑這是柏樺自己狀態的體現。它和對曼捷斯塔姆的描寫糅合在一起，使詩句有著一種悲慘、焦躁、淒迷的感覺。這是我選析這首詩的全部的原因。在我讀過的柏樺的詩裡，我以為這首也許最接近他的靈魂。他的其他眾多的詩太想表現一種哲理，而最關鍵的是那些表達尚缺乏一種深邃、獨到和透明。我喜愛這一首。這一節的「重」字和「瘦弱」二字都為了渲染沉重的氣氛，為了表現曼捷斯塔姆這樣的詩人的悲壯。

「今天，我承擔你怪癖的一天／今天，我承擔你天真的一天／今天，我突出你的悲劇」：「一天」可以理解為曼捷斯塔姆的一生，縮減成一天，就產生了「很精緻」的詩感。我像你一樣地怪癖，我像你一樣地天真，噢，大師，我突出你的悲劇。這一切在我的身上已是更加鮮明，結局以同樣的方式、同樣的角度等待我，使我和你一模一樣。

這一節是一種情感的宣洩。

「沉默在指明／詩篇在心跳在憐惜／無辜的舌頭染上語言／這也是我記憶中的某一天／／牛已停止耕耘／鐮刀已放棄亡命／秋風正屏住呼吸／呵，寒冷，你在加緊運送冬天」：沉默，意味著將一切看得清清楚楚。對於這樣的世界和這樣的人群，我無話可說，我背轉臉去，看見詩歌的光芒在我緊閉的雙眼之中閃耀。因之，是「沉默在指明」。詩和心在共同跳盪

著，它們是一種東西。「憐惜」二字相對淺了些。對於曼捷斯塔姆而言，對於柏樺，那些人和那樣的生命值得憐惜嗎？那些膽怯而猥瑣的人，那些僅僅為了他人而活著的人，那些豎起自己的耳朵聆聽別人談自己的人，他們那麼髒，那麼卑鄙，他們值得憐惜嗎？看呀，「無辜的舌頭染上語言」。這都是沒有給上勁的句子。「無辜的舌頭」應該是指曼捷斯塔姆，或是柏樺自己；「語言」是詩歌，這句有軟弱的成分和無奈的感覺。但我們真的是無辜的嗎？難道我們需要誰來裁決和同情？難道我們需要別人來說這個怪人是無辜的？難道我們需要別人？而詩歌是被「染」上的嗎？透過這幾個句子，我直覺地感覺到柏樺性格中軟弱的成分，儘管我和他根本不相識。但通過詩，我在感觸他的靈魂！「這也是我記憶中的某一天」。好，剛才突發的責難可以被認為是對一生狀態的責難。對於某一天，那頹喪和哀婉的某一天，我們沒什麼可說。

「牛停止耕耘／鐮刀放棄亡命」：「亡命」是詩人一種情緒的渲染，同時也把自然和作物與曼捷斯塔姆悲壯的情感、飄零的經歷連在了一起。這一節表現了大地的凋零、荒蕪、寒冷在人間的降臨，它是在理想和純真遭到玷污，被毀滅之後出現的，是自然對精神的呼應。

「焦急的莫斯科／你握緊了動人的肺腑／迎著漫天雪花，翹首以待」：如果不點明莫斯科是否更好？因為這終究有一種局限的感覺。應該把曼捷斯塔姆這樣的詩人放在整個人類的背景中展開，全詩是這樣做的，但地理名稱的出現損壞了這樣的感受。「握緊肺腑」這滿漂亮的，新穎和力度同時完成了。整

座莫斯科城在茫茫的大雪中翹首等待。「啊，你看，他來了，我們詩人中最可泣／的亡魂／他正朝我走來」：詩人中最可泣的亡魂，這標誌著柏樺對曼捷斯塔姆的氣質、詩歌風格、經歷、人格力量的讚賞。他酷愛曼捷斯塔姆，因為他和這個早逝的大師氣質上接近。這是「詩人中最可泣／的亡魂」的解釋。「泣」字有為其經歷哭泣的意思，啊，那個亡魂，在漫漫的大雪中，正朝我走來！

　　「我開始屬於這兒／我開始鑽進你的形體／我開始代替你殘酷的天堂／我──一個外來的長不大的孩子／對於這一切／路邊的群眾只能更孤單」：「這兒」是指曼捷斯塔姆的詩歌世界，是指人類的精英的世界，也隱隱有死亡之界的意思（這可以理解為一種癲狂和幻覺症的出現，呼應著此詩的第一節）。它不是一個地理的意思。我，開始進入你的形體，代你發言；你的魂魄潛入我的身體，我的嘴說出我們兩人共同的聲音。那是「甩掉了思想的聲音」嗎？或者，在經歷了殘忍的精神運動後，它已不是那麼絕對了，它們渾然，但我仍是一個生活在神經裡的人。殘酷的天堂，境界的美好，但肉體已經消亡；生命的純潔和崇高，但備受蹂躪；夢想的完美，但生存痛苦。所有的美好與殘忍的現實的對立，就是「殘酷的天堂」的隱義。曼捷斯塔姆，由我來代替你，讓我幻變成這個殘酷的天堂！承受這一切，至死不悔！我，一個外面來的，不屬於髒的地方的，保存著一種最純潔和正直的情感的孩子，一個瘦弱的充滿幻覺的孩子，一個外面的孩子，代替你的殘酷的天堂！代替你，在空氣中，向著人類發出聲音。對於這一切，對於這樣的光芒和

這樣的慘痛，那行走在道路邊的群眾（他們甚至都沒有在道路上行走），他們無所感知，他們麻木而機械地走著，他們活下去，他們毫無感知地活下去，比我出現之前，更孤單！

# 評一平：面向死亡，在大地之上

〈紅橡樹〉／一平

　　那高高的　吸滿岩石
　　流駛天空的紅橡樹

　　紅橡樹
　　那征服了死亡
　　昂起頭顱
　　躍起無數音符
　　火紅馬群的紅橡樹

　　燒焦的大地
　　如此地單純
　　像曠古冷卻的銅液

　　死亡會塑造一切
　　那紅橡樹是一個復活
　　多麼清澈的水

和弓箭
被擊潰的世紀
沉重地壘進肢幹
以至大地　在那裡
安放頭頂


毀滅　毀滅顯得
輕浮和平淡


該復活的自會復活
然而復活沒有聲音
望著
遠遠的泥紋　和
奔跑的母鹿
紅橡樹
接受了風
飛起一片鷹的火焰


紅橡樹啊
紅橡樹就是季節
就是鹽的血液


是的　不是早晨
既然死亡填凸了海

那麼　清洗過的白晝

和紅橡樹

就是遼闊的永恆

## 析文

　　「那高高的　吸滿岩石／流駛天空的紅橡樹」：一棵巨大的、巍峨地聳立的橡樹，它的無數片葉子伸展在天空下面，火紅的葉片燃燒著，猶如空中的火焰。這是我們腦海中的圖像。「流駛」二字傳達了一種激情，也形象地展現了葉片在風中抖動的感覺，燃燒的感受從樹冠的這邊流竄到那邊。紅橡樹：我們可以把這株橡樹理解成渾身流淌著血液，那是與死亡和罪惡搏鬥後驕傲地屹立的形象，這是全詩的主題：「紅」字也可以理解成是作者激情的傳達。那株橡樹！它的根抓住岩石，它的全身在天空下燃燒！

　　「紅橡樹／那征服了死亡／昂起頭顱／躍起無數音符／火紅馬群的紅橡樹」：這一節等於是給第一節做了解釋。其實第一節鮮明的形象感和撼人的氣勢已將這些帶了出來，或可以由讀者在感覺和想像中完成，這節的重複多少損失了些第一節的詩感。那株血紅的橡樹，它昂著透露，是因為征服了死亡，它的額頭向著新生的方向閃耀。「躍起無數音符」可以理解為是橡樹的無數片葉子，抖動著，猶如無數音符在空中交叉碰撞，那是勝利的歡呼和偉大的呼喊，是再生的合唱！「火紅馬群」也是一片紅色的橡樹葉子的比喻。抖動的葉子猶如馬群揚起蹄子，它是第一節「流駛」二字的呼應和延伸，也是上一句

「躍」字的呼應，使已經和詩的感覺合拍。「紅色」始終貫穿著，那是激情的展開和繼續；「音符」、「馬群」等則增加了動感，渲染著氣氛。

「燒焦的大地／如此地單純／像曠古冷卻的銅液」：由於紅橡樹是征服了死亡後的屹立，那麼在它的腳下，也許其他的東西都是被死亡毀了的。大地被燒焦，在洗劫和毀滅中顯得如此單純。死亡使一切變得簡單，變得像死亡本身一樣精煉和不含有感情。「單純」二字，既表達劫後一切都變得一目了然、變得簡單的意思，同時又隱含一平對死亡的讚頌和敬仰，那是「純」字洩露出來的。因此，「曠古冷卻的銅液」的比喻含有讚美的情感，是對永恆冷寂的崇拜，是一個詩人的貫穿千古而存在的自然物質的讚頌。同時，這一節的冷和死寂的調子是為了襯托那株「流駛天空的紅橡樹」，用死亡的單純烘托生命的誕生和激情。

「死亡會塑造一切／那紅橡樹是一個復活／多麼清澈的水／和弓箭／被擊潰的世紀／沉重地壘進肢幹／以至大地　在那裡／安放頭頂」：死亡修改並整理大地上的一切，死亡給人類命名，叫動物、植物還有人懂得友愛和仇恨，懂得和平與戰爭，懂得殺戮，還有嬰兒的出生。死亡使我們流出淚水，並告訴我們有一個東西叫：心。死亡刪改大地的生命史。紅橡樹是一個象徵，復活和勝利的象徵。唯有它能和死亡交手並在流出血後仍舊站立著。它是人類的激情和生命的原始力量的象徵。因之，「水」、「弓箭」的意象出現了，那水是清澈的，是赤裸的，是人類袒露自己肢體時的真摯和純粹。但那樣的世紀卻

是永遠地不復存在。它們作為夢想匯入人類的血管。那純粹和真摯只是偶爾地在人類的臉上閃耀，只是偶爾地在一詩人的身上閃耀著它未被玷污的光芒！那未被死亡洗劫的詩人閃耀著，他用他的心和身體的所有器官歌唱！而那樣的世紀卻是被擊潰了，永遠地，被死亡占領。「沉重」一詞是一個世紀和純潔狀態的毀滅的心理感受的描寫，是屠殺（弓箭的另一個析義）和被死亡窒息的描寫。「肢幹」可以被理解為歷史和土地，它是抽象的，是一個象徵，為了避免直白的寫義的出現。「壘」有一個一個世紀摞起來的感覺，它們逐個地被死亡戰勝，被推入了歷史。嗷，以至大地，在那裡安放頭頂。大地的頭泡在死寂和毀滅的羊水裡，它的肉模糊不清地蹲縮著，無數個被死亡擊敗的世紀，墊在它的頭下。

　　「毀滅　毀滅顯得／輕浮和平淡」：在這樣的持續和毀滅中，死亡顯得平淡了，生存難逃這樣的劫數，因之它失去了驚心動魄的內容。在這樣的發洩和摧毀欲熾烈的施虐者身上，在這樣的暴力面前，毀滅的行為顯得如此輕浮，如此卑鄙，毀滅變得那樣的骯髒！

　　這一節用冷靜和審視評述的語氣來寫。在展開了毀滅狀態和過程後，在看見毀滅無所不在的狀況後，詩人憤怒了！他蔑視並睥睨著死亡，那紅橡樹從死亡的壓迫中抬起頭來，那紅橡樹！將把它血紅的葉子展開，然後抖響在死寂的天空！

　　「該復活的自會復活／然而復活沒有聲音／望著／遠遠的泥紋　和／奔跑的母鹿／紅橡樹／接受了風／飛起了一片鷹的火焰」：一平說復活是沒有聲音的，這是要表達從死的邊緣活

轉過來，並緩緩站起的堅忍、意志和力量；這是要表達咬緊
牙關的狀態和過程，也為了契合大地被死亡覆蓋、萬籟無聲的
情景。那紅橡樹望著遠遠的泥紋：「泥紋」是生命復活的象
徵。那裡原來只是泥土，死寂的泥土，無邊無沿；如今它們波
動著，泥土裡的生命和死亡搏鬥著，泥土中心復活的欲望鼓蕩
著，使泥土一層一層地波動，向著紅橡樹的方向而來。奔跑的
母鹿出現了，看，那是生命的圖像，是「復活」在以一隻母鹿
的形象奔跑。牠還將出生無數的小鹿，使生命充盈整個大地。
這是一平選擇「母鹿」意象的隱義。「風」也是很美的象徵。
一切都運動起來，死亡的沉寂被打碎。這些沒有聲音的物象中
隱含著巨大的聲音，它們呼嘯著，紅色的葉子翻捲，在透明的
天空下，猶如無數的鷹在粗壯的枝頭張開血紅的翅膀，猶如無
數股尖唳叫著躍動的火焰！

　　「紅橡樹啊／紅橡樹就是季節／就是鹽的血液」：季節，
喻示著春夏秋冬不同氣候徵狀。這復活的情景也許更接近夏天
的熾熱，這種活力和欲望更適合酷暑的瘋狂。鹽的血月，刺
激！那鹽的殺疼，血液在鹽的晶體裡流，是說紅橡樹就是熾烈
狀態的中心，它就像紅色的血液在欲望的中心流動著。紅橡樹
和血液，從顏色到位置，都做了精心的關照。

　　「是的　不是早晨／既然死亡填凸了海／那麼　清洗過的
白晝／和紅橡樹／就是遼闊的永恆」：這已經不是人類的最初
狀態。作為人類，他被如此眾多遍地洗劫過，他變得面目全
非，已是不是早晨了。死亡曾把海洋填滿，接踵而來的死亡覆
蓋在死亡上面，使那兒隆鼓了起來，而那是占據地球十分之七

的海洋啊！這裡一平再一次表達了他對死亡無所不在、無限強大的看法。但是，白晝也因為死亡的經過變得更乾淨，天空被死亡的身體擦抹得更加純淨，顯露無限深邃的樣子，白晝和天空是不可戰勝的！那紅橡樹，在無比純淨的白晝裡閃耀著；那紅橡樹和它周圍的白晝，面向死亡，在大地之上，構成——遼闊的永恆！

　　全詩寫死亡與再生衝突，寫「人」生命的一直和激情。它是對生命力的歌頌，對「生」的禮讚，也是對死亡的冷靜的敘述。前二節有埃利蒂斯〈瘋狂的石榴樹〉的句式影響，但從中段起就擺脫了出來，進入詩人自己的獨立的世界。這是一首激情和理性融合的詩篇，顯示了作為詩人和評論家同時存在的：一平。

# 評海子：它們被含在我的心中

**原詩**

〈黃金草原〉／海子

　　草原上的羊群
　　在水泊上照亮了自己
　　像白色溫柔的燈
　　睡在男人懷抱中

　　而牧羊人來自黃金草原
　　透露像一顆樹根
　　把羊抱進穀倉裡
　　然後面對黃金和酒杯
　　稱呼你為女人

　　女人，我知心的朋友
　　風吹來吹去
　　你如星的名字
　　又如羊肉的腥

你在山崖下睡眠

七隻綿羊七顆星辰

你含在我心中似雪未化

你是天空上的羊群

## 析文

　　海子，北京的青年詩人。在他的長詩中有一些東西是很結實的，句子也漂亮。本來我選了他的《傳說》中的〈老人們〉，但一篇一篇的析文寫下來，發現析的較長的詩已經多了。為了析文的篇幅，我竭力控制，不讓它拉長。因此，選析了海子的這首短詩：〈黃金草原〉。

　　在海子的詩中，我看見的是極大的才氣和靈性的光亮。在長詩中，海子更完整地看成了自己。

　　「草原上的羊群／在水泊上照亮了自己／像白色溫柔的燈／睡在男人懷抱中」：羊群，在水泊上照亮了自己，也許是指牠們在湖邊或在水泊的窪地飲水，映照出自己。但這樣機械地理解無疑損害了詩。這個「水泊」其實是一個象徵，它代表純真和一切與「純」有關的東西，像一汪水的明亮，同時它又是草原上很實在的東西。羊群在那之中照亮了自己，也是對純粹聖潔的美和讚頌，同時，又契合具體的行為。從文字上，由於「照亮」二字的抽象性，因之在和「水泊」、「羊群」的連結中產生恍惚和迷惘的感覺。這是兩句讀之很美的原因，近似幻覺，又有具體的思想。那從內心向外閃亮的羊群，就像一盞盞

白色的燈。「溫柔」二字契合羊的性格，也使燈的光輝顯得溫暖。牠們排列在男人的懷抱中，也許是男人摟著羊群入睡，因而使詩人產生這樣的描寫；也許是一種感覺，近於遊戲的夢幻感覺，產生你根本就說不出來的美感。它們的奇妙在於不相關的文字的聚合，相距遙遠的東西被詩人安排在一起，巧妙地震顫（這裡關鍵是把握住和諧）傳送出：詩。

　　這是黃金草原的第一個鏡頭：整個草原在寧靜中傳出的夢幻感覺，被海子抓住了。

　　「而牧羊人來自黃金草原／頭顱像一顆樹根／把羊抱進穀倉裡／然後面對黃金和酒杯／稱呼你為女人」：把羊抱進穀倉裡，這是表示一個牧人的豐收。如把「穀倉」改為「羊圈」那詩則一定顯得髒而平庸。穀倉是美的意象，象徵囤積，羊在裡面休憩，又是被牧羊人抱進去。它一是契合成袋的穀物放進糧倉，運用在羊身上，則體現了牧人對羊的溫柔愛憐的情感。抱、穀倉與羊的連結，使我們有這麼多隱祕的感觸，使詩人有那麼多的鬼念頭，我們不得不驚歎海子的文字組合能力了。頭顱像一顆樹根：那是一顆根鬚雜亂的大樹根，暗喻人的腦子裡亂七八糟的腦神經，但來比喻牧羊人，則有生命最本質的部分都在草原的泥土裡的意思。那根，那對草原的知覺，全在草下的泥土裡蔓延。當牧羊人離開他收藏豐富的倉門，面對黃金和酒杯，稱呼你為女人，這簡直是豪情和陶然的美的節奏。女人、黃金和酒杯！地道的草原人的生活，那是他們豪爽質樸的語言，包含著真誠！他們盤坐在星星之下，面向整座草原，舉起酒杯，舉起女人，舉起這些璀璨的金子，身後是他們裝滿了

羊的穀倉。這是什麼樣的自豪呀！這是純粹赤裸的生命，在無邊的草原上像黃金一樣閃耀！

「女人，我知心的朋友／風吹來吹去／你如星的名字／又如羊肉的腥」：這一節是表達女人對草原上的人——牧羊人的重要。她們和關於她們的夢想，是和漂泊與豪爽的人的命連在一起的。她們猶如朋友，這是尊重和敬仰，含有了昇華和對女人的另一種看法。她們的影子，對她們的思念和夢寐像風一樣來去，她們有如星星在草原的夜晚閃耀，她們的光芒在蒙古包的外貌鋪展。在孤獨的簫的哭泣裡，她們那不可替代的存在，她們的臉、身體、微笑和崇拜，像牧羊人離不開羊，像充盈了牧羊人整個一生的羊的腥氣。「腥」字，獨特、新穎、準確，表達出女人之於牧羊人一生的無法分割，又極隱祕地表現出牧人一些粗俗的東西，還有較原始的人所具有的肉欲。

我提請讀者注意，這一節和上一節，還有另一種釋法。那就是：牧羊人把羊說成是他的女人。那麼「像白色溫柔的燈／睡在男人的懷抱中」，「把羊抱進穀倉裡」，「風吹來吹去」（羊隨風或像風一樣走），「星」字（星象徵羊群）、「腥」字等就都有了很具體和容易的解釋。這也許是作者本意和此詩的真義，關鍵在於怎樣理解第二節最後一句的「你」。它更像直接說羊，但也可理解為不是說羊，而是憑空插入，跳躍極大。這使詩歌顯得很奇妙、虛幻而縹緲，產生難言的美感，也是我先做這種析義的原因：把更高的詩歌境界和可能達到的技巧指出來，儘管也許它偏離了真義。如把羊說成女人，從意思上也許更刺激，也頗有意味，但從感覺上，整整第三節和許多

漂亮的句子都落在實處，詩的效果反倒差了。

　　「你在山崖下睡眠／七隻綿羊七顆星辰／你含在我心中似雪為化／你是天空上的羊群」：七隻綿羊七顆星辰，這仍是表達羊（牠已幻化為女人）對於牧羊人生命的重要，牠們像星辰一樣照耀著他。當牧羊人在山腳沉入夢鄉，那羊群（愛情）在整座天空猶如星座閃閃發光。這是牧羊人的夢幻，同時也契合此詩開始「羊群在水泊上照亮了自己」的析義。七顆星辰應是北斗七星，暗示著羊群（愛）指引著牧羊人整個生命的方向，那是多麼輝煌的動物和什麼樣的命運，混合在人類的命運之中。也許七顆星辰是指別的星座，那就屬於海子的隱私了。它們被含在我的心中，它們晶瑩閃亮、溫柔，使人充滿了愛意。它們與被激發出來的全部生命的感情渾然在一起，被包含在我的心中，像草原的雪在整個冬天被包裹在草地和天空之間。「雪」的意象契合了羊群在草地上的一片白色。它們無法從我的生命裡融化消逝，它們──那在天空上、在天堂的土地上的羊群啊！

　　那是我夢幻的女人？在我四周閃耀的黃金的草原！

# 評陳東東：
# 不可污辱的，不可缺少的

〈斷章之二十一〉／陳東東

　　為了那永久尋覓的　那太陽的另一面
　　大暑的記憶之星被放牧
　　燈蕊草開合的蒙難之夜在素淨中喃喃
　　山毛欅集結起所有的仇恨逼視
　　逼視那鹽血和吞噬的海

　　為了那永久尋覓的　那太陽的另一面
　　我長久不息地吟唱和彈撥
　　深入原野最隱祕的腹地　聽墮胎之後
　　時間的
　　呼嘯　我彷彿置身與最北的極地
　　那永遠有南風吹打的洋面

　　為了那永久尋覓的　那太陽的另一面
　　赤裸的受辱者爬上了堤壩

在鐘敲死亡的蒼天之時　在跳動的脈搏
最激越的岸上　赤裸的受辱者集結起仇恨
逼視　逼視那鹽血和吞噬的海

為了那永久尋覓的　那太陽的另一面
沙漠的季節河再一次消隱
樹木在盛夏裡沙沙尖叫　滿含淚水的大
熊星酒客
守望著世界　為了那永久尋覓的
那岩石之上的生命　我放牧群星於夢幻
的最深處

## 析文

陳東東，年輕的上海詩人，我的一些北京詩友對他頗為喜愛。從我個人來說，我認為他的詩歌「感覺」很好，文字功力強。但遺憾的是一些作品顯得飄，顯露出作者對生命的體驗缺乏深度，生命絞扭的力量不足，使詩歌的內蘊缺乏力度。但不可求全責備，這也許和區域以及氣候有著微妙的關係。

在第3期的《一行》（美國發行）詩歌雜誌上，我驚異地讀到了陳東東的這首〈斷章之二十一〉，我以為這首詩出現了陳東東以往缺乏的東西。他顯得比以前深刻和充滿躁動。作為一首好詩我把它挑選了出來。但我也意識到我下面的工作將非常艱難，而且有一定的危險（不易把握的危險）。讓我盡力而為吧！

「為了那永久的尋覓的　那太陽的另一面／大暑的記憶之
星被放牧」：那是每個詩人，心中有著精神的淵藪及浩蕩的光
芒的詩人，都在永久尋覓的，「在太陽的另一面」，這一句表
達出被尋找的東西離我很遠。太陽的另一面仍舊是人類，所以
被尋找的一定是在人類之中。還有另一種釋義：下面詩句展開
的全是在太陽的另一面發生的，是遠離我們的現實生活而在夢
幻中出現的，或者是我逃離了生活而在夢想中幹的、渴望的。
那樣，這些就全都成了夢幻中的東西，超越了現實，此詩精妙
的地方也就體現了出來。我以為這層意思是主要的，但二種意
義同時存在。「大暑的記憶之星被放牧」：大暑、星都和太陽
相關，從詩的效果來講它們構成一種氣氛。但它是「大暑」，
那是磨難，「記憶」就誕生在磨難之中。它們被放牧不了：星
星是一片，有獸群的感覺。因之說放牧不顯得生硬。總之，這
句裡有苦難和失落的感覺。「燈蕊草開合的蒙難之夜在素淨中
喃喃」：危險就在這裡。陳東東的詩句很多是感覺，難以言傳
的感覺，如從技術上分析，有囉嗦和敗興的可能。但我只能如
此。敗壞詩興就像嚼著一隻蒼蠅。做一個勇敢的人吧！一種花
草在開放和閉上的過程中，「夜晚」縮在植物的純潔的花瓣裡
喃喃低語，就像我們把手掌蹍縮起來說：我抓住了事物。這是
詩的感覺，含有想像。但那是蒙難的夜晚，悲慘的感覺在植物
的美中存在。我以為「喃喃」二字未把「蒙難之夜」的力度表
現出來。「山毛櫸集結起所有的仇恨逼視／逼視那鹽血和吞噬
的海」：我未查「山毛櫸」是什麼樣的植物，也許選擇這種植
物有內涵，姑且不管。植物集結起仇恨，天哪，東東你夠狠心

的！那種純潔的植物有了恨，夢幻中的一切物象都有了情感。力量和效果就這樣產生了。逼視，逼視波濤翻捲吞吃一切的海洋，露著浪頭白燦燦的牙齒的海（「吞噬」），混合著人類的血和大自然的鹽的殘酷的海。這種殘酷的兩種食物的對峙，造成了讀詩人心裡的壓迫；而這二者都是純潔的自然物，詩人給它們不露聲色地注入凶狠的感情，造成讀詩人心靈的沉重。二者結合起來，就是這二句驚人的效果（另外，樹木枝杈縱橫，斷枝迴繞，很緊湊又充滿氣勢。因此「集起仇恨」在心裡閱讀接受上成為可能，不生硬）。

「為了那永久尋覓的　那太陽的另一面／我長久不息地吟唱和彈撥／深入原野最隱密的腹地　聽墮胎之後／　時間的／呼嘯　我彷彿置身與最北的極地／那永遠有南風吹打的洋面」：頭一句是迴旋，也決定了三節詩是並列展開。在太陽的另一面：一個詩人無法停歇地唱著和撥弄一種樂器，進入原野荒涼的地方，沒有人跡的深處，即是腹地，聽一種東西生產下來。它必須要下來，是精神，還是什麼照耀人類的東西？它必須出現！它出現後，聽吧：時間在呼嘯，席捲整個人類！生存的寒冷，時間擦過我們臉頰時發生的恐慌，使我們如同置身最冷的北極，那塊永遠有南面的暖風吹來的結冰的陸地。是呀！置身於生命的騷擾和精神火焰的恐怖之中，置身於死亡的伏擊之中，但永遠有生命的永恆的魅力，有那永恆的光輝的愛，面對恐怖和厭倦，強勁地吹來，穿透我們，使我們感到活著的神聖？噢，穿透我們，儘管腳下的土地被寒冷凍結。

「為了那永久尋覓的　那太陽的另一面／赤裸的受辱者爬

上了堤壩／在鐘敲死亡的蒼天之時　在跳動的脈搏／最激越的
岸上　赤裸的受辱者集結起仇恨／逼視　逼視那鹽血和吞噬的
海」：被污辱的人，他們渾身赤裸，他們在海底掙扎，一副
因被辱和搏鬥褪失乾淨，呈現生命最本質的狀態。它們從堤壩
上翻過來，當鐘把已經死亡了的天空「噹噹」敲響的時候，那
天空的死亡是因為最優秀的人被污辱，被絞殺；天空的死亡是
因為它該死亡了！所有受難者脈搏的共同跳動組成激蕩起來的
岸，那激蕩的岸是無數被污辱者連接起來的脈管，綿延著。他
們赤身裸體，集結著仇恨。他們一無所有，除了生命本身。肉
體祖露。但他們有仇恨，有著生命被污辱的仇恨，逼視，逼視
混合著人類的血和大自然的鹽和海，逼視著吞噬生命的海。這
是人的復仇！他們不是植物，他們有著最寶貴的生命！他們怒
視著：怒視罪惡的消失！而那吞噬的海已早已不單單是自然的
象徵！它代表著毀滅精英的惡的勢力！還有，這其中傳達的，
生存與死亡抗爭的本能。

　　「為了那永久尋覓的　那太陽的另一面／沙漠的季節河再
一次消隱／樹木在盛夏裡沙沙尖叫」：第三節形式和第一節是
相近的，它使我們從第二節的狂亂之中穩定，形成起伏。「沙
漠的季節河再一次消隱」：那美好的又沒了嗎？每年一次，
它來，給我們帶來願望，而沙漠無邊無際。這一句中，既然是
「季節河」，用「消隱」二字就不精粹，顯得重疊，挫折了詩
意。樹木被包裹在夏天裡發出聲音，可以是它本身生長的聲
音，掙脫的聲音，也可以是蟬的聲音，詩人不寫明，顯得詩味
十足。這一句非常漂亮，頗得文字之道。「滿含淚水的大／熊

星酒客人／守望著世界」：這是個星座吧，因為它明亮晶瑩，所以像滿含淚水。而「酒客」二字很絕，既和大熊星相得益彰，那酒客喝多了的人的蠢勁；又顯出他們無窮無盡地耗著，像星座在空中永恆地守著世界，韌性的情感也出來了。這二句包含那麼多的東西又相互和諧、含蘊、新穎、微妙，顯示出了東東非常強的功力。「為了那永久尋覓的／那岩石之上的生命 我放牧群星於夢幻／ 的最深處」：結尾軟了，受了中國古代隱士之風的影響。不與之逼視，不把自己的血噴出來，不把自己的骨頭給人看，而去放牧群星於夢幻的深處。雖然契合了全詩的夢幻感覺，但仍使我遺憾不止。好的開頭和好的結尾都那麼重要，那最後一下能使人把靈魂都掏出來，使人讀完你的詩痛苦失聲，想擁抱你，緊緊地抱住你，把他的最純粹和隱祕的淚給你看。太遺憾了！

　　這就是我在最初說的東東的問題，在最後暴露了出來。儘管有「岩石之上的生命」，但顯得微不足道。關鍵是那不是東東自己的生命的體驗和狀況，而是為了求效果寫出來的，顯得生硬和有些做作。相比較下，我認為第二節最漂亮，自然渾成，感情雄勁渾厚而文字清晰準確。最中意的，是他在那十行中，告訴了我們，生命叫人的生命：那不可污辱的和不可缺少的！

# 評李亞偉：奔著死亡的方向走

〈失眠〉／李亞偉

　　你不能指著鼻子說明自己
　　於是，倚在瞌睡的門邊
　　試著要把自己化裝成一個夢

　　藉著月光，你僅僅是
　　只有一個側面的狗
　　你不是自己的影子，你是他人的影子
　　你是從鏡中打量著你的你

　　要在白天，為了消磨時光
　　你就無聊，去學著做一整條狗
　　去騰躍，夏天你就照像
　　你會彈吉他，有時只打唿哨
　　或讀幾封舊信

　　然而，不管你是整個還是半個

你把夢都做得一錢不值了

你澈底看穿了你

## 析文

「你不能指著鼻子說明自己／於是，倚在瞌睡的門邊／試著要把自己化裝成一個夢」：誰能說清人是什麼？這個造物的內心充溢著什麼樣的情操？莎士比亞有一段名言，讚美的激情，自戀者的臆想，理性時代的情感。緊跟著另一個人又說出了與之相反的名言，那是十足的厭惡和自虐者的快感，閃爍著真理的光芒。人類的藝術史就是探討韌性的歷史，大師們跋涉過人性的沼澤，把污泥、血和生命的光芒閃耀給我們看！

誰能說清！

看穿了自己，自己究竟是一個什麼東西？活著，奔著死亡的方向走，在無數岔口領略命運的景色並從嘴裡弄出些聲音，這是唯一的遺物，向後代證明：人！

用自己的眼睛看自己的心，行嗎？那些皮膚、肉和骨頭的障礙，用自己的手去把它們挪開，辦得到嗎？「你不能指著鼻子說明自己」。不行，說不清楚，你只好假寐，讓自己所有的理性消失。那些理性裝飾著你並列成虛榮的隊形，你攻不破它，你努力著，想把自己弄進夢境。如果你想明白你究竟是什麼東西，就必須讓自己進入「本能」聚集的房屋。但李亞偉說「化裝成一個夢」，這就是說他並不是特別想弄明白，他只是裝一副要弄明白的樣子（或者，這是指的一種逃避弄明白自己真正面目的逃避）。

「藉著月光，你僅僅是／只有一個側面的狗」：「月光」用來與「瞌睡」、「夢」、「門邊」呼應，也是一個詩的氣氛。你在淡淡的月光裡發現，你入睡的姿勢，你的一個部分（側面）是一條狗，你是一個一邊是狗一邊是人的東西。人性和狗性在你身上並存。「你不是自己的影子，你是他人的影子／你是從鏡中打量著你的你」：不是自己的影子、他人的影子，這二句毫無新意。「不是自己的影子」似乎還能被接受，因為這時你已是一個人狗合一的東西，但是「他人的影子」就極為落俗。李亞偉的敗筆在於未能緊抓住人狗各一半這個東西的形象發揮。下面的句子應和「它」的形象，內涵吻合、深入，而不是那樣地淺顯、人皆言之的「他人的影子／從鏡中打量著你的你」。這二句使我從上面的詩歌氣氛裡跌落，也說明李亞偉功力和體驗的欠缺。

「要在白天，為了消磨時光／你就無聊，去學著做一整條狗／去騰躍」：為什麼說白天？為什麼不和黑夜、夢境吻合，為什麼不和潛意識或惡的本能掛起鉤來？那樣，詩歌的感覺會更微妙，味道和力量會更足，它會顯得和諧而隱祕。為了消磨時光，就使自己百般無聊，把那半個人性也變成狗性，成為一條完整的狗「騰躍」。這些地方都是使我無比遺憾。文字上倒還說得過去，但內涵沒進去。僅僅是無聊，僅僅是消磨時光，才把那半邊人性變成狗性嗎？多好的一個進入角度，多好的題材，擦身而過了。那人性變成狗性的一半應有著更狠毒和罪惡的玩意兒，更慘痛、無法自控和摧殘別人也摧殘自己的行為，這裡都是震撼人心的東西！李亞偉錯過了。當然，這關鍵

是詩人自身的生命體驗和精神層次，未能達到把握和進入「那種程度」的原因。這是一個詩人的素質和人格力量，規範他把詩寫到什麼程度。因此，那一整條由人變成的狗才僅僅是「騰躍」。「夏天你就照像／你會彈吉他，又是只打嗯哨／或讀幾封舊信」：這都是些表現無聊的意思，它們所體現的是一種空虛之極的心情，很好理解，但不新穎。這種空虛的心情表達得很表面。

　　我們試圖像西方現代派詩人那樣表現靈魂的渺茫，但有很多是我們模仿來的。因為我們根本就沒有經歷過西方年輕所經歷過的絕望。我們的靈魂沒有困惑和失常到那種地步。那是文明的發展帶來的絕望和慘痛，而我們所有的僅僅是貧窮、不滿和被抑制，我們的生命質量根本就沒有達到那樣的地步。所以，這一切決定了我們這類作品的膚淺、做作和很多呻吟，想像出來的疼的叫聲。

　　那些都是模仿。試著想想約翰‧阿胥伯萊的句子：「這些湖畔城，從詛咒中長出。」這裡的憤怒和慘痛，我們能真正得到嗎？

　　「然而，不管你是整個還是半個／你把夢都做得一錢不值了／你澈底看穿了你」：結尾二句使全詩又提了起來，也是我之所以能夠選此詩做釋的關鍵。不管你是一條狗，還是半條狗，還是一個人的模樣，反正你把那些夢都揮霍盡了，都體驗夠了，它們因此顯得一錢不值。因為那一切，即使是夢境，都不能挽救你，你澈底看穿了你，你是真真正正地完蛋了？你沒救了？毒素全在你的血管裡奔流，你僅僅是和只能是一個「東西」。

　　不管怎麼說，這首詩體現的情緒還是很漂亮的，詩寫得很一般。它試圖進入人的靈魂，並看見了前方的沼澤，儘管那離經過和跨出還是無比遙遠的事，但畢竟沼澤出現了！在一種制度下生活的人，第一次敢於描寫和說出作為一個人和整個民族的內心的淵藪！

# 評孟浪：生存內部的殺戮

原詩

〈細節：關於人類〉／孟浪

　　肉體的粗糙的顆粒

　　精細的顆粒

　　——黏在這個星球的表面，飛不起來

　　紐約、巴黎和上海

　　凶殺現場的全部血滴

　　有一個充分展開的過程

　　我的一滴尚未凝固起來的血

　　在人類桌面上，微微顫動

　　映出被肢解後的

　　局部的戰爭，整個心靈的戰爭

　　全體人類的命運

　　一生中經歷的所有歡宴

　　肉體的糾合，交纏

　　各自有力地飄散，我們的黑髮

　　一根就是一根

　　割斷最初的鐵，未來的鐵

暴露鐵的殘忍的顆粒

在行刺者的子彈未遁入肉體之前

誠實的槍已逃得精光

這個星球上只出現死者

最後的話

鋒利的石塊，深深地

嵌進手指中間

國際長途、電訊傳真

與我們相反的人們

恰好找到公開表示陰謀的方式

人類的班機，比鐵優秀的金屬

和肉體

在有限的跑道上滑行

## 析文

　　生存以什麼樣的方式進行，東方、西方、整個人類？文明在給人帶來福音後，又怎樣地誘惑著人類深深潛藏的惡欲和玷污靈魂。孟浪，上海的詩人，在中國淺顯的城市意識裡活著的年輕人。看看他是怎樣拚盡全力地試圖揭示人的生存狀態，揭示現代人的靈魂。也許這種努力因為中國人生存和體驗的單一，表面而顯露出過多的外在性。

　　「肉體的粗糙的顆粒／精細的顆粒」：小小的肉體，一個蛋丸，肉體和顆粒的連結表達了孟浪對於「人是微小的」的看

法，同時他要表達它的兩重性。「粗糙的」和「精細的」。
我看出了詩人對生命的崇拜，對肉體各器官的精妙結合的讚
歎。「──黏在這個星球的表面，飛不起來」：那是萬有引力
嗎？是科學？還是悲哀的宿命：這個裝滿動植物地球的大筐對
於人的生命和靈魂的制約。這一句由於有了雙重的隱喻而創造
了良好的詩意；另外他用了「黏」字，和「顆粒」呼應，感到
和諧。「紐約、巴黎和上海／凶殺現場的全部血滴／有一個充
分展開的過程」：他用三個城市來概括整個世界，也就是說全
人類，全部血滴有充分展開的過程。我以為這是用抽象的說法
來表明有一些罪惡正在產生和進行。在每座城市繼續有血出
現，那些洇濕摩天大樓底座的血，浸透玻璃的血，它們有時間
繼續向上洇溫而無法遏制。詩人的靈魂從開始就進入到惡的範
圍。「我的一滴尚未凝固起來的血／在人類的桌面上，微微顫
動」：孟浪認為自己還沒有被宰殺完畢，還沒有被勾銷；或
者，他隱喻自己還沒有成為一個罪惡，或同殘殺者共同構成罪
惡，成為同謀。這是「一滴尚未凝固起來的血」的解釋；它有
多種釋義，但關鍵在於他表達了這層意思。「微微顫動」也傳
達著尚未完成的感覺。但我認為「人類的桌面」是不貼切的。
手相，用桌面來連結人類，不舒服，生硬。另外，跟前幾句的
狀況也未能達成呼應和默契。「映出被肢解後的／局部的戰
爭，整個心靈的戰爭／全體人類的命運」：既然是血──血
泊、血滴，它們都可以在有光的地方映照出東西。被孟浪安排
進去的，或通過它折射的，是靈魂的戰爭；人類互相殺害而保
證個體存在的戰爭；每時每刻發生的局部，因未和整體聯繫在

一起因而是被肢解的，每一個個人的生存內部的殺戮。詩句持續地為我們顯示著惡和生存殘殺的體驗。你看：「一生中經歷的所有歡宴／肉體的糾合，交纏／各自有力地飄散」。第一句很好理解，震動的地方在於「肉體的糾合，交纏」，那麼存在將是多麼恐怖。我們所能做的就是在試圖擺脫別的肉體對自己的傷害、覆蓋、吞沒別的肉體。嗷！難道我們只能這樣？我們的生命全在這種糾纏之中耗盡。這樣一種存在的狀況和宿命將終生尾隨我們，使我們生、死和進行偉大的創造！使我們在這種意識中成為與眾不同的人！看看，孟浪他比我樂觀得多：「各自有力地飄散」。有力地，那麼自信，而且在散開後還保存著那種使用力量的動作。他渲染了上一句的氣氛。但，孟浪，能散開嗎？我們能從相互的纏結中擺脫嗎？從朋友的，從敵人的，從大師的，從瞄準你射擊的人的肉中、精神中擺脫嗎？看看你的骨頭的形狀，能擺脫嗎？「我們的黑髮／一根就是一根／割斷最初的鐵，未來的鐵／暴露鐵的殘忍的顆粒／在行刺者的子彈未遁入肉體之前／誠實的槍已逃得精光／這個星球上只出現死者」：孟浪在確定自己的力量，他在這裡顯示了信心：黑髮，一根就是一根，割斷原初的和高科技的將來的鐵。黑髮割斷鐵，就像細細的繩子割斷肥皂。啊，很美，詩的感覺，又體現了充足的信念，露出了由鐵鑄造的子彈。它之所以殘忍是因為它被用來殘殺。不管殺誰，只要是殺就夠了！那麼，這一句的意思是不是善和真誠使惡暴露了。注意，這裡子彈的顆粒和前面肉體的顆粒重疊，是否還隱喻著人—肉體都可以做惡這層意思。子彈是用來殺害的，那麼對於被害者的生

命，這個最本原和最高的東西，哪桿槍是誠實的？關鍵是屠殺
形成了？而誰能裁決施虐者是真理和正義的擁有者？誰？敢說
我殺了你，我是正確的？在這裡，我以為孟浪的「誠實」二字
用得不大準確。因此，由於有了凶殺的武器，由於誰都可以以
殺這個行為來代替真理和真誠的誕生，來代替締造良心和愛，
這一切都無法存在，因為有武器。所以，這個星球上沒有活
人，全是死者，死人是死人，活人的靈魂和良心也是死亡的。

　　「最後的話／鋒利的石塊，深深地／嵌進手指中間」：我
們把語言和石頭都緊緊握在雙手之間，而話是最後的話，石頭
是鋒利的，那就更加無比珍貴也無比刺痛了。我們緊緊擁有它
們，因為它們對我們的生命無比重要。「國際長途、電訊傳
真／與我們相反的人們／恰好找到公開表示陰謀的方式」：與
我們相反的人們，是不是指的西方人，另一種制度下存在的人
（或與詩人不同類型的人），他們公開使用暴力，他們使罪惡
赤裸於陽光之下，他們的罪孽以確鑿的方式存在於人們的恐怖
之中。因此，那是「公開表示陰謀的方式」。而我們呢，與他
們相反的人們，是否是隱蔽的？那些惡念存在於另一種形式之
中，在我們的體內蔓延、流傳、贈與子孫，因之被稱為「陰謀
的方式」。「人類的班機，比鐵優秀的金屬／和肉體／在有限
的跑到上滑行」：之所以一種金屬比鐵優秀，因為它不被用
來造子彈。但孟浪，它是否被用來造另一種物體而用與之相合
適的方式屠戮人類的肉體和靈魂？「人類的班機」所犯的毛病
和「人類的桌面」是一樣的，但因有鐵和跑道呼應，稍好些，
可從語言和感覺上來說，仍不舒服。但這些我們的詩人朋友最

後說，都是「在有限的跑道上滑行」。我認為整首詩還是頗有力量，一種濃烈的氣氛始終籠罩我們，語言具有硬度。此詩比我所看到過的孟浪其他的詩都要堅實有力，同時具有相當的廣度。使我遺憾的是「各自有力地飄散，我們黑髮／一根就是一根／割斷最初的鐵，未來的鐵」這三句，給我帶來一種脫節，一種假的信念的氣氛。當然，這可能是詩人的氣質使然。但這種新在這兒顯得輕浮，顯得對人類罪惡和人生存本身的理解不夠，顯得空，降低了全詩的感受，再有就是兩處意象的敗筆。

　　我們對於詩人這種情緒和思維能提出什麼指責呢？關鍵在於他完美地創造了詩的氛圍。但我最後認為：詩人對罪惡，對人類生存的理解、開掘，還是一種表面的進行，是外在化的。他未能像一些極少數的傑作、一些大師的作品那樣，如約翰‧阿胥伯萊、葛爾維‧肯耐爾的〈蒼蠅〉及西爾維婭‧普拉斯，從骨頭裡開放出罪惡和苦難的花朵！

# 評吉狄馬加：
# 在死者和生者的靈魂之間

原詩

〈黑色的河流〉／吉狄馬加

我了解葬禮，
我了解大山裡彝人古老的葬禮。

（在一條黑色的河流上，
人性的眼睛閃著黃金的光。）

我看見人的河流，正從山谷中悄悄穿過。
我看見人的河流，正漾起那悲哀的微波。
沉沉地穿越這冷暖的人間，
沉沉地穿越這神奇的世界。
我看見人的河流，匯集成海洋，在死亡的
身邊喧響，祖先的圖騰被幻想在天上。
我看見送葬人，靈魂像夢一樣，在那火
槍的召喚聲裡，幻化出原始美的衣裳。
我看見死去的人，像大山那樣安詳，在

一千雙手的愛撫下，聽友情歌唱憂傷。

我了解葬禮，
我了解大山裡彝人古老的葬禮。

（在一條黑色的河流上，
人性的眼睛閃著黃金的光。）

### 析文

　　吉狄馬加，四川的詩人。大概他是彝族人，我手頭幾乎沒有他的什麼詩，也未見到過他出的詩集，只得選取了這首已被公眾讚譽的〈黑色的河流〉。我喜歡這首詩：帶著夢幻的色彩，抒情的歌喉，向著黝黑的面孔詠唱著，顯得那麼深情和憂傷。我讀過的他的詩具有樸素、深情的特色，使我看見一個民族的悲哀和年輕的心的進入，看見：

　　人性的眼睛閃著黃金的光。

　　「我了解葬禮，／我了解大山裡彝人古老的葬禮。」休斯的〈黑人談河流〉是這樣開頭的：「我了解河流，我了解像世界一樣古老的河流，比人類血管流動的血液更古老的河流。」這是我為此詩的第一個遺憾。看得出吉狄馬加在寫此詩時是受了休斯〈黑人談河流〉的詩的觸動，但他的句子從形式上和休斯的這首詩的句子太接近，語氣也相似，儘管在吉狄馬加的這首詩中寫的是一個民族面對死亡的場景和他們血液裡的夢幻色

彩，但仍舊使〈黑色的河流〉一詩喪失了它的獨到性（表現形式上），因之也就是無法比擬的效果。這給全詩投下了一道在詩歌後面的陰影。

我了解葬禮，那是大山腹內的彝人——古老的一支所舉行的葬禮。頭二句的語感就像河流從山峰的腳下露出，緩慢的節奏猶如山巒被濃雲鎖著，河水像黏稠的汁液向前滾動。

「（在一條黑色的河流上，／人性的眼睛閃著黃金的光。）」這是貫穿全詩的副歌，或是迴旋的詠唱，它的反覆和括弧效果猶如彝人使用的獨特的樂器，在緩慢行進的隊伍和黝黑的面孔中一遍一遍地吹打。看啊，在那條滾動的黑色的河流上，送葬人的一雙雙眼睛，注視著死亡，注視著死亡後面的生；他們那古老的、人性十足的眼睛，閃耀著整個人類對生命的醒悟的光芒，那是黃金的光芒啊！那是彝人獨有的樂器，在死者和生者的靈魂之間吹奏。

「我看見人的河流，正從山谷中悄悄穿過。／我看見人的河流，正漾起那悲哀的微波。／沉沉地穿越這冷暖的人間，／沉沉地穿越這神奇的世界。」這古老的一支在群山之中嵌進。葬禮把他們集合起來，死亡的光輝使他們集合成一條河流，在土地上閃爍著光芒。四句詩仍是滯緩的調子，像緩慢流動的河，蕩漾著悲哀的沉重。兩個「沉沉地」強調了這種滯重感，也契合了整個葬禮的氣氛，它使我們感到一種緩慢壓抑的祭祀。感到這古老民族對死神的膜拜，和那認真、肅穆的祭祀。「冷暖的人間」和「神奇的世界」是比較外在的寫法，如能用更幻覺的感覺、無法說出的意識、那巫性和魔氣的句子來描述

他們的生存狀態和置身的世界，則此詩就全然翻上了一層，那就是傑出而輝煌的作品了。

「我看見人的河流，匯集成海洋，在死亡的／身邊喧響，祖先的圖騰被幻想在天上。」從句式裡，短句子的出現造成了河流翻滾的感覺，死亡的礁石聳立在生者的底下，一個民族力量和騷亂的東西出現了。從整首詩講，中間部分是節奏的變換。那條河在這裡開始迅猛地湧動，「喧響、匯集、海洋」等詞彙也諧和著節奏，帶出響亮的氣氛。死亡明朗了！它被赤裸裸地呈現在天空之下。死亡被簇擁著走出群山，在太陽裡面燃燒，海洋在死亡的身邊喧響，那祖先的圖騰，當死亡燃燒時，被太陽的火焰烙刻在天上。這就是彝人，對於死亡的明朗的看法！它已不同於滯緩而夢魘的葬禮，在整個葬禮的中心是明亮的！猶如彝人這存留的一支在整個人類之中的明亮！

「我看見送葬的人，靈魂像夢一樣，在那火／槍的召喚聲裡，幻化出原始美的衣裳。」比較外在。「火槍的召喚聲」和「幻化出原始美的衣裳」都未能詩意和準確漂亮地傳達出彝人的原始感。它幾乎是被說出來的，而不是被讀者在形象和氣氛裡感知。它理性的程度應該是被呈現出來的。這是吉狄馬加整首詩的又一缺憾。這確實需要相當的功力和具有很高才華的悟性。這跟選擇題材、描寫對象也有相當的關係。再一個，就是寫詩到什麼樣的地步，那種很抽象、很微妙又很深入的東西，不到一種地步不被感知，不再到一個地步不可能寫出來。這是我們把某些詩人奉為神的原因。「我看見死去的人，像大山那樣安詳，在／一千雙手的愛撫下，聽友情歌唱憂傷。」這

是古老民族的憂傷，「死」、「大山」、「安詳」、「憂傷」等詞又使我們重新回到那滯重的湧流中，又使我們看到被密雲鎖住的山谷。黑色的河流流著，在與兩岸的摩擦中發出古老的憂傷的聲音；那些死去的人，像山一樣安詳，這些都是使我們感動，這種憐愛的柔情使我的眼眶潮濕，使我們要伸出我們的手，和幾千隻黝黑的手握著。

啊，人種的憂傷啊！

「我了解葬禮，／我了解大山裡彝人古老的葬禮。」那河流的尾部幾乎要在山谷裡消逝了。通過葬禮，我們看見了彝人神祕的臉，看見一條完整的黑色的河流。吉狄馬加，還有你那顆柔腸寸斷的心，你的憂鬱的臉孔，那是你的父輩和兄弟們的啊！河流進入深山，河流進入深山，這一切都在轉眼間消失，而在我們的記憶中，在那樣一條黑色的河流上，人性和眼睛閃著黃金的光！

我的握過他們黝黑的手呀！拿著這支他們用整個民族的生命製造的奇怪的樂器，向著人類的心臟吹奏！

吉狄馬加這首〈黑色的河流〉和休斯的〈黑人談河流〉，它們不同之處在於：彝人這條黑色河流滾動的是憂傷、夢幻，它們的湧流是緩慢滯重的，是純粹的中國的河；而休斯眼裡的河流，那條在黑人的眼睛裡流動的河流，更具有自然的光輝，它夾帶著黑非洲的沉重和夢想，向前奔騰，爆發著生命的力量！

# 評林莽：整整一生我們都在請求的

原詩

〈瞬間〉／林莽

有時候，鄰家的鴿子落到我的窗臺上

咕咕地輕啼

窗口的大楊樹不知不覺間已高過了四

層樓的屋頂

牠們輕繞那些樹冠又飛回來

陽光在蓬鬆的羽毛上那麼溫柔


我往往空著手從街上回來

把書和上衣擲在床上

日子過得匆匆忙忙

我時常不能帶回來什麼

即使離家數日

只留下你和這小小的屋子

生命日復一日


面對無聲無息的默契

我們已習慣了彼此間的寬容
一對鴿子在窗臺上咕咕地輕啼
牠們在許多瞬間屬於我們

日復一日
灰塵落在書脊上漸漸變黃
如果生活時時在給予
那也許是另一回事
我知道，那無意間提出的請求並不過分
我知道，夏日正轉向秋天
也許一場夜雨之後就會落葉紛飛

不是說再回到陽光下幽深的綠蔭
日子需要閒暇的時候
把家收拾乾淨，即使
輕聲述說些無關緊要的事
情感就會在期間潛潛走過
當唇際間最初的顫慄使你感知了幸福
這一瞬已延伸到了生命的盡頭
而那些請求都是無意間說出的

析文

　　林莽，北京的詩人。70年代開始寫詩，時間大概和曉青、方含他們差不多。從林莽1986年出的藍皮油印詩集中，我發現了林莽和以前的變化。在《詩十六首》中，他將一些很真實的、日常的生活入詩，寫得那麼親切隨便，十分自如，又飽含對生命的醒悟和詩意，使我真切地看見中國一代知識分子到了一種年齡後的狀況，他們內心的活動和對生命的感受（當然「詩人」絕對不是知識分子，他們是生命的能，不是知識或者文化）。就是這些，使我感覺親切，感到哀傷，那來自靈魂的感動。

　　我這兒有最後集中起來的林莽的三首詩：〈在一本書與另一本書之間〉，這是他的近作；〈滴漏的水聲〉和〈瞬間〉。我反覆權衡，就詩論詩，〈在一本書與另一本書之間〉更成熟，也更有深沉的東西。〈滴漏的水聲〉也是如此。但如從深沉來講，從生命的慘痛來講，這二首詩都不如本書析的其他一些詩，因為這不是林莽的特長。他的詩日益接近生命的智慧，像他喜愛的塞費爾特。和田曉青的選詩一樣，我最後選了〈瞬間〉，它更有一種風格的獨特，區別於本書的其他詩；另外，我確實喜歡。它真切，隨和，完整，它所說出的那些使我感動。

　　「有時候，鄰家的鴿子落到我的窗臺上／咕咕地輕啼／窗口的大楊樹不知不覺間高過了四／層樓的屋頂」：這是最單純的日常生活情境，一家人住在四層高的樓裡，楊樹已漸漸長到

把它的樹冠蓋過四層樓的樓頂；鴿子叫著，在窗臺上，抖動著羽毛。這樣平和直接的語言，詩意的體現是在情景與氣氛之間，那語言也在潛潛地感染著我們。「牠們輕繞那些樹寇又飛回來／陽光在蓬鬆的羽毛上那麼溫柔／生命日復一日」：說真的，非常美。它很隨便，可確實打動我。那些很白的鴿子繞著樹冠飛翔，可能還有哨聲吧？飛翔的動作是詩人暗喻的生命的過程。「輕繞」的「輕」字，使生命的進程顯得很輕鬆和優美，毫無歇斯底里和慘痛的味道。這就是林莽。「繞」字多少帶出了生活的一些波折的意思，可這二個字又同時都在說鴿子飛行的動作，十分自然。詩意就是這樣潛在地體現著。噢，牠們迴旋著，陽光在那麼輕鬆的羽毛上閃耀，這生命是多麼美好呀！牠們又降落在窗臺上，生命日復一日！

「我往往空著手從街上回來／把書和上衣擲在床上／日子過得匆匆忙忙／我時常不能帶回來什麼／即使離家數日／只留下你和這小小的屋子」：有些詩當你讀的時候，夜深人靜或者獨自一人，你會情不自禁地湧出淚水，你突然發現那本書，或那頁紙被洇濕了，而有的詩，讀完後你想放聲痛哭，你能聽見整個靈魂在骨頭和肉之間的嚎叫！林莽這首詩是屬於第一種情景。我們兩手空空地回家，把上衣擲在床上，這動作我們太熟悉了，詩人以平和的語言寫出來，怎麼就有了一種溫情？難道是重溫往日使我們感動？但同時，和上衣擲在床上的還有書，這就是我說的知識分子的味道。日常生活和精神包容在一起，生命日復一日。林莽是以「書」和「上衣」的意象來象徵精神和物質，象徵我們追求的生活，我們夢想的生活和我們在現實

中的生活不可挽救地混合在一起。也許就是「書」的意象使我
感動？那在其後隱藏的，不說出的使我感到辛酸和憂傷？啊，
日子過得匆匆忙忙，我們經常兩手空空，什麼也不能帶回來。
這句的「帶回來什麼」已強烈地暗示出生命的失落感，那經常
的、得不到收穫的痛苦。我們追逐，卻兩手空空！「中年的」
味道在這句裡強烈地瀰漫。但它又和「從街上回來」空著手有
表面的照應。這就是暗喻。關鍵在於「日子過得匆匆忙忙」使
我們感受到了整個生命，因此下一步的進步成為可能。看，
「即使離家數日／只留下你和這小小的屋子」。只留下這生活
中始終陪伴著我們的東西。「離家數日」既可以說外出、旅
行，又象徵在外的努力，對所欲所想的追逐奔波。這一切就這
樣過去，一年又一年，那小小的屋子和你仍在。噢，日復一
日，我們漸漸地到了中年。

　　「面對無聲無息的默契／／我們已習慣了彼此間的寬容／
一對鴿子在窗臺上咕咕地輕啼／牠們在許多瞬間屬於我們」：
長久的相互生活形成某種默契，它們是經常不斷的寬容，對對
方的愛和體諒，這是幸福的！就是這樣的平和家庭形成林莽詩
的風格，那種平和和生活的智慧就是在這樣的寬容中未被摧毀
地生成出來的。說心裡話，我非常羨慕。我的遭遇和氣質形成
我那幾近瘋狂的詩歌。看，那對鴿子就落在窗前咕咕地叫著，
相互梳理著羽毛，牠們純情的一對，在許多瞬間屬於我們，那樣
的美好在許多時刻出現在我們身上，我不得不為這種柔情感歎！

　　詩的味道是在寧靜的氣氛中出現的。在鴿子的意象中出現
形象感，並有了一個神聖美好的比喻。林莽，你是否把你們的

生活在想像中完成了？

　　「日復一日／灰塵落在書脊上漸漸變黃／如果生活時時在給予／那也許是另一回事」：灰塵落在書脊上，這裡是否在暗示某些書我們已經長久地不復重讀了，我們已經不再是讀某些書的年齡；對另一些書，那曾被我們忽視的詩，如今使我們感動，使我一直到死，不能遺忘。這裡灰塵落在書脊上漸漸變黃，還有一層表面的技巧的詩意。書脊變黃是時間的原因，那是紙在變黃，但林莽說灰塵落在書脊上在漸漸變黃，灰塵不會變黃，這是抽掉了其中的過渡的交代，因之就有了新鮮的閱讀效果，使詩句顯得新，加上又隱含了那麼深的生命意義，詩句就非常漂亮地呈現了。像這樣的雙重喻義要求詩人具有相當的功力，感知和使用文字準確的訓練。「如果生活時時在給予」，我們也不會在某次慘痛之後，將一本書抽出，翻到某一頁落淚，如果是男人就抱住頭壓抑地哭泣。那確實將是另一回事，我們不會如醉如癡地喜愛某位詩人，把他或她看做神，看做統治著自己的生命。啊，如果生活時時在給予！「我知道，那無意間提出的請求並不過分／我知道，夏日正轉向秋天／也許一場夜雨之後就會落葉紛飛」：很多請求都是在無意中說出的，連同我的這篇析文中的文字，一些讚歎和感傷，它們不知不覺從我的胸腔裡流出，又不知不覺地進入——讀者的眼睛？它會留在你們的心裡嗎？是否，有人會記住我的名字？誰會愛我？當我年輕而驕傲的臉在孤獨中閃耀著光芒！那無意間提出的請求並不過分！我們的要求、渴望，我們由於過分地沉迷於夢想而無意地說出了那些話，老天！這——並——不過分！況

　　且我知道，夏日正轉向秋天，一個季節在接著一個季節死亡，灰塵覆蓋的書脊已經變黃，我們即將蒼老了嗎？我們是否會在街上老態龍鍾地行走，當一場夜雨之後落葉紛飛。

　　噢，深深的失落感！那「青春永不再」的內心慘痛，在每一個字裡向我叫喊一次！難道詩歌僅僅是文字和意象的撞擊，它的本質是生命啊！是人類的全部回憶和夢想！是子孫萬代都會經歷並永恆地被感動的東西。這就是：詩！

　　「不是說再回到陽光下幽深的綠蔭／日子需要閒暇的時候／把家收拾乾淨」：林莽，我全都明白，你要說的我都明白。不是說要再回到往昔，再至深遠青春年少的綠蔭之中，這一切都將永不再返！我們沒有什麼痛不欲生的！日子需要閒暇的時候，就像人有少年、青春和等待著的晚年，就像有衰老和孩子的純真相互映照。到了那時，把家收拾乾淨，這是象徵：把自己的生命感受整理清楚，把自己修理一番，讓靈魂盡量乾淨一點。這些蓄意以「把家收拾乾淨」的句式表達出來，就使詩讀起來親切、隨和，柔情的感受貫穿始終。生命和家相互契合，溫情而充滿體驗，閃爍著智慧的光芒。「即使／輕聲述說些無關緊要的事／情感就會在期間潛潛走過／當唇際間最初的顫慄使你感知了幸福／這一瞬已延伸到了生命的盡頭／而那些請求都是無意間說出的」：是呀，到了那時，即使輕輕地述說一些無關緊要的事，在那個年齡，當我們都體驗到了生活的辛酸和歡樂，我們已到了不再固執和迷惘的時辰，到了那時，輕輕地說一些事，情感就會在雙唇之間悄悄地走過。我們是飽含感情的人，對於人類有著過於認真的情感，每一句話都含有我們關

於過去的記憶和明天的夢想。「潛潛走過」呼應「輕聲」，也是在表現年齡的狀態：既富有感情，又不再爭鬥了。「輕」和「潛」點出來這一點。當唇際間最初的顫慄使你感知了幸福，這是什麼，指的是初戀的吻嗎？或者，是當你艱難地吐出第一個字、孩童的時代，都可以被理解為詩人「唇際間最初的顫慄」的所指。因為「唇際」二字並不能使我們辨別出是兩隻嘴唇之間還是一隻嘴的上下唇之間。但這是次要的，模糊造成了很好的詩意，點明倒不好，關鍵在那次最初的顫慄使你知道了生命叫幸福，你懂，你說出：「幸福」！那一剎那的感覺一直延伸到你生命的盡頭（你的一生也是一個瞬間，由於幸福的出現，這個瞬間變得燦爛）！而所有對於生命的要求都是無意間說出的！在幸福的光芒下，我們說出了整整一生我們請求的、奢望的，我們越來越強烈地夢想的——東西！

# 評陸憶敏：在獨自一人的舞蹈中

原詩

〈請準備好你的手帕〉／陸憶敏

　　我一個人在舞蹈
　　在旱冰場上
　　眼神是多麼理想
　　臉上蕩漾著沉痛、乞憐
　　幸福與哀傷
　　地面附近遊蕩著曲子
　　音符閃爍著銀光

　　許多人逆運而退
　　應運而生
　　而我
　　在深深地井底盤桓
　　你偶爾告訴我
　　春天已經發生

　　即使

你我生平各異

也請你準備好手帕

在某個年齡你會幾欲哭泣

然後棄世

這一切太平常了

## 析文

「我一個人在舞蹈／在旱冰場上」：孤獨的氣氛。另外，它極像一支樂曲，像那首〈愛情故事〉的場景。「眼神是多麼理想／臉上蕩漾著沉痛、乞憐／幸福與哀傷」：在獨自一人的舞蹈中，眼睛裡閃爍的是理想的光芒，而臉上暴露著來自生活的痛苦，那些磨子輾過的痕跡。「乞憐」，女人的情感，對於強者和幸福縈繞不去的夢想的乞求，在音樂中，在舞蹈裡，在這孤獨而千百萬人都曾馳行過的空曠的場地上，獨自一人，在憂傷的滑行中，洩漏出生命的全部幸福與哀傷。「地面附近遊蕩著曲子／音符閃爍著銀光」：地面附近遊蕩著，這幾個字給我們造成幽靈的感覺，暗示那些幸福與哀傷的影子，交錯出現。「地面」表達了低沉的感覺；「遊蕩」契合了舞蹈，而全句連接來又可以看成描述音樂迴旋的狀況。心境的暗示和場景描寫和諧準確地契合在一起。「音符閃爍著銀光」這也暗中呼應「理想」，又傳達出憂鬱的旋律在月光下無比動聽的心理效果。用比喻和視覺的轉換表達出來：閃爍著銀光。這是一種較常用的手法。

「許多人逆運而退／應運而生／而我／在深深的井底盤桓

／你偶爾告訴我／春天已經發生」：在這舞蹈中，這空曠的場
上曾有千百萬人馳行。他們追逐、擦碰，相互阻礙；他們遙遙
領先又被更機智野蠻的滑行者超越。他們相互撞撲倒然後退
下，躲開後面發出喧囂聲的洶湧的人流。「逆運而退」，自覺
身心不支退出角逐，自知實在無法與命運，那對抗自己、總想
毀滅自己的命運，和它抗爭，於是讓開——讓生命過去，我們
僅僅尾隨其後，披一些餘光。「應運而生」，總會有幸運兒，
總會有好福氣的人，坐在命運的船上，像假日漫遊一樣瀏覽四
周生活的風光。那風光在失敗者的眼裡，像一隻隻野獸怒吼時
打開的嘴。而我呢？不是幸運兒，暫時也不是失敗者。我只是
想深深地向下，向下，弄清地底究竟有什麼東西主宰和支配著
地面上的人的命運。死者用什麼方式在讚美和詛咒著活人，使
他們幸福和痛苦，使他們預先體驗死人的孤獨。那努力、欲望
造成的現狀就像四周石頭砌著的井壁。環繞包圍我，使我與世
隔絕使我孤身自受並苦苦思索。而你，仍舊想念我並能記住我
名字的人，你們，告訴我，春天偶爾地出現！

　　（或者，「在深深的井底盤桓」指的是作者在承受生命的
苦難，那些感受就像沉落在井底，看不見陽光一樣。但顯然，
這樣的意思沒有第一種釋義精彩。讀者可以自己挑選。這就是
一首詩必須由作者和讀者雙方完成的範例。藝術的力量必須在
互相對應的層次上，在那樣的震顫中達到！）

　　「即使／你我生平各異／也請你準備好手帕／在某個年齡
你會幾欲哭泣／然後棄世／這一切太平常了」：真的，太平常
了！熱愛著什麼？丟棄了什麼？為什麼所執迷？為什麼所戕？

我們素不相識，即使我，為你的詩感動的一個詩人，也只在
詩中跟你相會，不知你究竟是什麼樣子。你也同樣不知道我！
「在某個年齡你會幾欲哭泣」，那是使人懂得痛苦的年齡，是
知道生命會傷害並毀滅自己的年齡。青春之末的年齡。那是徹
悟到孤獨的年齡，充滿危險的爭鬥氣氛的年齡。那是使我每想
到人類就會哭泣的年齡！但我不會去準備手帕，陸憶敏，你到
底是一個女人，「臉上蕩漾著陣痛、乞憐」。我只有在詩中才
不由自主地哭泣！而我準備的是殺害我的東西，不是手帕！是
的，然後棄世。這一切太平常了。

對於我們來說，對於驕傲、苦難的靈魂，在喪失一切反抗
能力的情況下與人類為伍，在喪失任何讚美的念頭後還像猥瑣
和癡呆的人群一樣活著，這太恥辱了！

真喜愛這首詩。在我寫了陸憶敏的〈美國婦女雜誌〉的析
文後，在本書行將結束前讀到這首詩，我被一種情緒深深地打
動。我想這首詩比〈美國婦女雜誌〉好。它讓我看見一個活生
生的人，一個女人，為了生活，為了真理的光輝，艱難而頑強
地活著！

那張臉，是生命的臉，是青春消逝前美麗的光輝！是人！
而不是聖者或冰涼的塑像！

# 評江建：為了對母親的愛

〈岬口〉／江建

　　黃昏，我看見岬口我的母親站成礁石

　　渾濁的眼睛迎風流淚

　　我穿過煙波，變成歸巢的潮鳥

　　我生命的纜索急急地拋向岸石


　　我在身體裡呼應著我的母親

　　她站在岬口，落日使她的憂鬱更加深刻

　　她是母親，而我是她唯一的兒子

　　她的丈夫早已進入黑色的海溝

　　靈魂復歸為卵


　　我泅渡回流猶如雄鯨

　　母親的呼喚無所不至

　　我幾番死去，我在尋找魚族的同時

　　尋找我父親的雄姿

衝進排浪和礁群

裸日之血終把我烤灼成海洋的騎士

一切都那麼寧靜，紛飛的水霧裡

回歸母親


在岬口，只要有母親佇望

兒子們的帆魂集合成雲

而風暴之上

生命翔悅如鷗

## 析文

「黃昏，我看見岬口我的母親站成礁石／渾濁的眼睛迎風流淚」：母親站成礁石，這意思並不新，而「站」字的詩味也很差。「礁石」的意象和「站」字，如有一個變換一下，都會好些。但渾濁的眼睛迎風流淚，使句子進入詩的意境。礁石被浪頭拍擊，順石頭的壁上往下流水，被想像成眼睛在迎風流淚。「渾濁的」是留下來的水的顏色，也帶出海上水氣瀰漫的感覺。「我穿過煙波，變成歸巢的潮鳥」：我被比喻為一隻鳥，穿過歲月（煙波），隨不變的潮湧而來。「歸巢」和「潮」字，都表達了返回的信念和欲望。「我生命的纜索急急地拋向岸石」：歸巢穿行的路線似乎像生命的纜索，如果照這樣寫效果會很好，隱祕的詩味很足，但就無法解釋「拋向岸石」，那等於是撞死，看來江建不是這個意思。他在「歸巢的潮鳥」後又用了一個並列的意象，把自己比喻成一條船，那麼

「生命的纜索」就仍是指欲望或者行為，急急拋向岸石，跟歸巢一樣，停泊的願望。我們看到，這樣的效果就差得很多了。因為寫得表面，微妙的感覺也沒能出來，似乎意象也欠缺新意。

　　「我在身體裡呼應著我的母親」：如果把「呼應」改為「尋找」似乎會更好。「呼應」還是較外在，詩的味道不夠足。不管我是什麼，我都在體內和遙遠的母親呼應著，「她站在岬口，落日使她的憂鬱更加深刻」：落日的壯觀的情景，那消逝的感覺，使母親企盼和焦慮的心情，最後轉變成的憂鬱在大自然的映照中顯得更深。我們不要忘記一個畫面：在岬口的一塊突起的石頭，隕落的太陽貼著它滑下去。這很美，也確實有憂傷的味道。「她是母親，而我是她唯一的兒子／她的丈夫早已進入黑色的海溝／靈魂復歸為卵」。唯一的兒子，這增加了我們的愛心，她的丈夫也許是溺死於海（進入黑色的海溝，也許是和海打交道的人），所以靈魂又重返本真，成為魚的卵。「卵」有即將被生產出來的味道，又契合小小人體的渾圓顆粒感。最關鍵的是魚，牠是我們的祖先。因為作者提到了「海溝」，所以他想出復歸為卵，而不是別的陸地上的塵土或石頭之類。

　　「我洄渡回流猶如雄鯨／母親的呼喚無所不至／我幾番死去」：「回流」二字把雄鯨的雄姿勾勒出來，使我覺得很壯觀。這時作者又把自己想像成在岬口外游動的雄鯨，母親呼叫他的聲音無所不至，不管他游到哪兒。「我幾番死去」：因為什麼而死？為了對母親的愛？為了歸回尋找的耗損？命運的磨難？這一句的提出使我暗暗想到人類對鯨魚的捕殺，最終是為愛而死的意義。「我在尋找魚族的同時／尋找我父親的雄

姿」：那是同類，在尋找自己的一族。但江建，這裡有點小小的危險：弄不好給人以鯨尋找魚群是為了吞吃牠們的感覺，這就不是你的原意了。「族」字多少抑制了這種想法。尋找父親的雄姿，他在水裡，他一定也演變成一條雄壯的魚，游翔的姿式很雄偉。這一句滲出很濃的人情味，使詩句產生非常親切的效果，這是意義和情感融合的雙重魅力。略有遺憾的是：在這一節裡連著出現兩個「雄」字，雄鯨和雄姿，產生很細微的破壞詩感的效果。但我認為這一節是全詩最好的一節，加上「她的丈夫早已進入黑色的海溝／靈魂復歸為卵」二句。

「衝進排浪和礁群／裸日之血終把我烤灼成海洋的騎士」：排浪和礁群都為了造氣勢，來襯托拔高作者的「衝進」。但江健，母親站成一個礁石的意象和礁群的聯繫怎麼解決？這種包含和矛盾，前一個寄託的是優美的情感，而礁群表達是另一種意思，它們衝突而不和諧。這是不是疏忽？應該去掉「礁群」的意象選擇別的來渲染氣氛。「裸日之血」和全詩的語感、文字方式不和諧，顯得生硬，是說太陽灼熱的光線吧？「血」字增添了熱烈的氣氛，又有內心傷痕的感覺。「烤灼成海洋的騎士」，真不舒服。海洋的騎士也許就是指成為雄鯨。那些暴烈的，或者磨難，使你成為出色的一員，但這句詩那麼拗口、彆扭（「裸日之血」和「烤灼」是根源），似乎是在故意追求一種氣氛中弄出來的句子，沒有前面的通暢、乾淨。而且「海洋的騎士」這個比喻也不漂亮啊！「一切都那麼寧靜，紛飛的水霧裡／回歸母親」：一切都在最後的一個壯舉中完成了，那麼寧靜，在霧氣裡。也許是那條雄鯨游入岬口，

在死亡的時刻完成了對母親的愛。

　　「在岬口，只要有母親佇望／兒子們的帆魂集合成雲」：又是一個並列意向。不是鳥、船，也不是雄鯨。在母親眼睛的注視裡，兒子們回來的魂聚合，那些船的帆檣夭折，化為雲（像魂一樣），在岬口的上空漂浮。「帆魂」這個詞很澀，把兩個意思疊在一起，使詩意不鮮明也不乾淨。「而風暴之上／生命翔飛如鷗」：生命在風暴之上飛翔，就像海鷗，作者用海鷗做比喻是為了契合海，但能夠在風暴之上翔飛的那種攝人的氣勢，卻絕不是「海鷗」這個喻體所能表達的。它太輕，遠遠不夠。結尾像開句一樣糟糕，毫無新意，落入套子。

　　在我初讀這首詩時，為作者二、三節的情感和技巧（包括「渾濁的眼睛迎風流淚」）吸引，當我具體地分析，再去細讀時，發現了很多問題。功力的不足，文字和詩意的不乾淨（「裸日之血」、「帆魂」、「翔飛如鷗」），最主要的還在於多處的意思和意象不新穎，使全詩好壞參半，互相抵消，尤其是結尾的弱和無新意。二、三節還剩精彩的，表達的東西也有情和頗具新意。但準確地說，這不能成為一首好詩，因為它不完整。

　　這是我個人的看法。

# 評田曉青：被語言照耀的罪惡

## 原詩

〈歷史〉／田曉青

　　對於發生過的事
　　我又能說些什麼——
　　一個象形文字的陷阱
　　專為捕捉無辜的靈魂
　　他們因為他們的無辜
　　受到了報應

　　而那些強暴者有福了
　　他們是歷史的同謀
　　他們不懂但丁
　　他們想像力的缺乏
　　使他們輕易地躲過了
　　那個艱難晦澀的地獄
　　並使詩人們的判決
　　就此停留在隱喻中

析文

　　田曉青，北京的詩人。早在《今天》在全國流行時就開始創作詩歌，他的詩偏重思索，往往在詩中對人的生存做哲學式的表達，我以為這是曉青詩的獨有特色，有時露出冷漠和狠勁，在他的《閒暇》和《失去的地平線》兩大組詩中，有相當不錯的詩，但它們相對來說比早期詩更加抒情，批判的成分差。為了使我選出做析的每個人的詩都盡量具有鮮明的特色，我希望它們相互有明顯區別，顯露出自己的風格，因之我選了曉青早期的〈歷史〉（這也是一個組詩中的一首）。這首詩從我幾年前讀到後就一直沒有忘記，我把我的屋子翻遍了才找到含有這首詩的油印集子。

　　「對於發生過的事／我又能說些什麼——／一個象形文字的陷阱／專為捕捉無辜的靈魂」：還能說什麼？該死的都死了，活下來的就是該活的，其中的諷刺和劫數，整個歷史都看見了。那些罪惡和呼喊，歷史都曾參與過，對於死亡的屠殺他從來就無動於衷。那個冰冷的帶著鐵面罩的人，彷彿是對人類仇恨似的，像兩個世紀的交錯一般搓著她的手，那動作裡面就有罪惡和苦難，就有孩子在清晨死亡的回聲。還能說什麼，對於發生過的事！「象形文字」，這是規範，暴虐的歷史，那張醜惡的臉，在一個使用象形文字的國度裡出現。那張難看的臉，穿過象形文字密密麻麻的陷阱，咬住猥瑣的奔跑的中國人。從技術上說，象形文字的方塊形狀可以被想像成方或圓形

的陷阱；「陷阱」一詞又使「象形文字」有了深入的內涵，融入詩人對苦難的體驗。那些文字，專門捕捉無辜的靈魂。「無辜的」，說明曉青是指那些富有正義感的人，或者善良的平民，捕捉、殺死他們，折磨他們，欣賞那些慘狀，看著他們在文字的陷阱裡，在塗了鉛的筆劃上，掙扎著死去！我認為，「象形文字」在這裡有了廣闊的象徵。它不僅指文字，那些報紙對人的良知的剿滅，而且還象徵一個打了戳記的政治權利。噢。「他們因他們的無辜／受到了報應」：這不是應當的嗎？在東方人的眼睛裡，無辜就意味著善良，善良就意味著軟弱，軟弱就意味著被宰殺！是的，他們確實因為無辜才被罪惡圍困，孤軍作戰；他們因為無辜的光芒召來黑夜的吸血者，無辜人的血香呀！那血液更純正！因為他們無辜，因為他們代表正義，因此他們被邪惡殺死！殺死！歷史觀看這場「鬧劇」。報應，一切都有，什麼都有。曉青在這句裡，注入了很多蒼涼的和悲痛的感情！但無辜者確實應當受到這種報應嗎？東方的死亡和生存的荒謬的邏輯，人種的質疑！如果他們從出生到學會思想都是被泡在這樣的羊水裡，那麼這「報應」不是應該的和必然的嗎？

　　「而那些強暴者有福了／他們是歷史的同謀」：是的！永遠是強者和歷史構成同謀。他們決定歷史的面目，他們給歷史上妝，決定歷史向哪裡去。他們給歷史準備了眾多的路口，某幾秒的時間裡決定幾百幾千年的命運！這是多麼殘忍！弱者和犧牲者只是作為事件的印證出現，他們把那些瞬間展開，補齊充足的內容，然後死去！去死！那些強暴者有福了！在下面的

句子裡曉青即將把他的道德觀念展開，情感上全部同意，但我明白歷史仍舊按他那張某部位粗糙、某部位細膩的臉的樣子生長，它該是什麼德性就永遠是什麼德性！那些強暴者，他們不懂但丁，「他們想像力的缺乏／使他們輕易地躲過了／那個艱難晦澀的地獄／並使詩人們的判決／就此停留在隱喻中」：多麼精彩！這就是田曉青！噢，早期的田曉青，煉獄的災難和恐怖，靈魂墮落後的酷刑，那些強暴者，他們不懂。他們不知道但丁，如果知道了他們會去嘲笑，他們會在人群中搜捕他，叫喊：弄死但丁！他們根本就沒有想像力！那罪惡的大鍋在他們身體裡冒著熱氣，他們的手沸騰著，花朵凋零，「美」被搓碎，他們認為他們是永恆的蹂躪者。靈魂在罪惡的河裡浮沉的比喻、被蹂躪的慘象，他們根本不懂！噢，詩人的判決就這樣永恆地留在隱喻中。直到有一天，他們這些惡棍，在靈魂裡體驗到被別人撕裂、踐踏的恐怖！

作為〈歷史〉，這首詩還是淡了些，但它在某個地方是極深地進入了的。對於善惡來言，它終究是詩人的判決，充滿道德的宣諭。如果嚴格地講，這仍舊是表面也不能算是大手筆。那有可能使我們撕心裂肺的，使我們置身地獄的受難之河又能在其中漂流的，是一個真正的詩人，寫出自己靈魂裡的，被語言閃耀著的罪惡，那些生命的核兒！

# 評歐陽江河：即興的死亡的舞蹈

〈等待槍殺〉╱歐陽江河・肖斯塔科維奇

他整整一生都在等待槍殺
他看見自己的名字與無數死者列在一起
歲月有多長，死亡的名單就有多長

他的全部音樂都是一次自悼
數十萬亡魂的悲泣響徹其間
一些人頭落下來，像無望的果實
裡面滾動著半個世紀的空虛和血
因此這些音樂聽起來才那樣遙遠
那樣低沉，像頭上沒有天空
那樣緊張不安，像骨頭在身體裡跳舞
因此生者的沉默比死者更深
因此槍殺從一開始就不發出聲音

無聲無形的槍殺是一件收藏品
它那看不見的身子詭祕如俄羅斯

一副巨測的臉時而是領袖，時而是人民

人民和領袖不過是字眼

走出書本就橫行無忌

看見誰眼睛都變成彈洞

所有的俄羅斯人都被集體槍殺過

等待槍殺是一種生活方式


真正恐怖的槍殺不射出子彈

它只是瞄準

像一個預謀經久不散

一些時候它走出死者，在他們

高築如舞臺的軀體上表演死亡的即興

四周落滿生還者的目光

像亂雪委地擾亂著哀思

另一些時候它進入靈魂去窺望

進入心去掏空或破碎

進入空氣和食物去清洗肺葉

進入光，剿滅那些通體燃亮的流亡的影子


槍殺者以永生的名義在槍殺

被槍殺的時間因此不死


一次槍殺永遠等待他

他在我們之外無止境地死去

成為我們的替身

析文

　　歐陽江河，四川的青年詩人。記得我第一次讀到他的詩
〈背影裡的一夜〉時，曾使我驚愕不止。北京詩人黑大春曾說
我的詩和歐陽江河的詩有相似之處。在較多地閱讀他的作品
後，我不這麼認為。也許這指的是遣詞造句方面的相同意識和
相近的抒情風格。

　　在我目前讀到的他的作品中，我以為這首為最佳。詩人在
這裡向我們展示了生命的悲哀和人類的悲哀，那種使人成為
「偉人」的宿命。〈背影裡的一夜〉和〈天鵝之死〉也是他的
好作品，但相比較文化氣息濃，詩歌的力量未能直接進入骨
頭，但當我讀到他的〈懸棺〉等作品時，感到了極度地失望。

　　詩歌究竟是文化、聰明，還是使我們要緊緊攫住的生命？
那使我們的悲痛和反抗的生存環境和存在本身？這是我早就想
向四川的眾多詩友詰問的！

　　「他整整一生都在等待槍殺／他看見自己的名字與無數死
者連在一起／歲月有多長，死亡的名單就有多長」：整整一生
都在等待槍殺，這是只有在暴政中生存過的人能體驗到的悲
慘，這是只有人在感到自己的生命可以被肆意踐踏蹂躪的情況
下才能吐出的語言。這個人一定是個叛逆。假如那個社會是反
人道的，那這個人就是人類的精英。可是，他的名字與無數死
者列在一起，那只能是個野獸橫行的社會了。我再也說不出什

麼，我只能在我的心裡，為那些最純潔、最偉大的生命默默地哭泣，死亡的名單能和整個的歲月一樣長。作為「人」對生命本身，我們犯下了什麼樣的罪孽啊！

「他的全部音樂就是一次自悼／數十萬亡魂的悲泣響徹其間」：肖斯塔科維奇：一生創作了十五部交響曲、十五部弦樂四重奏和眾多的歌、芭蕾舞劇，聲、器樂曲等。這一切的旋律和音符都是在為自己的生命做悼念，就像莫札特為自己的靈魂寫〈安魂曲〉。但莫札特寫的是死亡的陰影，而肖斯塔科維奇呢？數十萬亡魂的悲泣響徹其間！他的生命是和整整一個民族被死亡的罪惡的訛詐渾然一體，他的反抗的所有聲音都來自靈魂的音樂。當然：其中還有一個善良的人，面對惡棍的辯解。「全部音樂都是一次自悼」，把「都」字去掉似乎更好。「一些人頭落下來，像無望的果實／裡面滾動著半個世紀的空虛和血／因此這些音樂聽起來才那樣遙遠／那樣低沉，像頭上沒有天空／那樣緊張不安，像骨頭在身體裡跳舞」：人的頭顱是生命豐收的果實，那些圓形的、盛滿大自然的芬芳、人的智慧的果子，被存在的皮裹著。它們可以被隨意砍掉，這還不「無望」嗎？那掉落的果實裡面，滾動著整整一個暴政的時間裡揮霍和踐踏的血，暴君和統治的空虛，人類犯下的罪惡和夭折的美。它們滾動、撞擊，生發音樂的不諧和音和刺耳的碎裂，聽起來和人類美好的景象顯得相距那麼遙遠、陰沉，它的低沉是死者憤怒的轟鳴。那聲音就猶如我們失去了天空，我們被整個倒置了！我們用沒有頭的脖頸在一片空虛中盲目地行走，死亡和喪失靈魂的感覺威脅著我們，緊張不安，就像我們的整個骨

骸在身體裡亂開，骨頭衝突著、喧囂著那種巨大的恐怖和肉體
的悲哀！「因此生者的沉默比死者更深／因此槍殺從一開始就
不發出聲音」：訛詐和強權猶如水穿透我們，猶如皮膚緊貼我
們。死去的人是絕望的，他們的嘴成為泥土，發不出聲音。生
者的嘴卻由於恐怖只好緊閉，厭惡的蛆蟲就在我們的喉嚨裡蠕
動，牠們已經越過了我們的牙齒，在拱我們的嘴。憤怒的心像
風暴摧打我們的心臟，但我們不敢張開嘴來！我們要為死者承
擔他們還沒來得及承擔的恐怖，分擔他們死後的苦難！槍殺在
一開始決定消滅一個人時，根本就沒有聲音。所有這些全是從
靈魂的摧殘開始的！

　　「無聲無形的槍殺是一件收藏品／它那看不見的身子詭祕
如俄羅斯／一副巨測的臉時而是領袖，時而是人民」：這種消
滅的方式已經發揮到可作為欣賞的地步，可以保藏起來隨時觀
望。多麼殘酷！或者，被殺死的就被「永恆」收藏了。那方
式被歐陽江河比擬為一個人的行為。它的身子如俄羅斯一樣古
老和詭譎。這個此刻，它變化無常的臉，有時以權力的面貌出
現，有時是平民，它充盈和嘯響於整個人類。「人民和領袖
不過是些字眼／走出書本就橫行無忌／看見誰眼睛都變成彈
洞」：人民和領袖不是關鍵，關鍵在於它以一種生存的方式存
在，即使一個無賴，為了自己的生存也會殺戮別人，對於權力
而言，它消滅的形式可以冠冕堂皇到遊戲的地步。這種恐怖整
整半個世紀成為一個民族的生存方式。無論是誰，只要和它相
遇被它看一眼就是一個死亡。它比莎樂美還要恐怖，因為它存
在於社會的每一個成員之中，那走出了被藝術讚美的「人」的

肆虐的犯罪欲望。因此，「所有的俄羅斯人都被集體槍殺過／等待槍殺是一種生活方式」：從靈魂上，他們都被訛詐和槍殺了。等待著那個時間的完成成為生活的全部內容。它叫：恐怖！

「真正恐怖的槍殺不射出子彈／它只是瞄準／像一個預謀經久不散」：我以為這幾句和以下都有點淡化，他們鬆懈了。最恐怖的是並不到來而時刻威脅著你的，它近乎一個懸念，死亡日期的懸念，一個施虐的過程，像你感到了一根針對你的陰謀。「一些時候它走出死者，在他們／高築如舞臺的軀體上表演死亡的即興／四周落滿生還者的目光／像亂雪委地擾亂著哀思」：「死者」指的是已死的人，還是雖然活著但已被恐懼窒息的人？二種意思就有兩種詮釋。還有「他們」，指的是詩人剛說的死者還是那些活著的人，這又會導致兩種釋義。如按都是死者解釋，那就是說死亡從死去的人體中出來，在他們的死亡證書構成的歷史──一座屍體的舞臺，在那上面把死者再非常即興地糟蹋一次，使還活著的人澈底癱瘓。這話總解釋較淡。我願把它理解為第二種：這種威脅、殘害從已被完成了的死者身上出來，在那些還苟活著的人，他們萎縮的身體搭起的生存舞臺上，選擇一些人，做即興的死亡的舞蹈，把他的腳踩在他們的心上旋轉一次。活著的人觀望，他們絕望的目光像雪花紛紛落地，騷擾著生命，充滿哀思。但我認為歐陽江河的「擾亂」和「哀思」二個詞彙，未能進入生命悲劇的深處，向我們呈現悲愴的力量和生存本質，就是這些詞和這種情感，使詩的後半部顯得輕飄，沒有「大家」的氣度。「另一些時候它進入靈魂去窺望／進入心去掏空或破碎／進入空氣和食物去清

洗肺葉／進入光，剿滅那些通體燃亮的流亡的影子」：四個並列，沒有一個能顯現出這首詩第二節的震撼和摧毀著詩人靈魂的情感，它們更接近技巧的嫻熟。威脅、殘害進入另一些生存者的靈魂，看看它們被糟蹋和毀壞到了哪種程度？到心臟裡面，把那裡面還有的玩意掏空；或者不花費這份力氣，乾脆把它弄碎了。混在空氣和食品裡進入人的肺，洗你一次，使你成為馴服和喪失良知的人，或者植物人也行，還要到光的裡面，以暈眩和巨大的存在的力量，使被放逐的堅定的人類精粹的頭顱，他們留下的燃燒的影子被澈底消滅！這裡歐陽江河可能有一個疏忽：有光的地方就有影子，只有在黑暗的地方和光源垂直照射的地方，才沒有影子。那麼，說進入光，剿滅影子，從情感上可以，從詩的微妙感覺上說就不可以，它破壞了詩的更完美的效果。應該說，把光芒消滅，這樣更契合剿滅影子的意思。

但詩人還是給我們創造了恐怖的景象。

「槍殺者以永生的名義在槍殺／被槍殺的時間因此不死」：「永生的名義」是指權利、藉口，還是指肉體永遠存留下來的事實？是的，殺害別人的人自己是存在下來了，那長滿了罪惡的肉的身體。被槍殺的人，那些無辜善良的人，他們使受難的時間成為特殊的時間，賦予它意義，這時間，因此不死。

「一次槍殺永遠等待他／他在我們之外無止境地死去／成為我們的替身」：肖斯塔科維奇，無盡的槍殺，重複而來，始終在等待著你那顆真誠而偉大的心！這是劫數和宿命，是擁有偉大靈魂的人在暴政和非暴政的國家裡必然的遭遇！這是人類神聖的靈魂的饋贈品！這時我的腦海中就響徹了你的《列寧格

勒第七交響曲》，它在我的字裡瀰漫，雄壯的抵抗邪惡的氣概和旋律，曾不止一次使我在黑暗裡獨自傾聽時流出淚水，不止一次使我在傾聽（還有柴可夫斯基的《悲愴》、馬勒《第六交響曲》）後趴在桌子上失聲痛哭！偉大的劫數！你必然無止境地死亡和無止境地再生，你必受極刑！你必定為你愛的生命、你愛的人民、你的恨、你的忠貞善良，為無數像你一樣具有高尚靈魂和非凡才華的人，為這樣的經營，為了他們，成為人類的苦難和光輝的愛的替身！

# 評菲野：青春，激盪並狂怒起來

〈旅途〉／菲野

　　一個悲痛的容體在悶熱的四壁中
　　穿越黃土高原
　　極限的持續是沒有顏色的
　　不可名狀之網罩住雙眼
　　空氣中可怖的金屬輝煌而耀眼
　　一個世界的夢啊今天只是一個
　　普通的片段，沒有別的人
　　沒有別的可以感知的人

　　獄中的生活像月亮上的日子
　　獨特得令人羨慕
　　海在遙遠的地方不停的講
　　沉默的語言喘息著時慢時快
　　再一次激越高昂吧——青春
　　在佛的境界之外做最壞的事
　　在深不可測的明天之前被陌生人

狠狠一擊──

人的毫無欲望的眼睛

直瞪著灰綠色的河床


嘔吐物最終會濺出來

在數十年危險的旅行之後

突然在天空上看到光明和意義

在否定之否定的房子裡

撫摸一件真實的日用品

在準備得如此完美的世界上

突然昏倒，突然悟道

突然在天空上看到光明和意義

## 析文

　　「一個悲痛的容體在悶熱的四壁中／穿越黃土高原／極限的持續是沒有顏色的」：悲痛的容體在悶熱的四壁中，這大概指的是火車。悲痛的「容體」指人，「四壁」指車廂，「悶熱的」是說車廂中的空氣。一個滿懷沉痛的人坐在列車上穿越黃土高原，悲痛的心情可能跟黃土高原的貧瘠有關。或者「悲痛的容體」指的是火車，那麼「悲痛的」就有了另一層含義：它是說火車充滿了悲痛感，因為它滿載著如此多污七八糟的人。「四壁」指黃土高原帶來的封閉的感覺，悶熱是高原上的空氣。就這樣，這列車穿越黃土高原。還有第三種釋義：人在步行之中穿越黃土高原。「悲痛的容體」指人悲壯的心情，「四

壁」是胸腔、身體，「悶熱」形容激情和身體的衝擊。究竟是哪種這無所謂，只要它傳達給你詩意的感覺就行。在這樣的旅行和穿越中，沒有極限，最後的地平線永遠在前方出現，變換著，一個一個，無盡的黃土和走不出去的感覺帶來沉重；沒有變化的心情，就像地平線沒有一絲顏色的變換，沒有綠色。坦率地說，這句寫得並不好，意思不錯，寫得太澀，詩的形象不鮮明。「不可名狀之網罩住雙眼／空氣中可怖的金屬輝煌而耀眼」：有種東西迎面而來，在黃土高原上，它像一張網罩住我的雙眼，使我看到的全是它們的形象，在四周的空氣中，一種金屬，令人恐怖的金屬，輝煌而灼人眼睛地閃耀著。這「金屬」是什麼，詩人沒說，詩的效果出來了。如果說出它是什麼，效果就會降低，使人迷茫和隱隱約約的感受就會消逝。這「金屬」必定象徵什麼，思考的果實？某種實質和精神體的閃現？反正是跟人類生活有關的某種昭示。「不可名狀之網」也是相同的意思，使詩人感到捆縛的來自現實的象徵體。這兩句是表達心裡激蕩的感覺。在貧瘠的黃土高原上，詩人心裡潮湧的無數思緒匯集在一處的抽象表達。「一個世界的夢啊今天只是一個／普通的片段，沒的別的人／沒有別的可以感知的人」：整整一個世紀的夢、人類的努力、輝煌的功勞，在黃土高原上，僅是一個普通的片段。這裡的人貧困而單調地生生死死，土地年年月月地流失；這裡貧困的旗幟在蒼涼的空氣中飄揚著，跟在它外貌的人類所有光輝的夢境的實現毫無關聯！沒有別的人，沒有別的人能夠感知，沒有別的人能夠體會到世界和這座高原，整個人類的生命和在這座高原裡頭活著的人的生

命，他們之間的照應是多麼荒誕！把他們相連的思緒的紐帶是
多麼恐怖！也許，這種想法和這些感受就是「網」和「可怖的
金屬」的所指。啊，沒有別的可以感知的人！

　　「獄中的生活像月亮上的日子／獨特得令人羨慕」：獄中
的生活，是否暗指高原上人的生活，像獄中生活那樣單調，而
且永遠走不出去。它理所當然地獨特，以它失去自由和單一原
始的特性獨特，有如月亮上的日子。「月亮」暗暗傳達美的
感覺？因此接著說令人羨慕。是對原始的崇拜？會是那種簡單
的回歸？當然，獄中的生活也可毫無所指和暗喻，僅僅是比喻
的運用。我也並不想給詩歌加入政治色彩。它可以僅僅是比
喻，關於獨特的一次想像。那麼這就不存在原始模樣和回歸的
意思了，獄中的生活肯定是獨特的。但如這麼解釋，「令人羨
慕」就說不通，讓我們往下看。「海在遙遠的地方不停地講／
沉默的語言喘息時慢時快」：海的波濤不停地翻滾，像是在永
恆地述說。關鍵是述說什麼？詩人為什麼選擇「海」的意象？
是寬闊、深邃、自然的雄偉的意味嗎？和黃土高原的單一、貧
瘠做對照？和它靈魂的貧瘠做對照？那些高原上的人就是舉起
這樣的靈魂，把它們當燈點，照著他們日復一日、年復一年的
日子！大海，沉默的語言喘息著，波濤和潮水，這是大海的語
言，它們時慢時快地述說。「時慢時快」暗喻著海洋在風暴中
的變化。連海也激動憤怒起來了！

　　「再一次激越高昂吧——青春／在佛的境界之外做最壞的
事／在深不可測的明天之前，被陌生人／狠狠一擊——」：青
春，激蕩並狂怒起來！保持著對醜和衰老的反應的本能；青

春，在佛的寡欲和清淨之外做最壞的事！反抗寬恕！以暴力對
待容忍。打碎幾千年在我們體內滯留並窩藏的軟弱的忍耐的孽
種，那雜種曾把我們弄得不是個人，把我們馴養成一頭為了食
物表演、拿自己的尊嚴翻跟頭的牲畜！那個雜種，叫我們今天
仍在舔他的腳跟。青春，做最壞的事，在佛之外，幹掉佛和躲
在佛之後最壞的人！在無法預知！難道這真的就是我們的結
局，是大地的劫數？是一種類型的骨頭的災難？狠狠一擊——
青春，就這樣付出了昂貴的代價！有誰會在我們之後說一聲：
你幹得好！有誰，會來看望我的孩子，愛他們，並把我的文字
珍藏在他們子孫後代的血液中！看，「人的毫無欲望的眼睛／
直瞪著灰綠色的河床」！看，看那些人！

　　「嘔吐物最終會濺出來／在數十年危險的旅行之後／突然
在天空上看到光明和意義」：髒的東西總要被吐出來。那些語
言，悶在心裡腐爛病毒化我的靈魂的情感，總要被嘔吐出來。
它們會濺在地上。在數十年生命的行進中，那些充滿危險的旅
行告訴我生命的縹緲和毫無價值，告訴我，我活得一錢不值，
我的生命根本就不屬於自己。我的一切，全是「那種東西」
的！嗷，這不是最最可悲和可恥的事情嗎？在經歷這樣的旅行
和思想後，站在黃土高原上，啊，突然在天空上看到光明和意
義！那光明和意義在我受難的心靈裡展現開來，使我驟然間變
得明朗，全身充滿狂喜！「在否定之否定的房子裡／撫摸一件
真實的日用品／在準備得如此完美的世界上／突然昏倒，突然
悟道／突然在天空上看到光明和意義」：否定之否定——我對
現實的否定，另一種現實再一次將我已經拔起來的狀況給予否

定，這是很實際的理解。或者是指運用一種聰穎的思維，在這樣的思索的房子裡，撫摸一件那麼真實、它製造出來就是為了讓人使用的日用品。摸著這真實的東西，生命本身也應該像它一樣真實，活生生地存在，而不是在幻覺和夢想中，在那對於生命是犯罪的境況中。啊，在準備得如此完美的世界上，廣垠的世界，有如此眾多的奇特美妙的事物，有那麼多通往幸福的路。準備得如此完美的世界，生命的每個面都可以放射出光芒！但它確實不是在這個地方，它的名字叫：世界。我突然昏倒，突然悟道，我的心被什麼東西完全地打開，我的血液裡響徹一個聲音：你看，你看看那天空。人嘍，抬起你的頭！你看那天空上寫著的光芒和意義！

那究竟是什麼，我拒絕說出！

菲野，他的詩是情感的詩，生命最真誠和深刻地體驗的詩。他的詩句較直，但似乎都包著骨頭，有著尖銳的角，這是這些使我們靈魂為之顫慄！使我們可以毫不計較他詩句形象感的欠缺！

這是大家的風範！

# 評伊蕾：內心抵抗、掙扎後的景象
## ──兼談「女性詩歌」

原詩

〈這就是十二月〉／伊蕾

　　這就是十二月──最後的季節

　　冰雪的大門隆隆地打開

　　地上布滿秋花落葉的殘骸

　　凍僵的河水

　　死一樣的白樺

　　最後的季節在冷風裡微笑

　　它說：「你必得經過我的王國

　　你是生命」

　　最後的季節，把那些溫柔的日子

　　殘酷的日子

　　不加區別地

　　釀成透明的酒

　　埋在柴門籬下

析文

　　我曾看過許多評目前女性作品的文章，有年輕作家，也有老詩人。我承認，比起幾年前，女性作品開始注意到心靈，開始關注她們自己的位置（我並不包括那些沒完沒了、囉哩囉嗦地說自己怎麼樣，要覆蓋一切的沒有一絲詩意的玩意兒）。一位詩人專門以「黑色」來概括當前女性詩歌創作的特色，我感到很有意思。假如那「黑色」是一片黑暗，從那裡的中心透不出光芒，看不見靈魂的透明的閃爍；假如那黑色是漫無邊際的一片漆黑，天老爺，別說上了年紀的，就是年輕的也受不了。黑色不是說出來的，顏色的力量不是一串黑字的排列，而是呈現，是靈魂對生命最暗的地方的進入！它要求詩人用自己的光芒照耀它，用生命和語言使漆黑的地方呈現另一種顏色，使我們看見新的神明！有多少篇作品是這樣的？有多少作品滲透著女性獨到的體驗，生命的純真、激情和語言的光潔？推廣到整個詩壇，有多少篇作品那樣乾淨和透明？大量堵塞我們的眼窩和糟蹋我們對待膜拜的心靈是宣洩！是歇斯底里的叫囂！是那些混亂的、毫無詩的形式的激情！他們能嘗出它的芳香？詩歌是不能發洩的！詩歌不是某個部位的器官，它是一種感覺和能力。太多的人開始擁塞到激情的道路上，不，不如說宣洩的道路。她們表面而模仿，一些些生命感受的地方使我們覺得作得難受，使我們對於詩這種東西都感到慚愧！她們，他們並不是骨子裡的，並不是純情的，而是一種目的，把女性的詩歌和詩壇搞得天昏地暗！

　　我們需要一種能力，鑑別出優秀的作品和戲作，看清被嚇懵的人和保持沉默的人。我們需要把手向那些默默而忍耐地創作著的人，向那麼寥寥數人伸過去，拉住，握緊，然後鬆開，各自走路。這是一場較量！這是面向光芒的力量和品質的爆發！在各自奮戰的情況下，也應該有人站出來說幾句，為了詩！並不是詩壇！為了詩壇是不值得的！應該有人能說出：什麼是詩！那些年輕的評論家呢，他們到底在幹什麼！

　　讓我重返女性詩歌的話題，我也將再次談起普拉斯！或者，艾德里安娜・里奇。對於那些確實熱衷女權運動的女性詩歌作者，在社會性和靈魂結合的方面，里奇將有許多經驗可向我們提供。而對普拉斯而言，那的的確確不是宣洩。她身上的每一點都閃爍著純真的夢想，她的每一個部位在感受生活的沉痛和細膩。她的生命被幻想和激情充盈，以致在死亡前激蕩著一種強烈的精氣，你也可以說是巫魔之氣，從而可以隨便地意象閃出光來，記住她的純真！記住她對生命最隱祕部分的直覺。黑暗的力量是直覺中體現出來的！那些震撼和暈眩，是從生命的本能中散發出來的！記住這些。而最關鍵的，是普拉斯對於人的生存，對於人活著具有的良知，那是指引普拉斯的創作，使她激蕩地活，使她死的最根本的東西，是她不可企及和模仿的原因。就是這樣的倒刺扎在我們的心上，使我們疼痛和昏迷。記住這些！別去硬努。有些本質的東西你一旦缺乏，移植過來就是恐怖和災難，就是披著一層表皮乾嚎。最後，說句特別灰心的話：寫現代詩歌的女性作者，別無能到去撥弄自己的性器官。那只有最無能和猥瑣的人才會欣賞，那是藝術的終結！

「這就是十二月——最後的季節／冰雪的大門隆隆地打開
／地上布滿秋花落葉的殘骸／凍僵的河水／死一樣的白樺」：
河水、白樺、秋花落葉，都是大自然的意象，它們混合，就是
一幅風景。這是什麼樣的風景？河水被凍僵，白樺像死了一
樣，秋花落葉，到了映入眼簾時已是滿地殘骸。噢，「冰雪的
大門隆隆地打開」，一幅蕭條的景色！這就是十二月，最後的
季節。凋零冷酷的氣氛渲染得夠可以的了。遺憾的是意象太
陳腐，缺乏新奇和使人震動的體驗與傳達方式。「最後的季
節在冷風裡微笑／它說：『你必得經歷過我的王國／你是生
命』」：這時，季節殘酷冰涼的臉在空中出現。它吹出寒冷的
空氣，而伊蕾說，它是在冷風裡微笑。「冷風」是十二月的自
然氣候，「微笑」二字顯示出最後的季節的信心，同時和前面
荒涼的景象形成反差，以求達到效果。但我覺得「微笑」二字
仍不是很準確，應該有更好、更地道的詞在這兒出現，形成
刺激的感受和微妙的震顫。「你必得經過我的王國／你是生
命」：十二月註定要來臨，這就是必得經過我的王國的暗喻，
但它最後落在「生命」上，就形成兩個方向的呼應：詩意上，
如前所指；而生命也是必然要經歷過災難和靈魂的折磨。靈魂
所受的罪，內心抵抗、掙扎後的景象，就猶如前面描寫的自然
景象；荒涼、衰敗。靈魂的痛苦滲出在面孔上，是陰沉和哀
傷，還有絕望。生命，你必得經過這樣的王國！

　　「最後的季節，把那些溫柔的日子／殘酷的日子／不加區
別地／釀成透明的酒／埋在柴門籬下」：最後這一節，是我選
中這首詩的關鍵，不管怎麼說，它是詩的東西，也許確實淺了

一些。溫柔的日子和殘酷的日子象徵一個人的全部生命：歡樂和悲哀，幸福和苦難。他們被不加區別地放置在一個巨大的醰子裡，時間使他們成為酒。「透明」二字飽含了伊蕾對生命的讚頌，它是信念。不管苦難如何穿透我，幸福總是和我相差著，但活著還是值得的！它明亮得使你情不自禁地發出聲音；生命的光芒，不管你曾如何絕望過，那光明總是籠罩住你！這就是「透明」二字的內涵，「酒」的意象表達出伊蕾對生活的認識。迷醉，你不得不飲它，你確確實實地喜歡它。溫柔的日子，殘酷的日子，只要是日子，一個一個接踵來臨，它們從感覺上就和釀酒的葡萄與穀子的顆粒狀吻合，因之說釀成酒就舒服。噢，那大醰子，你的生命在裡面散發著芳香的大醰子，就安放在你貫穿一生的生存之中。它的象徵性的說法是：埋在柴門籬下！

　　以置身自然的結尾呼應起始的大自然的描寫。這首詩雖不如伊蕾別的詩瘋狂，但詩感多少都比那些詩強。我認為，這樣，效果更佳。

# 評陸憶敏：為了夢想做過的

〈美國婦女雜誌〉／陸憶敏

　　從此窗望出去
　　你知道，應有盡有
　　無花的樹下，你看看
　　那群生動的人

　　把髮辮繞上右鬢的
　　把頭髮披覆臉頰的
　　目光板直的，或譏誚的女士
　　你認認那群人，一個一個

　　誰曾經是我
　　誰是我的一天，一個秋天的日子
　　誰是我的一個春天和幾個春天
　　誰？誰曾經是我

　　我們不時地倒向塵埃或奔來奔去

夾著詞典，翻到死亡這一頁
我們剪貼這個詞，刺繡這個字眼
拆開它的九個筆劃又裝上

人們看著這場忙碌
看了幾個世紀了
他們誇我們幹得好，勇敢、鎮定
他們就這樣描述

你認認那群人
誰曾經是我
我站在你眼前
已洗手不幹

## 析文

　　陸憶敏，上海女詩人。近來很少看到她的作品，只得從她的舊詩中挑選。我主要在她的〈風雨欲來〉和這首〈美國婦女雜誌〉間游移。析的這首詩是我一直較喜歡的，但我以為寫得外在了些，雖氣勢大但靈魂中的穩祕和細微處少。〈風雨欲來〉表達了很好的狀態，微妙，不易言傳，那在我們生活中經常出現卻不易表達的，寫得很傳神，從詩歌技藝上非常不錯，但我又以為空了些，最後還是選了這首。

　　「從此窗望出去／你知道，應有盡有」：這也許是那本美

國婦女雜誌上的一幅畫。畫中一位婦女倚坐窗前，向外凝望。也許是詩人自己倚坐窗前，向外凝視，後面連續而來的那些人是詩人展開的想像，美國婦女雜誌的標題也是虛擬的，為了表達人生的思考。我認為兩種可能中還是前者對。詩人面對一張畫頁，將畫面徐徐展開，然後浮想聯翩。「無花的樹下，你看著／那群生動的人」：無花的樹下和生動的人，這種反差形成一種效果。「無花」，那棵樹也許真的無花，或者是詩人漠然的心理狀態。「生動的人」是一處隱筆，強調那些人是活生生的，存在的（為了對照下下面的「我」）

　　「把髮辮繞上右鬢的／把頭髮披覆臉頰的／目光板直的，或譏誚的女士」：這可能都是畫面上無花的樹下一群女士的像貌和樣子。關鍵在於陸憶敏以很冷的口吻說出來。第一，這口吻契合了圖片本身效果的死板，那些女士站在一張紙裡像遙遠的時代的人。另外，陸憶敏是一個較理性的詩人，我極少讀到她激情噴發的句子。她的許多詩顯得理智而充滿懷疑，對被傷害的恐懼（〈出梅入夏〉）。她習慣以冷漠的口吻說話，也許這恰恰契合一個時代的人的精神狀態和生存方式。這是我選析這首詩的關鍵。這種冰冷的感覺，一定會誘發陸憶敏說出什麼。

　　「你認認那群人，一個一個／／誰曾經是我」：那些圖像刺激著詩人，也許他們是異國的婦女，從而生存的範圍更加廣闊。古老的哈姆萊特的命題進入了詩人喜歡抽象思維的頭腦：「誰是我的一天，一個秋天的日子／誰是我的一個春天和幾個春天／誰？誰曾經是我」？一天，秋天的日子，一個春天，幾個春天，這些都象徵詩人生命的遭遇，歡樂的長短和悲哀的深淺。那些

人，一個一個，她們代表生命的歷程，象徵著每一截光陰。誰，誰是我？「曾經」二字表達那些都已是過去了的意思。

「我們不時地倒向塵埃或奔來奔去／夾著詞典，翻到死亡這一頁／我們剪貼這個詞，刺繡這個字眼／拆開它的九個筆劃又裝上」：死亡，撲倒，具體的動作說是倒向塵埃，其中省略了骨頭化為灰塵的過程，使詩凝聚「塵埃」一詞的運用顯得富有新意。或者，我們在這個世界奔波，讓塵土穿透我們的身體。我們的腋下夾著詞典。「詞典」象徵著人生的經歷、記載，也為了契合「死亡」是某一頁的句子。其實「詞典」二字可以有許多和「生命」相關的釋法，又準確地響應著其餘三行。這個意象用得很漂亮。從生到死，就像從一本書的一頁翻到另一頁，渺小的人啊！我們的生命就在那聲音止息時戛然而止，剩下影子緊貼著翻過去的一頁。濃重的鉛字，行與行的空白，表現著什麼樣的歡樂和痛苦？而一次翻轉，就像命運的顛覆，說：一切都是宿命！「死亡」，我們剪貼這個詞，把它的威脅和對它無窮的恐懼貼在我們心上，貼在活著的理性和睡眠的本能中。我們對它每一天的凝視，我們仇視它，躲避它，我們在夢裡呼叫它，這一切，都使它變得越來越精緻，像人類寄居的藝術一樣無所不在。最終，我們像自虐一樣，把「死亡」的零件拆開又裝上，那每天、每個季節、每年的苦難與夢想，最後一次完成時的解放。

「人們看著這場忙碌／看了幾世紀了」：零亂的、繁縟的「活」的動作，每個人都在演戲著並且觀望著，多少個世紀就這樣過來了。「忙碌」一詞是為了契合「倒向塵埃奔來奔去」

的描寫，使它們處於統一的狀態。「他們誇我們幹得好，勇敢、鎮定／他們就這樣描述」：「他們」指的也是生存的人，或指那些依靠語言和評論來生活、確立地位的人。他們誇我們在這場奔波中跑得不錯，動作銜接得漂亮，玩得地道。他們就這樣給生命定了價格：勇敢，鎮定。這是對這些人的諷刺，也是自我嘲笑。難道涵蓋一生的幸福和災難、活過來的隱衷，就僅僅是這兩個詞嗎？

「你認認那群人／誰曾經是我／我站在你跟前／已洗手不幹」：有一種說話方式，能給傾聽者的心理造成巨大喜悅；這首詩的結尾二句就是如此。你認認那些活著的人。無論是逝去時代裡的還是另一片土地上的，那些為了生命追逐掙扎、享受歡笑的人，哪一個是我？我曾經和他們一模一樣，追逐掙扎、享受，還抓緊時間歌唱！哪一個人，她生活過的臉和那時我青春的臉一模一樣？誰？現在我就站在你面前，為了活著做過的，為了夢想做過的，那些疲憊而愚蠢的動作，我已經不玩了！

痛快！就像幹掉一個你最憎惡的人，其實你僅僅是在幹掉自己，效果就是這樣出現的！

作為一首詩，我以為還是應該更深刻地寫出自己的內心。那些宣洩，我稱它們為手淫式的作品，還有拙劣的模仿，沒有深入感受的「心靈」作品，我不屑一提。陸憶敏這首詩的優越在於她以冷漠的口氣來談生活的艱難，或者她竟然問那值不值得。這是一個時代的悲劇的照耀。它使我略微地想起了卡繆的《局外人》，但《局外人》有著更深邃偉大的內心體現，這就是陸憶敏這首詩所缺乏的。

# 評黑大春：大自然生生不息的孩子

原詩

〈夏天好像是〉／黑大春

悠閒地躺在藤椅上
一顆毛桃是我眼睛的睡眠
當蓬鬆的石榴樹猛然遮住了幽靜的庭院
我醒來好像果子裂開：夏天好像是一天

坐起身，用悶熱沏開深棕色的黃昏
慢慢回味著孩提時熏香的槐林
籬旁，是誰讓薄嘴唇的斧子在炊煙中停止了歌唱
哦，霞光閃閃的土灶裡正煮著大紅棗似的夕陽

頃刻，風雨這對爽快的姐妹攜帶著大笑的陶罐
來到牆外的松林，宴請枝上永盛的玫瑰
而我，卻在蒲葵折斷的脆聲中詭祕地瞥見人生
——這滴遲鈍的卻又是一閃而過的露水

只是要留心別去碰那棵女人般脆弱的香椿

她會朝我身上湧來一陣眼淚，悄悄地敞開門

因為，我的酒友，我的拎著老窖的酒友

常常在夜半更深，噓！才姍姍來臨

## 析文

　　黑大春，我的好朋友，酒鬼，圓明園的幽魂，在圓明園三仙島（福海裡殘存的小島）那間快傾斜的破屋子裡曾讀過幽居的時光。那時我們拿一塊塑料布擋在門的位置的大漏洞上，屋裡掛著一幅馬德升畫圓明園的巨幅油畫，在蠟燭的光中就像那面牆都燒起來一樣。那時，我們整夜喝酒，掛裂了的塑料布徹夜地響個不停，還有四周幾種鳥的叫聲。大春口齒不清地把牠們的名字說給我聽。那時福海裡的荒葦整夜發出使人心碎的響聲。白天我在圓明園畫畫，黑大春則在廢墟的石柱旁轉悠，穿著一身黑衣，面帶哀傷。在京城，那時藝術家和自然接觸的最後一個地點。我們每月在那兒開朗誦會，在每年的祭日去祭奠。後來那兒開了遊樂場，福海的葦子被鏟掉，灌上水，讓人們去嬉玩，還砌上顏色那麼難看的扶手欄杆。圓明園在中國人的手中被澈底乾淨地毀掉了。那曾是我們的家園！記得那次站在福海旁，看著身後的餐館、停車場、眼前的遊船，還有那些塗得花花綠綠的男女，數不清的狗人，我們哭了。又有一種東西從我們的生命裡消逝了！後來我們就再沒去過圓明園。

　　噢，黑大春，說一句戲言：你是中世紀遺留下來的最後一名騎士，向著現代社會舉起你那孤獨的、兩面閃耀著抒情和讚美的光輝的寶劍（還披著你那件破舊的黑色的大氅）！

「悠閒地躺在藤椅上／一顆毛桃是我眼睛的睡眠」：毛桃是眼睛的睡眠，這是很難說清的奇妙的詩感。從技術上說，毛桃的形狀和眼睛的形狀相似；而睡眠不動的情況又和毛桃這種靜物吻合，當它們遙遠又和諧地連在一起時，就顯出迷幻的感覺。那顆小小的毛桃是一種睡眠，它靜靜地待在那兒，就像一隻眼睛閉上。這是較為拙劣的敘述。「當蓬鬆的石榴樹猛然遮住了幽靜的庭院／我醒來好像果子裂開：夏天好像是一天」：這裡有石榴樹陡然開花結果的意味。「蓬鬆」使猛然遮住幽靜的庭院在閱讀接受上不突兀，顯得舒服。因為「蓬鬆」有膨脹鬆散的意思，但主要還是句子的詩感。那石榴樹把它的樹枝和葉子鋪開，罩住了整個庭院。當然，潛在的意思也許指樹的陰影，漫過了整個庭院。「幽靜的」是氣氛的渲染。我就在這時驟然醒來，醒來的一剎那好像一隻果子綻裂開來。噢，這很美，感受也很新。它使人覺得舒服的潛在緣由在於果子裂開和眼睛睜開是一碼事：靜止的果子爆裂開來：人從睡眠中醒來，打開眼睛，靜止到活動。噢，「夏天好像是一天」。這一節悠閒自在的心理表達得很充足。整整一個季節都那麼美好，它好像是在一天中度過的。

「坐起來，用悶熱沏開深棕色的黃昏／慢慢回味著孩提時熏香的槐林」：他曾在藤椅上睡著了，現在他起身，夏天的悶熱在他周圍瀰漫，而整個黃昏浸泡在悶熱裡。「悶熱沏開深棕色的黃昏」，這句要表達的就是那種意思。可這句不舒服。既然是沏開，人們就會自然想到開水，那「悶熱」就是開水了。「深棕色的黃昏」是茶葉？那麼黃昏是整體的、不符合茶葉零

散的意象。如果「深棕色的黃昏」指的是沏好的茶水的形象，我想這是作者本意，那就和前面「悶熱」的開水的形象重疊了。按作者的意思，就是說「悶熱」僅僅是行為，沏的動作，或「悶」的過程，可它太模糊，容易使人想到開水的喻義。這就是這句彆扭的所在。還有「深棕色」，為了表現茶的效果，但用來說「黃昏」顯得牽強，硬了些。這句意思挺好，但微妙的地方未把握好！就這樣度過整個黃昏，猶如喝著濃釅的茶水，回憶孩子時整座槐樹林在夏天散發的濃郁的香氣，孩提時代，槐樹花瓣的清香！「籬旁，是讓薄嘴唇的斧子在炊煙中停止了歌唱／哦，霞光閃閃的土灶裡正煮著大紅棗似的夕陽」：薄嘴唇的斧子，真夠美的！非常漂亮，這是想像力打開的結果。斧子的刃很薄，它所在的位置確實猶如嘴唇，而斧子的後面就像一個人的後腦勺。那斧子被閒置在田野，在村人燒製晚餐的炊煙的繚繞中，它的刃不再和木材撞擊發生聲音，猶如一隻歌唱的嘴唇在安憩時停止歌唱。畫面和炊煙帶來的寧靜感打動我們審美的心。哦，霞光閃閃的土灶。黑大春在這首詩裡出現的問題在於，他把很多意象並置在一句中，而且一些意象帶有雙重的喻義。如果用好了，把握準確，將產生非常奇妙和優美的效果；如果一點把握不準，就會砸鍋，帶來冗長和生硬的感覺。整個第一節和第二節的第三句都是很精彩的句子，但你看這句：霞光閃閃的土灶。霞光閃閃，是要表達灶裡火焰翻捲的狀況，同時暗示晚霞的出現，和後面的夕陽呼應。但它哪點都沒照顧好。因為「土灶」實在不能給我們帶來天空的感覺，而「霞光」又未能表達出火焰的狀態。後面還有同樣問題：

「煮著大紅棗似的夕陽」。灶是鍋，那火就像水一樣在煮著夕
陽。這麼說終究有點牽強，缺乏良好的詩感。把夕陽比喻成
「大紅棗」，一是形、色相似，二是為了契合「土灶」，並盡
量使用帶有鄉村生活氣息的意象；同時夕陽還要呼應霞光。但
這裡，夕陽、景色、狀態，都缺乏一種神韻。在一句中有這麼
多東西要來照應，它使本來漂亮的都變得不漂亮，它們互相牽
制，詩意的感受互相抵消。我以為應該突出某個精彩的意象，
以它為中心，其他為輔（或刪去），這樣詩意顯得鮮明，句子
乾淨，打擊人的力量就足；否則，容易散亂。

　　「頃刻，風雨這對爽快的姐妹攜帶著大笑的陶罐／來到牆
外的松林，宴請枝上永盛的玫瑰」：問題容易連著出現。「風
雨這對爽快的姐妹」很漂亮，想像和情緒、氣氛都出來了。
「攜帶著大笑的陶罐」，「大笑的」這三個字是否和前面「風
雨」、「爽快」等詞在氣氛上重疊（因為「風雨」本身就是有
很大聲響的），它將一種鮮明的詩感抹掉了，意境的重複造成
美感抵消。我以為不如去掉「大笑的」，或者去掉「爽快的」
這樣詩意鮮明，味道會更足。這樣：「風雨這對爽快的姐妹攜
帶著陶罐」，或者，「風雨這對姐妹攜帶著大笑的陶罐」。黑
大春，你同意嗎？乾淨！乾淨！句子越乾淨，效果越好。「來
到牆外的松林，宴請枝上永盛的玫瑰」：「陶罐」意象的出現
就是為了這一句「宴請」，從罐子裡掏出食物來。在上一句，
「陶罐」一詞跟風雨毫無關聯，反而造成一種莫名其妙，難
以言說的詩意。這二句給自然的氣息中增加了仙逸灑脫的味
道。「永盛的玫瑰」和瞬間的風雨也是對照，所以是宴請、慶

賀的意思。「而我，卻在蒲葵折斷的脆聲中詭祕地瞥見人生／——這滴遲鈍的卻又是一閃而過的露水」：那些都是永恆的東西——風雨、玫瑰、松林，是大自然生生不息的孩子。我呢？人生的享有者，我擁有的是什麼？那也許永遠進入不了永恆的殘酷的回答，在一枝蒲葵斷裂的聲音中顯示出來。在一聲脆響裡，父親和母親同時消逝，讓我詭祕而慘痛地看見人生，看見植物的傷口上暴露的人類命運的昭示——噢，一閃而過的露水！遲來的，威脅著我的青春，使我頹喪和欣喜的晶瑩的露水！

「只是要留心別去碰那顆女人般脆弱的香椿／她會朝我身上湧來一陣眼淚，悄悄地敞開門」：別去碰女人，那隻把你拽進感情的沼澤的美麗的手。那棵香椿一樣脆弱的植物。她的芳香吸引你，讓你為柔弱灑下淚水，讓你在聞進她的氣息後不由自主地陷落。你生命的門會悄悄打開，請她進來，請她和你融為一體，讓她幸福、委屈和甜蜜的淚水把你整個兒地覆蓋（淚水也暗喻著香椿上的露水，當你一碰時濺落在你的身上）！用香椿表達女人的柔弱，是挺精彩的。它不僅新，還巧妙，因為它是「香」的！這也表明大春對女性的看法，古老的寶劍在讚美的光芒中又閃了一下！那門已經敞開了，噢，「因為，我的酒友，我的拎著老窖的酒友／常常在夜半更深，噓！才姍姍來臨」。噢，夏天好像是一天，在夜深人靜時，全部的悶熱和聲音都消失了。我的酒友！我的酒友呦！你拎著一瓶老窖，姍姍來臨，讓我們重溫美好的時刻，在酒中感受人類的所有夢幻。

注意「老窖」這個酒名。第一，它帶有鄉村味道。第二，「老」字也暗中契合多年的酒友。第三，它和上句「悄悄地敞

閉門」有隱祕的呼應。因為農村人的庭院裡一般都挖有儲存食品的窖子，「門」表達了心靈的和庭院的雙重喻義。「老窖」緊跟著做了如此多的呼應，詩歌的氣氛就是這樣形成的。它在不知不覺中影響讀者，使他們進入，使他們呼吸到詩句表達的事物的氣息，使他們的靈魂留戀其中。這得需要非常準確的文字，精確的感覺，像一塊塊不能崴著讀者腳的、鋪成路徑的磚石，在一個地方絆了讀者一下，也許就前功盡棄，讀者是不寬容的。美好的心境一旦被破壞，就不會完好如初。

〈夏天好像是一天〉是一首很美的詩。它沒有什麼深沉的思想和深入的人生感受，但它美，充滿了被大自然環繞的鄉村的情感，很純的人生狀態。它是人性的，記憶中無比難得的。如果說韓東〈溫柔的部分〉是對鄉村生活的敘述，那大春的這首〈夏天好像是一天〉則是狀態的展現，它使讀者親自感到這一切。這是很高級也是很難的。

這首詩的三個不精彩的句子（我細緻地做了分析）是全詩敗興的地方。頭一節和末尾的一節都顯得完整。整體說：想像力不錯，文字的功力也強。但對大春而言，顯然還有更美妙的文字前景，在他酒後清醒的狀態中等待著進入（這中世紀的最後一名騎士，也肯定會不停頓地奔跑，直到那匹馬看見自己的末路而頹倒在地）。

# 評西川：飛翔著掠過的聲音

〈夜鳥〉／西川

　　殘夜將盡的時候
　　是些什麼顏色的鳥
　　掠過城市的上空

　　牠們的叫聲響成一片
　　牠們離夢想近一些
　　牠們屬於幸福的族類

　　是些什麼顏色的鳥
　　帶著牠們的祕密
　　和遺忘飛離

　　夏天樹葉的聲響
　　秋天溪水的聲響
　　比不上夜鳥的叫聲

我卻看不到牠們的
身體，也許牠們
只是一些幸福的聲音

析文

　　西川，北京的青年詩人。他的詩歌世界是對神聖事物無限
地膜拜的世界，像他在〈哈爾蓋仰望星空〉的詩中所說：

　　我像一個領取聖餐的孩子
　　放大了膽子，但屏住呼吸

　　在他的詩裡，我看到的是跡近宗教的情感。就是那種對美
的純淨的癲狂的讚頌，使我喜愛。

　　「殘夜將進的時候／是些什麼顏色的鳥／掠過城市的上
空」：什麼顏色的鳥，在黑夜即將結束的時候，掠過我們居住
的城市的上空？被人類占據的城市！「殘夜」喻示著黑暗還未
消失，它是否和「城市」有著潛在的呼應？那人類聚集的地點
呈現的黑暗的淵藪。
　　「牠們的叫聲響成一片／牠們離夢想近一些／牠們屬於幸
福的族類」：牠們嘯叫著，搧動牠們的翅膀，從詩人靈魂的上
空掠過。在詩人的心裡，那些鳥，那些象徵著大自然無羈而純
淨的飛翔著的精靈，離夢想很近。那夢想是我們人的夢想，是
我們的腳始終焊接在土地上。我們的肉體始終和醜惡接觸。我

們只有在夢想中使自己純淨，使自己靠近美好的一切。牠們，
就是我們夢想的事物，在那樣的境界裡發出聲音，鄉成一片，
牠們屬於幸福的族類。「族類」鮮明地區分於人類，表達了詩
人對「人」的看法。

　　「是些什麼顏色的鳥／帶著牠們的祕密和遺忘飛離」：牠
們是什麼鳥？帶著使牠們達到那種純淨程度的進程，帶著人類
無法得知的絕滅醜惡的技藝，帶著飛翔和跨越的能力，那些能
力和技藝困擾著人類精英的頭腦，使他們悲壯而無為地掙扎
著，使他們帶著遺恨死去，那些鳥！帶著我們無法破譯的祕
密，和遺忘，飛離這座城市，這座我們滯留的城市。「遺忘」
是指對人類的遺忘嗎？對殘殺的本領和在牠們下方出現的這個
不乾淨的族類，這個永遠無法飛翔起來的族類，帶著這樣的遺
忘，從我們無限敬仰地注視著的上空飛走了。

　　「夏天樹葉的聲響／秋天溪水的聲響／比不上夜鳥的叫
聲」：那些都是大自然的聲音，它們蘊含著純潔的內容，它們
使詩人的心顫抖和狂喜，但這些，不及那些飛過夜空的鳥的叫
聲，那些飛翔著掠過的聲音。這種聲音一定在詩人的心中有著
更使人敬仰和膜拜的內涵。

　　「我卻看不到牠們的／　身體，也許牠們／　只是一些幸
福的聲音」：牠們遠去了，詩人根本沒有看到牠們的身體，只
是那片聲音在頭頂迴旋著，牠們的身體，在我們苦苦的尋找
後，依舊無法被發現，難道我們命中註定看不到牠們？我們的
視線註定要被什麼東西擋住？有一種歡樂我們註定得不到，只
能在夢想中接近它們，看見它們一閃即逝的影子！那些鳥遠去

　　了，美好的東西消逝了。也許它們的身體根本就不存在，使我
們流淚和顫慄就是那些「幸福的聲音」！

　　這就是「夏天樹葉的聲響」和「秋天溪水的聲響，比不上
夜鳥的叫聲」的原因。那些聲音是「幸福的聲音」，是光芒！
那光芒把人類，把為了「精神」而慘遭折磨，並被人類損害的
最優秀的人，把他們，把我已在痛苦中沉淪的心照耀！

　　這首詩是西川寫得很乾淨的一首，情感仍舊是西川獨有
的，但在語言和表達技巧上，它比〈雲瀑〉、〈樹聲〉和〈山
中〉等也為我喜愛的詩，又前進了一大步。

　　西川，你是否能對生命和苦難的體驗更深入、更進入靈魂
存在的本質，那個核？這決定光環是否在你的額上閃耀！

# 評牛波：冬日森林的火焰

## 原詩

〈永恆時刻〉／牛波

在砍倒的樹梢上坐下
像一隻鳥，我點起篝火
身外的種種聲音
全都化為焦糊的氣味兒
這種時刻，我充滿敬意

誰看見我的身影
從黑暗中顯現出來
是自願？還是被迫
把腦袋浸入明亮的光芒
游泳的人把頭壓入水中
在那黑暗的深處
看見了閃閃的乾雪

我看見誰在這冬日的森林裡
頭腦冷靜又冰涼

像夏天剛剛從地下挖出的石頭
一下投入明亮的火中
焦糊的氣息中我嗅到了誰的氣息

析文

　　牛波，北京詩人。在他的身上才氣和文化體現得相當明顯，坦率地說：讀他的詩我看不清牛波的靈魂。如果我竭力去看，那就像透過一塊毛玻璃，他處理文字的技巧明亮的光線，使我可以看見玻璃那邊模模糊糊的形體。他的詩經常體現出很精妙的感覺，傳達得準確。它們像蟲子美麗的短足，在我的心上癢癢地爬過，使我感到不間歇的快感。

　　「在砍倒的樹梢上坐下／像一隻鳥」：一般來說，人坐在樹墩上，但牛波坐在倒伏的樹梢上，這裡輕盈的感覺已經出現了。像一隻鳥，由於有了輕盈的感覺，像一隻鳥的比喻顯得和諧秀麗，這是用感覺傳達出來的，而不是敘述，所以它體現很足的詩意。如果我不是要細細分析他的這首詩，尋找它的內在聯繫和奧祕，那麼我以前很多次讀這首詩時，開頭的二句總使我產生美妙的感覺，這種感覺的產生一經分析點透就喪失了它的美感。「我點起篝火／身外的種種聲音／全都化為焦糊的氣味／這種時刻，我充滿敬意」：面對眼前的火焰，在身體的四周充斥著很多聲音：太陽隕落的聲音、樹木的聲音、冬天那遙遠的動物的聲音，以及白冰下河水的流動；伴隨著從火焰中心瀰漫開來的焦糊的氣味，那最後幾聲乾枝燃燒的劈啪聲，這

些聲音構成了巨大的寂靜。林中只有他一個人，一個思想的中心，一種氣氛。詩人在這時體會到了神聖、純潔和渾厚的時刻，那使萬物乾淨的唯一時刻，是的，「我充滿敬意」。

「誰看見我的身影／從黑暗中顯現出來／是自願？還是被迫」：由於火焰的光芒使詩人佇立不動的身體從黑暗中顯現出來，黑暗既可以是大自然的黑暗—夜晚降臨，也可以是詩人由於沉溺於神聖的境界而進入結實永恆的黑暗。一種偉大由於它的深度呈現出籠罩一切的黑暗實體，這顯現出來的原因來自於自然的力量，火焰！其中的蘊含和讚美深深地潛藏在文字之下，詩人的情感像他的動作一樣不露聲色。「是自願？還是被迫」：是詩人心靈的力量和超然的欲望？還是大自然不可逃脫的使然？不知道，模稜兩可和無法言說造就了神祕感，使我們都可以聽見林子裡一些精靈的聲音。詩人坐在那裡，「把腦袋浸入明亮的光芒／游泳的人把頭壓入水中／在那黑暗深處／看見了閃閃的乾雪」：第一句又是雙重喻義。腦袋浸入的光芒是火焰創造出的光芒，自然的光芒；也可以是靈魂裡的光芒，精神的聖潔的光芒。後一種光芒使人顯得通體燦爛。腦袋浸入，這動作性增添了詩的活力。游泳的人把頭壓入水中，這是上一句的擴展比喻，也是下二句的描寫前提。但我以為這一句不說很精彩，缺乏新穎和連接上的奇妙感覺。「在那黑暗的深處／看見了閃閃的乾雪」：當進入境界後，光明和黑暗是同一回事，最起碼可以當作一回事來描寫，可在黑暗深處，詩人看見了「閃閃的乾雪」。奇妙啊！它使我感到美不可言。「乾雪」是什麼？林中無雪，肯定不是自然物體的表現，它是詩人對一種美妙和精神境界的傳達，一個不相干而漂亮

的意象。奇特的詞兒表達了詩人的狂喜，觸摸到精神實質的激動和嫻熟的技藝。在這時，牛波，你已到達一個新的層次吧？那是什麼樣的境界！對那境界我尊敬得說不出一句話。在技巧上，「黑暗」和「閃閃的」形成對照反差，「深處」和「乾雪」延伸成意境，從而使這二句變得完美和精粹。

　　「我看見誰在這冬日的森林裡／頭腦冷靜又冰涼」：這二句敘述性很強，又淺顯了些，但它們也許是必要的。「冬日的森林」使上二節的詩歌意境變得更完整和抒情，「冷靜又冰涼」說明了詩人是處於思索的狀況，理性足了些，使詩未能進入到最高和精彩絕倫的地步。「像夏天剛剛從地下挖出的石頭／一下投入明亮的火中」：這是感覺，拿出這種感覺做比喻，還是挺獨到和漂亮的，我能聽見那石頭發出「吱」的聲音，冰涼的石頭在明亮的火中的狀態是非常漂亮和神奇深遠的。而詩人「冷靜又冰涼」的頭腦進入冬日森林的火焰，置於神聖的精神和氛圍的包圍中，比喻很恰當，肉體的無限敬意就像帶水氣的石頭在火中的「吱吱」聲。「焦糊的氣息中我嗅到了誰的氣息」：詩人的氣息，在神聖的遼闊的境界中，在精神火焰中，詩人已經焦糊了，但他表面又像是寫自然的焦糊氣息，這是這首詩成功出色的原因。明線和暗線同時進行，靈魂的震撼包裹在自然界的喘息中。在這片焦糊中，在和第一節的呼應中，詩人，他自己和能夠感受詩歌，能夠體驗和夢想那樣的境界的人，進入到「永恆時刻」。

　　我認為這首詩是牛波不多的出色作品中的一首，寫得乾淨、純，巧妙而秀氣，沒有其他一些冗長作品的故弄玄虛和文字的拖垮，烘托出很好的精神境界。

# 評石光華：以神賜的聲音為歌

〈水意〉／石光華

水意沉浸以後
源頭的渴望被陶罐固定
魚紋悠然蕩開，月色空濛
每一個日子都陷落於那一聲歎息
河岸上，老人的背影被黑夜鏤空

而山高水遠
我聽見壎鼓如叩，墨痕如泣
長長的喪歌從死亡中傳來，雪在那靜靜落下
荒墟之外，梅花暗示一次孕期
只是水已經流至自身
流至血與血淤積的深處
一片枯黃的樹葉
便覆蓋了一泓寧靜的泉音——
因此而懸首為月

悠悠魂魄被故人相召

至清明為雨，重陽為菊

至除夕竹聲溫馨

為點點梅花，並在想起河流的冬季

說逝者如斯……

然後濯身於自己的源頭，以天籟為長歌

以一節白麻垂掛於身後

因此生者是一句安詳的遺囑

並且在第七次焚紙之期

聽見水聲如至

## 析文

　　石光華，四川的詩人。我覺得他的詩和眾多尋根潮流的作品還不是一樣的，他的詩寫得較為乾淨，韻味很足，不是那樣繁縟、冗長和因為寫的是純粹的「感覺」和「文化」而顯得不知所云。那些詩的意象顯得漫不經心和隨便，不考慮文字的內在感覺，因之堆砌的味兒太足，揮霍了他們的才華。

　　在石光華的作品中，悠悠的詩意裡蟄伏著生命的體驗和焦渴，掩藏著那些生命的本能的騷動，最起碼在這首〈水意〉的詩中是如此。它們是呈現的，不是弄出來的。當然，對於他的一些別的詩我以為有些太縹緲了，好像不是我們活著的人幹的事情。這也是我對一些尋根的作品的大致意思。他們包含著從詩歌語言、技巧到生存本身的不同的見解。

「水意沉浸以後／源頭的渴望被陶罐固定／魚紋悠悠蕩開，月色空濛」：這使我聯想到中國墨畫和唐（王維等）詩的精神。水意：水的意志、意願。不知我這樣解釋是否對？在自身寧靜以後，河流的源頭聳立著一隻陶罐。湧流的抽象的渴望由於陶的形體，優美的古老的形體的映照而成為巨像。陶罐也許是在水的中央，緊靠源頭；或陶罐本身就是河流的源頭，簡樸的魚的圖畫在四處蕩開的水中彷彿魚激動起來，月色空蕩而迷濛。這是很虛的感覺，十分美和抒情。「每一個日子都陷落於那一聲歎息／河岸上，老人的背影被黑夜鏤空」：歎息指的什麼？水流叩擊陶罐的輕微聲音？魚游開的每一個感覺？不知道，它未必定有所指，它的美妙的效果就像一隻小鹿從心裡跑過去，空空的，留下溫暖；也許，日子本身就是歎息。在這樣一幅景色裡，一個老人的背影和黑夜契合。他們的默契彷彿那背被黑夜掏空了似的，陪襯的是河流。末二句給很美的意境增添了沉重的感覺。

「而山高水遠／我聽見壎鼓如叩，墨痕如泣／長長的喪歌從死亡中傳來，雪在哪裡靜靜落下」：「而」字去掉似乎更好。依然是悠遠的感覺，水的清涼流動的意味穿透全詩。流過歲月，用陶土燒製的樂鼓敲打著，叩擊我。在渾然的寂靜中，墨的痕跡鋪開，猶如泣下的淚水在紙上洇開。亡歌從死的方向傳來，綿延不絕地驚撼著我們，雪在歌聲突起的地方靜靜飄落。這三句詩都是在建構一個大的意境，它們追蹤一種效果，很虛的文字構成奇特的意境，對此我也無法再去咬文嚼字。但石光華感動我的地方，是他的詩顯得深遠的地方，在於，在很

靜很美的氣氛裡，我們屏住呼吸的時候，突然會有一個慘痛的
聲音在裡面動彈一下，使我的心感到意外的疼痛，感到回憶的
優美的哀愁。「荒墟之外，梅花暗示一次孕期／只是水已經流
至自身／流至血與血淤積的深處」：荒墟，他又把風景弄得荒
涼了一些。梅花暗示一次孕期：白白的花朵，使我想到一身素
潔的孕婦，或者孕婦的形象使我想到花朵。但詩人肯定不僅僅
指這些，那些懷孕的季節和每年一次的生產和交合，它們構成
了美：梅花，水向自身流來。成熟之物在一個季節湧入自身，
使存在成為完美的果實。但這裡還有另一種暗示：孕婦的羊
水，浸泡著胎兒的聖潔之水，由體外進入體內匯集成一個純淨
的明亮的湖泊。「血與血淤積的深處」，尾隨著美好事物的
慘痛和罪惡，那生命的代價，偉大的誕生的苦難和疼痛。血與
血淤積在一起，美的和醜的、母親的和孩子的，被悠悠的水穿
透、進入，被無法言傳的神聖進入，化為新的東西。「一片枯
黃的樹葉／便覆蓋了一泓寧靜的泉音」：小小的衰亡的樹葉，
可以蓋住一泓生命的美麗的泉水，這裡有著悲哀的意味。這句
很美麗，但新意差。「因此而懸首為月／／悠悠魂魄被故人相
召／至清明為雨，重陽為菊」：那樣的哀傷，因此將自己的頭
純淨高升為月，是與水融為一體後上升的吧？不散的魂和神日
夜被故人召喚，喚其歸兮，在清明節的時候化為雨回來一遇，
在重陽托為菊花降臨人間。「至除夕竹聲溫馨／為點點梅花，
並在想起河流的冬季／說逝者如斯……」：除夕夜爆竹聲聲充
滿相思，爆裂開的碎屑紛紛落下像整整一個冬天的梅花（雪
花）；或者在嚴寒時那魂魄成為遍野的梅花，給大地增添純

淨。而當我們在充滿溫情的時候，一想起河流被堅冰封住的季節，就想到逝者永遠地去了。

「然後濯身於自己的源頭／以天籟為長歌／以一節白麻垂掛於身後」：洗濯自身在自己生命的源頭，那歸入了自己的深沉的時候，以神賜的聲音為歌，白麻掛在身的後面，愛和真的聲音送上長天而死亡和死的預感就在身後。「白麻垂掛」，很美的圖像。「因此生者是一句安詳的遺囑／並且在第七次焚紙之期／聽見水聲如至」：活著的人是死者智慧和深刻的叮囑，他們作為死者最神聖的形象和剎那還原，在我們為死者焚燒紙錢時，或者我們為死者焚燒詩稿，讓詩到陰間找他，這時我們就看見聖潔的水嘩然而來……

我想，這首詩是為悼念屈原而寫的。但如果我們不把屈原扯進來，僅作為一個生命的感受，那這首詩純情、雅淡的詩歌意境，沉痛的人生感受，相互有機融合，使這首詩顯得很精彩和純粹。我寧願把這首詩作為石光華抒寫自己的生命感受來理解。當然，這是他的，但他一有所託就降低了。這是我個人的看法。

我以為這仍不失為一首好詩，就詩談詩。而「老人的背影」、「陶罐」、「一聲歎息」、「壎鼓」、「墨痕」、「水流至自身」等都容易理解，但這恰恰失去了天來之筆的感覺，失去了無法言傳的美的感受和無數微妙，因為它使我站在了平坦的地方。

從「因此而懸首為月」開始，下面八行，不如上面寫露了。因此使我產生如上的強烈的遺憾！

　　（這是誤讀的神奇的效果。當我挑選這首詩時，我被它的奇妙和觸動吸引。在一開始的釋義中，它非常柔和地指引我，使我陶醉。但當我後來一看出它是一首懷舊詩，它的每一個意象都是明顯的有所指，我感覺到心裡十分難過，就像被騙了一樣。當然，這是形容。因為那些奇妙的美感全都消失了，詩句變得裸露實在。當然，這是因為從一種高度掉了下來。那原是非常高的一個高度呀！本來，我可以對這首詩重新釋義，給它以我滲透的明確的解釋。但我保留了原來的樣子。一是不忍心破壞那些美感，再就是我隱祕地覺得：這樣的過程裡蘊藏著某種深刻的暗示！）

# 評王家新：永恆的事物前的塵埃

## 原詩

〈蠍子〉／王家新

翻遍滿山的石頭

不見一隻蠍子：這是少年時代

哪一年哪一天的事？

如今我回到這座山上

早年的松樹已經粗大，就在

岩石的裂縫的紅褐色中

一隻蠍子翹起尾巴

向我走來

與蠍子對視

頃刻間我成為牠足下的石沙

## 析文

「他已經從背後

感到了那種黑暗的力量」

什麼力量？生命的最結實的部分，語言硬殼裡的核？那東

西正在緩緩地穿透家新，一旦它從前胸露出，家新，我們應該怎樣地向著人類的景象歌唱？我們讓詩歌的光芒中心的黑暗吞沒。我們曾經默默地看著你在那裡面掙扎，誰也不能幫助誰，直到你從痙攣中掙脫出來，煥然一新。

　　〈獻給太陽〉是家新《紀念》詩集中我唯一喜愛的一首。到了《中國畫》組詩，我以為他要剃度為僧，研讀文化了，當然，這是個人的內心經歷和美學觀念。然後，我就看到了新的使我振奮的一批，那黑暗的光束又向前推了一層：〈蠍子〉、〈空谷〉、〈觸摸〉、〈預感〉、〈傾聽音樂的一種方式〉。家新暴露著疼痛的臉，但表情卻是奇異地平和。如果這是詩歌的效果，那就是：從裡面折磨你！

　　「翻遍滿山的石頭／不見一隻蠍子：這是少年時代／　哪一年哪一天的事？」：哪一年、哪一天？我們純潔無憂，我們無所畏懼，面對世界上的一切事物。我們可以伸出手隨便地攔住一種情感，那情感如果是在我們晚年時來臨，則會把我們摧殘至死。這是少年時代。蠍子：象徵一種力量和生命的本質，蟄伏的惡和強暴，還隱含自然的象徵。它包孕許多，以「蠍」的意象出現。孩子卻隨意翻撿著，尋找牠並想逮住牠。這在我們每人的記憶中都很真實。但當我們領教了生活的螫刺後，我們暈厥、恐懼並懂得了夢想，那蠍子，那惡，我們還敢去碰嗎？「如今我回到這座山上／早年的松樹已經粗大」：少年時代一去不返，我們面目全非地站在童年時玩過的地方。在這座山上，我們曾掀著蠍子的尾巴甩動，我們曾把蠍子裝在瓶

子裡，看牠四面爬動。就是那瓶子，使我們如今面目全非。早年的小松樹已經長大了（全詩在大自然的環境裡進行；山、石頭、蠍子、松樹，全是大自然的背景），那些松樹都已經變得粗大。「就在／　岩石的裂縫和紅褐色中／一隻蠍子翹起尾巴／向我走來」：迎面相遇！迎面相遇！童年是「滿山的石頭」，而當我們看清生活的嘴臉之後，我們領教了，那兒已是「岩石的裂縫」。滄桑變化，連大自然都呈現出劫難後變得粗糙的樣子。紅褐色，應是石頭和土的顏色。但用這兒散發出凶險的氣味，氣氛達到了。就在有著暴力味道的氣氛中，一隻蠍子翹起尾巴，向我走來。「翹」字把凶惡的氣氛渲染到極點！在最預想不到的時刻，我們心中疼痛已經很多，苦難時時刻刻想截住我們，把我們幹掉，我們的臉已經不是自己的臉了！我們想盡力躲開一些災難，漫步童年玩耍的山中：蠍子出現了，直向著我走來。而童年時牠們杳無蹤跡。詩歌到這裡已經把一種恐怖渲染出來。「少年時代」和「如今」的對比反差，帶來一個劫數，帶來靈魂對同一事物因年齡的不同發出的顫慄。這裡是否也含有大自然對人類的報復的意味？在我們無知時曾戲弄過的一切，如今，在我們懂得珍惜生命並把它看得很重時，來向我們索要那筆舊債了！

　　「與蠍子對視／頃刻間我成為牠足下的石沙」：這是對大自然的膜拜！人的力量在自然和暴力面前微不可言。靈魂的顫慄使一個人的肉體像沙土，像永恆的事物前的塵埃。家新，這句裡包含了太多的感覺的東西，無法說清。與蠍子對視，這是氣憤和內心頑抗的過程；這是想戰勝自己，戰勝恐怖，戰勝生

活，使自己從厄運中掙脫，擊敗惡，最後使自己重返少年時代純潔無憂的美好願望，那是一個面孔已經變形的人的夢想！一對視，而頃刻，人的生命已經成為「牠」（象徵體）足下的沙土與顆粒！

　　大自然是不可戰勝的！它不可褻瀆。它所創造的災難都要人類的靈魂來承擔，為了人曾對自然和一切「自然的事物」造下的罪孽！

# 評多多：在人類生命活動的風暴中

〈北方的海〉／多多

　　北方的海，巨型玻璃混在冰中洶湧
　　一種寂寞，海獸發現大陸之前的寂寞
　　土地啊，可曾知道取走天空意味著什麼

　　在運送猛虎過海的夜晚
　　一隻老虎的影子從我臉上經過
　　——噢，我吐露我的生活

　　而我的生命沒有任何激動。沒有
　　我的生命沒有人與人交換血液的激動
　　如我不能占有一種記憶——比風還要強大

　　我會說：這大海也越來越舊了
　　如我不能依靠聽力——那消滅聲音的東西
　　如我不能研究笑聲

──那期待著從大海歸來的東西
我會說：靠同我身體同樣渺小的比例
我無法激動

但是天以外的什麼引得我的注意：
石頭下蛋，現實的影子移動
在豎起來的海底，大海日夜奔流

──初次啊，我有了喜悅：
這些都是我不曾見過的
綢子般的河面，河流是一座座橋樑

綢子抖動河面，河流在天上疾滾
一切的物象讓我感動
並且奇怪喜悅，在我心中有了陌生的作用

在這並不比平時更多地擁有時間的時刻
我聽到蚌，在相愛時刻
張開雙殼的聲響

多情人流淚的時刻──我注意到
風暴掀起大地的四角
大地有著被狼吃掉最後一個孩子後的寂靜

　　但從一隻高高升起的大籃子中

　　我看到所有愛過我的人們

　　在這樣緊緊地緊緊地緊緊地──摟在一起

　　……

## 析文

　　「北方的海，巨型玻璃混在冰中洶湧」：北方有海，南方也有海，海水環繞整個人類。但北方的海給人更加冷峻的凝重的感覺。多多一開始就把這種沉重氣氛的基調定下來了。這第一句，把冬天海洋的浪濤、浪頭映入詩人眼簾的顏色和因為寒冷帶來的心靈感覺用「巨型玻璃」這個喻體表現出來。那些大塊的玻璃夾著冰在翻滾，你通過這句詩可以聽見相互撞浪頭碎裂的聲音，這是在渲染氣氛。把浪頭說成巨型玻璃，也很新穎。開句竟然地目的達到了。「一種寂寞，海獸發現大陸之前的寂寞」：這種寂寞是詩人的感覺。它是大自然本身，在還沒有出現人類時的寂靜和純潔。在詩人的感覺中它因缺少人類的精神運動而顯得寂寞。「大陸」在這裡使我們想到了人類，而「海獸」是自然本身的象徵。這裡，它有契合「海」這個詞含蘊的範疇，達到呼應。「土地啊，可曾知道取走天空意味著什麼」：它是否意味對自然的破壞和一種寧靜純潔的狀態的毀滅？詩人用那麼晦澀的表達方式傳達了它對人類存在的理解。

　　「在運送猛虎過海的夜晚／一隻老虎的影子從我臉上經過／──噢，我吐露我的生活」：「猛虎過海」、「老虎的影子從臉上經過」，這些都是詩人超出經驗和理性的想像性字句，

它們在日常中是不存在的。為了表達這種不存在，就要使用反理性。另外也顯示了詩人追求新奇的句子和詩意感受的努力。這二句從理性來說毫無道理的句子為下一句做了鋪墊，「我吐露我的生活」。來了，詩要說的中心意思來了！那生活是否也充滿了違反常規和超出人們習慣思維與欣賞的東西？那是什麼樣的狀態？以致詩人悄悄地提出「猛虎」這個詞？

「而我的生命沒有任何激動。沒有／我的生命沒有人與人交換血液的激動／如我不能占有一種記憶——比瘋還要強大」：你看，多多按捺不住了，他終究要從前二節那樣含混和晦澀的表述中跳出來，迫不及待地把他生活的實質說出來：那是冷漠，或由於對庸俗瑣屑，表面的人類思維與行為的鄙視。以至於他認為他的生命激動不起來，它無法與人交流思想或相互交換血和肉。在這裡，他在表現他的清高和與眾不同。這個事實就像人不能占有記憶，因為人只能占有生命：過去、現在和未來，而不僅僅是有關過去的記憶、生命的全部感受像瘋，反覆無常，席捲一切。這道理是更堅固的，所以它比瘋強大！

「我會說：這大海也越來越舊了／如我不能依靠聽力——那消滅聲音的東西／如我不能研究笑聲／——那期待著從大海歸來的東西／我會說：靠同我身體同樣渺小的比例／我無法激動」：一切都陷於習慣和單調的來回重複中，連「海也越來越舊了」。它無法再給我新啟示，就像我在生活中無法僅靠聽力。它不全面，也不深刻。因為聽力恰恰可能使一些東西由於發出聲音吸引人們的注意力而失去它本身更深刻的內在意義。也「不能研究笑聲」，那也許或恰恰是假象。什麼是「從大海

歸來的東西」？我不知道。我，闡釋者都不知道！但無所謂，反正是同類型的東西。這裡詩人從前二句的實進入虛，以掌握節奏或調節詩的效果。「比例」這個詞是詩人想求新奇和詩意的空靈的產物。因為和「身體一樣渺小的比例」是指什麼？身體和什麼相比？和思想、和大自然、肉體和存在？詩人一概不交代。所以，我們不去闡釋它的思想含義，而理解為詩所傳達的詩感的效果。這一小節是虛的，目的和剛才所說相似。然後他說「我無法激動」！用二節來表達他站在海邊看著浪濤與冰撞擊這一雄壯景象，回顧他目前生命狀態處於毫無激動這一可怕的狀態。至此，詩人表達的是一種夠頹廢的情感。這狀態令人驚心，令人悲哀和焦躁。當然，在這裡我指的頹廢不具有貶斥之意，指的是詩的情感和閱讀給人心裡帶來的感受。

　　我，讀詩者，雪迪，期待著什麼出現，期待一種更深刻和強大的力量在詩人的詞與情感凶猛地撞擊之間出現，使我的心靈瘋狂起來！

　　「但是天以外的什麼引得我的注意：／石頭下蛋，現實的影子移動／在豎起來的海底，大海日夜奔流」：真是的，多多！有什麼東西終於出現了，但你還要說那是天以外的東西，和現實那麼遙遠。「石頭下蛋」，石頭可以下蛋，這想像漂亮，新得令人刺激，但同時又表達了你想述說的怪異的意思。現實開始變了，「在豎起來的海底」啊！海底是一個平面，從理解上講平面是可以豎起來的。你把合理性與詩的想像結合，達到美的效果。但關鍵是那種氣勢：在垂直豎立的海洋底部，在那個豎立的巨大平面上，「大海日夜奔流」。這種暈眩的感

覺是怎樣造成的？它的表達新奇而氣勢怪異。這是詩！合理又
具有充足的想像。

「──初次啊，我有了喜悅：／這些都是我不曾見過的／
綢子般的河面，河流是一座座橋樑／／綢子抖動河面，河流在
天上疾滾／一切物象讓我感動／並且奇怪喜悅／在我心中有了
陌生的作用」：噢，詩人！你創造了什麼樣的氣氛？那氣氛
使我們感到初戀的美好心境，使我們想到當我們第一次悟到生
命更深刻的意義時那種欣喜若狂和往下沉的心情！「綢子般的
河面，河流是一座座橋樑」：河水閃亮和柔軟，遠遠看去像綢
緞起伏光亮。而細長的河流穿行在大地上就像架起的橋樑。
「綢子抖動的河面，河流在天上疾滾」：多美！這一切開始運
動起來，往昔沉寂的東西開始甦醒並在感情遼闊的天空上運行
奔騰。啊，「一切物象讓我感動，並且奇怪喜悅」，在詩人的
心中血液開始重新奔流，相互撞擊發出生命最純真的聲音，詩
人感到自己都變得陌生起來。你看，你們看哪！那些來自大自
然的純美景色，以它們的純潔和力度洗滌了詩人的雙眼和心
靈，喚起他生命的熱情。「在這並不比平時更多地擁有時間的
時刻／我聽到蚌，在相愛時刻／張開雙殼的聲響」：是愛！是
愛！古老和永恆的力量、信仰，使人類能夠生存下去並給予人
類社會一個美好前景的許諾，它造就一個詩人並將繼續造就下
去。多多，你也被愛佔有了！你是怎樣傳達這種愛的？「我聽
到蚌，在相愛時刻／張開雙殼的聲響」：多麼奇異！蚌在把
牠的雙殼張開的時候，在把牠的肉體向著外界袒露的時候，在
打開牠的一切偽裝和保護的時候，是向這個寄身的世界表達愛

的時刻！牠以赤裸裸地亮出自己來表達愛的意願。更使人擁有
美妙感受的是表達這多層意思的形象「蚌」這個形體，牠的動
作、裂開的聲音、傳達愛的意願，在多多以前是從未有人如此
用過的！這就在新與力量上給人雙重的刺激和振動。這就是現
代派詩追求效果的關鍵一點。而在下一節中多多在繼續運用：
「多情人流淚的時刻──我注意到／風暴掀起大地的四角／大
地有著被狼吃掉最後一個孩子後的寂靜」。這些微妙的地方只
是使多情的人流淚。它只是使能夠醒悟到這一切的、時時刻刻
體會著內心的精神生活並能為外界的變化所感動的多情的人流
淚。而「風暴掀起大地的四角」，大地的四角能被風掀起，像
一張碩大的紙，這是純粹的想像和詩的效果，它渲染了氣氛。
大地，在有著這樣的精神運動以後，「有著被狼吃掉最後一個
孩子後的寂靜」。誰知道狼吃掉最後一個孩子後是什麼樣的？
是人類的孩子？還是牠自己的孩子？誰目睹過那樣的場景？誰
說那種殘酷的、震撼人心的事情在完成後是一片寂靜？但我卻
面對這一堆骸骨和一灘灘鮮血，人類為了證明活著而付出的鮮
血，面對他──那隻蹣跚走去的狼，是一種震撼，強大的心靈
的震撼！而詩人愣說那是寂靜。他在使用一個比喻，想達到使
用反差的衝擊造成的效果和尋找最獨具的表現方式，那是寂靜
啊！心靈在瘋狂的騷動後重返的寂靜。在此一時刻，在詩人的
臉上掛著淚水的時刻，他已經跨越了冷漠站立在人類生命活動
的風暴中，他的內心因經歷了冷酷的思想正處於沉沉的寂靜
中。但，你聽，你聽！詩人在呼喊著什麼，他緊緊攥住拳頭對
生命和世界喊叫著什麼：「但從一隻高高升起的大籃子中／我

看到所有愛過我的人們／在這樣緊緊地緊緊地緊緊地——摟在一起」：摟在一起！所有因為愛而相互緊緊摟在一起的人們，就像「巨型玻璃混在冰中洶湧」，生命在相互撞擊，那愛，和這世界，緊緊地摟著！

　　整首詩從起始的冷漠到結尾的熾熱，從起始的隱晦到結尾的明朗，這個過程是生命的過程，也是詩歌從技藝上顯示的過程。而最重要的是，這首詩也許揭示了當代有獨立思考力量的一代青年的靈魂，把他們生命和感情的歷程準確地勾勒了出來，從而使這首詩愈發顯得深刻和有價值。這也是我從多多眾多的優秀篇章中挑選出這一首做釋義的原因。從詩來說，思想和形式相互緊緊契合，相互襯托和表現，達到震撼。我認為它們渾然一體，意象奇特而想像怪異，整首詩中想像力起了巨大的作用。句子乾淨，在詞與詞表面漂亮的搭配中隱含著深處精神的運動，同時也顯示了詩人的克制能力。詩人的思想不去評價。但這是生命！這也是純詩！

# 評芒克：
# 搏鬥啊，活下去並為此搏鬥

原詩

〈陽光中的向日葵〉／芒克

　　你看到了嗎

　　你看到陽光中的那顆向日葵了嗎

　　你看它，它沒有低下頭

　　而是在把頭轉向身後

　　它把頭轉了過去

　　就好像是為了一口咬斷

　　那套在它脖子上的

　　那牽在太陽手中的繩索

　　你看到它了嗎

　　你看到那顆昂著頭

　　怒視著太陽的向日葵了嗎

　　它的頭幾乎已被太陽遮住

　　它的頭即使是在太陽被遮住的時候

　　也依然在閃耀光芒

你看到那棵向日葵了嗎

你應該走近它去看看

你走近它你便會發現

它的生命是和土地連在一起的

你走近它你頓時就會覺得

它腳下那片泥土

你每抓起一把

都一定會攥出血來

## 析文

「你看到了嗎／你看到陽光中的那棵向日葵了嗎／你看它，它沒有低下頭／而是在把頭轉向身後」：芒克的詩充盈著日常生活中隨便而親切的語氣，但它在芒克的詩中出現，卻神奇地成為詩的語言。它們異常乾淨，一個多餘的字都沒有。「你看到了嗎」，詩的起始讓我們看見一棵在陽光中屹立的向日葵，它不是一棵疲憊發蔫的向日葵，它的頭是揚起來了，現在它的臉因追蹤著太陽而向後扭轉過去。「它把頭轉了過去／就好像是為了一口咬斷／那套在它脖子上的／那牽在太陽手中的繩索」：從來，在我們心中，我們以前接觸過的所有藝術作品，都說向日葵因為眷戀太陽而使它的葵盤向著太陽旋轉，那是虔誠而美化的情感。但我們看看芒克，這個現代派詩人，他的葵盤跟蹤著太陽，為了什麼？你，芒克，要在這個古老的題材中給予我們什麼感受？「就好像是為了一口咬斷／那套在它脖子上的／那牽在太陽手中的繩索」：為了自由！為了掙脫命

運的束縛。這種感觸使我們吃驚而在心中又有隱祕的振動！而陽光，那從太陽這個巨大發光體射向葵盤的陽光，無數纖細而密集的光線，被詩人奇異地想像成繩索。漂亮！新奇和力度似乎在充分的想像力中同時達到了。

「你看到它了嗎／你看到那棵昂著頭／怒視著太陽的向日葵了嗎」：詩人的情感向前發展，那棵昂著頭的向日葵此刻怒視著太陽！這是一場絞戰，力量的懸殊使我們顫抖，使我們深深地染上悲觀的情緒。什麼力量和生命能和太陽抗衡？這賜予整個人類的土地生命的主宰，至高無上的主！但搏鬥啊，活下去並為此搏鬥！我似乎從每個葵籽被曬裂開的嘴裡聽見呼叫的聲音，我看見那些白白的牙齒！「它的頭幾乎已被太陽遮住／它的頭即使在太陽被遮住的時候／也依然在閃耀著光芒」：光芒來自向日葵生命的本身。當我們人從近距離去凝視向日葵，當我們可以聞見它肢體的氣味，那向日葵能把整個太陽擋住。每個生命都有各自碩大無法替代的力量和價值，儘管你是那麼小的東西，你的力量和位置也來自你本身生存的努力。看！即使葵盤把整個太陽遮住，讓那個主沉浸在暗影裡，但它的臉也由於暴露在生命之外而熠熠閃光。這是力量和信念的驕傲！你永遠具有奪得勝利的機會，儘管它無比短暫、微不足道。讓我們看看閃耀著的光芒吧！詩人告訴我們，那叫「光芒」。儘管它是由於四面環繞的陽光才會閃耀。我們沉浸在悲哀的勝利裡。光榮與失敗無法細說，它們各自以巨大的力量相互包容，但那是「勝利」！

「你看到那棵向日葵了嗎？你應該走近它去看看」：我

聽到了悲壯的聲音，那是一個人在勝利後讓其他人走近它去看看。「你走近它你便會發現／它的生命是和土地連在一起的」：我們看到勝利者的腳緊緊蹬在土地上，它整個身體站立在生命之中，猶如我們的詩永遠緊緊地貼著這片土地！「你走近它你頓時就會覺得／它腳下的那片泥土／你每抓起一把／都一定會攥出血來」：看吧！看見了嗎？我的全身都是搏擊後留下的悲痛。從痛苦裡湧出來的血沿著雙腿滲進腳下的土地，泥土和血攪在一起。我們的生命：所有的激情、思考、行為，都使我們渾身噴灑出鮮血，血流進我的國土。你去抓一把看看，你會從那些土裡攥出血來！噢，上帝！對這種情感和生命，我們還能說什麼？

這是詩！寧靜的力量和激情，充滿象徵，充滿人生的悲壯氣氛！這是純詩！乾淨的句子，意象準確和諧，不故弄玄虛，沒有才華賣弄。它親切而滿懷激情，表達的方式、角度又如此新穎。

那棵昂頭怒視的向日葵，你充滿了情感和思索。其實我知道，你，你的那張憤怒驕傲的臉，就叫芒克！

# 評開愚：在雨水裡飄蕩的挽歌

## 原詩

〈在家鄉和平山谷裡的墓地作〉／開愚

暴風雨又吼叫過來了，悠閒的天鵝

照舊浮游在平靜的墓碑上

墓碑中央有條裂縫

通向古代，一位長鬚飄然的老人

坐在白雲環抱的墓地

觀看一塊石頭

他看見藍色逐漸深湛，水波

歸於平靜。他看見一片透明的湖

張著一隻容納的眼睛

這時他想起長髮的女人

和一隻天鵝。他把

這兩件美麗無比的事物，和

隱藏在他心裡的其他一些事物

推移到披散的長髮

當頭髮的光芒籠罩石頭，柔軟的髮尖

刺進石頭的心裡

美好的事物

成為一篇美好的墓誌銘


暴風雨又吼叫過來了，悠閒的天鵝

照舊浮游在平靜的墓碑上

## 析文

「我們是這個世界上最後一批心靈保存得較為完整的人
了。很明顯，我在這一個『心靈』中想到了樹木、水和動物這
樣一些清澈優美的自然屬性。」（開愚〈心靈問題〉）

開愚，四川的詩人。這是一位內心充滿憂患意識的詩人，
具有相當的敏感性。他的〈心靈問題〉的文章我是喜歡的，他
對於現代社會和即將降臨的時代滿含憂慮，他的眼睛裡映照出
一些美好的東西的死亡，並看見靈魂的衰竭。但他的創作使
我感到奇異。他的作品很少有騷動感和如同文章那樣的憂患，
他的作品並不尖利和扭動。按說，從他文章的感覺來說，不應
該這樣。他只是在平和舒緩地寫一些古典味很足的東西，同時
還有過於文化之嫌（同樣問題在石光華身上也有所體現。因為
我曾讀過他的一篇〈看見真實〉的文章，生命的騷動、孤獨、
內省性極強，而詩歌作品的樣子卻使我困惑）。也許他唱得更
多的是挽歌，是對即將死去的動物的憐愛，對已消逝的珍貴物
種的追憶。他把手放在往昔的事物上憂傷溫情地移動，動作很
慢，一點也沒流露內心的悲愴和疼痛感。對於開愚這樣具有
良好感知能力的詩人，對他這種類型的詩人來說，應不應該這

樣寫，應不應該把創造力放在創作〈寒山談寒山道〉這類的詩歌作品上？他的關注和呈現放在哪一點上會更輝煌從而也更貼近人的血液和接近詩歌的本質：完整地含括了柔弱的動物和精緻的詞彙，含括了人類用腳踩住的每一個不同時代發出的不同聲響，那聲音讓你聽見祖輩和兒子的話語。更進一步說，這關聯著我們這個貧窮、充斥著愚昧感的國家。到底應該怎樣寫，並在最後把自己創造成什麼樣子？這確實是值得想想。歸根結底，它還是：心靈問題。

　　「暴風雨又吼叫過來了，悠閒的天鵝／照舊浮游在平靜的墓碑上」：天鵝浮游在平靜的墓碑上，這是很奇特的。碑石是石頭，天鵝是不可以游的。但由於有第一句「暴風雨又吼叫過來了」，它帶來氣勢和滿地是水的感覺，因之天鵝在我們的感覺裡（那是意識的慣性）就游動起來了。這是文字技巧、效果的分析。從內涵來講，悠閒的天鵝代表高貴的、古典的事物，牠們出現在墓碑上，標誌著被埋藏或死亡的威脅。而暴風雨吼叫著，這是大自然的憤怒，也可理解為詩人心裡的聲音，或天鵝在死亡預感中的唳叫。另外，悠閒的天鵝也可理解為墓碑上刻的文字。那是一些很悲傷和讚美性的字，在雨水中閃現猶如純潔的天鵝游動。如果是這種析義，那埋在這兒的就是下面出現的那位「長鬚飄然的老人」，因此有天鵝的純淨意象的出現。

　　「墓碑中央有條裂縫／通向古代，一位長鬚飄然的老人／坐在白雲環抱的墓地」：墓碑中央的裂縫，是指從作者站在這塊墓碑前的時刻一直往回倒到那老者生存的時代。裂縫猶如一

條道路，這想像很妙，也準，它一直通往古代。這句的完成
是純粹的詩歌技巧。那時，也是現在，在碑石的深處，一位長
鬚飄然的老人，他代表遠古純情的時代，代表開愚所嚮往希冀
的和平的年月，這也是此詩標題〈在家鄉和平山谷裡〉的隱
義。家鄉是和平的、寧靜的，沒有爭鬥傾軋和嘈雜，是開愚夢
想中的家鄉。老人，就坐在白雲環抱的墓地，那麼美的自然環
境。「觀看一塊石頭／他看見藍色逐漸深湛，水波／歸於平
靜」：還是寧靜氣氛的傳達。深湛、平靜都為了契合長鬚飄然
的老人，也將老人的生存環境描寫得很優美。開愚，你在竭你
所能描寫你置身當今社會，備受騷擾時出現的夢想，你將幻想
寫得極美，流露出你抑制不住的惋惜和哀傷。「他看見一片透
明的湖／張著一隻容納的眼睛／這時他想起長髮的女人／和一
隻天鵝。他把／這兩件美麗無比的事物，和／隱藏在他心裡的
其他一些事物／推移到披散的長髮／當頭髮的光芒籠罩石頭，
柔軟的髮尖／刺進石頭的心裡」：湖和眼睛的形狀是接近的，
在比喻上合理。開愚所說的是一隻容納的眼睛，因之就有包容
世界上一切事物的意思。被比喻為眼睛的湖是透明的，因之
那些事物大體上都是純潔的、美好的，透明的還有深邃的意
思。這眼睛既可被理解為是那位老者的眼睛，也可以是自然的
眼睛，或者，是湖的比喻。長髮的女人：傷感，某些美麗事物
死亡的隱指。它與前面的純情優美形成對比，因之包容了整個
世界，體現出人類完整的生命。天鵝，是美和感傷的東西，它
們連在一起「這兩件美麗無比的事物」，構成生命的真實而完
整的感受。在那時，即使是令人悲哀的事物，也不過是「長髮

的女人」，沒有暴力、瘋狂，沒有苦難，沒有歇斯底里。這是開愚，這是他把自己被純化了的夢鑲嵌在他那些懷舊仿古的作品中。那些感受，被老者移入到長鬚飄然的長髮上。長髮是他經歷了多少個歲月的證明。當純情的事物和深沉的感知融入長髮，那頭髮立刻發出光芒。光輝裹住了石頭（墓碑的代稱和堅硬、永存的物體的象徵），那麼軟的頭髮的尖端，與儲存著深沉的、飽滿的生命感受，能夠隨便地刺進石頭，能夠穿透任何堅硬的物質。感知在生命上磨出尖刺，在被穿透的物質裡留下永不消逝的光芒！噢，「美好的事物／成為一篇美好的墓誌銘」：這使我想起一個人的詩句。那些美好的事物，成為銘刻在碑石上的最好的文字，那是最高和最美的讚譽呀！同時，這些事物由於它們的美好被斷送，它們被自己的美好埋藏。悲哀出現了。

「暴風雨又吼叫過來了，悠閒的天鵝／照舊浮游在平靜的墓碑上」：經歷了透明的憂傷和生命的隱痛，讀著美好事物的墓誌銘，長髮飄然的老人又回到碑石深處。裂縫暴露著，暴風雨又來臨了。即將死亡的天鵝在喉叫，在和最初的叫聲呼應，雨水裡飄蕩著牠的挽歌。看哪，天鵝，最後的貴族和美好的象徵，牠們在多麼悠然地游著呀！

# 評藍角：被愛的清輝照耀的

〈生存的氛圍〉／藍角

　　所以　心安理得這樣一個所在

　　沒有方向的蔚藍裡

　　魚所有肢體被透明瓦解

　　魚穿過一道道河草的隙縫

　　從一塊卵石　游過

　　另一塊卵石

　　魚的影子在卵石上開花

　　顏色鮮活如初上的月色

　　魚的童年曾被釣餌欺騙了

　　燦爛背景不復存在

　　所以魚游動

　　像一位飽飲苦難的旅者

　　魚游過的道路

　　成為水的道路

　　魚的上面　時光碎片靜止地飄墜

　　像燦爛的星子

這樣的潔淨毫無欲念
魚傾聽體內的血液
回味岸上的濤響

藍色子夜
滿月輪廓使魚再一次想起
母親的嘴唇

## 析文

　　「所以　心安理得這樣一個所在／沒有方向的蔚藍裡／魚所有肢體被透明瓦解」：第一句有認命的味道，但又欣然。它使我想起四川詩人趙野的詩句：「現在我才學會，隨遇而安，適性自得。」但那是說人，而藍角是在說魚，影射著人。沒有方向的蔚藍，就是四面八方都是蔚藍一片，因而不存在方向。魚的肢體在一片蔚藍的純淨的透明中（水或天空的倒映）彷彿消融了，不復存在。這是指的「瓦解」。開句點出一個很純淨的生存狀態。「魚穿過一道道河草的隙縫／從一塊卵石游過另一塊卵石／魚的影子在卵石上開花／顏色鮮活如初上的月色」：穿過一道道河草的隙縫，不如說魚穿過一條條河流的縫隙。這樣意味更新，詩感也好。當然，就是成了我的了。穿過河草的隙縫較實在，詩的想像力不足。詩人選擇河草的意象是要表達生存的阻礙，穿過，就是越過。從空隙中，這裡含有靈巧迴繞的意思，隱喻了詩人的處世方式。因為它終究不是從河草的莖桿或葉子裡穿過去，或像我所說：穿過一條條河流的

縫隙，那是較大的氣魄和生命消逝、人格氣質，這些決定詩人選擇什麼樣的意象和想像力打開到什麼程度。「從一塊卵石游過」：很美。其實魚是貼著一塊卵石游過去，詩人省略了具體的描寫和交代，就使詩句顯得乾淨、鮮明，景象生動，「另一塊卵石／魚的影子在卵石上開花」：影子開花，這大約指魚的尾巴擺動時那尾翅（或整個身體）像花瓣，被光折射在石頭上。這一句還是說生存的狀態，或被作者說成氣氛，對悠閒、優美的環境（「開花」二字表達出的）的欣賞。所以，顏色鮮活如初上的月色，依舊是美妙。把月色說成顏色鮮活，也很迷人。一個作者的生存狀態、經歷，對詩歌語言的領悟，決定作者選擇的意象和搭配的方式，從而表達一種見解。讀完這三句使我產生再次強調它的願望。這三句是屬於靈秀的，輕輕地寫魚生命的一段過程。但它為何不能使人的靈魂震撼，在於它的輕。如果那魚是穿透一塊卵石游過去，在另一塊卵石的裡面，留下了魚身體裡的血，那石頭像一顆須漫長歲月才會開花的花朵，而魚仍舊在游，留下血不意味著死亡，但它意味著苦難對生命的掠奪。如果這樣，我們都會聞見生存的血的味道。當然，那魚的影子也就不會開花了。我不是在責備作者的詩句，那樣就會千篇一律，但我確實想說明一個問題。作者想到了卵石，這體現硬度的東西，但他從詩的感覺上、生命的感覺上，都未能穿越這塊石頭，只是被阻遇在石頭面前，輕輕地抒情。這是無法要求的，它只可以被體驗，然後自然地從心裡湧出來。「魚的童年曾被釣餌欺騙了／燦爛背景不復存在」：這是好理解的，悲慘的意味被最表面和一般的思緒表達出來，所

以它的效果就難以達到。燦爛背景，指美好的生存環境，或一種純真、信任。「所以魚游動／像一位飽飲苦難的旅者」：「飽飲苦難」使我們感到很唐突。因為在它之前未能造成這種潛在的情緒，未渲染到這個地方，僅僅是被釣餌欺騙過，它一直是輕鬆美好的狀態，未顯露出「飽飲」的感覺。所以在這句裡這麼說就極牽強，這也讓我們發現了詩歌的法則。它不能被說出來，要讓讀者體驗到，感覺要自然地進入讀者的情緒，否則就直露，也因達不到目的而失敗。「魚游過的道路／成為水的道路」：這句寫得很巧。魚能游動的地方必然有水，這本不必說。但詩人把組成這個道理的兩點拆開，再精煉地說一下，就構成詩味。它的味道在於以往人們對此從不思索。這種寫法要很巧妙，否則會很拙劣。「魚的上面　時光碎片靜止地飄墜／像燦爛的星子／這樣的潔淨毫無欲念」：在經歷了這樣一段「苦難」的歷程後，或者正在經歷著的時候，光陰像碎了一樣，靜靜垂直地飄落下來。碎片想表達的是疼和苦難的感覺。藍角，「靜止地」和飄墜連在一起，顯得「靜止地」三字表達的狀態很模糊，因為「止」和「飄」衝突。這樣，這個句子的情緒和詩意就不鮮明了。像星子，它燦爛，又照著魚，苦難在閃耀著，使生存的氛圍顯得悲壯和崇高。魚，這樣的氣氛，都是純潔無比的。我認為「這樣的潔淨毫無欲念」這句，生澀，無形象。它是純理念的敘述，又拗口，有悖全詩的形式。而且這句也多餘，它不是呈現，而是愣說出來，在著急地告訴人家什麼。這句要刪掉。「魚傾聽體內的血液／回味岸上的濤響」：傾聽體內的血液，有關照、反省生命的意思，又把體內

的液體和體外的濤聲混合一起，達到交融。岸上的濤響，大概指岸的上空迴蕩的濤聲，借喻生活的驚險。但魚是在「回味」，是否說明一切險惡已經過去？「岸上的濤響」，這五個字使我感到彆扭，不清晰。嚴格地說，意象也不新穎。

「藍色子夜／滿月輪廓使魚再一次想起／母親的嘴唇」：湛藍的夜晚，魚在清澈的水裡游動。頭頂高懸的滿月，或在水裡波動得像碎銀一樣的月亮，都使魚有點悲哀地想起了，牠的母親的那隻哺育過牠，用愛的清輝照耀牠的——嘴唇。

全詩最後三行最為漂亮。憂傷的情感，近似夢幻的意識，意象對比的和諧（滿月—嘴唇，全都是圓形的，並且豐滿）以及籠罩這一切的色彩（藍色子夜），使詩達到渾然的詩境。我曾在藍角的二首詩前猶疑不決，為了挑出其中一首做析。那首是〈魚的困惑〉。但似乎說不出哪首相應地更好點。那首也寫得較淺，文化味道太足，只是最後三句非常漂亮：說魚在存在、思維的困惑中跳過了龍門，但「回過頭來，水門如啞人。魚最後的困惑一如當年」。那首詩裡意象較多，寫得太文化。但這二首是我所讀到的他的一組詩中最好的二首。藍角的詩我是第一次看到，他是安徽的青年詩人。我這次選詩中也盡力發現那些素質較好但尚未露面的人，盡我微薄之力協助他們，這是我的心願。

〈生存的氛圍〉的弱點在於以哲學的思維和生存的經驗來寫詩。許多地方感覺到作者未能較深地體驗生命，把握它（即使「氛圍」也有更深沉闊大的氛圍），是強寫出來的。這是致命的弱點。只有真情實感，體驗獨到和文字功力好的詩才能

打動人和震撼人。否則，它給人留下的就是一層表面的美麗的皮，輕輕地一吹就沒了。

# 評周亞平：我們唯一的果實

〈我背光而坐〉／周亞平

若干年後
我們又坐在一起
這總是要發生的事情
我背光而坐
走近桌邊時
我就尋找這樣的位置
若干年了
我們都沒有幹出什麼
了不起的大事
因為這樣
我們又坐在一起
也只有這樣
我們才坐在一起
我們唯一覺得光彩的只是
我們都有了自己的女兒
或兒子

（這曾是一個

讓人羞愧的理由）

此刻

讓這些生動的孩子

整整齊齊

坐成一排

坐在我們的對面

陽光照耀他們

恰如我們不安的手指

撫摸著

那樣的琴鍵

是的

若干年後

我們總會聽見

自己的聲音

## 析文

「若干年後／我們又坐在一起／這總是要發生的事情」：
這總是要發生的事情，我們和童年時的朋友重逢，我們和少年
時代相互傾訴理想的朋友重逢，看見對方的臉已經發生了變
化。我們知道，那顆心也已經和青春的心完全不同。我們將說
些什麼？全詩從起句就很平靜，敘述的口吻說話，它的語言很
直白，但感覺親切。關鍵是，周亞平用這樣直白的詩句說出一

些隱祕的東西，那些東西詩人沒有很露地說出來。因之，它們在讀者心裡，造成了詩意的震動，使人回味和感覺到傷感。這效果也許還來自於真實，對生命感傷的回憶和青春消逝、一事無成的惆悵。這些都是隱隱約約的，以詩的效果在讀者心中時隱時現。「我背光而坐／走近桌邊時／我就尋找這樣的位置」：光：象徵一生中成就的事業。背光而坐，可以理解為生命到了這時仍未達到希望的高度，夢想的事情並沒有幹成，兩手仍舊空空。同時，背光而坐也可以理解為一種心情：羞愧和懊喪。不願坐在明亮的地方，不願讓那麼明亮的陽光直接照到臉上，不願讓心裡細膩的情感流露出來，並讓昔日的好友清清楚楚地看見。噢，走近桌邊時，我就尋找這樣的位置，這對於我已是很熟悉的動作，這樣的心理已經形成潛在的意識。那樣的位置，難道我要用整整的後半生去尋找嗎？「若干年了／我們都沒有幹出什麼／了不起的大事／因為這樣／我們又坐在一起／也只有這樣／我們才坐到一起」：坦率地說，這七句我覺得不好，終究是寫得露了點。因為「背光而坐」和「尋找這樣的位置」已經造成隱祕的失落和羞愧的感覺。它們的裡面蘊含著很多詩意，讀者已經體會到了，並在自己的心中把它們展開。而這七句把那些東西點得太露，況且做了限制，損傷了讀者的感覺和想像。因之詩也就一下子掉了下來，使詩感減弱或蕩然無存。當然，這還得根據讀者的鑑賞水平來判斷損害程度的強弱，這是我的意見。「我們唯一覺得光彩的只是／我們都有了自己的女兒／或兒子／（這層是一個／讓人羞愧的理由）」：這層是一個讓人羞愧的理由，那時，我們青春氣盛，

我們自視頗高，我們鄙視那些抱著孩子並當孩子微笑時感到無比幸福的男人。我們嘲笑他們，嘲笑他們把青春和時光全都放在孩子的身上。那兩隻胳膊本應緊緊抱著榮譽和夢想，卻反而抱著孩子搖晃著他，臉上流露著滿足的表情。那時我們多少次地暗裡嘲笑過他們呀！如今我們也有了女兒、兒子，如今我們唯一的果實就是他們，慰藉著我們被傷害和擊敗的心，減緩我們的疼痛，讓我們在聽見他們的笑聲時感到人生的一些安慰和幸福。我們唯一比那些曾被我們嘲笑過的人強一些的地方，就是我們的心中仍有一個輝煌的夢想，那顆心還未完全死去。它們渴望，殘存的渴望！這五句的效果在於它的對比：那些辛酸、自嘲和無可奈何的一笑。這些平靜、克制的句子裡壓抑著那麼多的情感，它打動我們，使我們不由自主地想到自己，想到無數的人的悲哀，心存夢想但確實是普通的人的悲哀，想到那麼多的失敗、平庸的人襯托著那麼少的成功、偉大的人，使我們在內心爆發出受傷的啜泣聲。「此刻／讓這些生動的孩子／整整齊齊／坐成一排／坐在我們的對面／陽光照耀他們／恰如我們不安的手指／撫摸著／那樣的琴鍵」：我背光而坐，而陽光照耀他們，陽光照在他們天真稚嫩的臉上。這裡不僅僅是他們屬於希望，他們還將是將來的意思。更主要的意義是一種對比：孩子的明亮和我背光而坐的心情的灰暗、孩子的笑聲和我在內心對自己的嘲笑、孩子的希望和我的失敗，陽光就這樣照耀在他們的臉上。他們，這些生動的孩子，坐在我們的對面，坐在我們這些活到了這個份數的人的對面。看著他們那樣地笑著，看著他們那麼生動，我們無話可說。我們百感交集。

我們背對陽光而坐，陽光照耀他們，在我們心中湧流的一切，我們的辛酸、快慰、失敗和幸福，衝撞我們，就猶如我們用不安的手指，撫摸那樣的琴鍵。「不安」是狀態，「琴鍵」是坐成一排的孩子的比喻；而「那樣的」則是我們面對這些孩子時心中湧流和經過的一切情感。

　　「是的／若干年後／我們總會聽見／自己的聲音」：這已經是無可奈何了，這已經是我們再沒有信心相信自己能發出聲音，相信自己能進入夢想，相信我們的兩隻手能把自己托起，能尋找這樣的一個位置：讓陽光直接照耀在我們的臉上！這已經是味道最足的一個諷刺了！周亞平，在結尾，你說：若干年後，我們總會聽見自己的聲音——在孩子的身上。因為那些孩子就是一個脫胎的我，就是我的夢和希望，就是我未被實現的志願。這一切都會在孩子的身上實現，使我獲得安慰。最起碼詩人說這些話時是有些安慰的！這確確實實是最大的悲劇，儘管它也許無比真實。它是無數人的命運的再現，這首詩能被欣賞的關鍵所在。但我的內心感到悲哀，為了年齡再一次改變了一個人，為了又一次聽到「抵抗」失敗的聲音，看到命運那張醜陋而異常結實的臉。為了一個新存夢想的人，就那樣地背光而坐！

# 評趙野：以寬懷的方式理解

原詩

〈阿蘭〉／趙野

　　阿蘭，現在我才學會

　　隨遇而安，適性自得

　　就像演算純粹數學


　　就像月亮的陰影裡

　　英雄們廝殺著，迫死詩歌

　　就像石頭震顫，羊群魂飛他鄉

　　你的心卻是如此平靜


　　騎野鶴而來，笛聲吹開梅花

　　阿蘭，你的處世畢竟不同凡響

　　細緻、寬懷和些許的幽默

　　審視他們，欣賞他們

　　然後饒恕他們

析文

「阿蘭，現在我才學會／隨遇而安，適性自得／就像演算純粹數學」：這是一個很美而樸素的中國姑娘的名字。趙野，在整整四首詩裡你深情地呼喚她，那種節奏使我覺得猶如是夢中的囈語。原諒我，只能從你無盡的傾訴中選擇一節，這似乎是有點徹悟的一節。

現在我才學會，隨遇而安，生活的河流畢竟把我們穿透了。那些反抗和喧囂呢？那些曾經是沒有窮盡的騷動呢？趙野，你愛了。這愛使你變得平靜。那中國姑娘的名字，她像一個純樸的鄉村姑娘，她的名字像擺放在自然中的一個搖床，使你恬然和放棄了對自己靈魂的摧殘。如今，你適性自得，對身外的一切以寬懷的方式理解，對生命中的困苦和歡樂以不同的情緒來包容。它們恰到好處，不傷害自己，猶如演算一道數學題般環環入扣。

「就像月亮的陰影裡／英雄們廝殺著，迫死詩歌」：曾經愛過，曾經癲狂和癡迷過，所以你終究無法在你的靈魂深處忘記詩歌。全詩僅僅有幾個意象，而你首先把它提了出來，放在你最珍愛的位置，月亮的陰影裡，那個小小星體裡的黑斑，現在科學能準確地回答那是由什麼構成，那裡有什麼。但不，趙野你要說，那是英雄們在廝殺著，殘殺的勾當使詩歌死亡，使這歌唱一切生命的東西被死亡的灰塵窒息。這一切構成月亮的陰影，折射（月亮的暗喻）出人類的罪惡和生存的必然的部位。「詩歌」對稱「英雄」；「迫死」對稱「廝殺」。「就像

石頭震顫，羊群魂飛他鄉」：在上二句驚心動魄的場景裡，石
頭為死亡的喧譁和詩歌垂死時的吼叫所震顫，羊群魂飛天外，
這裡也有遷徙和屠宰的含義。這一切，在大地上震盪著，「你
的心卻是如此平靜」。

　　詩人，難道這一切真的你都經歷過了？在想像中它經過
你，像一群野馬的仇恨的蹄子踩過你。而你抬起頭來，臉上全
是塵土，心中那麼平靜。

　　超然到這種程度得需要多少精深的功夫？

　　「騎野鶴而來，笛聲吹開梅花／阿蘭，你的處世畢竟不同
凡響」：飄然之至！「笛聲吹開梅花」一句是很美的。一種聲
音可以像陽光，把梅花打開。而騎鶴而來，這裡的仙風道骨，
超群脫俗，的確不同凡響。下三句緊跟而來，「細緻、寬懷和
些許的幽默／審視他們，欣賞他們／然後饒恕他們」：一個大
慈大悲的菩薩，歷盡苦難而成正果，對那些罪惡的把戲全部明
白。細緻：洞察如火；寬懷；明白和不計較；些許的幽默：無
論是神還是人都應必備的品德，否則太累！審視他們，欣賞他
們，把他們當作一個被觀賞物，把他們的奔波和殘殺當作小小
的花招，當作他們對自己的摧殘。最後，在看膩了後，饒恕
他們！

　　作為一首漂亮的詩它可以表達不同的內容和感受。只要它
占有獨到和深刻。然後，關鍵就在於形式：語言、技巧、凝煉
和流暢的程度。這首〈阿蘭〉畢竟有它的獨到之處，雖然作者
超然物外，但還可以看出他是懷著一種憤懣和略微的嘲諷。那
張臉也一定是毫無表情。整首詩很美、凝煉，讓我喜愛。但我

實在為趙野的這種樣子震驚。二年前我和趙野共同喝酒時並不
覺得他是這樣。那時他從異鄉而來，我為了詩盡地主之誼。我
們像兩個混小子侃東侃西，侃國內我們二人所共同喜愛的年輕
詩人。

　　他的詩恬淡、悠閒、乾淨，很少有騷動感。讀他的詩像看
一個流放的詩人來到大田野上牧羊。他的詩都好像是躺在河流
邊做的，面容悒鬱。但趙野君，為什麼在你這麼年輕的軀體裡
看不見生命的騷動？看不見仇恨在暴亂？看不見憤怒和抵抗？
我聽不見你對罪惡怒斥的聲音，「怒斥，怒斥光明的消失」
（狄蘭‧托馬斯）！為什麼？你的青春是「隨遇而安」，和腐
敗妥協，整整一個民族的惡性，難道這就是文化和「根」，是
民族性？騎野鶴而來，看見大地上的詛咒和行凶的身影，看見
詩歌被迫死，而欣賞、審視，「饒恕他們」，「饒恕他們」，
「饒恕他們」！

　　我並不是要求詩人的千篇一律，但我要看見人的血在鉛字
裡淤積。趙野，你知道你是在遠離人世的地方呼喚你那純潔的
姑娘阿蘭嗎？她真的會讓你成為一個塑像嗎？

　　趙野，我想看看你的心。不是文化了的，被生生地拔高
的，學會了審視別人的心，而是那顆真實的、不寬恕自己的、
不停地流出新的血來的──心！

# 評根子：
# 獨自面對被掠奪的大地哭泣

〈三月與末日〉／根子

三月是末日

這個時辰
世襲的大地的妖冶的嫁娘
——春天，裹捲著滾燙的粉色的灰沙
第無數次地狡黠而來，躲閃著
沒有聲響，我
看見過足足十九個一模一樣的春天
一樣血腥的假笑，一樣的
都在三月來臨。這一次
是她第二十次把大地——我僅有的同胞
從我的腳下輕易地擄去，想要
讓我第二十次領略失敗和嫉妒
而且恫嚇我：「原則
你飛去吧，像雲那樣。」

我是人，沒有翅膀，卻
使春天第一次失敗了。因為
這大地的婚宴，這一年一度的災難
肯定地，會酷似過去的十九次
伴隨著春天這嫖妓的經期，它
將會在，二月以後
將在三月到來

她竟真的這個時候出現了
躲閃著，沒有聲響
心是一座古老的礁石，十九個
凶狠的夏天的醺灼，它
沒有融化，沒有龜裂，沒有移動
不過礁石上
稚嫩的苔草，細膩的沙礫也被
十九場沸騰的大雨沖刷，燙死
礁石陰沉的裸露著，不見了
枯黃的透明的光澤，今天
暗褐色的心，像一塊加熱又冷卻過
十九次的鋼，安詳，沉重
永遠不再閃爍

既然
大地是由於遼闊才這樣薄弱，既然他

是因為蒼老才如此放蕩形骸

既然他毫不吝惜

每次私奔後的絞刑，既然

他從不奮力鍛造一個，大地應有的

樸素壯麗的靈魂

既然他浩蕩的血早就沉澱

既然他，沒有智慧

沒有驕傲

更沒有一顆

莊嚴的心

那麼，我的十九次的陪葬，也卻已被

春天用大地的肋骨搭架成的篝火

燒成了升騰的煙

我用我的無羽的翅膀——冷漠

飛離即將歡呼的大地，沒有

第一次沒有拚死抓住大地——

這飄向火海的木船，沒有

想要拉回它


春天的浪做著鬼臉和笑臉

把船往夏天推去，我砍斷了

一直拴在船上的我的心——

那鋼和鐵的錨，心

冷靜地沉沒，第一次

沒有像被曬乾的蘑菇那樣怨縮
第一次沒有為了失寵而腫脹出血，也沒有
擠出辛酸的泡沫，血沉思著
如同冬天的海，威武的流動，稍微
有些疲乏


作為大地的摯友，我曾經忠誠
我曾十九次地勸阻過他，非常激動
「春天，溫暖的三月——這意味著什麼？」
我曾忠誠
「春天，這蛇毒的蕩婦，她絢爛的裙裾下
哪一次，哪一次沒有掩蓋著夏天——
那殘忍的姘夫，那攜帶大火的魔王？」
我曾忠誠
「春天，這冷酷的販子，在把你偎依沉醉後
哪一次，哪一次沒有放出那些綠色的強盜
放火將你燒成灰燼？」
我曾忠誠
「春天，這輕佻的叛徒，在你被夏日的燃燒
烤得垂死，哪一次，哪一次她用真誠的溫存
扶救過你？她哪一次
在七月回到你身旁？」
作為大地的摯友，我曾忠誠
我曾十九次地勸阻過他，非常激動

「春天，溫暖的三月──這意味著什麼？」

我蒙受犧牲的屈辱，但是

遲鈍的人，是極認真的

錨鏈已經鏽朽

心已經成熟，這不

第一次好像，第一次清醒的三月來到了，

遲早，這樣的春天，也要加到十九個，我還計劃

乘以二，有機會的話，就乘以三

春天，將永遠烤不熟我的心──

那石頭的蘋果


今天，三月，第二十個

春天放肆的口哨，剛忽東忽西地響起

我的腳，就已經感到，大地又在

固執地蠕動，它的河湖的眼睛

又混濁迷離，流淌著感激的淚

也猴急地搖曳

## 析文

　　根子，原名岳重。早年在白洋淀插隊。60年代末在垮掉派作品譯介入中國後，在與芒克、多多等人的相互影響中開始寫詩（其寫詩時間晚於食指，大約稍稍早於芒克和多多）。白洋淀的詩人群形成《今天》的雛形。

　　〈三月與末日〉是根子寫於1971年的長詩，是他十九歲生

日的獻詩，曾流傳於70年代。這首詩是多多當年抄錄於筆記本上，在幾個月前我倆一次喝酒時拿給我看的。我讀後為其詩的深沉和悲哀深深感動，為根子在1971年十九歲時寫出這樣的詩而震驚。

據多多說，此詩的結尾部分已經佚失，由於當時沒有抄下來，因之只能是今天的這個樣子。在這裡我僅以個人名義感謝多多，為了他對詩歌的真誠和責任感（他為根子的詩鼎力推薦），為了，他對一個現已封筆的詩人深深的追憶之情。否則，這首〈三月與末日〉是不會面世的。

此詩共一百零五行，我不做逐行分析。我將用逐節賞析評論的方式來完成這篇導讀。

「四月是最殘忍的一個月，荒地上
長著丁香，把回憶和欲望
參合在一起。」

這是托・史・艾略特《荒原》中的開頭句，它以深刻和獨特征服我們的心，它使我們心中充滿不祥的預感。根子的〈三月與末日〉是這樣開頭的：

「三月是末日／／這個時辰／世襲的大地的妖冶的嫁娘——春天，裏捲著滾燙的粉色的灰沙／第無數次地狡點而來，躲閃著／沒有聲響，我／看見過足足十九個一模一樣的春天／一樣血腥的假笑，一樣的／都在三月來臨。」

《荒原》發表於1922年，根子的〈三月與末日〉寫於1971年，當時《荒原》還未譯介過來。但根子的開句「三月是末

日」和「四月是最殘忍的一個月」何其相似，而且比艾略特更充滿了絕望之情，它是那樣憤懑，那樣絕望，以致我們體驗到的不是預感，而是全部生活的災難、不幸，以及飽含的憤怒和反抗之意。我無意把《荒原》和〈三月與末日〉做比較，《荒原》展現的是更廣闊的背景，它是整個社會的創痛和理智的深刻的思考。而〈三月與末日〉更帶有個人情感和個人生命的體驗，從形式上也更接近抒情詩。

　　整整第二節近似於詛咒。當春天來臨，這個精於蠱惑和充滿妖氣的女人，她又一次貼緊我十九歲的青春，她纏住我，使我充滿希望，使我獻出我的血肉之軀。在她獲得淫蕩的滿足後棄我而去，留下我獨自面對被掠奪的大地哭泣，獨自面對我被傷害的青春和激情痛哭。「這一年一度的災難／肯定地，會酷似過去的十九次」：命中註定的失敗和被騙，「它／將會在，二月以後／將在三月到來」。根子，在你十九歲的時光裡，怎麼會有這麼多的憤怒和慘痛？怎麼會有這麼強烈的恨世之情？

　　它向我們呈現了一個早熟的人，在中國持續不斷的政治動亂和人的尊嚴被隨意踐踏的狀況中的感受和沉痛的思索。

　　第三節形象地敘述了青春的熱情轉變成矜持、沉穩，希望被十九個年頭摧毀的過程。「稚嫩的苔草」、「細膩的沙礫」都是青春美好的象徵；「沸騰的大雨」、「凶狠的夏天」則是命運，罪惡勢力的象徵。它們隨著春天的來臨出現，十九次地重複著。終於，「今天／暗褐色的心，像一塊加熱又冷卻過／十九次的鋼，安詳，沉重／永遠不再閃爍」。

　　第四節整整二十行構成〈三月與末日〉的精彩段落。這一

節深深地打動著我，它的沉痛、光明、激情相互糅合，使這一節發出異樣的聲音。我反覆地閱讀它，並為根子十九歲的心靈驕傲，為1971年中國能出現如此的詩歌而長歎不已。「既然／大地是由於遼闊才這樣薄弱……既然／他從不奮力鍛造一個，大地應有的／樸素壯麗的靈魂」：這是浸透血液的聲音，它使我的心顫慄，使我看到根子的憤怒和那麼早就在他心中閃耀的光芒，使我看到最終使他棄絕詩歌，沉溺於他的音樂生活的根本原因。整整二十行，是沉思，是對人類生命有可能到達何種程度的沉思。它包含著宿命和悲哀，在青春旺盛的時期那麼透徹地看清人的無奈，因此，「我用我的無羽的翅膀──冷漠／飛離即將歡呼的大地，沒有／第一次沒有拚死抓住大地──／這飄向火海的木船，沒有想要拉回它」。

　　淒婉，哀絕。一顆激情的心靈就這樣淪喪了。這難道不是中國的知識分子和有識之士的悲哀嗎？

　　「心／冷靜地沉沒，第一次／沒有像被曬乾的蘑菇那樣怨縮／[……]也沒有／擠出辛酸的泡沫，血沉思著／如同冬天的海，威武的流動，稍微／有些疲乏」：稍微，有些疲乏，但它是堅定的、成熟的。它太成熟了，以至於在十九歲即砍斷了「拴在船上的我的心」。第五節是根子在經歷了春天的誘惑和絕望後他的狀態的描述。然而他的心並沒有死亡，只是變得更加深沉，同時他自信對人類有了更堅定的看法。「鋼和鐵的錨」、「冬天的海，威武的流動」等是這一釋義的說明。而「春天的浪做著鬼臉和笑臉／把船往夏天推去」，我以為是形象很新穎漂亮的詩句，於1971年寫出來更是如此。

　　第六節是對自己生命經歷的反思。我曾忠誠，我曾那樣的忠誠。當我第二十次回顧我的生命和情感，當我反省和試圖對自己提出指責，第二十次，我堅信，我是忠誠的！那麼責任全然不在我這一方，是這春天和大地背叛了我，他們利用了我的青春，他們許諾，他們對我做出微笑，他們把毒藥放在他們端給我的盤子裡。整整十九年，我是大地的摯友，承受欺騙和犧牲的屈辱，啊，「遲鈍的人，是極認真的」。心熟了，清醒的三月來到了。我仍要活下去，將19乘2，乘3。但我的心，那飽含芳香的水果，卻已經成為一顆石頭：冷靜，堅定，永遠不會再被春天欺騙的炎熱烤熟。

　　這是反思後變得愈益堅定的狀態的呈現。

　　第七節：三月，第二十個，我又感到了大地的愚蠢的蠕動。湖泊的眼睛，由於大地的欲望開始變得渾濁。「作為大地的摯友，我曾忠誠／我曾十九次地勸阻過他，非常激動」：如今，第二十個三月到來了。我的心，我的船，我的錨，將向著你，春天，世襲的大地的妖冶的嫁娘，向著你，閃耀出那樣地成熟、冷靜和絕望的光芒！

　　三月是末日！

　　全詩展現的情感和思索也許更貼近中國的大地，在這裡，「大地」也許是一個象徵，象徵那個動亂的年代和失去了人性的「人」。因此，三月是和末日連在一起的。它飽含著對人性踐踏的仇恨，幻夢逝去的悲痛和成熟期的驕傲，它飽含對醜惡勢力的蔑視和對光明的軟弱之極的尋求！

# 評王小妮：純粹的本真的你

原詩

〈不要把你所想的告訴別人〉／王小妮

人群傻鳥般雀躍。
你的臉
漸漸接近了紅色帷幕。
世界被你
注視得全面輝煌。
輝煌是一種最深的洞。

無數手向你舞噪。
會場像敗園
在風裡頹響著飄搖。
想到我了嗎，
你的微笑風一樣掃過。
我在我的白紙上
再次看見
你那雪原灰兔似的眼睛。

不能憐惜那些人。
縈繞住你，
盤纏住你，
他們想從你集聚的
奕奕神態裡
得到活著的挽救

不要走過去。
不要走近講壇。
不要把你所想的告訴別人。
語言什麼也不能表達。

拉緊你的手。
在你的手裡我說：
其實沒人想聽別人的話。

由我珍藏你。
我們一起
無聲地
走過正在結凍的人群。
但是，那是誰的聲音
正從空中襲來。

## 析文

　　「人群傻鳥般雀躍。／你的臉／漸漸接近了紅色帷幕。／世界被你／注視得全面輝煌。／輝煌是一種最深的洞。」這是一個演說的會場。「傻鳥」二字從起始就表露出詩人對於群眾、平民的看法。他們很容易被激盪起來，做出各種無知和愚蠢的動作。而說話者的臉，由於激動變得通紅。「紅色帷幕」指臉色，選擇了舞臺上的物具作為意象，增添場面的氣氛。整個世界，都在你激動的眼睛的注視中變得燦爛，那是你的興奮賦予的內容。你被成功的想法和面前歡呼的場景所激盪，生命能接觸到的一切，都在你的眼珠裡輝煌起來。而這輝煌，王小妮說它是「一種最深的洞」。深的洞，是說它的深邃和能掉入東西，它給人的心理以莫測、驚慌和崇敬的感覺。因之王小妮用它來形容輝煌，那無比深邃地吞沒你的玩意兒。讚美和憂慮並存在這一句裡。「注視得全面輝煌」，句子不大順，有點彆扭，儘管它很好地傳達了王小妮的意思。「一種洞」，不是很漂亮，「種」字不大好。

　　「無數手向你舞噪。／會場像敗園／在風裡頹響著飄搖。」聽眾瘋狂了，無數隻手掌在互相拍打，發出響亮的聲音，在王小妮看來，猶如無數的烏鴉和鳥在聒噪，發出使人難受和無法逃離的聲音。這是王小妮的心理。「舞」字表現出手掌搧動時如同鳥的翅膀拍擊的視覺感受。問題在於沒有「舞噪」這個詞，只有聒噪、鼓噪。「舞噪」是王小妮將飛舞和鼓噪糅在一起，為了求凝煉，纂出了這個詞。無數的詩人都存有

這個弊病，覺得這樣似乎更漂亮。我以為這種詞讀起來非常
硌，很彆扭，它使句子顯得不順暢。另外，由於兩種形象感和
意圖合在一起，反而使哪個都不突兀，形成句子的不乾淨和詩
意的不鮮明。這很可能是在讀翻譯詩時感人的毒菌。我認為這
樣的詞在優秀的詩人筆下是絕對不可能出現的。他們力求是乾
淨、鮮明、準確。同時，詞彙盡量接近日常語言，不用很生澀
和書面、古板的詞。這是我自己的詩歌體驗。噢，你聽，會場
炸窩了！它猶如一個園子被狂風吹過，呈現出頹敗的景象。在
那樣的激蕩的場面前，能使王小妮用出這樣的意象，十足地說
明王小妮對狂熱和吹捧的內心感受。敗園在風裡頹響著飄搖，
使我們想到無數葉子翻捲掙扎，這也暗中契合了第一句手掌拍
擊的意象，因之這一句讀起來舒服，有隱祕的詩的感覺。「想
到我了嗎，／你的微笑風一樣掃過。／我在我的白紙上／再次
看見／你那雪原灰兔似的眼睛。」在這樣的氣氛中，你想到我
了嗎？「微笑」一詞很含混：是指演說者置身這樣的氣氛中感
到高興露出笑容，那笑容在群眾的頭上掃過；還是因為想到了
他的寫詩的妻子，面對狂熱的人群，輕輕而充滿不屑的一笑。
那笑容掠過詩人的面孔，這都是「微笑」一詞的可能的理解。
還有最後一種，我將它作為正確的析義提出來：講演者置身於
膜拜之中感到興奮和驕傲，他環視會場，笑著，那微笑從他妻
子的臉上也是一掃而過，因為他妻子也置身於人群之中，他的
笑容掃過所有的人。這裡含有著諷刺和指責。對於榮譽，兩個
人有著絕然不同的反應和行為的呈現，這也是此詩標題和整首
詩貫穿的東西。為什麼會有這麼多種解釋？這是「想到我了

嗎」那時提出這一問句的感情流露和「風一樣掃過」兩句之間的對立，加上「微笑」這個中性詞，因之有了很多不確定的感受。這樣的句子是好句子，它給我很多種想法。「我在我的白紙上」：那就是創作時，再次看見了你像雪原灰兔似的眼睛。「雪原灰兔似的眼睛」象徵什麼？狡黠？靈巧？本能？動物性的反應？我無法確定。這是詩人從技藝上顯得妙的地方。我只能從上面的情緒延續下來，認為它是指：狡黠和虛榮。這是我個人的理解。但從根本上，這句有詩的技巧。這是主要的，意義反倒是其次。白紙，可以想像成被雪覆蓋的原野。在那上面，詩人的愛人的眼睛，那灰兔似的眼睛，一掠而過！

「不能憐惜那些人。／縈繞住你，／盤纏住你，／他們想從你集聚的／奕奕神態裡／得到活著的挽救」：王小妮，憋在你心裡的東西吐出來了。你忍受不住，面向狂熱的愚蠢的人群，看著你的愛人陶然的樣子，你終於說了！不能憐惜那些人，他們不值得！他們圍著你，裹著你；他們舉起你，摸你，甚至可以跪在你面前叫你祖宗，他們只是想竊取你的生命的朝氣，他們想喝你的精水，讓你乾癟，讓你抽縮，最後他們把他們猥瑣的臉放在你的臉上面，用他們的骯髒吃掉你！在看見你漸漸變得和他們一樣之後感到安慰。不要憐惜那些人！他們只是想在你的光芒上，為他們垂死的卑污的靈魂刮下一些金屑，點綴他們，使他們更卑賤，使他們用恥辱的方式獲得一點拯救。他們不值得！

「不要走過去。／不要接近講壇。／不要把你所想的告訴別人。／語言什麼也不能表達。／／拉緊你的手。／在你的手

裡我說：／其實沒人想聽別人的話。」愛人，你要說的你真能
用語言表達出來嗎？你在臺上慷慨激昂，聽眾如醉如癡、癲
狂迷亂，但你說出的是你靈魂的真正樣子嗎？難道它沒有被別
的東西遮蔽，沒有被你修飾，捏成被人讚賞的形狀，捏成被你
認為可以的樣子？難道，它們指向的意義，還有那些矯飾的聲
音，是純粹的本真的你嗎？說呀，愛人！語言什麼也不能表
達！不要走過去，不要把你所想的告訴別人，沒人能理解我
們，沒人能懂！不要乞求承認或贊同，沒人能理解！那些人難
道不是在被欺騙的環境中癲狂的嗎？難道他們都不明白嗎？難
道這不是疾病和瘟疫，一場席捲人類的靈魂的大騙局！難道誰
能擺脫？不要走過去，沒人能拯救！他們全都明白。他們在這
兒癲狂迷亂，回到家中就抱頭痛哭。沒人想聽別人的話！

　　「由我珍藏你。／我們一起／無聲地／走過正在結凍的人
群。／但是，那是誰的聲音／正從空中襲來。」珍藏你，是抱
在懷中或攬在胸前的感覺。這一句既表達我對你的愛惜，你這
隻傻得要命的兔子要由我來保護，使你免遭損失的溫柔的感
情，又帶出下面兩人並肩行走，挽著的感覺。這一句挺妙，在
整整二節後，形象和詩感重新出現（我沒指責上二節的意思，
它們很漂亮，但確實白了點，感受的力度如能和詩的形式結
合，是最完美的）。那些人群，由於他們的空虛和無知，正在
逐漸地凍結。我的有著雪原灰兔似的眼睛的愛人，讓我們什麼
都不說，穿過這寒冷的冰砣，向著前方人跡罕至的地帶走。
「無聲地」三字呼應了整首詩的核心的意思，也呼應了標題，
形成情緒的大連貫。但是，那是誰的聲音，誰的聲音，是誰的

聲音？正從空中，襲來？

　　神的聲音！它啟示我們，它把神啟送進我們的心裡。只有他的聲音，我們要聽，我們必須聽！只有他，有向著人類說話的權力！在整個宇宙和整個人類之中，只有他的聲音，能夠被稱為：聲音！

# 評刑天：流淚的羊眼

原詩

〈失題〉／刑天

樓前
空地上下水道的石板
沒有蓋嚴
在灰暗的天氣裡
兩隻不同顏色的貓
同時伸出前爪
伸進縫隙裡
不動
過了片刻
我感覺到腦子裡
一陣疼痛
仰面看去
兩隻貓爪
從天花板上
垂吊下來
在我的頭頂

血淋淋地
晃著

「樓前／空地上下水道的石板／沒有蓋嚴／在灰暗的天氣裡／兩隻不同顏色的貓／同時伸出前爪／伸進縫隙裡／不動」：這像一個電影的鏡頭——那平民的、髒亂的背景；兩隻貓蹲在下水道的蓋子上，「兩隻不同顏色的貓」。這有許多種喻義：視覺和心理的效果，增加色彩和差別，公貓和母貓，牲畜的全部，在幹著下面的行為。還有很多其他的模模糊糊的玩意兒。但我想第一種是詩人寫時心裡想的。貓的爪子垂在縫隙裡不動，使我們感到凶險，預感到什麼事情要發生。並隱約地覺到了詩人的象徵：罪惡，對靈魂的威脅。「過了片刻／我感覺到腦子裡／一陣疼痛／仰面看去／兩隻貓爪／從天花板上／垂吊下來／在我的頭頂／血淋淋地／晃著」：頭顱裡的什麼東西被撕開了，疼痛從遙遠的地方射過來，釘在我們的心上。「腦子裡，一陣疼痛」，是喻示著貓垂在縫隙裡的爪子突然攫住了在下水道裡奔跑的老鼠，撕開了牠的身體；就在這一剎那，詩人的腦袋也像被撕開一樣，裸露出神經。我們都是動物，一隻老鼠的死和親人的死在宇宙裡有同等價值。死亡的陣痛會傳遍所有生靈：動物、植物、石頭還有未出生的孩子。在錫林郭勒盟的阿巴嘎旗我親眼目睹一個壯漢殺羊，那時我站在一個飯館前，第一頭羊臨死的哀叫聲就像一個男人的哭聲，牠在流淚！其他的羊在瞬間連成一片地哀叫，那情景使我立刻嘔

吐，使我永生永世充滿了犯罪的感覺，並不斷地幻覺出那隻流淚的羊眼。對一隻動物殺戮會葬送你的孩子，死亡像一種食品連結我們。這就是刑天和我，在看到兩隻貓爪在頭頂血淋淋地晃著時神經感觸到的一句！

只有詩人才會如此感悟！而這十句，寫的也是純粹的「感覺」。

從技術上說，「仰面看去」四個字，給我們造成錯覺，彷彿兩隻貓爪是從天花板的縫隙裡探下來，突然抓住詩人的頭皮，那疼痛貫穿詩人的生存，可開句是說「樓前／空地上下水道的石板」，那麼這裡的仰面看去，是否也可隱約理解為一個貧窮潦倒的詩人躺在下水道裡，瀕臨絕境。從文字上看有這樣的多種隱喻。因為詩人故意弄出文字不連貫的效果，產生誤差。那麼，最後我說，刑天，你就像或是奔跑在下水道裡的老鼠，噢，我也是！那貓的爪子從每個縫隙裡探下來，在我們的神經裡晃著！

# 評貝嶺：在輝煌的精神的劫難中

原詩

〈在愛中消亡〉／貝嶺

　　在那橙皮般鋪展的

　　檸檬色天空下

　　被打敗的、流血的心告訴我

　　在那痛苦的峽谷低地

　　吸管和吸盤也不再吟唱

　　我純粹精神的移格

　　酒精、阿司匹林和速效傷風膠囊

　　生命的疼叫，讓自己悠起來

　　悠起來，悠啊

　　泣動愛的瘋狂，愛著的瘋狂

　　我瀑布般頹喪的激情

　　駭熱千度的平靜

　　娜！我那攝魂蕩魄的

　　冰冰如玉的美人

　　你的纖手顫抖著

慵懶而冷豔

融化掉，融化了

我的戀母情結


娜娜，迷人的娜娜

在那個脫離了牽掛的孤寂夜晚

我讓傷心的淚水披掛

我那傷心淚水披掛的娜娜

在那輝煌的洗劫裡

在那傷心酒吧的傾談裡

在那傷心酒吧的浸泡裡

發昏的與悄悄地搖蕩

在搖蕩，一架鐘在恐懼地搖蕩

幻象的娜娜，迷人的娜娜

我那帶響的羽毛

猶如屋簷下的悲愴的貓

牠淒涼的哀叫讓我泣著逍遙

我那思鄉的、無言可告的靈魂

墜落，霧般飄落

我那冷酷記憶的呼叫


在那拒絕的、無愛的角落裡

一個棄兒

一顆見血的心

將在愛中消亡


在愛中消亡

## 析文

「那橙皮般鋪展的／檸檬色天空下／被打敗的、流血的心告訴我」：滾動！滾動！當音樂夾著石頭，從天空向我傾瀉下來；當我的雙眼充滿鳥叫和樂器的擊打，天空像一隻碩大的檸檬，它的橙皮被我受了刺激的尖叫劃開，翻捲著，向四面八方鋪展。那檸檬色的天空在音樂的搖蕩中覆蓋我！啊，我的心！我的被生活傷害、在音樂的刺激中湧流出血、被命運打敗的心，在搖蕩的音樂中告訴我：「在那痛苦的峽谷低地／吸管和吸盤也不再吟唱／我純粹精神的移格／酒精、阿司匹林和速效傷風膠囊／生命的疼叫，讓自己悠起來／悠起來，悠啊／泣動愛的瘋狂，愛著的瘋狂／我瀑布般頹喪的激情／駭熱千度的平靜」：我好像在一個峽谷低窪的地帶滯留，那是所有的痛苦帶給我的感覺，好像我站在一片凹下去的泥土上，「吸管」和「吸盤」指什麼？吸管也許指初生嬰兒連結胎盤的臍帶，而吸盤就是胎盤，它們都象徵本真的生命。它們曾朝著天空放出光芒，如今卻在痛苦的時光裡，在被擊敗的恥辱和毀滅中停止歌唱。或者，吸盤指「痛苦的峽谷」，作者的狀態；吸管近似於時光、日子，是希望和精神的象徵，如今它們都在擊敗的狀態中沉默。最後一個析義：吸盤指放唱片的唱盤，吸管是唱針，音樂在高聲嘯叫，而器具在沉默。這兩個意象很難有準確的解

釋。但我以為，弄明白其意是次要的，關鍵在於這兩個意象給我們一種感覺：在生存之中的對抗和生命的一種頹喪的狀態。這是作者要傳達的感受，抽象的釋放情緒，它只要讀起來舒服，就會達到效果。讀者不必去弄明白，只要感覺到，就行了（這是現代詩創作和閱讀的一個重要方面。對於那些總想把每個詞、每一句都弄明明白白的人，對於那樣的評論家和守舊的人，我只能苦笑並說：上帝會幫助他）！噢，我純粹精神的移格（轉移），從純粹的、美好的事物中，在那樣的事物中，我曾生存、搏鬥，我曾苦苦掙扎，最後被擊敗，我的崇高的夢想被生存的現實無情擊敗，我的四肢殘存著頹廢的激情和墮落。讓我從那種夢想中擺脫，讓我離開它，一個純粹的戰敗者尋找頹廢的場所。這句我以為意思不錯，但貝嶺，你總是愛搞一些理念和抽象詞彙，你把它們和這首純粹的抒情詩混雜在一起，連同上句的吸盤和吸管，使全詩出現不和諧的音。我以為這二句都是很澀和硬的東西，和全詩狂熱的激情不統一；即使控制節奏，也該以情感的起伏或轉移來控制，不該以這種近似哲學術語的玩意兒來攙合。也許這是毛病，像你其他眾多的詩都在表達哲理和思辨，那本不該是詩人幹的事（這也是我對北島的很多詩的看法）。因此，我才選了你的這首更接近你的真實靈魂的詩。貝嶺，記住：我們都不是判官。良知不在於對他人的審判，而在於對自己的靈魂以詩感知方式的契入。

　　看看，從純粹的精神中抽出四肢，啊，酒精、安眠藥、肉體和靈魂傷風的治療物——膠囊，我們的生命就和那玩意兒一樣融化在自我耗損、糟蹋和墮落的場所中。在融化的光輝中，

我是我們自甘毀滅的靈魂看見和認可的光輝，我們張開被破滅和縱欲剜光了肉和瘦骨嶙峋的四肢。在融化中，我們聽見生命消失時的尖叫，靈魂離開了身體的疼痛，那我在變成另一副嘴臉時的疼痛，心的尖叫！音樂的擊打！滾石！彷彿我失去了愛的肉體蕩起來，我的肉體因為失去了靈魂蕩起來。滾石！愛！愛！頹廢的滾石！我的丟失的、變了模樣的、被注射了毒品的──靈魂！晃動尖叫的靈魂！

　　「娜！我那攝魂蕩魂的／冰冰如玉的美人／你的纖手顫抖著／慵懶而冷豔／融化掉，融化了／我的戀母情結」：這幾句從激情上仍舊保持著，但寫得已經表面了。而且那口氣和味道有點使人不舒服。如果這抒情仍舊延續著上一節的絞扭，效果會很好（這並不影響整首詩緊鬆起伏的節奏，在這幾句裡，是屬於緩的抒情）。這愛解開了我的戀母情結，較外在化，而且戀母情結顯得很愣，突兀，有點嚇人，但這幾句作為抒情能夠貫通下來。「娜娜，迷人的娜娜／在那個脫離牽掛的孤寂夜晚／我讓傷心的淚水披掛／我那傷心淚水披掛的娜娜／在那輝煌的洗劫裡／在那傷心酒吧的傾談裡／在那傷心酒吧的浸泡裡／發昏的與悄悄地搖蕩／在搖蕩，一架鐘在恐怖地搖蕩」：這有回憶的意思，經歷了頹廢的激情、愛的消亡，回憶從前的往事；或經歷了一切後，我們倆聚首，你的傷心淚水在孤寂的夜晚、在群星的照耀中披掛。在那場輝煌的精神的劫難中，在愛的澈底的洗劫裡，我曾與你在一個酒吧裡傾談，整整一個晚上酒吧充滿了傷心的氣氛。整整一個晚上燈光昏暗地搖蕩，像難以滿足的情欲浸泡我們，使我們發狂而又痛苦，使我們對那

酒吧終生難忘。在劫數裡，在愛和精神的洗劫中，在我從此出現的迷幻的時光裡，一架鐘總是在我的幻夢和知覺裡搖蕩，使我感到時間和晃動的恐怖，使我在鐘的搖擺裡看見你，向我悠過來，又向孤獨淒冷的夜晚悠過去。啊，傷心酒吧！「幻象的娜娜，迷人的娜娜／我那帶響的羽毛／猶如屋簷下悲愴的貓／牠淒涼的哀叫讓我泣著逍遙」：在我夢中出現的娜娜，「帶響的羽毛」，具體指什麼無法說，它是和音樂、夢幻、柔美有關的，是潛意識和超現實，文字連結上它們毫無道理，但造成了幻覺和很抽象的效果，很美，縹緲。它是幾種情感綜合的幻覺的象徵。但也許是指古時寫字的鵝毛筆，「帶響」指情感的宣洩（使我這麼理解是由於下二句的隱約的感覺）。我的那種發出響聲的羽毛，猶如一隻蜷伏在屋簷下泣叫的貓（那是我寫作的過程？）牠發情的叫聲，對愛的孤獨強烈的渴望，從我靈魂裡迸發出來的蒼涼和淒厲，使我向著那次洗劫哭泣，使我滿懷悲痛地逍遙。啊，「我那思鄉的、無言可告的靈魂／墜落，霧般飄落／我那冷酷記憶的呼叫」：我的家園，如今我丟失了靈魂無法面向你。我的墜落，家園，我無言可告！我的靈魂像深淵飄落，輕輕地下降，像霧。那悲哀和絕望漸漸籠罩我，覆蓋山谷，絕望緩緩下沉到我的雙足。啊，在我記憶裡的堅決的呼叫！疼痛、苦難、絕望和最後一次渴望得到拯救的呼喊，多麼清晰地再現呀，折磨我，這記憶多麼冷酷！

　　滾石！音樂的鳴叫！天空的檸檬色的鼓皮從它的圓邊上傾瀉下沙子，在我的生命裡震蕩著千萬個癡迷者的喊叫。滾石！為了愛！我提請讀者注意：整整第二節都可理解為作者在傾聽

搖滾樂時出現的幻覺。那音樂在作者傾聽時，一種光線和氣氛中，顯得無比傷感。因此作者夢幻出他以往的愛情，成功的和不得意的，他想像出他的傷感的故事。第二節的後六行從感覺上也契合搖滾樂的節奏、燈光閃爍的效果、迷惘的音樂氣氛，和那些旋律、和弦的刺耳的聲音。

　　當然，也可以並非幻覺，而是生命的繼續展開。這可以隨讀者自己決定。

　　「在那拒絕的、無愛的角落裡／一個棄兒／一顆見血的心／將在愛中消亡」：就這樣消失了。被誰拒絕？還是作者拒絕了誰，拒絕了什麼？反正，那是一個無愛的角落。沒有愛情：肉體的愛與精神的愛，全部淪喪。它們既永遠地離開作者也被作者拒斥。他是人類的棄兒，從精神中掉落下來的胎盤，在最後一個瞬間曾經抓住過肉體，曾經為了肉體充滿激情，曾經在揮霍和毀滅中體會靈魂消亡的疼痛。一個棄兒，一顆見血的心，在最後的肉體的麻木和肌肉可恥的萎縮中鬆開爪子，向著最後深淵掉落下去！

　　而作者還在喊著：在愛中消亡！

　　整首詩在講精神的死亡。這「愛」我認為還是指作者對人類的愛，其中契進了情愛，娜娜是一個縮影，它們渾然構成一個完整的愛。但對娜娜的愛是在失去對人類的愛之後出現的。最後，個人的愛也淪喪。隨著墮落和頹廢，一代人的生命就此完結！

　　這基本還是一代人的精神過程。但我以為貝嶺如果讓它更單純些，效果可能會更好。如果整首詩就在開頭一節的調子上

展開，寫毀滅、靈魂的掙扎、肉體的狂歡和猥褻。第二節的前半部太輕了，失去了那些美妙的、可恥的東西，那些更刺激和震撼人，後半部還可以。詩在結尾部分，總是讓我們感到一種大的愛的消亡。它有點人類的味道，因之就失去了尖銳和深刻。它因為廣義的包容顯得含混，失去了靈性和穿透的力量。這是使全詩未能在力度上達到更好的效果的原因，也是全詩未曾透明的關鍵所在。當然，還有個人對生命的體驗和具有的詩歌素質（另外，我覺得有些地方文字過於文氣，顯得澀）。

　　但我仍舊認為，這是我讀過的貝嶺最好的一首詩。因為它真實。

# 評嚴力：響徹著音樂的火堆

〈友愛〉／嚴力

設身於無數扇門之時
在最陌生的一扇裡面
在你們緊繫著皮帶的褲子裡面
你們的歌敞著我的每一個黑暗的喉嚨

很早以前
它就已經是一把
含著羞愧而走向垃圾堆的破裂的琴
如今
有人把已撕碎的樂譜又拼湊在一起
使我們跟隨著把破琴也修整一新
總之
無論搭乘哪一種樂器
都能唱出互相的熱情

多少次

為了美而捂住了失望的臉

一個過於強調紀律的未來打斷了我的靈感

但我堅決遵守人類不替死去之夢送葬的習慣

所以

為了美

失眠三年也不會困倦

更不淘取任何人身上的道德上的金

我以沙灘的身分抑制海的擴張

但心靈中的愛的唇舌

把世界的胸腔又舔寬了一點點


我繼續種下我兜裡能掏出來的一切

在你們中間

鑰匙從土中發芽出一把把打開的鎖

而錢幣則發芽出一頓頓豐富多彩的酒宴

還有火柴

它發芽出一朵玫瑰主要是為了劃著我的臉頰

因為

沒有一股風能吹來人類愛情的

這個無比狂熱的盛夏


### 析文

　　嚴力，北京的詩人。二次《星星》畫展的參加者，現在美國留學。

　　有一種食物叫怪味豆，嚼起來有一種獨有的味。嚴力的詩，我一直認為就是這種跡近怪味豆的詩。他的思維奇特，組詞搭句與人不同，你要拐好幾道彎才能把領悟碰在他的真正意思上。當然，有時讀者自己就繞丟了或嫌麻煩乾脆不去繞，詩的意義對於這個讀者就消逝了。對此我以為嚴力也該負有責任。

　　下面我列舉一節文字，這是從嚴力的文字〈為現代詩一辯〉中抽出來的。嚴力分析了一首詩的二句，他未說這是誰的詩，但我以為這是理解嚴力詩的極好的說明文字：

　　「幸福從我的背後捂住了我的雙眼

　　我回頭看見的不是一個熟人

　　這裡我們可以想像出最日常的行為：一個朋友從背後捂住了你的眼睛，目的是給你一個驚奇（喔，原來是你啊！我的哥們）。但你回頭之後出現的這個人你不認識，顯然他（她）認錯了人！所以詩人把幸福當作一個人來處理。這個人從背後捂住了你的雙眼，你回頭之後沒有看見你所能驚奇的人，而是一個陌生人！這個陌生人認錯了你！但這個陌生人是『幸福』。這裡就好像是你被人宣告成得獎者，但後來又被更正了，這是一個多大的玩笑啊。」

　　嚴力來這麼解釋，確實很有意思。從而我們也發現他繞了多少圈，幾乎要把人弄懵了。對於這種寫法，我不做評價，但我確實不會去這麼寫。

　　這就是怪味的嚴力。〈友愛〉是從嚴力《人性沒有退路》的詩文集中挑選出來的。

「設身於無數扇門之時／在最陌生的一扇裡面／在你們緊緊著皮帶的褲子裡面／你們的歌敞著我的每一個黑暗的喉嚨」：讓我把繫著皮帶的褲子想像成「門」，拉鎖繫著，它裡面黑乎乎的。嚴力說，那對於你是最陌生的一扇，裡面關著什麼，你始終未曾了解。那是生命的本質和本能的部分，那東西是一支歌，是你不知道的又屬於你的歌。它被封閉著（因為你緊緊著皮帶），它就猶如我的，而附著在你們身上（「每一個」的多數的析義）的喉嚨，充滿了黑暗。「黑暗」是契合封閉、陌生，這是精神含義的黑暗；而在和「緊繫著皮帶的褲子裡面」契合時，則是表面的形式感的黑暗。這二種含義融合著，構成「黑暗」的真實含義。「喉嚨」則是生理的。我以為，這是契合褲子裡面的那玩意兒，顯然他指男性，這是從形狀上的契合。「敞」字也使我相信這一析義的正確。他要袒露它們，使它們歌唱！

「很早以前／它就已經是一把／含著羞愧而走向垃圾堆的破裂的琴／如今／有人把已撕碎的樂譜又拼湊在一起／使我們跟隨著把破琴也修整一新／總之／無論搭乘哪一種樂器／都能唱出互相的熱情」：我將以二種析義來析此詩。一是我選擇此詩時的感受，我並不認為它有所指，只是描寫了生存的狀態和與「愛」有關的生命。再一析義就是當我著手析此詩時，當我完成第一節的析文，突然發現這詩有所暗指。它所寫的都與人類相互之間的「做愛」有關。這是一首性愛詩，但它又充滿象徵，似乎在說人類的「愛」。這是嚴力此詩寫得巧的地方。很早以前，它是一把破琴，混在垃圾裡，滿含羞愧。那應是指

當他在另一塊土地上，有關「性」的一切都被禁閉，這把琴即
使想唱，也因為羞愧而瘖啞。它僅僅被當作垃圾，是不齒的
「琴」的意象，表達了嚴力對於生殖官能和性行為的看法。如
今有人把撕碎的樂譜拼湊在一起，使我們重新看清楚那支旋
律，使我們知道一支音樂的各個聲部與和弦，知道那些音符是
怎樣地排列在一起。在我們的心中重新響起那支音樂，完整的
生命回到了我們的身上。那隻琴，那隻破琴也被修復，再一次
奏出奇妙的聲音。美啊，穿透靈魂並同時被靈魂占領的美！如
今，那支音樂在一個大陸上迴響。（誰又能保證沒有一隻髒手
從裡面伸出來呢？）那隻琴，「無論搭乘哪一種樂器／都能
唱出互相的熱情」：樂器，指什麼？指的是不同的琴、號、薩
克斯、低音鼓，所有可以被稱為樂器的東西，它們都可以和演
奏者一道唱出相互的熱情。這裡嚴力就有點那個了，但他很真
誠。他說，無論和誰，當做愛時都可以表達出熱情。我不相
信，也不認為。這對於「性」已含有褻瀆的意味。當然，嚴力
可以說她必須是「樂器」，即高級；但「無論」二字，使格調
降低，儘管對於一種行為來說確實如此。

　　這將涉及到「詩」的命題和詩的精神，我不想多談，我主
要做解析。但挺好的一個題材畢竟沒處理好！真誠不是詩歌的
唯一準則，只有昇華和說出神啟的聲音，說出大眾無法說出的
話，才是「詩」！它終究是神聖和不可以戲弄的！按照另一種
析義，我認為它是在說「愛」，各種樂器象徵歌唱的形式，對
於生命和完成生命的二者來說，他們是：相互的熱情。

　　「多少次／為了美而捂住了失望的臉／一個過於強調紀律

的未來打斷了我的靈感／但我堅決遵守人類不替死去之夢送葬的習慣」：美，在這兒既可理解為形體美，按照「性」的析義；又可以理解為世界的純真和美好，按照「人類之愛」的析義。「強調紀律的未來」指什麼？婚姻生活後的檢點，關於它的預想，和那時會得到的指責的念頭會不斷影響我現在性欲的靈性，或它們抑制住了我性欲的念頭。如按「人類之愛」做析，則是指未來會再一次反覆的預感，威脅、破壞了我的靈感。但我為我現在所做的絕不後悔！「所以／為了美／失眠三年也不會困倦／更不淘取任何人身上的道德上的金」：「失眠三年」標誌著等待和追尋，不會困倦，也不會為那些因循古老的道觀念的人們做出的指責而動搖。「淘取道德上的金」指獲取、吸收。嚴力以多麼澀的方式和乖僻的意象來表達他心裡在想的。「我以沙灘的身分抑制海的擴張／但心靈中的愛的唇舌／把世界的胸腔又舔寬了一點點」：「沙灘的身分」是指男人的身體，「海的擴張」是指女人的情欲的勃發，而緊跟著二句是以形象的語言寫純粹的做愛的動作。我只得感歎，嚴力確實寫得很巧，像一個機敏而老練的雙重間諜。如按另一種析義：那是非常美好的！從心靈中吐出來的唇舌，使這個世界所擁有的愛再度地擴展！

　　「我繼續種下我兜裡能掏出來的一切／在你們中間／鑰匙從土中發芽出一把把打開的鎖／而錢幣則發芽出一頓頓豐富多彩的酒宴」：「兜裡」，我以為是象徵男性儲存精子的部位，從那裡把一切都一下掏出來。「你們」指女性，也泛指人類。「鑰匙」應該是指胎兒。「在土裡發芽」指在羊水浸泡、

長大。「打開的鎖」指女人生產時的子宮，孩子生出來了！看
看嚴力有多麼鬼靈，能想出這些意象，能這麼安排它們，我想
他也一定夠費功夫的。別的我實在沒法說什麼。這一句還可以
有另外的理解：鑰匙可以象徵男性的性器，打開的鎖仍是孩子
的出生，它描寫的是一個過程。但我以為第一個解析更準確。
因之，隨著孩子的出生，慶賀宴會舉辦了。或者緊接著鑰匙發
芽，錢幣也能發芽成桌桌酒宴，這是花錢吃飯的另一種說法，
是典型的嚴力句式，讓我按另一種析義說一遍：我把我的生命
和愛全從我的身體（兜）裡掏出來，放在人類（你們）的裡
面，那世界一把把鏽住的鎖會被愛的鑰匙打開，新生活將從死
滅的土裡生長出來，就像錢幣發芽出一頓頓豐富多彩的酒宴。
「還有火柴／它發芽成一朵玫瑰主要是為了劃著我的臉頰／因
為／沒有一股風能吹滅人類愛情的／這個無比狂熱的盛夏」：
火柴燃燒，可以被比喻成一朵開放的紅玫瑰。「發芽」二字只
是為了和上面的兩個「發芽」並列，形成節奏。「劃著我的臉
頰」，大概是指把整個身體、生命都點燃，使它燃燒起來。臉
是最先燃燒的部分，看來嚴力比較看重臉（對於他也許這是潛
意識），同時也應和火柴擦磷皮的原理。臉光潔的、隱隱有磷
皮的感覺。「劃著」的「著」字，既可唸成「著火」的「著」，
又可看成正在進行的「著」。這句就有了兩層含義。這是小技
巧。在另一種析義中：它和下面的三行連在一起，都是表達對
人類之愛的熊熊燃燒，由皮膚燒到心，沒有哪種風能將人類的
愛、良知、激情吹來，它就猶如必定降臨的狂熱的夏天！
　　最後回到原本的析義：讓我的全身燃燒著激情，讓我的生

命打開，那支音樂，你將璀璨地穿行在我的肉體裡。由於下行出現了「人類愛情」的字眼，那麼，那支音樂在我的頭頂把你的純淨成一個圓形地打開。那光環、光芒照耀我！在你的下面我燃燒，像整整一個酷熱的夏天的瘋狂，在我最終追求的人類愛情的火焰中，沒有哪一種風，無論它從哪個方向吹來，能把這燃燒並響徹著音樂的火堆刮滅！

　　對於嚴力來說，這性的行為終究不是發生在他的最終極的愛者身上。他僅僅是歌唱生命的一種力，他僅僅是在修復那把破裂的「琴」。因之，詩歌的標題為：友愛。

# 評劉茂盛：贈送給生者的禮物

**另外一本小說／劉茂盛**

已經是另外一本小說
在爐火的微光裡
夜的帷幕　安逸地落下
那些愛我的人悄然分手
他們已超然度外
而我在爐火熄滅之前
仍然是獨自一人　領悟寧靜

我不能想像　另外一種時間
我會旅行到什麼地方
那些驚擾的鳥
風在窗外掀動河水的聲音
某種神祕　無法體驗的力量
會不會跟隨我
直到整個世界已納入我的內心

我讀著小說　天會大亮

我的靈魂灼灼閃繞　如火焰之中

那些僅存下來的字母

正預示著什麼　我無法說清

而我手中　這件人類的禮物

足以使我從喧囂的歲月裡

找回最初的寧靜

## 析文

　　「已經是另外一本小說／在爐火的微光裡／夜的帷幕　安謐地落下」：這是一個古老而寧靜的場景。窗外夜色早已降臨，漆黑的夜色猶如帷幕，從天空和大地的兩邊合攏，擋住了自然界一切生物的活動。在一間屋子裡，爐火閃著光，一個男人在捧讀一本書，爐火的光輝閃耀在他年輕的臉龐上。劉茂盛，北京的青年詩人，曾寫出過很漂亮的兒童詩歌。當那些孩子們的歡笑聲變成了夜晚屋中的夢語時，我想看看，這個詩人的心中有著對整個人類的什麼樣的體驗？

　　「另外一本小說」象徵著生命已進入另外一種境界。這個讀著書的人，在爐火的微光裡，感到他的生命在發生變化，他的精神在一座陌生而雄壯的山峰上閃耀著。同時，「另外一本小說」也是夜晚讀書過程的一個描述，增加動感和渲染氣氛。「那些愛我的人悄然分手／他們已超然度外／而我在爐火熄滅之前／仍然是獨自一人　領悟寧靜」：仍是敘述的口吻。在這間閃爍爐火的屋子中，這個讀書的人，這個耽於自己的回憶和

幻想的人，坐在椅子上喃喃自語。那些愛我的人都已不在了。他們長眠，在地下叫我的名字。多少個夜晚，我聽見那些聲音穿過黑暗和寂靜，使我從極壞的夢中醒來。今晚，在爐火熄滅之前，我又是獨自一個，懷念著他們，等待他們的聲音從我的心裡響起來，感悟著四周無邊無際的寧靜。

　　整個第一節使我們感到敘述的喃喃的口吻，猶如內心的獨自和囈語，極好地切合了獨自一人醒悟生命的背景；也像火光的閃爍，溫暖而憂傷。

　　「我不能想像　另外一種時間／我會旅行到什麼地方」：回憶完結了，詩人抬起他平靜的眼簾往前看，幻覺和想像接踵出現。在另外一個時刻，我會置身何處？在這同一時間，也許我的身體移動，在遠離這間屋子的地點疲憊不堪或欣喜若狂，這一切是多麼不可思議。而我現在我坐在這裡，想像著，並且感歎著。「另外一種時間」非常模糊，它也可理解為在死亡的國度。我認為這是作者寫得不清晰，此句顯得不乾淨、渾濁，而並不是他故意要達到的迷茫的效果。「那些驚擾的鳥／風在窗外掀動河水的聲音／某種神祕　無法體驗的力量／會不會跟隨我／直到整個世界已納入我的內心」：在想像和感知中喃喃自語。屋內爐子裡的火苗跳躍著，光輝幾乎越來越暗。四壁變得模糊不清。當我旅行，我的生命行進到另一個地方，那些被我到達的聲音驚飛起來的鳥。鳥的意象表達了那裡應該是人跡罕至，極少有人到達。「驚擾」一詞表達了詩人對自己到達那種地步後具有的力量的欣賞。風在窗外掀動河水的聲音，是一種氣勢，也是表達那種狀態的欣悅和力量，以接近自然的純情

　　呈現。但「窗外」二字，規範了我們，如果不是詩人想讓我們清楚這一切都是他坐在屋中的想像，是他精神的幻遊，「窗」字使我們感到這點，如果不是這樣，那就是作者的失誤。他已經到了那個地方，鳥被驚起，牠們絕對不是被想像驚起的，風就應該在那個地帶掀動河水，形成統一的氣勢和獨特的意境。這些自然景象要和那個地方的輝煌相關，難以言傳。為什麼出現「窗」字，把讀者想像和感悟的漫遊生生拉了回來。難道就為契合這間屋子和這本小說。我們看到這裡作者未能把自己完全打開，他在限制中進行，包括第二節的第一句「我不能想像」（這限制了下面的句子）。這是寫詩的人到達一定地步必然遇到的問題。你能把自己完全打開嗎？每個毛孔都張著，感知著靈感和生命的體驗，感知激情的翻滾；你要在一剎那組織它們，使它們的精粹被你捕捉，使它們準確地各守其位，被文字釘住；使它們最後呈現時，妙不可言！那面孔連你都不認識，使你自己都發出驚奇的讚歎：噢，我的朋友，把你打開！

　　「某種神祕」，無法體驗的力量，就是這樣進入我們的內心，就是這樣，把我們造就成純粹的和優秀的人！它們會跟隨我們，它們跟隨著我，直到整個世界納入我的內心！

　　「我讀著小說　天會大亮／我的靈魂灼灼閃耀　如火焰之中／那些僅存下來的字母／正預示著什麼　我無法說清」。無法說清。先人畢生的心血，我們用一些錢幣，幾個小時就可以把它們瀏覽一遍，並收藏起來。那是一個人的一生啊！無法說清。當屋中的那個人，在熄滅的爐火前讀著小說，一章一章都已被翻了過去，這是否暗喻詩人的生命一層一層地向高處升

起，天就要變得明亮了。在那樣的領悟和經歷中，你的靈魂閃耀，像在火焰的中心。「火焰」既暗示昇華和興奮的狀態，又契合天空的早霞，它們在殘夜裡如同火焰燃燒著。這都是詩人的情緒和欲念賦予它們的正義和真理的意圖。「小說」是整首詩的纖，它可以是象徵，像小說的情節一樣，詩人就是這樣經歷著坎坷，使靈魂如同火焰閃耀著光芒，「另外一本小說」就是新時刻的來臨，這是全詩最可能的析義。另外，讀小說，在這本小說所閃耀的真知的光輝中被沐浴、被啟迪、感知，靈魂醒悟的過程就如漫漫黑夜漸漸進入即將大亮的過程，在某一剎那，讀的人靈魂灼灼閃耀，如遍布天空的火焰。這是全詩的第二個析義。這首詩在二種析義之間遊蕩，不容易說清是哪一種。看，書中的字母（這是讀小說的意思，如說是生命中的某些東西的象徵，會很牽強）。那些字母，預示著什麼？它預示的是生命中的黃金在閃耀，是在最輝煌的地帶被先知的聖人吹響的號角。「而我手中　這件人類的禮物／足以使我從喧囂的歲月裡／找回最初的寧靜」：小說是人類的禮物，這確實很美也很準。看來全詩還是屬於第二種析義。死者把這些偉人的禮物贈送給活著的人，為了使那些具有他們一樣的良知的人－和他們的靈魂接近，在大地之上跳動，在永恆之中共鳴的靈魂，給他們在這嘈雜的世界上，奉獻一個寧靜（呼應首節，也是全詩的中心情緒）、純真和真理的場所。只有在那裡，偉大的死者可以和悲哀、憤怒的活人交談。

# 評王家新：在旋轉的陽光中

## 原詩

〈空谷〉／王家新

　　沒有人。這條獨自伸展的峽谷
　　只有風
　　只有滿地生長的石頭

　　但你走進來的時候，你感到
　　峽谷在等著你
　　峽谷如一隻手掌在漸漸收攏
　　你驚慌得逃回去，在峽口才敢
　　回過頭來：峽谷空空如也
　　除了風，除了石頭

## 析文

　　「沒有人。這條獨自伸展的峽谷／只有風／只有滿地生長的石頭」：自然本質的狀態，它還未被人污染。這條峽谷向縱深延伸，由於它的深度和曲折，給來臨者的心理施加了神祕和險惡的氣氛。石頭滿地生長，既渲染了空無一人的氣氛，又因

為想像的發揮帶來詩意。

「但你走進來的時候，你感到／峽谷在等著你／峽谷如一隻手掌在漸漸收攏」：在〈蠍子〉和這首〈空谷〉裡，都含有自然和人類的對峙，這是家新這批新作的力量所在。那是人能體會到的自然對人類的威脅和報復。是人由於不斷造孽而產生的驚慌感，在原始的力量前虛幻出復仇者的形象。這是藝術的一個永恆的主題，是人對自己厭惡，又不敢毀掉自己，因而把懲罰的願望移入到自然身上，在原始力量前裸露出剩存的良知。你慢慢向前走，峽谷無限地向前延伸，四周的峭壁向你越貼越近，彷彿要擠死你，還有一些莫名其妙的鳥在追蹤你，你可以把牠們看做不祥的徵兆。你完全在山壁奇形怪狀的石塊上看見了你往昔犯下的罪惡，在旋轉的陽光中聽見靈魂這個負罪者的呻吟。峽谷猶如一隻手漸漸收攏，彷彿要攥住你，把你攥出水兒來，讓你聽見自己骨頭粉碎的聲音，聽見被你傷害過的人在你的骨頭裡跳舞的聲音。這是你的感覺，空無一人獨自行走的感覺，是道路越來越窄，峭壁向你接近後的心理錯覺，無法擺脫的罪惡感始終尾隨著的原因。於是，「你驚慌得逃回去，在峽谷口才敢／回過頭來：峽谷空空如也／除了風，除了石頭」。你終於崩潰了！再一次逃離那種懲罰，你還沒到在懲罰中求得寧靜的地步。峽谷空空如也，空空如也，只有風，只有石頭！一切全來自你的幻覺，來自人的，無法擺脫、無法消滅和剝掉的良知！

那是大自然的純潔給人造成的心理效果。也許原始人和良心負債少的人，只有他們才敢第一次無畏地穿過這條空谷！

　　全詩呈現了大自然神祕的力量，語言的乾淨和克制使詩有較豐富的內涵。純粹的描述使許多感受全在句子的空白之處，也良好地契合〈空谷〉的自然狀態。當然，還有作者對自然和人類生命的「悟」。但我最後要指出，在挑選家新的詩作分析時，我讀了能找到的他的新作近二十首，細細權衡。每首都有很精彩的地方，但似乎又每首都欠缺，就差那麼一步上不去。如這首〈空谷〉，儘管是首小詩，但總感覺還缺點什麼，詩歌最深層的那玩意兒接近我的心，但它戳不過來。也許是因為有些感覺人們似乎都有，讓一個詩人俐落地寫出來了，那它是一首漂亮的詩。而有些感覺人們不知道，它在極深的地方埋藏著，它們的存在我們根本不願承認，一天，某一個瀕臨死境的詩人把它寫出來了，隨著自己的血湧出來，他澈底地占有了那光芒！而那詩，天啟的聲音，使我們痛苦，使我們狂笑，使我們的靈魂在深深地顫慄。

　　那就是大師；而家新，還有我們，欠缺的就是那種東西，也許它將是我們終生欠缺的！

# 評翟永明：向生命的源頭走

〈母親〉／翟永明

無力到達的地方太多了，腳在疼痛，母親，你沒有
教會我在貪夢的朝霞中染上古老的哀愁。我的心只像你

你是我的母親，我甚至是你的血液在黎明流出的
血泊中使你驚訝地看到你自己，你使我醒來

聽到這世界的聲音，你讓我生下來，你讓我與不幸構成
這世界的可怕的雙胞胎。多年來，我已記不得今夜的哭聲
那使你受孕的光芒來得多麼遙遠，多麼可疑，站在生與死
之間，你的眼睛擁有黑暗而進入腳底的陰影何等沉重

在你懷抱之中，我曾露出謎底似的笑容，有誰知道
你讓我以童貞方式領悟一切，但我卻無動於衷
我把這世界當作處女，難道我對著你發出的
爽朗的笑聲沒有燃燒起足夠的夏季嗎？沒有？

我被遺棄在世上，隻身一人，太陽的光線悲哀地
籠罩著我，當你俯身世界時是否知道你遺落了什麼？
歲月把我放在磨子裡，讓我親眼看著自己被碾碎
呵，母親，當我終於變得沉默，你是否為之欣喜
沒有人知道我是怎樣不著痕跡地愛你，這祕密
來自你的一部分，我的眼睛像兩個傷口痛苦地望著你

活著為了活著，我自取滅亡，以對抗亙古已久的愛
一塊石頭被拋棄，直到像骨髓一樣風乾，這世界

有了孤兒，使一切祝福暴露無遺，然而誰最清楚
凡在母親手上站過的人，終會因誕生而死去

## 析文

　　閱讀過翟永明的《靜安莊》、《人生在世》，我覺得都不如她的早期組詩《女人》。「我十九，一無所知。誰能料到我會發育成一種疾病。」這確實是不錯的句子。但在《靜安莊》中，這樣的句子並不多，散見在每首詩中。《人生在世》也是如此。作者早期的真誠、凝聚的痛苦、壓抑的呈現，還有女人的純氣，到了後來的組詩中發展成宣洩、散漫，很多地方有故意去說的成分。詩的「純」的東西沒有了，攙了很多外來的雜質，使詩讀起來很「炸」，顯得表面。經過反覆的閱讀、思考，我決定選取她的早期詩作。在《女人》組詩中，〈獨白〉、〈世界〉、〈母親〉都是相對完整的詩。最後，我選了

〈母親〉。

「無力到達的地方太多了，腳在疼痛，母親，你沒有／教會我在貪婪的朝霞中染上古老的哀愁。」從生到死，從愛到絕望，我們不曾到達的地方，不曾進入的領域太多了，母親，你的孩子在疲憊不堪的時候向你訴說。「無力到達的地方」指路途，又象徵著生命中未曾領略和完成的東西。「腳」也是雙重含義：一個契合道路，走得太多而疼痛；一個暗指生命的力量，因始終未曾進入一些領域而疼痛，這有隱痛的味道。朝霞象徵生命力，早晨的，青春的。貪婪可以理解為是青春氣盛時強烈的獲取心。古老的哀愁指人生存中永恆出現的哀傷和情感，它有點老氣的味道。兩者並列在一起，就形成悲觀的情感。母親，你並沒有教我在青春蓬勃時有那麼多傷感的情懷，但我無力到達的地方太多，我的渴望太多，生活教會了我這麼多悲觀的看法。第二句從情緒上也呼應第一句的路途感覺。

「我的心只像你／你是我的母親，我甚至是你的血液在黎明流出的／血泊中使你驚訝地看到你自己。」我和你多麼相同，我是你的「血液在黎明流出的」。這裡一是指生產，當你生出我時，血液從你的體內流出，那血就是我；另外，也是主要的一點，是在形容朝霞，黎明的天空上的血紅色。連結著上一句，又從自己的出生開始說起，還是挺巧妙的。在這片汨汨流動的血中，你驚訝地看見了你自己。那我，在蠕動、哭叫，開始領略「活」的我，那就是你呀！從這二節的形式上，最後一句都被斷開，分別在二節和三節的起句之中，閱讀的斷裂感

帶出了心靈錯裂的感覺，一點一點被生出來的感覺，增加了詩的效果。

「你使我醒來／聽到這世界的聲音，你讓我生下來，你讓我與不幸構成／這世界的可怕的雙胞胎。」這句還是很有分量的。我睜開雙眼，看見新世界的光芒，你讓我出生，你讓我不由自主地來到這個世界。從那天起，我和不幸就成了世界上的攣生的胎兒。「雙胞胎」用得很準。我和不幸同時出生，同時降臨這個世界，它和我連在一起，和我一模一樣。這個比喻準確新奇，因此很美。「多年來，我已記不得今夜的哭聲／那使你受孕的光芒，來得多麼遙遠，多麼可疑，站在生與死／之間，你的眼睛擁有黑暗而進入腳底的陰影何等沉重」：我出生時的哭聲是什麼樣的，早已忘記了。你受孕的時刻，應該說，是神聖的時刻吧，因之翟永明用「光芒」二字來傳達。它距今天如此遙遠，那光芒降臨於你的時刻與我今天疲倦地坐在路旁的時刻，多麼遙遠！但那時刻，真是那麼神聖嗎？我的出生究竟是神賜還是疏忽，究竟是光芒籠罩著你們還是你們的一次錯誤？母親，那麼可疑，什麼時候回答我？當時，你就躺在生與死的交界線上，我在蠕動。「生與死」在這裡的所指很模糊，大概是指母親就游移於順利的生出和難產的死亡之際，或者說翟永明的「生」和母親的死或翟永明在那一際的「死」，但關鍵是「生」和「死」的氣氛。就是那時，你的眼睛裡全是黑暗（疼痛、生孩子的痛苦、眩暈），而我一點一點進入生存的陰影，生命來到我的腳下，我被生出，從此不幸的影子尾隨我。那個過程是多麼的沉重啊（「進入腳底的陰影」也可理解為母

親因難產進入死亡的陰影。其實不在於某一句的準確釋義，析文只得如此，而是在讀詩的過程中，我們獲得的情緒的傳達和語言的準確、精闢）！

「在你懷抱之中，我曾露出謎底似的笑容，有誰知道／你讓我以童貞方式領悟一切，但我卻無動於衷」：謎底似的笑容，什麼謎語？生命的迷語，從懷孕到最後生出的破解謎語的過程？如今我是一個真實而赤裸的嬰兒被抱在懷裡，向你露出生命最原初和本質的微笑，這就是謎語的答案吧。「謎底」用得很巧，抽象、迷離，隱含著生命的創造像一個謎的想法；另外，躺在懷抱之中，那張臉也的確像一種器皿的底，想想手臂環抱的形狀。種種東西暗合在一起，就有了良好的詩歌感覺。有一些也許並不是作者想到的，如果想到了會把句子寫得更出色。有誰知道，你讓我以最初的純真去理解這個世界，去愛，讓自己和這個世界渾然一體，我無動於衷。為什麼？難道這個世界不配我以真誠的方式把自己純潔的軀體獻出？難道它不配？準確的解析只能在下面的詩節中得到。「我把這個世界當作處女，難道我對著你發出的／爽朗的笑聲沒有燃燒起足夠的夏季嗎？沒有？」處女，意味著純潔，未被玷污。我是的！我的笑聲，爽朗，歡快，無憂無慮，難道沒有使熱情的夏天來臨嗎？那激情橫溢的夏天沒有來臨？「夏天」既可理解為世界的美好的樣子，又可理解為和第一節翟永明生命的夏天的照應。我們看到，為什麼無動於衷仍舊未得到解答。讀者，我只能按我的直覺說：是因為這個世界太髒，不值得。笑聲沒有燃燒起足夠的夏季，生硬，彆扭；它們之間沒有形象的聯繫，只是詩

人從情緒上把它們連起來，因之很澀。我們看到，翟永明在
《女人》組詩裡取勝的是情感和體驗、功力和意象使用方面，離
好的句子相差較大，感動人的全是較直接的、體驗出色的句子。
因之，當翟永明試圖使用意象時就不行了。我曾讀過她的《人
生在世》和《靜安莊》，她試圖加強形象的使用，但由於她沒
有從根本上弄懂意象的搭配，因之呈現混亂，無法進入，而情
感和體驗的凝聚方面都比以前弱了，顯得不清晰，也不尖銳。

　　如何發現自己的所長和所短，某一面發揚，某一面迴避，這
確實是把詩寫得出色的一個關鍵。當然，最終的還是他的素質。

　　「我被遺棄在世上，隻身一人，太陽的光線悲哀地／籠罩
著我」：這句很平常。這樣的情感無數人重複過，描寫上也未
出現新意。技巧上，太陽的光線悲哀地籠罩著我，把「悲哀
地」去掉也許會好些，能有點新的意思。作為一句來講，這三
個字也是多餘。因為「遺棄」、「隻身一個」，在情緒上已經
很好地完成了，再加這三個字純屬破壞和抵消。「當你俯身世
界時是否知道你遺落了什麼？」這都是很一般的，重複別人
的，也缺乏形象感。「歲月把我放在磨子裡，讓我親眼看著
自己被碾碎／呵，母親，當我終於變得沉默，你是否為之欣
喜」：刺激的來了！我在時間的磨盤下被碾碎，叫聲像汁液一
樣流出來，骨頭成了末末。其實這句的情感很多人也寫過，但
以這樣的比喻來寫卻是獨到的，因之就能刺激起人的欣賞情
緒。當然，形式和體驗都獨到是最佳的句子。呵，母親，當你
目睹這一慘狀，當你看見我被一部分一部分地碾碎，我被毀
掉，那被你創造出來的被別的玩意兒毀滅，當我從最初的慘痛

到最後的沉默，你終於為之欣喜了嗎？翟永明這時的情緒是極複雜的。「欣喜」二字絕不會是母親的幸災樂禍，它本身是翟永明一種解脫輕鬆的心理、自虐的快感、知道毀滅後絕望的歡樂。它是自找，猶如被占領前的德國和無數絕望的人的狂歡！當她把這種心理強加在母親的身上，因為是母親把她生出來的，是母親讓她來到這個世界並讓她經歷了這一切，她的母親是愛她的！她把這種絕望中的歡樂加給母親，潛意識中是種折磨和仇恨（生出她的仇恨），是施虐的過程，是絕望的報復。從詩歌效果來說，它造成模糊的、殘酷的氣氛（下面的詩節都在表達對母親的愛，但在這句裡翟永明流露出她不知不覺、潛意識中對母親的恨。那絕不僅僅是被生出的仇恨，還有許多，都不是在這一篇章中應該講的）！

　　「沒有人知道我是怎樣不著痕跡地愛你，這祕密／來自你的一部分，我的眼睛像兩個傷口痛苦地望著你」：不著痕跡地愛你，什麼意思？隱祕的、不流露的？這祕密，來自母親的一部分。呵，我明白了（明白了倒不好）！因為「我是你的血液在黎明流出的」，我就是你，母親！因此，「不著痕跡地愛你」這就是愛我自己，愛我自己就是愛你。那愛是本能的，對自己的愛，因之很自然。但我又是你，因此轉換成愛你就是「不著痕跡」。母親，我的眼睛像生命的創傷口，它朝向你，那麼痛苦。這句有很好的技巧：眼睛和傷口都是很形式似的，形狀一般，又都有縱深感。但當我們把眼睛想像成了傷口，生命中很多慘痛的東西就都出來了。它們在看，在感知，在理解。它們對於活著必不可少！因之傷口就無法痊癒。形象和內

涵完美和諧，成為很好的句子，同時，表達了對母親的痛苦的愛和生存的苦難。它將有很多餘響。「活著為了活著，我自取滅亡，以對抗亙古已久的愛」：似乎這已經成了翟永明的名句。我認為它一般，說得過去，但不如上句效果好。因為上句把形象和內涵混在一起，給人極鮮明和刺激的詩感。自取滅亡，對抗愛！這是憤世嫉俗。這是說，為活著，要愛這個世界，要愛人，要使用愛，我無法忍受！但我只要活著又只能這樣，因此，我消滅自己。意思不錯，但新和撞擊性都差了一些。因之，我的激動程度也低。「一塊石頭被拋棄，直到像骨髓一樣風乾」：把石頭比喻為像被風乾的骨髓，不準確。「骨頭」似乎可以，但不漂亮。骨髓風乾就不存在了，它不能應和石頭。要麼就改動「石頭」的意象，應和風乾的骨髓的狀況；要麼就改動「骨髓」，選取別的意象來應和石頭，還要表達出那種慘狀和狠勁，還要和諧。「這世界／有了孤兒，使一切祝福暴露無遺，然而誰最清楚／凡在母親手上站過的人，終會因誕生而死去」：是的，終會因誕生而死去，這是真理！這世界，被我們以各種不同的方式、各種不同的語言、各種不同的心理詛咒的世界，被我們蔑視的世界，被我們歡呼並讚譽著的世界，因為有了孤兒，創造出孤兒的戰爭、飢餓、殺戮、遺棄，它們無限地創造著孤兒，使他們聚集在世界的每一寸土地上。有了他們，一切祝福暴露無遺（這句很澀，寫得不清晰，但語氣很有力）！一切祝福！讚美，一切歌聲！花朵和河流，它們都在孤兒彎曲乾瘦的雙腿下枯竭、死亡，它們抖動失去意義！因為孤兒骯髒的臉正朝向我們，他們的母親在死亡的泥土

裡不停止地哀叫著！

誰最清楚，在母親手上站過，生命被母親端到這個世界上，被母親從後面向前用力地推。誰從背後感到死亡的光芒和愛糾纏在一起，那隻手叉開，緊貼背後，指引著他向生命的源頭走！

（結句以宿命呼應開句。整首詩良莠不齊，但總的來說情感強烈、哀婉，對母親的體驗是很獨到的。關鍵，這是翟永明獨有的生命情緒，如果路子對，應該能寫出好作品。最後一句「在母親手上站過的人」，從形象到內涵，都是非常出色的。）

# 評孫文波：孤獨地感知著的靈魂

〈風琴〉／孫文波

　　我聽見的聲音是你的呼吸
　　委婉、悠揚，像月光下的動物
　　你虛構土地和水，羊群和樹
　　使我沉醉，深深地感動

　　我在這裡，靈魂孤獨
　　居住在強大的文字中
　　在辭語間徘徊；驕傲或者自卑
　　都不能使我得到解救

　　崇高的事物，美的事物
　　同樣也是遙遠的事物
　　誰這樣說了，好啊，他讓我們
　　手觸摸到明亮的玻璃之殼

　　巴赫，巴赫，誰能夠逃脫放逐

擁抱他心愛的所有事物

巴赫，巴赫，遙遠的時間之鐘

它就在我們的骨髓裡敲落盛開的花朵

## 析文

巴赫（又譯巴哈），德國人，一生創作極富。他的創作以複調手法為主，構思嚴密，感情內在，富於哲理和邏輯，一生篤信宗教，把路德派新教的眾讚歌和教會樂器管風琴當作自己創作的素材和音響構思核心，同時深受啟蒙思想影響。因之他的宗教作品明顯突破教會音樂規範，具有豐富的世俗情感和革新精神。他是第一個使用平均律的人（風琴和鋼琴所用的調律法），他寫的鋼琴平均律被譽為「鋼琴音樂的舊約聖經」。

主要作品有二百多部「康塔塔」，宗教《受難曲》、《平均律鋼琴曲集》、《鼓鋼琴組曲》，大、小提琴《無伴奏奏鳴曲》及大量管風琴曲。

巴赫晚年雙目全盲。1750年因中風去世，他生前沒沒無聞，作品出版極少。去世近百年後，方得世人重視，其創作對歐洲近代音樂發展產生了深淵的影響。

「我聽見的聲音是你的呼吸／委婉、悠揚，像月光下的動物」：那優雅和蕭穆的風琴聲猶如一個偉人的呼吸，聲音裡響徹和暗含著整個人類精神的運動，散發活著的幸福和痛苦的氣味。巴赫，你存在的敘述委婉，音調悠揚，那管風琴雋永的意境，猶如我們在月光中，看見一群潔白溫柔的動物。呼吸和動

物是呼應著的，它們都有內在的動感；而聲音，委婉悠揚，相互諧和。月光下的動物則給我們勾勒了那兒溫柔迷人的場景。「你虛構土地和水，羊群和樹／使我沉醉，深深地感動」：土地、水、羊群、樹都是風琴曲中各種情緒、意境的象徵。孫文波用這四個意象，是想囊括巴赫的整個精神世界和音樂家對人類生命的思考。土地代表生命和結實的物質，水象徵著流動和生命的供給物，羊群是柔和的動物性的情感，而樹可以理解為自然的正在生長的象徵，它們渾然，構成偉大的存在。這些，當我聆聽著並清晰地感悟到它們時，當我獨自一人，聽見充滿神的啟示的樂曲時，我沉醉其中，被「深深地感動」。

　　「我在這裡，靈魂孤獨／居住在強大的文字中，在辭語間徘徊；驕傲或者自卑／都不能使我得到解救」：靈魂孤獨，在這人類已經無限地膨脹的世界上，當人群日復一日密集地包圍我們，我們的心被自己到達的高度困擾。我們越來越無法與那些和我們生得一模一樣的血肉之軀相處，遠離他們，我們擁有並置身的，能夠生存下去的僅僅是心中的世界，那是依靠我們的願望呈現並日益完美的世界。我們用文字描寫它，固執地講述它，僅僅是為了再現它的光輝並使它在我們死後仍舊存在下去。因之，那些文字是「強大的」。面對這樣崇高純潔的事物，置身於這樣的，僅僅由於我們的努力和創造才存在的世界，驕傲或者自卑的情感，對於孤獨地感知著的靈魂，都不能使他進一步獲得拯救，一切情感都不能將他拔高！

　　「崇高的事物，美的事物／同樣也是遙遠的事物」：那些都是神的手創造的，它們確實離我們的血肉之軀太遠。我們的

血液裡有著泥沙也有著寶石。我們的肉限制著我們，消磨我們的精神，使我們人類中的精英朝向那樣的事物頂禮膜拜。「誰這樣說了，好吧，他讓我們／手觸摸到明亮的玻璃之殼」：那是透明的殼體，孫文波用它象徵純潔和永恆，他讓我們把手放在那樣的純粹和美好之上，並在一剎那，目睹生命放射聖潔的光輝！

　　「巴赫，巴赫，誰能逃脫放逐／擁抱他心愛的所有事物」：放逐，是指生命在這個世界上的存在，庸俗和邪惡的脅迫，麻木與虛偽的剿殺。置身於庸俗的人群之中，使我們感到如同被生存的世界放逐。誰能夠逃脫這些無聊的強大的力量的困擾？誰能遠離它們，擁抱自己心中珍愛的所有事物？誰能使那些事物保持它們本真模樣的純粹？「巴赫，巴赫，遙遠的時間之鐘／它就在我們的骨髓裡敲落盛開的花朵」：那風琴演奏的樂曲是遙遠的奇妙的鐘聲，它們被時間隔開，它們在時間的那一頭悠揚地響著。巴赫，你站在遙遠的土地上，你的音樂折磨著我們，拯救我們。就是那風琴的樂曲聲，使我們貼著時間的這一頭的肉體顫抖，使我們骨髓裡盛開的花朵被你深邃廣闊的美震落！就是那些永恆的崇高的事物，美的事物，使我們孤獨而滿懷希望地活著！

# 評大仙：文字相連產生的顫動
## ——兼談「純詩」

原詩

〈丙寅年十月廿二對弈遇雪〉／大仙

　　三秋無鳥的空林
　　庭前亂葉自風中而舞
　　我披褐坐於斗室
　　手中一杯釅茶吐氣如蘭

　　對面那棋友之臉
　　隱於長袖之後
　　他於口中念念有詞

　　這聲音被鐘罄傳於千里之外
　　窗外林中有三聲高喊
　　普天之雪姍姍來臨
　　落於青銅色的枝條上
　　一具黑石冷如美人

這個下午無始無終
桌上竟是一塊空盤
我們的影子閒置於紋枰之上
空手而成一件擺設

## 析文

　　我曾提過「純詩」，它的意思是：純粹的詞句組合。每個詞都有它明確的意義，如名詞「太陽」，它使我們想到一個圓形發光的物體，深入進入，就是哺育眾生的功能。它不會使我們想到方的或長的東西。這是經驗和認識賦予我們的。水，使我們想到流動和液體，冰是固體。這二種認識我們不會顛倒，除非在寫詩時我們由於情緒和追求效果把它們顛倒使用。草，我們會想到是細長的物體，不會聯想到方或圓，除非它是草坪或草地，這是基本的知識。在寫詩時可以把想像打得很開，但在使用這些物體做象徵時，在通感的使用方面必須考慮到它們的特點。如不顧及這些，生硬地使用，硬性排列，那它們非但達不到好的詩歌效果，反而會使詩句顯得生硬彆扭、污濁混沌，最後使整首詩砸鍋。動詞呈現的是狀態，如跑，給我們前進的感覺，絕對不是像睡眠一樣的靜止。當然，你可以很巧妙地運用以達到特殊效果，但「巧妙」二字則需要你具有相當的文字組合功力。現代派打破了許多詞彙搭配的習慣，它們極容易造成迷茫，難以言說，純粹抽象的氣氛和意境。打亂和重新組合的過程，被打亂的是被讀者習慣的、理解的搭配程式，它們容易懂。而一個寫現代詩的人打亂它們，是因為他要在重新

組合的過程中尋找自己的獨特的情感和對生命獨到的體驗，應該是這樣，而不是破壞欲望的宣洩，在這樣的過程中，它較理想地呈現了自己同時也體驗了遊戲文字的快感。我說的是兩者結合，文字排列變動的快感只是其中的一個部分，這是對於優秀的詩歌而言。但「純詩」，我所指的「純詩」，可以不考慮第一個因素，即生命體驗的獨到和深刻；它可以也應是僅僅指意象與意象的搭配，某個字的不可替代和關於它所處位置的奧妙。這種幾近文字遊戲的詩句要求作者對語言有良好的感知，要求他對天賦和對於語言的悟性，對我在一開始列舉的詞彙規範出的東西，對所有那些有極成熟和全面的理解。他比常人更能感知到詞彙具有的每一個細微觸角，它們在可能的情況下表現出的微妙，他懂，他精於此術！他會找一個那麼恰當的詞或字來和它連接，使它一剎那變成另外的樣子。就是這種變化和它呈現的另一副面孔使詩人驚愕、喜悅，感到刺激！當然，它如果沒有思想，如果那裡面沒有閃耀著精神的光芒，那詩句就會像一根沒有倒鉤的刺，時間會把它從讀者的心裡拔出來。

　　應該研究無數文字的排列組合帶來的快感，它們奧妙和難以言傳的祕密。研究怎樣準確、恰到好處地使用它們，熟知並利用它們的特性。兩個根本不相關聯的意象，在一位功力極高的寫詩人筆下相連，那位詩人一定注意並抓住了它們內在隱祕的聯繫，但它們單獨出現卻不被注意。詩人說：臉上！在一個瞬間，兩個詞彙相接的部位會閃耀出什麼樣的光芒呀！那是美和智慧，是人類的收穫和享受。那就是「純詩」。當然，如果是大師或優秀的詩人，兩個詞彙相接的部位，還會閃耀著生命

和世界上獨一無二的真理的光芒！

　　不要去暴力地組合詞彙，要尊重它們裡面的科學和靈性（還有象形文字奇異的視覺感受）。要使它們乾淨精煉地呈現。在一個句子裡你可以放進一個排的意象，但要使我感到乾淨和詩意的鮮明，這是多麼困難的事情！中國目前年輕的現代派詩人對語言的破壞者多，他們只知打碎不知重建，那是因為破壞行為總是容易完成，而且不費心神也不傷腦子。但建立呢？有多少人能真正建立？換句話，有多少人因為他們的天賦和悟性明白了這些，看懂了詞彙，讓它們在手中變成花樣並始終控制它們；多少人，對詩歌語言的規則承載並建立一種嶄新的光輝？它們之中的關鍵一點會被讀者，或傳統的詩人與擁護者們明白，會被他們懂得，接受從而愛上這新的樣式的詩歌。好的藝術，不管它是多麼地新穎超前，是終究並且必定被人愛的！因為它那永恆並明晰的美打動人，進入人的生命，與人類的夢想融在一起！

　　我們需要這樣的建設者！當然，破壞者在前頭開路我們也覺得開心。總要有一些狠的、魯的；而我，在打碎時就考慮而且也自然地開始建造！這就是我的「純詩」理論。它可以不和內涵、精神、社會意義掛鉤。它就是純粹的、漂亮的，使人體會到詩感的文字組合，就是純粹而不含有深刻精神的詩句。它是向大師靠近的一個必不可少的階梯。但是大師的頭上有神的光環，而它則僅僅是清澈的光輝。

　　我想我的「純詩」理論和國內許多年輕人的純詩理論是不同的。我的更接近本質，這是信心。如果要對比，那我認為這

種關於「純詩」的見解幾近瓦雷里和弗勒德爾克·波托，拒斥愛倫·坡、麥克斯·伊斯曼和潘·沃倫的「純詩」見解。如果有可能，我在以後願意具體地舉實際詩例說明。

現在國內的多少年輕人具有才華，騷動感也極強，體現出生命力的旺盛，但在他們詩句中看到的是雜亂而無內在關聯的意象。那些意象像一堆黑螞蟻在互相撕咬，互相傷害，詩人還不斷地把新想到和摳出來的意象扔進那裡，讓混亂的場面更混亂。這除了使我感到暈眩和難受之外什麼感受也不存在。你總不能說你就要造成那種效果，那就是你的目的吧，那也太單一和外在了。這樣的境況傷害了那些詩人，而有的詩人還被煽到了很高的程度呢！對此還能說什麼？這樣的「真誠者」加上那些充滿破壞欲的詩歌形式信徒，怎麼會不使詩失去越來越多的讀者？那些老人的心臟確實承擔不了。而我則心跳過速，被毫無美感的刺激搞得懊喪！

大仙，北京的青年詩人。我認為他確實具有仙氣，從他對詩歌語言的感悟與他在詩上花的功夫的對比來看，他的詩的提高是跳躍的。但我不知他跳到了這個高度後再一下會怎麼跳，或跳到哪裡去。他是我的朋友，滿頭靈光、渾身仙氣的朋友，但你不要看他的肚子和他的胖腿。我的好友黑大春對他的詩的評價是：沒有思想的好句子！我完全贊同。他的詩是十足的文化，生命的感覺全部趴下在文化的底下，只是他文化的很地道，一些詩的句子令你拍案叫絕，那是他的仙氣出現了。他的詩極好地體現了我的「純詩」理論，純粹的文字組合與一股氣

的貫通。當然，並不是說整首詩都達到了，但他是屬於能寫出好的句子的人。

「三秋無鳥的空林／庭前亂葉自風中而舞／我披褐坐於斗室，我手中一杯釅茶吐氣如蘭」：吐氣如蘭，你看大仙出現了。那個空蕩蕩的林子裡已經有三個秋天沒有鳥來臨了。「空」字、「秋」字都是渲染凋零空曠的氣氛，也是瀰漫全詩的氣氛。無鳥，是這境況的映照，庭前布滿亂葉，在風中飛舞；一幅荒寂庭園的感覺。頭二句很好地描繪了隱居著置身的自然環境，確有空山古剎之感。大仙，你？披褐坐於斗室。「褐」指粗布或粗布衣服，或指黑黃色。就是說，他披著粗布衣服坐在一間小屋子裡，喝著一杯釅茶，吐出的氣帶著蘭花的香味。可真夠美的！吐氣如蘭既可理解為「我」吐出的氣，又可理解為那杯釅茶冒著的熱氣，散發蘭花的香味。總之，是無比地閒雅。

全詩多處運用很文或冷僻的詞，「之」、「於」二字觸目皆是，是為了在文字上也形成很古的感覺，應和這首詩的內容。

「對面那棋友之臉／隱於長袖之後／他於口中念念有詞／／這聲音被鐘馨傳於千里之外」。古剎的鐘聲響了，和他對弈的人，他的臉似乎消失在長袖後面，這二句是很漂亮的句子。它既可讓你感受到對面棋友那竭盡心智的狀態，他在內心苦苦思索，而表面鎮靜，因之那張臉似乎是消隱了；同時，還可以讓你理解為動作：身著寬袍的棋友在移動棋子時，抬起的胳膊每每遮住了臉；或者，他用手掌托著頭思索的無論是第一種還

是第二種析義，都是很漂亮的感覺。這是純粹的文字效果，又確實有股仙氣。棋友口中念念有詞，這是作者要造成道和魔的虛幻，純粹是增加神祕的氣氛，於是那聲音就像鐘聲一樣飄於千里之外了。「被鐘馨傳於」，詩的味道並不足，也流於通俗。但主要問題在於：「鐘馨」二字。大仙，你既想說鐘聲，又想說它如一種馨香，最後還要傳於千里之外，你把三個意思縮為「鐘馨」二字，因此它顯得很生硬和澀，是純粹被你造的詞。它並未傳達出那種效果，加之聲音又是被鐘聲所傳，這意思的流於一般，因此這就是一句糟糕的句子了，最起碼不漂亮。

「窗外林中有三聲高喊／普天之雪姍姍來臨／落於青銅色的枝條上／一具黑石冷如美人」：這真有古風幻象之感。在空林之中有人呼喚三聲，雪就緩緩地降落下來了。猶如電影蒙太奇手法造成的效果，它的美妙和味道在二句（二個鏡頭）的連接之中，那種巧合帶來的妙的感受。另外，這二句也是很美的頗具古風的畫面，一個良好的意境。雪落在枝條上，「青銅色」三字仍是渲染古的氣氛；不知位於古剎那兒的一塊黑色石頭上，在白色的雪的襯托中，黑色顯得很冷，而那窄長石塊在雪中也確如一位亭亭玉立的美人。「黑石」實在是太漂亮了，很足的味道和新奇冷峻感，也使古剎的自然景色鮮明逼人。「冷」字極難，契合了白雪中的黑石，降雪的氣溫和心靈感受，還呼應了美人。兩個意象、三個詞巧妙結合，體現出極好的詩感，這確實是「純詩」的極好詩例。

「這個下午無始無終／桌上竟是一塊空盤／我們的影子閒置於紋枰之上／空手而成的一種擺設」：越來越玄乎了，棋盤

上根本就沒有棋子，整個下午兩個人全是在虛幻和意念中下棋，良好的狀態無始無終，兩人的影子悠閒地停留在棋盤之上，「置」字是暗中呼應棋子，隱含他們用自己的影子當作棋子挪動行走，充滿虛幻之感。但「置」字還是不準確，因為影子和棋子不相像。影子窄長而且一個整體，棋子圓形的一枚枚而且零散。不相契合的喻體使詩句未能達成精妙的詩感，這一點我已經在前面〈純詩〉的文章中談到了，看來大仙更多的是仙氣，語言的悟性還必須升高。這就是這麼一點微妙的東西，即破壞了詩感，那隱祕的知性是多麼強大敏感啊。「紋枰」，字典中「枰」字是這麼注釋的：棋盤。那麼「紋枰」這個詞又是大仙造的，它要同時表達棋盤上的勾出格子的紋纖，以和「置」字一起暗裡隱含棋子和他們棋子一般被移動的影子。由於剛才的分析，那隱喻的東西是失敗的，因之紋枰的微妙也不復存在。另外，這樣硬纂出來的詞也是晦澀不鮮明的！

　　整個下午無始無終，弈棋者兩手空空，棋盤上根本沒有棋子，弈棋的人也成了古剎荒嶺大雪之中的擺設，一切都是空的！

　　全詩根本就沒有思想，全是一股近乎於道的氣，它的妙處在於意境和文字相連產生的顫動。這首〈對弈遇雪〉我以為要比〈聽蟬〉好，因為它文字更到家，氣吹得也更足！但詩句裡全然沒有內勁，更談不上鉤住的心靈的倒刺，它給人的是一陣快感，有如突發的情欲，過後就平靜了。最多只是很輕的回憶，因為，二者的結合中，那無上的美的享受中，缺乏精神！

# 評小君：一個女人的夢幻和迷失

原詩

〈鏡子〉／小君

在這裡
我看不出
我的臉
曾經一下子
布滿紅暈
因此
它對於我
並不能說真實

至今
我看見我的臉
依然很聰明
很溫柔
即使在我愛人的眼中
也已經有了不少皺紋

這是曾經美好

依然美好的面容

富於感情

卻很平靜

隱藏起很多想法


因此也就沒有了想法

我已經聽不到風聲

大大小小的風聲

風聲被窗戶隔斷

被我的心隔斷

它們變成一隻隻小手

在外面掀動鳥的羽毛

帶來涼意

引起我心情輕微的變化

在這面鏡子裡

## 析文

　　小君，南京的女詩人。一個天真、純情的孩子，至少她的詩歌世界是一個純潔的世界。那是響著〈馬蘭花〉的歌謠的世界，一個女孩在田野上採摘花朵，抱回家中。「我要學會過艱苦的生活，我要學會穿男人的衣服，我要變得像你的兄弟，我要和你一起流浪。」她的詩歌提供給我們一個溫情的世界的夢想。

「在這裡／我看不出／我的臉／曾經一下子／布滿紅暈」：那應是少女時代，有過那麼多激動和困惑的事情。如今呢？我們的心還是那麼細緻和敏感嗎？生活多大程度地改變了我們？我們看到鏡中的自己，是那麼平靜，我們細微的情緒變化和內心的傷痛，我們與歡樂、痛苦遭遇時情緒的翻滾，那張臉突然布滿紅暈或一剎那慘敗，在我們夢寐和回憶時內心的掙扎和狂喜，這一切，在我們直視鏡子裡那張臉孔時是看不見的。「因此／它對於我／並不能說真實」：一個年輕的女人在鏡中觀察自己，而且她還是結了婚的女人，內心敏感。這已經使我們感到有難以言傳的東西，非常細微的情緒，些許的辛酸、迷惘在全詩的每一處湧動。

「至今／我看見我的臉／依然很聰明／很溫柔／即使在我愛人的眼中／也已經有了不少皺紋」：在鏡中，你看見你的臉依然聰明溫柔，聰明和溫柔是女性的兩大美德，它更幾近東方的女性準則。它們合在一起構成一個理想的女性，這也是小君選擇這兩個詞的原因。噢，天真和純情越來越向聰明靠攏，有些東西我們註定永遠失去了，有些東西我們猛然得到，猝不及防，看看即使在愛人的眼睛中，我的臉上也已經出現了皺紋，這變化多麼鮮明，因為愛本來會忽視這些變化的。這二句裡有著很微妙的情感：「即使在我愛人的眼中」，說明小君自己早已感到了這種變化。女人對自己的臉和身體的關注，那些直覺和細膩的體驗，那種歎息和對青春、美妙年齡日益遠離的哀傷，全在這二句之中。但，「我的臉／依然很聰明／很溫柔」，這三句裡，又隱含著女人什麼樣的情感呢？

　　「這是曾經美好／依然美好的面容」：這二句的心理和上一節頭四句的心理一樣，同時也表達了小君對生活的熱愛和對自己生命力的堅信。「富於感情／卻很平靜／隱藏起很多想法／／因此也就沒有了想法」：往日的天真美好確實失去了。一個孩子在快樂時就會表現得激動和癲狂，他的行為更為符合動物的行為，沒有抑制和矯飾。這也是詩人被人們讚美的一個原因。但小君說：富於感情，卻很平靜。整個人類的生活經驗和結果垂吊在她的上方，威脅著她。預感隨著血液在她的體內四處流動，還有輿論、習慣，而最強大的是年齡，它改造著我們每一個人，改造著整個人類。誰能在它的席捲中依然保持最初的模樣？在這二句裡我們強烈地感受到一個結了婚、「成熟」了的女人的變化，她的真實的呈現。她為此付出了代價：她開始隱藏起許多想法，因此也就沒有了想法。她已經不是那個唱著〈馬蘭花〉的歌謠、在田野上奔跑的小君了，她已經不是「我要變得像你的兄弟，我要和你一起流浪」的小君了。歲月改變了我們，使我們在不得意和獨自一人時感到自己的變化，感到悔恨的情緒在某個年齡極度地蔓延，感到內心的隱痛開始發作，時間從裡向外咬破我們的心。啊，歲月改變了我們！真的，我們都認不出來自己了。「隱藏起許多想法／因此也就沒有了想法」。

　　「我已經聽不到風聲／大大小小的風聲」：我想到的是關於人，並非是小君的真正意願，尤其當我在情緒上發展時。只有在這句子做具體解析時，我說出的才貼近作者的真實心理。「風」代表大自然，那是小君曾陶情和沉溺的大自然，如今

它遠離著她。如今的小君陪伴著屋子和鏡子，還有夢幻的詩。「風」也象徵小君的激情、夢想，外界的所有新鮮事物，曾經刺激和感動小君的一切，它們是，「大大小小的風聲」，如今都聽不到了。「風聲被窗戶隔斷／被我的心隔斷」：「窗戶」是屋子和閉塞的象徵；但「心」呢？心是什麼，小君？心，是什麼？它使我析到這裡很痛苦，使我想中斷析文，衝到外面去，讓我的臉摸摸陽光，讓我真切地感到「青春」還保存在我的身上！被心隔斷！那是生命力的死滅，那是欲望的消失，那是一悲哀。風聲，「它們變成一隻隻小手／在外面掀動鳥的羽毛／帶來涼意／引起我心情輕微的變化／在這面鏡子裡」：風聲猶如揮舞著小手在召喚我出去，回到大自然，回到早先的我，快樂、單純、善良。如今我卻是坐在鏡子前觀看我這張「隱藏起來很多想法」的臉，這是什麼樣的對比啊！風聲揮舞著小手拍打窗戶，掀動鳥的羽毛，讓鳥飛翔，讓鳥在晴朗的陽光下飛翔；鳥翅的搧動為在屋中冥想的小君帶來涼意，帶來少女時代的田野的氣息，它們，所有這一切，引起我心情的輕微變化。猶如一種隱痛一掠而過，那支歌謠遠遠地響了起來，遠遠地，在風聲中傳來。「輕微」二字表達出小君沉溺於某種狀態之深，已幾乎不能自拔。即使是她那麼熟悉的田野和伴隨著她整個青春的那支歌謠重新在耳邊響起，她也只是有了些輕微的變化。她的表情只是稍微變換了一下，笑容從臉上一掠而過，重返平靜。而這輕微的變化，還是從鏡子中觀看到的。

　　這末一句有著何等的辛酸和無奈。變化和激情的突發不是被小君的肉體感知，靈魂的一顫不是被生命感知，而是從鏡子

中觀察到的。小君確實把一種狀態推到了極度：冷漠、平靜，還有隱藏得很深的自譴，貫穿全詩的惘悵。語氣很平靜，和全詩表達的東西平衡地震顫著。她如此準確地表述了一個弱女人的經歷，夢幻和迷失，那是生活穿過女人身體時留下的東西，那是女人和男人廝守的日子裡孕育出的東西。它結束了少女的純真的時代，使它們成為一個夢終生保留，使它們成為一個遺憾長存在人間。

# 評雪迪：在夢魘的場景裡出現

原詩

〈飢餓〉／雪迪

　　我聽見那種飢餓的聲音
　　日夜嗥叫在我的面孔裡
　　我的手在喉嚨裡掙扎
　　在吐出的日子上布下爪印

　　被遺忘的人在另一個地點
　　折磨我
　　他們準確地撕扯我的回憶
　　我聽見他們歌唱著
　　在時間的深處打撈我的傷口
　　疼痛密集的海上
　　我的四肢緘默著

　　我最大的傷口
　　在牙齒間生長
　　我聽見那種聲音

我聽見死亡的人在我臉上

一遍又一遍勝利地歌唱

我把手伸進喉嚨裡

開闢一條無聲地嚎叫的航線

## 析文

「我聽見那種飢餓的聲音／日夜嚎叫在我的面孔裡／我的手在喉嚨裡掙扎／在吐出的日子上布下爪印」：一種聲音，一種根本說不出來的東西，那是我的生命中欠缺的，我日夜夢想但得不到。它使我感到痛苦並引起我生理上的難受，使我為每一天肉體的存在和精神的夢幻付出代價。那是什麼我確實不知道也說不出來。這是我寫〈飢餓〉一詩時的感覺。「飢餓」是一個象徵，我的狀態和所欲獲得物的象徵。那種聲音，像一隻狼在我的面孔裡遊蕩嚎叫。我考慮「面孔」的形狀和山丘、平原有相似之處，這是嚎叫在面孔裡的最基本的前提。同時聲音在面孔裡響，也是我追求的狠勁和詩味，還有新的表達方式的考慮。唉，我的手貼著喉嚨往裡伸，因為喉嚨是一個狹長的甬道，我似乎是想把那嚎叫的東西拽出來，我想獲得解救和逃離折磨，我的手在充滿聲音的地帶掙扎著。「掙扎」二字是表達內心感覺慘痛的狀態和那東西與我的欲望搏鬥的情景，它不能脫離手在狹長的喉嚨裡的運動。心裡的感覺和場景的感覺應該在文字上統一，這樣才有可能形成最大的張力和豐富的蘊意。我失敗了！那東西躲在我的身體的最深的地方，它讓我永久地體驗著這樣的內心掙扎，這樣的折磨。我只是從身體裡拽出了

我曾經讀過的日子，那也是在我備受折磨時吐出來的。在那上面，包含著我的生命的每個日子上面，我驚愕地看見了留在上面的被我的手抓撓過的印子。「布下爪印」有二種喻義：一是手在喉嚨裡掙扎時抓的，為了契合上句的表層意思；一是生活的創傷、傷害，在絕望和頹廢時自我摧毀留下的，這是我的真正意義，但我最主要是追求詩意，至於讀者能夠領略到我說的這些，我不大在意。

「被遺忘的人在另一個地點／　折磨我」：有許多事情我們已經忘記了，可不知哪天的哪一個時刻，我們會由於一個很小的契機回憶起來。如果那是生活中使你感到痛苦的事件、你竭力想忘記的一個人、你感到羞愧的一件事、你想想它都感到心靈疼痛的東西，如果是那些，那你更會竭力忘記它。但每當夜深的時刻，獨自一人或在黑暗裡傾聽音樂，這些曾經傷害我的東西會再一次出現，隨著回憶的溫和迷人的狀態再次狠狠地創傷我，使我淚水滿面，使我再次聽見那樣的聲音在我的面孔裡嚎叫。這就是「被遺忘的人在另一個地點／　折磨我」的大致意義。另外一個重要方面，我想寫一個幻覺，一個在文字上看很迷幻的東西。它超出邏輯的理智，與難以言傳的東西有關，和潛意識、錯覺、迷亂有關。這是我在詩技上的追求。如果它達到那種效果，則也很好地契合了那樣的時刻來臨時我的心理感受和情緒的變換。他們在另一個地點出現了，遠離我現在寫詩並且思考的地點，他們在夢魘的場景裡出現，折磨我。「他們準確地撕扯我的回憶／我聽見他們歌唱著／在時間的深處打撈我的傷口」：在那時，我確確實實是在回憶。這樣的慘

痛必然伴隨著回憶，不管它是哪種類型的慘痛。他們把我的回憶撕碎，他們撕得那麼準確，裂開的地方和碎片的大小都恰恰是使我疼痛、昏迷和體驗到了苦難的程度。最後，那回憶都是碎片！他們勝利了！往昔回憶總是強大地戰勝對未來的憧憬，痛苦總是比歡樂在人的肉體裡留得更久，在人的生命中創造出更高的價值。他們勝利了。他們唱著歌，在我生命經過的時間的海水裡打撈起我的傷口。他們欣賞著那些傷口，凝視著他們的傑作，而我的心在靜夜裡疼痛。他們不放過使我感到痛苦的每一次機會（每一個傷口），他們唱著歌打撈，時間那麼深邃，在人類的生命中它如此地莫測。「疼痛密集的海上／我的四肢緘默著」：除了痛哭、嚎叫，就只有緘默。我選擇了緘默。面對如此強大的宿命還有什麼可說？淚水和聲音那麼微不足道，那樣的發洩只會損壞生命，使很高級的東西變得粗俗和低賤。面對如此強大的力量，面對厄運和精神的苦難，我們確實無言以答。因此，「疼痛」是一個完整的海洋，它是在我身上一個疼痛的海洋，我的四肢漂浮在那樣的海水裡。緘默！

　　「我最大的傷口／在牙齒間生長」：牙齒中間是有縫隙的，它們用來咀嚼，傷口也可以是狹長的，因之它可以立在牙齒縫隙中生長。傷口在不斷生長，而且它在不斷地被嚼著，這是一種悲慘的境況，是身陷「飢餓」的人的狀態。這是我這二句從內容到文字形式上的意思。同時，我還想呼應一下第一節的面孔，使全詩顯得凝聚和具有粗野的味道。那是生命的本真的狀態，是什麼也解不開、什麼也化不掉的。在牙齒間生長，我希望是把全詩的感受向深處做了推進。「我聽見那種聲音／我聽見死亡的人在我

臉上／一遍又一遍勝利地歌唱／我把手伸進喉嚨裡／開闢一條無聲地嚎叫的航線」。無聲嚎叫！只有無聲地嚎叫！那飢餓，永遠纏繞著我的「東西」，我聽見了它們的聲音，在我的擴大的傷口裡，在我牙齒的嚼咬裡，在我安靜和休憩的時刻。它們一次一次地響起，那些我欲忘掉的，我欲埋葬的，我夢想的，我乞求的，它們猶如一個亡人坐在我的臉上，唱著那支只有最後的勝利者才會唱的歌！在我臉上，美好的和醜陋的事物，它們都戰勝了我，它們使我感到永恆的飢餓，它們的臀部放在我的臉上，它們肆意地嘲笑我並唱驕傲輝煌的勝利者的歌！一遍一遍！在這句裡我用的是「臉」，而不是「面孔」。一是避免重複，再就是我覺得「面孔」具象，這個詞太具體；而「臉」使我有抽象的感覺，它顯得很虛、廣闊，有縹緲的感覺，用它來表現我被生命中的這種狀態傷害的迷惘、絕望、不知所措的樣子。同時由於它的虛和廣闊性，因之可以被死亡的人和那些鬼混坐在它的上面。這是很嚴格細緻的分析。其實在寫這句時我僅僅靠的是對意象的直覺和對情緒的把握。如果這些文字很準，情緒很好，確實會使人產生很多聯想和做出出現意料的分析。這已是最後了，面對這樣的情景和幻覺的無法生存。我無法使我的靈魂死滅以戰勝美好的和夢想的靈魂，我無法使我的力量強大到能消滅和摧毀那些邪惡，殺死醜的和髒的玩意兒，我無法，我不能夠！我只能──把手再次伸進喉嚨裡，讓一串串無聲的嚎叫在生命的海洋上開闢出悲慘地前進的航線。那航線、飢餓的聲音和無聲地嚎叫的聲音，匯合在一起，從我的生連到死，形成一條航線。我，只能，在夢想中和在自己靈魂的光芒的照耀中，完整地完成對自己施虐的過程！

# 跋：骰子滾動

　　一首良好的詩是如何造成它的效果的？文字和籠罩全詩的精神就像兩顆骰子，把它們不同的點數朝向讀者的眼睛和心靈，達到一個數的震撼！那骰子在創造者的生命裡跳躍、擊撞，在他難以忍受的暈眩中把它們貼著田野和光芒扔出去，聽著它們在滾動時從整個人類的生命裡帶出來的回聲。

　　象形文字的每一個詞都有它鮮明的印象，來源於規範、記憶，還有無限地向前滑動的惰性認識。它們像可以無窮切割的六面體，每一面都是一個詞的點數。詞彙的相連、字的排列，在空隙處的微妙震顫，它們給人類帶來想像，帶來關於痛苦和歡樂的回憶，帶來打碎我們的束縛的夢境。它們在滾動時會由於點數的莫名變幻引出我們的呼應生。

　　搭配得奇妙和諧、刺痛我們神經的字，是誰教導我們把它神祕地安排在某個位置，準確、面帶微笑。但在我們讚美的話還未說完，它已充滿了仇恨。是誰，賦予它與生命和靈魂抗衡的職能？並使技藝的低劣者羞愧得無地自容！

　　骰子滾動！人類發明的所有奇妙事物，猶如輪子，但它通過的是一條靈魂的道路。我想知道它的祕密！我要知道：那使我相信宿命的點數，是在怎樣的滾動中完成的？

這些文字會發光・雪迪訪談錄

# 回憶《詩歌報》

雪迪

　　1986年至1989年，是大陸現代詩的蓬勃時期，各種詩流派紛呈。安徽的《詩歌報》以大篇幅刊載先鋒詩歌和實驗詩歌，深受當時的詩人、評論家、讀者的喜愛和稱頌。不知道那幾年《詩歌報》的訂閱數和銷量是多少，但我在北京的朋友都人手一份，大家見面會談論在《詩歌報》上讀到的好詩和文章。那時詩人還抱有一顆敬仰詩歌的心，對詩心懷崇拜，對生活誠摯熱愛。那時朋友相聚會朗誦各自最新的詩作，由於直率的批評而打鬥。在北京就有「圓明園詩社」和「倖存者」詩社，在外地詩社更是風起雲湧。

　　我在那三年裡在《詩歌報》刊發了很多詩歌、詩論和詩歌評析文章。1988年至1989年《詩歌報》有一個評析的專欄刊載我的《骰子滾動：中國當代詩歌分析與批評》的系列文章。這本書寫於1988年，二十萬字，五十五個詩人的詩歌解析和批評，內有北島、多多、芒克、西川、王家新、歐洋江河、翟永明、吉狄馬加、呂德安、于堅、伊沙、張棗、陳東東、韓東等詩人。書稿是1988年作家出版社的關正文約稿。這本書裡的評析文章深受當時《詩歌報》編輯的喜愛，因此幾乎是每期都會刊載一篇。這些評析文章在詩歌的寫作技藝上做了詳細的解

析，談到當時的詩歌流派，也談到詩人對生活的理解和當時的社會狀況。這本書在當時是唯獨的一本評論大陸先鋒詩歌的著作，由詩人寫成，《詩歌報》的連載很受好評。我1990年1月應美國布朗大學邀請前往該校任訪問作家和學者，駐校三年，現在在大學工作。離別時匆忙，沒有攜帶《詩歌報》的那些紙刊，也就沒有了當時文章連載的紀錄。感謝劉康凱先生，寄給了我《詩歌報》那二年刊發紀錄的截圖，我才記起一些登載的文章，其中有：解析芒克的〈陽光中的向日葵〉、楊煉的〈十一月版畫〉、吉狄馬加的〈黑色的河流〉、陸憶敏的〈美國婦女雜誌〉、韓東的〈溫柔的部分〉、大仙的〈丙寅年十月二十二對弈遇雪〉、王寅的〈翻一翻手掌〉等，這些文章都有確定的連載日期和期號。我也希望《骰子滾動》這本書最終能在國內出版。

　　已經立秋了，今日陽光燦爛。樹葉在慢慢地變黃，不久新英格蘭就會遍布楓樹的紅葉和被一片金黃覆蓋。1986年至1989，那是三十年前啊，那時的詩人現在還有多少在繼續寫詩？那時的熱愛詩歌的人們，現在還有多少依舊熱愛著生命？我的窗外幾隻藍靛頦鳥在枝頭跳躍……

　　劉康凱先生寄來的截屏在我的手機裡。那幾年《詩歌報》還刊發了我的《火焰》（組詩）、〈向日葵〉，詩論〈詩的畸形時代〉（我還存有這篇文章的紙刊）、〈談詩〉、〈詩，屬於孤獨〉，文章〈抓住自己〉、〈獻給生命〉等，這些作品都有確定的連載日期和期號。

　　是的，獻給生命。回憶三十年前的往事，在秋日的燦爛陽

光裡想到詩歌，想到久遠的《詩歌報》，想到那些曾經為詩歌癲狂的詩人、編輯、讀者。也許這些確實是往事了。但我們畢竟有過這些經歷，記憶在內心一個溫熱的角落完美地保留。我們仍舊熱愛生活，是吧。我們寫下這些文字，詩歌的精神貫穿其中。

# 雪迪訪談錄

採訪：Alexandria Shang

翻譯：懷昭

## 【編按】

　　雪迪，出生於北京。著有三卷文集和一本當代中國詩歌評論。他的作品還被翻譯成英文，出版過《Across Borders》、《An Ordinary Day》、《Another Kind of Tenderness》和《Heart into Soil》等書，以及袖珍本詩集《Forgive》、《Cat's Eye in a Splintered Mirror》、《Circumstances》及《Flames》。雪迪曾兩度獲得赫爾曼－哈米特獎，他也是蘭南基金會（Lannan Foundation）獎學金的獲得者。目前他供職於布朗大學。本文編譯自2012年美國布朗大學「中國年口述歷史計畫」的一次訪談[1]。

Alexandria Shang：感謝你參與中國年口述歷史計畫……。讀過你的文字和各種訪談之後，我很想聽聽你自己的故事，聽聽在「文革」時期的中國長大是怎樣的一種經歷。我想問的是，在

---

[1]　布朗大學2011-12年舉辦「中國年計畫」，包括系列演講、學術會議、展覽及各類文化活動，挖掘和探討中國的歷史與現狀。採訪者：Alexandria Shang。

「文革」期間長大是什麼樣？在來美國之前你早期的生活是什麼樣的？

**雪迪：**感謝你安排這次採訪。要回答你的問題，我必須從……從我出生講起吧。我出生在北京，在北京長大。我十二歲那年，父母離異。當時，中國的離婚率是非常低的，因為工作單位、領導幹部、政府都想方設法控制這類事情。即使夫妻生活相處得不好，他們仍然不容易分開，因為凡事都得工作單位或政府批准、蓋章才辦得到。他們不會輕易批准離婚的，因為他們需要向西方顯示，中國有更好的社會制度……，每個人都生活得很好，他們和諧相處，家庭幸福。所以，當我十二歲那年，在學校裡，孩子們得知我父母離婚了的時候，他們真的不明白為什麼……，因為從來沒有遇到過這樣的事。他們就以為是我的原因，我父母離婚肯定是因為我不好，因為我是個壞孩子。

　　每天一放學我就快跑，因為我不想挨打，我不明白為什麼別的孩子要打我。我回家問爸爸，為什麼會這樣，可爸爸也說不出什麼。那時候，我是個孤單的孩子，因為母親改嫁，父親再婚，我的繼母實際上不能接受我和他們一起住，所以我不得不一個人住在宿舍。每天夜裡我都會做噩夢，怕靜，怕走廊裡的腳步聲。我會用東西頂在門上，讓自己感覺踏實些。晚上的生活就是這樣。到了白天，我不得不去上學，忍受屈辱和恐懼。

　　然後就到了1966年，文革開始了，持續了整整十年，一直到1976年。

　　在此期間，所有的學校，學院啊大學啊都被關閉了，我們

都不上學了。這時到了我該去上大學的時候，卻沒有大學可上。知識分子、大學教授、老師們都被趕到鄉下，跟農民一起生活，接受他們的「再教育」，改造自己的思想。外國文學、當代藝術，所有這一切都成為文革的批判對象。「文革」，即我們稱為「十年浩劫」的文化大革命，是要打破一切文化傳統，建立一種新的文化與社會秩序。我就是在那樣一種環境中長大的。從我個人經驗上來說，那是一種非常迷惘和痛苦的經歷；在社會層面，國家經歷了動盪、打砸搶的暴力和教育上的缺失。那時我在理科方面表現比較出色，我的老師希望我能發展這一興趣，而我的父母都是醫生，希望我學醫。可我的生活經歷，加上當時的社會氣氛，使我不想往這方面發展。於是有一天，我讀到了一本俄羅斯詩人普希金寫的詩集。這本書是被人遺棄在走廊裡的，因為那時候，擁有這樣一本書會給自己惹來麻煩。我讀了這本詩集，第一次感受到這麼多的愛，這麼多的陽光，感受到自然，所有這些美好的事物都在那本書裡面，存在於那些詩行之間，帶我遠離了我生活的那個世界。所以，文學成了我的興趣所在，我開始成為一個詩人。

Alexandria Shang：是啊，我其實很感興趣地發現，有一次在採訪中，你提到普希金是啟發你寫詩，和打開你的眼睛看到詩歌之美的第一人，然後第二個是波德賴爾（又譯波特萊爾），第三個是葉芝（又譯葉慈）。我感興趣的是，你最初受到的主要文學影響都來自西方作家，而不是中國文學——像唐詩什麼的，我以為那種影響應該是根深柢固的，是所有中國孩子成長

中都知道和背誦的東西，是文化中非常核心的部分。所以我的
問題是：首先，你是怎麼發現到這些外來的……，比如，文革
期間被禁止的作品。你是如何接觸到的？你讀到的都是翻譯過
來的嗎？

**雪迪**：是的，我讀到的是中譯本。不要忘了，在文革期間，我
們的傳統是被割斷了的，這也包括我們與古典詩詞之間的聯
繫。這是一方面原因——我的意思是，那時沒有學校可上，沒
有老師來教，沒有人引導我們如何遵循傳統；文革時期沒有這
樣的事情可言——所以我，我們整整一代人，沒有能夠專注於
自己的傳統。同時，作為禁書，世界文學對我們充滿了誘惑，
一旦能輾轉拿到自己手上，我們讀起來就如飢似渴。畢竟，生
活在這樣一個封閉的社會，獲取外部資訊都成了一種奢侈。我
們的頭腦和思想都是由社會、政府控制著。可以想見，在這種
情況下，我們多麼希望向世界敞開自己，去接納更多的事物。
這就是為什麼我們盡可能向外部探求，努力尋找知識寶藏，從
文學中吸取養分。當然，我們能找到的是翻譯成中文的作品。
所以，一方面是文革割斷了我們與傳統文化的聯繫，另一方面
是我們對西方文化如飢似渴。但現在，住在美國，生活在異
鄉，當我重新思考我的文化之根，我發覺自己醉心於唐宋詩詞
之美，對中國古典文學越來越重視。我新的寫作仍充滿我對當
代情境的思考，從表達到經驗，但在寫作技巧上，我更多地吸
收和借鑑古典文學和詩歌傳統。

Alexandria Shang：你提到文革是從1966年到1976年，而你來到美國在1990年，當時又是什麼樣的一個時期？

雪迪：對。正如我前面提到的，當時沒有大學可上，所以我高中畢業後去上了兩年的培訓學校。別忘了，當時學生們都上山下鄉去了，有點像適齡的人必須服兵役一樣。文革期間又沒有別的選擇，畢業了就得去到農村與村民同吃同住，接受他們的「再教育」，接受那種生活方式。由於我父母離異，我跟我父親生活，他和他的第二任妻子沒有孩子，所以我算是家裡的獨子。按照當時的規定，有些特殊情況下是可以豁免上山下鄉的。其中就包括：如果父母年邁，家裡又只有一個孩子，那麼你可以留下照顧他們。我就是屬於這類情況，所以我很幸運，沒有離開北京到農村去。雖說高中時還是去軍訓了好幾個月，但所幸沒有被迫去鄉下耗費三五年的生命，而是去了一個特殊的培訓學校，學習製造燈泡。那時候，教育和研究機構雖然都不存在了，但工作仍然需要有人來做。整個分配系統亂套了，沒有受過教育的人就直接進入就業階段，所以一種特殊的培訓學校就應運而生，其目的是職業訓練。我就是進了這樣一所學校。在進行了兩年的培訓後，我就進了北京電光源研究所，製造膠片投影燈泡和從事品質鑑定方面的工作。電影院裡面的投影是使用強光打上去，燈泡的壽命通常很短。因此，我們研究工作的一個方面就涉及如何延長燈泡的使用壽命。我在那裡工作了八年。當然，我不大喜歡這樣的工作，所以開始將大量精力投入寫作。我就想辦法託病，用休病假的方式待在家裡寫啊

寫。我在中國的寫作大部分都是在這期間完成的。

Alexandria Shang：你提到過，當初你在中國寫詩，多是傳達一種向外的能量，與自己的童年對抗，與社會的結構對抗，在此過程中你有了自己的價值。那麼，來到美國後，那些要對抗的東西瞬間從你眼前消失，你感到失落，並開始向內審視。所以，你的詩歌創作是否也伴隨了你的這一心路旅程？

雪迪：絕對如此。你知道，詩歌肯定反映著詩人自己的歷史。詩歌是對你所理解的生活的一種表達，折射著你對事物的情感，以及你的外部與內部世界之間的關係。因此，在不同的階段，你有不同的理解和不同的生活方式。詩歌，以及任何藝術作品，總是會反映出這一點。所以，我在中國的時候，正如我所說的，由於我們生活在這樣一個封閉的社會，我們總是盡可能地向外部伸展，想要看到外面的世界。這就像我們生活在一個沒有門、沒有窗、沒有燈光的房子裡。所有你想做的事、你所能做的，就是鑿牆，鑿啊鑿，跟這堵牆較勁，努力地鑿個洞出來，或者哪怕只是打開一個裂縫，為了得到些許陽光，聽到鳥兒唱歌，看到外面的綠色。因此，所有的能量、行動，都形成一種對抗，針對那些壓迫你的東西，那些包圍著你的恐懼。所以我會說，我在中國時的寫作風格是外向型的，帶有很多情緒，很多呼喊和憤懣；一心想把它釋放出來。當我來到這個國家，這樣一個自由的國度——當然你也可能在很多方面仍然並不自由，比如要面對家庭或其他各種負擔，但在一般情況下，

我是指思想自由，在這個意義上它是一個自由的國家，給你這麼多自由，這麼多選擇，令我感到對抗的能量突然間消失了，因為沒有了對象，在你面前沒有了對手。你沒必要跟這個社會較勁，因為這個社會已經為你提供了這麼多的可能性。我開始有一種失落的感覺。後來我明白，成長在一個封閉的社會，我們學到的所有東西就是對抗，艱難圖存，一旦覺得不幸就會抱怨，往往無暇顧及內心世界和思考一個人內心深處的經驗。當我來到布朗大學，最初幾年我得到很好的資助，這給了我時間去思考我的人生、我的生活方式和我的文化。我逐漸轉向內省，把我的能量、思想和情感導向內在，向內深入挖掘，去更多地思考作為人的命題……，思想、思維方式、生活方式，我能做什麼。所以我的寫作也自然地發生了方向性的變化。在中國時，我在寫作中注入的更多是情感，但自從我來到這個國家，我的寫作變得更深沉，更安靜，更多向內的能量。我覺得自己開始與更深層的存在相聯繫。這比我在中國時的寫作要深刻得多。

Alexandria Shang：你還提到，詩人必須站在前衛的、甚至不從屬於這個社會的立足點發聲，詩人不能只是表達他們個體的心緒，而是要從某種超越時間和空間的集體意識出發。你是如何從自己的經驗來透視這個世界的？

雪迪：寫作風格往往是與人的生活方式有關的。對於我來說，由於我有一段苦澀的童年，曾生活在一個混亂的、不公正甚至殘酷的社會裡，所以我不只是想著自己和通過寫詩來發洩我自

己的悲苦、憤怒和恐懼。我想得更多的是通過自己這樣一個具體的存在，去瞭解世界和人性。這就是我的生活方式、我的寫作方式。越深入瞭解自己，也就越深入地瞭解人性，也就越能夠通過寫作將自己投身到人類和社會中去。這是我選擇的生活的方式，不只是為自己吶喊，而且還針對我們生活於其中的世界上所有不公、貧困和暴力，以及各種各樣帶給人類危險和痛苦的東西。通過我的詩、我的寫作，為所有受這些東西困擾的人們訴說。或者，換句話說：如果一切都充滿喜悅，那不只是我一個的喜悅，那將是所有人的喜悅。

Alexandria Shang：那麼，從這個意義上說，在全球意識下的溝通訴求和情感表達上，你是否認為有什麼是詩歌能夠達到而散文所達不到的？

雪迪：詩歌和散文是兩種不同形式的寫作。詩歌更嚴謹，且有更多的想像空間，裡面有很大的留白供人們去感覺。而在散文中，你可以言無不盡，你可以一五一十。詩歌不同，詩歌是要說出一半，留下一半的空白給你回味，給你代入自己的生命，來激發你自己的感悟與想像。這是詩歌與散文的區別。但是，對你提的這個問題，我要說的是：對我來說，生活在異鄉，不用為所思所想擔驚受怕，不用因為誠實地寫作而恐懼，我當然有更多的責任和義務，要替那生活在另一種環境的人們訴說和寫作。我相信，詩人以及所有優秀的藝術家都不應該只是把自己的活兒做得「漂亮」，雖然這也是需要做的；更主要的是要

真正進入自己的世界，更好地瞭解身處的世界。我相信這才是
該走的路。當一個人具備創作才華的時候，這就不僅是針對藝
術家本人的日常生活而言。我相信藝術家的天分在於，當他們
真正聽從內心的時候，他們的心也應該感受到他人的心。藝術
家的心裡裝的不應只有自己的喜怒哀樂，它會與人類的悲歡緊
密相連。藝術家的天分使得他能夠通過自己的技巧和風格，去
接納、感受並呈現出他與人類相連的那部分。我相信，並不是
每個人都這樣認為，很多人覺得藝術就是純粹的藝術。如果你
在更寬、更深的領域來討論藝術，那就是一個人與自己的聯
繫，對自己內心的感受，並通過內心去感受事情背後的、周圍
的，或超越的東西。

Alexandria Shang：你是用中文寫詩的。上個月在約翰・尼古拉
斯・布朗中心（John Nicholas Brown Center），你與阿米塔夫・
戈什（Amitav Ghosh）、哈金、David McKirdy出席研討會時，
你提到現在，隨著你的英語有了進步，你開始與譯者為你詩作
中一些特定字眼的翻譯發生爭執。在將中文翻譯成英文的過程
中，你到底經歷了怎樣的困難和挫折？在中文裡，每個字都像
多棱鏡一樣折射著很多不同的含義，其文化內涵往往超出一個
字的字面意思本身。那麼，在翻譯過程中你是否覺得會丟失某
種文化上的感覺？

雪迪：我認為，從一種語言到另一種語言，每種語言都有自己
的文化、其本身的含義，和自己的深度。有很多東西在語言方

面是如此獨特，只有這一種語言能夠真正描述它發生了什麼。不幸的是，詩歌不像繪畫、雕塑或音樂那樣，這些東西無須翻譯，直接存在於你的眼睛和你的心靈之間，與你直接溝通。但對於寫作來說，為了讓人看懂，你必須先翻譯，而從一種語言到另一種語言，這過程中或多或少地，會有些語言的神韻流失掉。當你寫出一個漢字，它是象形的，你首先看到的是圖像。例如，我的名字叫雪迪。當寫出第一個字「雪」的時候，幾乎可以感覺像雪飄落在地面上一樣。當你翻譯的時候，當然，這種感覺將會丟失。每種語言都有自己的速度、節奏、尖銳性，這些在翻譯中都將或多或少地失去。但從意思本身上來說，我倒是相信翻譯的問題不大，因為思維、思考是可以從一種語言轉換成另一種語言來表達的。但語言的獨特性將被丟失。然而，真正好的譯者是可以在一個語言的歷史基礎上，將語言之美盡可能地轉移到另一個語言中去。他們可以盡可能承載所有的語義，所有的思維、思想，用一種語言表達另一種語言。我相信，這部分是可以承轉的。但無論如何，不幸的是，除了翻譯成另一種語言，有沒有其他辦法可以讓寫作實現跨文化的瞭解。這就是為什麼詩歌翻譯一直存在著；譯作將永遠不會消失，就像我到處讀到的普希金，或波德賴爾，或者威廉‧巴特勒‧葉芝。我深深地愛上了這些詩，儘管我是通過中文來閱讀它們。當然，如果我用英語讀這些詩，它們會呈現出完全不同的另一種美。但由於翻譯得非常好，我完全沉浸在它們譯成的文字中，它們打動了我，也在中國打動了一代又一代人。

Alexandria Shang：我才發現，原來「雪迪」其實是你的筆名。那你可否說說你為什麼會用這個筆名寫詩？

雪迪：我原名李冰。無論是我的名還是姓，在中國都是最流行和最有代表性的。李是中國百家姓中最大的家族姓氏之一。中國歷史上有許多皇帝姓李，還會賜姓給效忠者，然後代代相傳。這就是為什麼李姓在中國是一個非常大的姓氏。「李冰」放在一起更是中國最常見的名字之一，就像在美國起名叫「約翰·史密斯」；對於一個詩人，有一個非常流行的名字本來就不是很好。我記得有一次，一個朋友來敲我的門（我們那時候電話還不普及），說：「嘿，剛剛看到你有一首詩發表了，寫得非常糟糕，怎麼竟然敢發表呢？」我問：「你在說什麼？」於是我看到報紙上，跟我同名同姓，李冰！而且，他說對了，這首詩確實寫得非常糟糕！這種事情發生過幾次。有時我走在街上，聽到有人喊一聲「李冰」，我會停下來，一轉身，看到還有其他十個八個傢伙也轉身。所以，我最終還是用筆名，起一個獨一無二只代表我的名字。我在北京長大，在這個人口龐大的首都，幾乎看不到大自然，沒有太多樹和綠意——文革期間人們根本不把環境當回事。雖然我在文革期間的成長經歷真的很痛苦，但我熱愛自然。然而在北京生活的那段時間，我並沒有多少機會置身於大自然當中。僅有的欣賞大自然的機會是下雪的時候，大地鋪上皚皚白雪，這就是我最幸福的童年時光之一了。我記得有一次去公園，我穿著普通的靴子從大雪覆蓋的山坡上滑下來，我張開了雙臂，我感覺到自由，感覺自己快

要飛起來一樣。接著我就摔倒了，為此頭上縫了十針——正如你看到的。類似的磕磕碰碰那時還有不少。由於我熱愛雪，所以我給自己起的筆名第一個名字是「雪」，它給我一種在大自然中的那種舒適的感覺；它讓我為一種純真而感動，而不被世界骯髒的一面所困擾，至少在我當時的生活中是這樣。「迪」指的是「啟迪」。漢字有四聲，像「ma」的四聲，有四種完全不同的含義：媽mā（陰平）可以指母親，麻má（陽平）可能是麻木了，馬mǎ（上聲）就是馬，罵mà（去聲）可就要小心了；甚至還有嗎ma（輕聲）。所以你必須小心發音要準。回到筆名，「雪」是第三聲（上聲），一個柔和的聲調，那麼我會想讓下一字的發音高揚起來，所以我用了第二聲（陽平）的「迪」字。「雪」字漂亮，「迪」看起來結實而有平衡感。另外，從發音上，「雪」有一點含音，而「迪」則是清晰地吐出來的。我就這樣給自己起了「雪迪」這個名字。那時在中國，「雪迪」還真是獨一無二的名字，因為百家姓裡沒有姓雪的，所以我認為這真是太棒了。但現在，如果上網鍵入「雪迪」二字，就會看到——不知道怎麼回事——雪迪這個名字已經很普通了！它現在成了一個啤酒的牌子，還有一家鞋業公司也叫雪迪，米蘭有個同名旅館、小酒館，甚至製造襪子和內衣的企業，等等。早知道我的名字這麼受歡迎，我當初應該把它註冊一下，這樣我就發財了！當然，當年也沒有注冊商標這回事。但是，對我來說這很清楚，我的名字基本上是被盜了，因為這名字只可能來自於創意思維，並且要有一個令人信服的理由才會把「雪」和「迪」兩個字結合起來。所以，幸或不幸，這個

名字已經廣為流傳。他們顯然是從當年我在中國的出版物中發現了這個名字，然後註冊了自己的企業。我卻從中一無所獲。

Alexandria Shang：你在1997年回了一次中國，後來呢？

雪迪：1997年，我回到中國，在我去國七年之後。自1997年以來我已經四次回到中國；我去了不同的地方：例如西藏，還有香港的國際詩歌節，也去看望我的父母，順道在中國旅行。我最近一次回到中國是在五年前。現在我在布朗大學媒體技術服務部做全職工作，一次只能請兩個星期的假，這麼短的時間回中國是太倉促了。每年我的父母都問我，你什麼時候回來？我說，我不知道，等等吧。就是這種情況。

Alexandria Shang：那你現在與中國及你父母的關係如何？你如何看待他們……，你對他們的感情如何？

雪迪：我每週會跟父母通話。我每週一晚上打電話給我母親，主要是因為我喜歡打乒乓球，我打聯賽，每週一和週三去羅德島乒乓球俱樂部練球。這是我在寫作和在布朗工作之餘的另一個生活內容。所以，當我打完聯賽的晚上，通常我會有點時間跟我媽媽聊聊。這中間有十二小時的時差，所以我這裡晚上12至1點鐘，是他們的中午或下午時間。我通個電話跟父母交談一下。他們身體都不大好，因為上了年紀了，又不大運動。但無論如何，所幸我們還能通話交流，雖然難得相見。另外，我有

一個妹妹住在紐約，她以前搞繪畫和雕塑，而現在在家照顧女兒。每逢耶誕節和美國獨立日，我會去紐約與她和她的家人共度一個星期。

Alexandria Shang：藉此機會，請讀一首你的詩吧。

## 雪迪：〈亮處的風景〉／雪迪

大家庭裡的人叫他雪

回憶中成熟的孩子

看雲、望水

在風裡斜著身子

在暖和的地方修改舊作

持續地寫作改變他的性格

和本地人的愛，像一條河

拐彎的樣子。他的臉

充滿靈性時更瘦

雙眼凝視像兩隻鹿

往高處跑。傾聽的人在草地上

比一陣鳥啼更安靜

比遠處的山峰更暗


叫雪，轉身時

最新的創作含蓄黑暗

人群分布在紙上
是一首詩塗抹修改的部分
那些黑斑，使教授歷史的人
活得不幸福；國家在哀歎自己的
繪圖員筆下消失。公馬群輕鬆
移動。左邊的山谷在單獨的觀景者
記憶中一截一截消失

初次見面的人叫他雪
憂鬱是被閒置的馬廊的形狀
最小的母馬帶著古典的美
在隱居者壘起的一串草垛間
山貓在林子邊緣出現時
徒步人感到深深的孤獨
向高處走，想到路分岔時
他能達到的成熟的狀態

# 光與黑暗
## ——採訪詩人雪迪[1]

採訪：愛德華・鮑克・李
翻譯：錢滬、雪迪

**愛德華**：您曾經撰著了一本研究中國當代詩歌的書，其中有您評論五十首詩歌的文章（《骰子滾動：中國大陸當代詩歌分析與批評》）。請您簡單談談目前中國先鋒詩人受到的一些外來影響。

**雪迪**：我認為大多數中國先鋒詩人都在很大程度上受到當代歐洲詩人的影響，尤其是波德賴爾、瓦雷里和里爾克。

**愛德華**：那是當代的嗎？

**雪迪**：十年前，我們認為這些作品是當代的，在一定程度上也是先鋒的。你會發現許多中國作家自稱是「先鋒」詩人，但他們的作品帶有濃重的浪漫主義色彩。我想這是因為我們有悠久的詩歌傳統的緣故。古典詩歌有幾千年的歷史，即使我們想切

---

[1] 普羅維登斯，羅德島，1997年8月。採訪：英文。

斷與傳統的聯繫，嘗試全新的東西，這個悠久的傳統還是會在有意無意間承繼下來。

**愛德華：**美國詩歌中那些更新的先鋒流派，譬如語言詩，是如何影響這些作家的，包括您本人在內？

**雪迪：**語言詩譯入中文的並不多。幾年前我在中國的時候，倒是寫過許多文章介紹純詩。所謂「純詩」，有點像這裡的語言詩。我認為，一首好詩就是一首好詩；只要字裡行間表達深刻的意義、一種精神、內在的經驗，就可能成為一首好詩。假使詩中沒有深刻的內容，但字、詞安排，聯合得準確、新穎，仍可以成為一首優美、耐讀的詩。我不排斥語言詩，但持謹慎的態度；早些年我寫了很多這樣的詩。如今我懂得，一首詩要好，語言不是唯一的因素。一首詩，光語言純，用詞煉句地道、有新意，還不夠上乘。詩歌必須含蓄深刻的內容，詩歌必須映現人的精神。

**愛德華：**您上週在羅德島大學的講演中談到美國的意識形態和資本主義，請問您如何看待美國的消費意識對中國文學產生的影響，尤其是詩歌，曾經是那樣地被崇敬？

**雪迪：**這是讓美國這個國家偉大的地方，有永遠追求新事物的欲望。在中國，我們重視歷史和傳統，人們不輕易表達自己的思想，做新的事情也有風險。如果你停留在習慣中，你已經獲

益了，幹麼還要打破傳統？保持心胸開闊、追求和創造新事物，不是國人的目標。怎樣保持已有的文化和平穩地置身於習慣，這才是重要的。

**愛德華：**最近您在中國待了四個月，有沒有看到什麼變化？

**雪迪：**門敞開了，變化依舊緩慢。

**愛德華：**過去七年您一直生活在快節奏的美國。您是否覺得，生活在美國在某種意義上解放了您的詩歌？

**雪迪：**我感到被解放是由於現在我能從許多不同的角度審察事物，在不同的層面上關照文化、社會和自我。我曾經生活在一個封閉的社會，現在我生活在完全自由的國家，這二個極端賜予的衝擊力和創造力是巨大的。

**愛德華：**這是否影響了您在詩歌創作方面的實驗？

**雪迪：**相對於詩歌寫作技藝，我更注重內心世界的經驗過程。我以為這更有意義。

**愛德華：**您能否談得更具體些？

**雪迪：**在新作裡，我努力控制情緒，不使情緒爆發；不渲染，

保持冷靜；不動感情，也不理性化；鎮定，冷靜，發掘深刻的
意義；盡量含而不露。以前我用言詞把一切都表達出來；如今
我盡量不表達，只是表述、呈現，然後強烈的表達會自己從行
與行的空隙間、詞與詞的連接處湧現。如今我斷行，自然地就
斷在那兒。末尾的詞攜帶節奏和力量。我說不清為什麼停在那
裡、為什麼經過這裡；就是不要再多走一程，多加一個詞；而
下一行與剛開始的又無關係。過去我寫詩大都是相聯的。實際
上那樣的相連帶來更多閱讀上的阻礙和斷裂。現在我寫得斷和
跳躍，但卻提供了閱讀得和諧、使讀者的想像力展開的可能。
想像力是藝術的本質，如同大地上的水、人的心臟。思想是光。

　　按傳統的寫法，或是在二十年前（那時我充滿感情、浪
漫），我的第二行和第三行仍與第一行關聯。傳統的寫法是行
行相連，中間沒有跳躍。現在是一行描述一個事物，或一個現
實；下一行馬上轉向另一個現實。我用一行描寫這個事物；下
一行不與上一行相連；下一行是煥然一新的景象，是新事物。
這些不同現實的景象在轉換之間創造了力量，使美具有形體。

　　唐詩所以如此美，是因為許多東西被砍掉了。格律詩結構
嚴謹，限制性強。由於一行五言、七言，古詩人必須講平仄，
字斟句酌。他們必須砍掉可有可無的東西。對我來說，這就是
唐詩美的地方。

**愛德華**：後現代的。

**雪迪**：對。

愛德華：你目前在閱讀誰？

雪迪：我還沒有開始用英文閱讀。我讀翻譯成中文的詩集、詩選；更多的，我審視自己。

愛德華：施家彰（美國新墨西哥州桂冠詩人）曾經採訪過您，採訪文章發表在《Manoa》上。在那次採訪中，您說您語言的根在中國，您只用中文寫作。如今您生活在新英格蘭的普羅維登斯市，並不天天接觸母語。您現在與中文是一種什麼樣的關係？您的根是不是正在乾枯？

雪迪：我覺得這條根掘進得越來越深了。是的，在日常生活中，對於母體文化的直接感受減少，但感覺力和觀察力卻更敏感、更尖銳；對詞和漢字更敏感，更有體驗和靈動，更有創造性；最重要的，是對自己精神生活的感受和追求更強，從而使詩包容更多層次。孤身一人在異國他鄉，這也許就是一個創造者能盡力而為的了。

愛德華：我知道你是爵士樂的愛好者。

雪迪：我喜歡杜克‧艾靈頓、路易士‧阿姆斯壯、切特‧貝克、薛樂尼額斯‧曼克、約翰‧柯特倫，這是我極喜歡的爵士樂手，還有碧麗‧苔利德，當然還有邁爾斯‧大衛斯。我在中國的時候，沒有聽到過爵士樂。

**愛德華：**你能談談爵士樂是如何影響你的寫作嗎？

**雪迪：**爵士樂的韻律、節奏，這樣的風格，曲調中充滿對生命的渴望。你感受得到那些痛楚、歡樂、孤獨、掙扎，這一切隱蔽在旋律後面，會在任意的一個瞬間爆發，令你震驚和感動！它們不是直接地到來的。古典音樂趨向於直接地打動你。我仍舊喜愛古典音樂，但現在不是太喜歡戲劇性的事物。我喜歡情感隱藏，力量朝向內心。

**愛德華：**這是否影響了你的詩歌的節奏？

**雪迪：**有可能，是潛在的，默不作聲地影響吧。如果這些那些影響了我的生活，就會有新的內容和寫法出現在我的詩中。我嘗試把爵士樂移入我的詩歌，不是很賣力地嘗試，而且這也很難，但我意識到我在努力。我未曾深入研習爵士樂的韻律和節奏。無論我感受、吸收到什麼，我的詩歌都會呈現，無論何時何地，新的意識和感悟都會在我的詩歌中出現。

**愛德華：**您在自己的詩歌中看到什麼樣的變化？美國的文化和意識形態以及您在普羅維登斯市的生活都在哪些方面對您的詩歌產生了影響？

**雪迪：**在這裡我有更多的選擇，在中國會受到限制。在中國我的內心世界可以是自由和開闊的，但（那時的）社會缺乏資

訊。我不具有和外界的聯繫。在這裡，在新英格蘭，我努力在多個方面拓展我的生活。我不強用另一種風格寫詩，我不憂慮此點。風格變了，是由於我的生活在變化和發展。新的寫作風格的出現，是為了適應、應合我的新思想和豐富的感受。

　　我生活得更深刻。我不是生活在表層：我幸福，或者不幸福；我反對什麼，或者不反對什麼。我在這裡有許多選擇，想做什麼都可以。我在中國的時候，生活缺乏挑戰性和多樣化，我只可以做一件事。在這裡我有選擇，可以行動。

**愛德華：** 您在普羅維登斯市可有被隔絕的感覺？

**雪迪：** 我做好準備孤獨。我將在孤獨、寂寞中，把注意力凝聚在內心生活上。

**愛德華：** 不僅人隔絕，語言也隔絕。每天講英語有沒有影響到您詩歌的節奏和意象？

**雪迪：** 我不認為講英語影響我的節奏，因為我寫作時用的是中文。當然也可能會有某種微妙的影響，不過我還沒有意識到。有一點我意識到了，可以告訴你，那就是……[停頓]……在中國的時候，我寫得很大。我向整個社會抒發感情。在美國，人們的生活和制度運作都充滿細節；人們談話的方式也很細節化；甚至英文的結構也非常細節化。你必須說因為什麼而覺得怎麼樣。我說我憤怒，美國人就問：因為什麼憤怒？對什麼憤

怒？在中文裡，我說我憤怒就完了。我認為這是文化差異。

**愛德華**：東西方之間的差異。

**雪迪**：中國人（東方人）追求、關注的是完整，而不是細節。西方社會十分講究科學，所以你們注重細節。沒有細節，當然也沒有了整體。在中國（東方），整體是第一位的，然後才是細節。

**愛德華**：而這影響了您的詩歌。

**雪迪**：我現在十分注重細節。寫作時，我逐字逐行地關注。這以前沒有。去年我回中國時，在北京參加了一個詩歌研討會。會上，詩人、評論家們研討了我的新作。「這是非常現代、非常先鋒的風格，」他們說，「這麼多景象、意象、細節。」我自己一看，也說：「是啊。」我真的提供了許多細節。在中國詩人們不這麼寫，他們仍然在抒情，一切都表達無遺。我的詩雖然有個主題，但意義不是單一的，而是分散的；各個意義獨立存在。你只有把這些分散、獨立的意義聯合起來，才能領會深厚的總的含義。這也是後現代意識。詩人和評論家們問我：「你讀了多少本當代美國詩集？」我說：「一本也沒讀。」他們說我撒謊，認為如果我沒讀過後現代的西方詩，怎麼會具有後現代的寫作風格。我告訴他們，也許是因為我就生活在那個社會，吸收了人們注重細節的習性。我不經心地把細節說了出

來。說清楚，這是日復一日我在生活中受到的訓練，也是我在美國的社會上感受到的行為指南。由於我的生活更細節化，我的詩歌創作也顯得細節化。

**愛德華：**這也許是美國文化已經浸入到了您的潛意識之中？

**雪迪：**是的。但這是關於風格，細節連接著生活的感覺。我寫的這些新詩是關於生活在一個充滿選擇和機遇的社會裡的感受。我覺得我能夠進入自我了。我下定決心，做一個詩人，做一個優秀的作家。我要把雙腳伸入泥土，像根一樣，越扎越深，有意識地、清醒地、耐心地做我正在做的事情。

與過去相比，許多方面發生變化；對文化及生活的嚴肅思考，對自己的理解和生命的回顧，等等。這使我的詩歌與先前的越來越不同。我是說在內容和意義上，而不僅僅是風格的變化。

**愛德華：**內容影響形式。

**雪迪：**我認為內容主要來自人的精神，而詩歌是關於人的精神的。

**愛德華：**俄羅斯和中國的消費意識比其他的國家要晚，因此比較容易看到影響的過程。你覺得美國資本主義的意識形態比中國的共產主義更有利於詩歌嗎？

**雪迪：**我認為美國的資本主義能夠很好地與詩歌結合。任何事物和意識形態都能與詩歌結合，因為詩歌是人生的經驗。人們體驗那樣的生活方式，在其中生活，其中的精髓必定會與詩歌相遇，在詩中展現。可口可樂、娛樂、享受則是另一碼事。我並不極端反對生活裡的享受與消費，但當你沉溺得太深、跟隨得太遠時，你會失掉與精神的連接，你對精神的感悟會萎縮。你越是鼓勵你的生命消費，這樣那樣地消費，你與精神的聯繫就越稀少。

**愛德華：**為什麼一定這樣呢？

**雪迪：**如果你過著寧靜的生活，你可以領悟自己。消費和享受的過程會很吵鬧：酒吧、搖滾、音樂節、海灘、加上度假。

**愛德華：**那麼爵士音樂會呢？

**雪迪：**這是不同的。對於我搖滾樂是釋放，是把所有的情緒全放出來，無保留。情感發出尖叫，生命伴隨發洩。當你那麼無遮無攔地釋放，你有可能變得危險。我們在搖滾音樂會上看到那些暴力，但你不會在爵士音樂會上看到暴力。情緒是危險的，它們飛來飛去，把在它們前面的東西撞碎。情緒不往下沉。情感，充滿力量的釋放，不幫你細緻地思考你的生活。這是我在中國的寫作方式。情感能使藝術家很有力、很強大，但會有多深？你可以說情感在人類生活中是很深厚的，但我看

到那麼寬闊的黑暗……[停頓]……。你不是僅僅表述黑、展現黑，你要在黑暗裡放上一盞燈。你把黑暗點亮，讓人們看見黑暗的形狀，讓人們在黑暗的中心或者黑暗的後面看見亮光，看到光明。這就是我要說的，這就是我的理解。我認為搖滾樂呈現的是激情，是激情後面的黑暗。它釋放了所有的情感，這些情感裡沒有光，沒有可以鑿破地表進入深層的力。我不是說我根本就不喜歡搖滾樂。我喜歡樂隊「門」、「皇后樂隊」等，但爵士樂、歌劇、古典音樂和新時代音樂更打動我。你要感覺到氣流向下也在向上，然後你體驗到完整。你沒有感到只是被驟然切開，你在風中旋轉，被情感裹帶著。你要知道你有著能和你的的靈魂待在一起的東西，它能夠駐紮在人類生命的深處。這樣的理解和感覺有可能使你成為一個好作家、好藝術家。沒有這樣的意識和認知，我不知你能走多遠。你可以很擅長做一件事，一個地道的語言詩人，一個情感充沛的詩人，但你走過的還是一道窄門。我是在說寫作是融入生活的開始，是帶領我們向上並且逐漸抵達高處的過程。

**愛德華：**情感的釋放在你詩中又是怎樣的呢？

**雪迪：**我會解放，情感的頂部向上；在同時，還有一股下沉的力，這就好比一棵樹。我想我的生活應該是一棵樹：頂端要插入空中，吸入陽光，但根向下挺進。樹根越深，樹越高大。

# 採訪雪迪

書面採訪：楊小濱[1]

**楊小濱：**你在和愛德華・鮑克・李的談話中，提到你出國後詩風的變化。你能否詳細談談這種變化的原因？

**雪迪：**生活環境的突然變化造成內心的一片空白。在可以自由寫作的環境中，由於失去那種熟悉的創作環境，失去說自己的語言的環境，朋友們在一夜之間突然消失；曾經抑制自己創作的外力驟然位於遙遠的地方，曾經有過的推動創作的潛力突然流失。我感到無比茫然。在新的文化中說我不會說的語言，像一個弱智者，用不熟悉的語言吃力、笨拙地表達自己。那種挫折感、艱難感，不僅給新生活帶來巨大壓力，也使創作處於重要的轉捩點。我開始更多地向內凝視，傾聽內心一個清晰的聲音，而不是像以往在國內時聽到一個龐雜、巨大、響亮的聲音。我曾經生活在那個聲音之中，在那個聲音裡寫作。那個聲音裡混雜了太多、太響的噪音。在國外的寫作，因為更個人化、更孤獨，因之來自內心的那個聲音也更純粹，更無功利

---

[1] 楊小濱，詩人、藝術家、評論家，耶魯大學博士。現任中研院文哲所研究員，政治大學教授，《兩岸詩》總編輯。曾獲胡適詩歌獎等獎項，出版多部詩集和論著。

性，帶有深刻的覺悟感。寫作變得清晰、內向，不爆烈。這是轉折的原因和過程。

**楊小濱：**你覺得什麼是在美國和在中國寫作的最基本的不同處？

**雪迪：**我在回答第一個問題時相應地回答了這個問題。基本的不同是：在國內的創作太向外抒發，因為生存的被禁錮的狀態。那時的寫作帶有很強的反抗性，因之作品爆烈，氣勢很大，內涵不足。國內的創作總在不同時期，或多或少地被一些新譯介入大陸的西方詩人的創作方式影響。國外的創作，因為是生活在不是自己的語言、自己的文化的環境中，因此作品顯得寧靜、冷靜，更多的內省和對自身的觀照，更多傾聽中的內涵。這樣就形成距離：作品與作者之間思索、感覺的距離，讀者與被閱讀的作品和現實生活之間的距離，作品本身與讀者感悟的距離。這些錯綜地混淆在一起的距離，賦予作品張力和撞擊力。作品向內，觸及更深的地帶；表現的形式清晰、乾淨。由於不生活在母語中，因此會以更敏感、更主動的方式體驗和使用母語。這樣寫出的詩作比以往直接進入內在，語言更乾淨，去掉很多飄的東西。作品呈現了自己風格的發展和完善的傾向，不被其他詩人影響。因為「自我」和「品格」都在異國的文化和孤獨地思索的生活中強化了，成熟了。作為一個詩人，更堅強，更明晰。

　　相同的是：不論國內、國外，我的創作都緊緊連接著生活。讀我的詩，你會感到一個人的具體、真實的生活感受：疼

痛、抑鬱或呼喊；欣喜，或對靈性的追求。它們真實地記錄了
我的心靈和肉體的成長過程，我的精神的向上的旅行路線，我
的美學的形成和發展。它們真實、鮮明，不造作，也許表達的
方式愈益抽象。

**楊小濱**：流亡的意義是什麼？你認為自己是在流亡嗎，或者內
心的流亡？

**雪迪**：流放、流亡都是被迫的，是出於政治原因。我不認為我
是在流亡中。在異國生活是我的選擇；沒有人強迫我留在國
外，我也可以返回中國。我也不用「內心流亡」來形容自己。
我選擇生活在美國，這是一個主動的生活姿態。在異國生活
有很多困苦，尤其是詩人用語言建築一生的事業，和語言的緊
密聯繫超過任何其他行業的藝術家。因此在不講母語的國度
中，來自內心的痛苦和深深的孤獨具有摧毀性的力量。如果異
國的詩人性格不夠強壯，目標不是鮮明集中，不能排解眾多新
的物質的誘惑帶來的迷亂和困擾，不能聚集全部的精力去幹要
幹的，這個詩人就無法在異國繼續寫作。這也是許多大陸詩人
到西方後停止寫作的原因。這樣聚精會神地活在西方很累。除
非你進入到那樣的狀態，感到這是一種給你帶來巨大補償的活
法。我認為這樣的內心的生活是挑戰，也是在精神中的快樂，
是非常不易的。這是我選擇的生活方式，因此不是「內在的流
亡」。沒有人強迫我過這種「內在的流亡生活」，這是我的主
動的、認識清楚的選擇。

**楊小濱：**如果非要歸類的話，你自認為屬於哪一個流派？

**雪迪：**我的詩歌自始自終與生活緊密相連。我對詩歌的認識和表達的方式在不斷豐富與完善中。如果我失去對生活細節、對情感的細膩和清晰的感受，我也就不再寫作詩歌。我從來不把自己的寫作標籤為一個流派，就像你無法把生活化分為派。寫作和生活一樣：複雜，清晰，充滿善意；要真誠，顯示出悟性，精力集中。真誠和深刻是首要的，這也是我做人和寫詩的信條。因之，即使你強迫我，我也不會自我封派。我的詩歌創作來自生活，來自我的真誠的感受。詩歌的表現形式也希望像土地一樣本質，像天空一樣遼闊。詩歌寫作藝術的發展應該像使一切生命存在的氣和能一樣：它們就是你本身。你吸氣、吐氣，你自在地振動，同時氣連接你和其他物質及存在。你看見它們流動、轉彎，消逝後又出現。它們把一切物體連起來，然後呈現成「自然」這一景象。你觀看它，你也在其中。這就是詩歌的寫作風格。它無法用流派的名稱定性及含括。

**楊小濱：**你同七十年代末《今天》雜誌在當時的關係是什麼？

**雪迪：**振開、芒克、多多、楊煉及嚴力等，都是我的朋友，也包括黑大春。我參加了《今天》的許多活動，但我當時並不是《今天》創作圈子裡的成員。我與他們一起酗酒的次數，遠遠多於參加他們組織的文學活動的次數。他們曾多次在我當時住的北京東直門中醫研究院紅樓212號的房間裡開朗誦會。中醫研

究院紅樓212號在當地居民及公安片警的記憶中，是一個酗酒、
鬥毆及開文學朗誦會的地方。這是我與老《今天》的關係。

楊小濱：你怎樣理解中國古典文化和詩歌？它們對你是否有任
何影響？

雪迪：中國古典詩歌完美地表現了「形」和「意」的連接，這
其實也是現代派和後現代派詩歌的話題及寫作方式。也許意
象群不一樣，也許感受和意念不一樣，但現代作品同樣需要
「形」和「意」，需要研究、完善使意念和意象連接的方式。
請注意古典詩歌創作中對細節的關注和描寫，我以為這是古詩
所以那麼成功的關鍵所在。賦予強烈的美感及心靈感受的撞
擊，重要的部分來自古詩人對細節的觀察和準確的描寫能力。
他們把細節準確呈現，然後抽象地連接細節，同感物質和抽象
體。在一剎那，物質幻化為氣流，細節演變為向外、向內蔓延
的載體。古詩永遠言中有物，這是「核」；在物與物的連接中
成熟、完美地傳達了精神，這是「體」。二者互相倚托、互相
借重，演變成滿含精神性的詩歌的美。

　　1998年4月，我獲加利福尼亞州Djerassi藝術創作獎。從4月
至6月，我住在加州桑塔・克魯斯山中潛心寫作《碎鏡裡的貓
眼》，同時鑽研古詩。美好的山景和大片紅松林的景象、山腳
下的大海、山中無數的野生動物和漫長的西部雨季，這些都使
我更加身臨其境地體驗了古詩中的自然美。由於我當時癡迷攝
影，使我在那段時間領悟到古詩中的細節的重要性。

　　後現代藝術是反映西方的消費的時代，是整體逐漸消失、個體浮出並主宰一切的時代。廣告成為一門藝術日趨精緻，占領人的日常生活。後現代藝術是關於細節的藝術；從波普藝術到美國西海岸的語言詩，對細節的關注就是對個體的關注，就是對統一和集體的反抗。沒有細節就沒有日常生活，也就失去了後現代的藝術特徵——在美國的十年生活使我深深體驗到這一點。對後現代藝術的進一步瞭解，使我更清晰地看到它與中國古典詩歌在形式上的聯繫。我的新作注意細節：注意對細節描寫準確和精煉，注意對獨立現象的本質的探討，注意連接細節時的開闊性和思想性，注意抽象的感覺體現的精確的美。這樣，詩更結實，言中有物，更開闊、準確。我一直在尋找我的創作與中國古典詩歌的連接處，我從來不想切斷與傳統文化的聯繫。我一直在研究怎樣以現代的方式連接古典文化，尤其當我孤身獨處異國，更感到這種尋求的迫切性和重要性。在加利福尼亞的群山中，在傾聽窗外成群的北美狼嚎叫的那些夜晚，我領悟到那種連接的方式。

楊小濱：有些人把詩學傾向分為文化的和反文化的，你好像二者都不是。你對這個問題怎麼看？

雪迪：我的詩反映的是生活，是具體的生活欲望和狀態：受苦，渴望；一些孤獨的時刻，靜夜裡聽到的幾種聲音。它們都很真實、鮮明。寫詩是我與我的靈魂的對話，是我的肉身在不同階段向更高一層發展的記錄文字。在寫作中，我更深刻地理

解自己，並把生活中很多受苦的時期轉換成美。我的詩歌寫作
緊密地與我的「靈」和「肉」連接，深摯地與我的對精神的領
悟連接。因此，我不是在寫「文化」，或者簡單地標榜「反文
化」。我不願意立標籤，喊口號，只是寫。讓寫作成為敘述者
和闡釋者。我的寫作過程是一個文化過程，但我的創作指向生
命。我的詩歌創作是努力將生命昇華的過程。記錄下關於美的
純粹的思考，記錄下那些置身於美的喜悅、頓悟的時刻。它們
更接近省悟和感覺，離「文化」和「反文化」稍遠。

楊小濱：你常常用到「向內」的概念，有時你也說「向下」。
能否詳細闡述？

雪迪：內部的、內在的，是指一種生存姿態和方式；是一個選
擇，過一種內心生活的選擇。聯繫到寫作，就是把力量向內凝
聚，把情緒向裡、向深處爆發的寫作風格。這和生活在美國有
很大關係。外在的擠壓的現象消失，反抗的直接的目標不見了
（當然掙錢、付帳單的外在壓力仍舊存在）。這時你發現最強
大的對手，不斷騷擾你過一種寧靜的生活的其實是你自己。我
們不習慣與自己作戰。我們習慣了生活在外在的脅迫之中，然
後反抗脅迫；然後被懲處，然後反對懲處。在這樣的循環中，
我們獲得寫作動力，獲得生存的欲望和決心。我們在此生存狀
態中，獲取知識，渴望獲得更多知識，以便能戰鬥得更持久，
打得更漂亮。這是我們生活的狀態和細節。我們習慣了看清對方
的弱處和缺失，我們習慣了認知「一切的錯誤都是對方的」。

　　當我們生活在異國，失去抗爭對象；在自由的環境中，在民主的氣氛中，我們發現以往的鬥爭精神實際上將我們放在最低的生存地帶。我們沒有時間、環境和需求去認識、發展和昇華自己的內心世界。我們不曾詢問和拷問自己：哪些方面是我們犯下的錯誤？是我們自己心智的迷亂給我們的日常生活帶來困惑和失落感？是我們自己精神體的孱弱，使我們生活在不清晰、不幸福之中？我們從不詢問自己：哪些是我們對人生、人性犯下的錯誤和罪行？哪些是致命的、不可寬恕的，是源自我們個人的內心的惡？

　　因此，內在的，就是一種生活方式和態度，是一種選擇。選擇過智性、靈性的內心生活。真誠，充滿善意。把力量向內而不向外擴張，把使生命向更高處昇華作為一個挑戰，不斷看見自身的錯處，承認並發展，這是一種生活態度。這種生活態度會改變詩歌的寫作。詩歌變得乾淨，注意力更加集中。詩歌中出現更多靈性的聲音。詩歌和古人的思索連在一起，呈獻廣闊、深刻、滿含智慧的語言。這樣的創作變得更渾厚。你感到那些詩作的底在向下沉，向深處運行；詩作表述的在向上升，到達另一個層次，帶領我們達到高處——那兒乾淨、舒適。向內是艱苦的工作的過程，不是一個隨心如意的過程，但你總能看見上面的光；你不放棄，你會感受到很多光貫穿著你寫作的那些日子。

楊小濱：你是怎樣思考政治和詩歌的關係的？

**雪迪：**詩人應該憐憫眾生。如果你的人民、你的朋友、你的父母兄妹生活在不幸福、不公平之中，你要創造出詩歌為他們伸張正義。因為詩意味著真誠與善良，充滿對美的夢想、幻想。政治家為達到目標撒謊；詩人為達到目標說心裡話，並不惜為此遭到打壓。這是政治與詩歌的根本區別。你用語言表達，每一句意味著你的認知，它們對生命和精神負責。政治家運用組織手段，經常變化；他們應該對生命和純真的精神負責，但他們往往蹂躪、糟蹋生命。

　　詩人應有普世的憐憫心。如你不憐憫生活在不幸中的人，你怎麼能真誠地對待你的內心世界？你怎麼能寫出感動世人的詩歌？如你無善心，你的詩也無善心。美是不脫離善的，大美是有大憐憫心在內。即使是詩句的美，也只會來自創作者人格中的美。詩歌的美來自詩人心靈的善和神經的敏感。

# 心裡有詩，
# 我生活的地方就是自己的國土

採訪：雪女[1]

雪女：雪迪你好。你是哪年開始寫詩的？當時中國新詩發展處
於什麼階段？

雪迪：雪女好，謝謝採訪。我應該是在十二歲時寫下第一首
詩，但直到80年代初才正式認真地寫，決定做一個詩人。當時
西方的現、當代文學被譯入，「今天派」的詩歌正在傳播。

雪女：據網上資料介紹，你曾經是圓明園詩社的四大才子之
一。這個詩社都有哪些詩人？辦了多久？有什麼寫作主張？

雪迪：圓明園詩社創建於1984年7月，詩社的主要成員有戴傑、
劉國越、雪迪、黑大春、刑天、大仙、殷龍龍、薩百聰、劉清
正等。戴傑是詩社社長，雪迪是詩社雜誌《窗口》的主編，該

---

[1]　雪女，本名胥永珍。詩人、作家、攝影師。1960年代生於山東，現
居深圳。詩歌、散文、評論等作品散見各報刊及網路平臺，被選入
多種選本。出版散文集《雲窗紀事》、詩集《無盡的長眠有如忍
耐》。

雜誌出版了一期。在詩社存在的二年之間，詩社經常在圓明園廢墟石柱處和福海聚集，朗誦詩歌。經常參加詩歌聚會的還有芒克、呂德安、菲野、阿曲強巴、林春岩、何群等。很多詩人都參加過圓明園詩社的活動，如北島、多多、江河、唐曉渡、嚴力、鄭敏、劉湛秋、吳思敬、楊匡滿、江楓等。詩社的重要成就還包括在很多大學成功舉辦了詩歌朗誦會，如北京大學、中國人民大學、北京師範大學、北京外國語學院、北京林業大學等。詩社請來今天派的詩人食指、多多、北島、芒克、江河、楊煉、顧城等上臺朗誦，也邀請了詩壇老一輩的袁可嘉、謝冕、鄭敏、藍隸之、牛漢等，侯德健、程琳、蔡國慶也參加了朗誦會。詩社無宗旨，以詩相聚，當時詩人都有悲愴的情感和廣大的抱負，推進當代詩，因此詩社被命名為圓明園。二年後詩社因辦社意見嚴重分歧而解體。圓明園詩社四大才子之說是在詩社解體後提出的。

雪女：你是1990年應美國布朗大學邀請，任駐校作家與訪問學者。這之後就留在此校工作的嗎？

雪迪：我是在1989年9月收到美國布朗大學英語系的邀請，請我為該系的駐校作家、訪問學者。當時用了三個月才拿到護照，不得不辭退工作；僅用了三天就拿到了簽證。布朗大學有東亞系，有一個很強的中國語言系，本以為我會被安置在那裡；但大學的寫作項目中心是在英語系，這個中心在美國非常有名，因為它的教學自由和高品質而享譽全美，鄭敏女士是在這個中

心畢業的。我被安置在大學英語系的寫作項目中心，英語系是布朗大學最大的系之一。在任駐校作家、訪問學者期間，我要每週四去寫作項目中心參加學生們的茶話會，那時學生會討論寫作與文學，專題討論或隨意討論。我要和學生們在一起，使他／她們瞭解中國文化。還有就是舉辦詩歌朗誦會、旅行、創作自己的作品。我在美國持續地獲得了不同的有資助的獎項，這樣在英語系和寫作項目中心就繼續了三年六個月。

　　三年半後，經濟來源沒了，我開始在英語系和寫作專案中心的辦公室打工，半天的工作，主要是發送郵件、做複印、遞送重要文件。夏天和冬天學生放假，我就不用上班，我回國、旅遊、去寫作基地搞創作，系裡會把位置給我保存下來。收入不多，但有固定的創作時間，可以回國，這樣就是好幾年。我不喜歡教學，覺得美國的學生難教，要討好他／她們，加上當時的英文水準也不夠教學和批改英文作業。當時那樣的狀態，我挺滿意。我去了很多寫作基地，寫了好幾本詩集，出了好幾本英文詩集，生活也馬馬虎虎地過下來了，挺好。

　　一直到十年前，過不下去了，沒錢了，大學的媒體技術服務部剛好有一個名額，我去應徵，被錄取了。這個工作是負責大學的文化活動和講演的音像安排，還有教室的儀器使用。我中學時數理化很好，腦子的邏輯思維不錯，加上喜歡鼓搗音響，結果沒費什麼勁兒就通過了面試。我當時都不知道在美國一流大學工作所享有的可觀的福利。我記得我獲取上班通知的時候是在佛芒特的寫作基地，我正在寫一本新詩集，通知告訴我二個星期後上班，我心裡好難受。我不得不提前離開寫作基

地，回到布朗大學，開始了我的分裂的生活。

**雪女：**你在美國工作的大學裡，學生及教授學者們對中國詩歌
瞭解多少？

**雪迪：**布朗大學寫作專案中心的詩歌教授對中國文學非常感興
趣，尤其對中國的古典文學。我和一些詩歌教授成為很好的朋
友，這之中包括後來成為我的詩歌譯者的科思－沃爾卓伯。他
／她們會經常詢問我一些中國現代詩歌的狀況，並高興地炫耀
他／她們找到的古典詩歌的譯本。當我舉辦詩歌朗誦會時，詩
人朋友都會參加，還會有很多寫作項目中心的學生。我的朗誦
都是用中文，然後由一位美國詩人唸英文翻譯，不是很遠的旅
行朗誦會，就都是科思－沃爾卓伯唸翻譯文。聽中國詩人用中
文唸詩，對美國詩人和聽眾都會很新奇和有感染力，加上我自己
成熟的朗誦風格，朗誦會都挺成功，會在朗誦後賣出很多詩集。
　　學生們對中國文學的興趣沒有成熟的美國詩人的興趣那麼
高，但是學習中國語言的學生對中國文學的興趣顯然是高的。

**雪女：**聽說在國外聽詩人演講或朗誦，會收門票，買票參加詩
歌活動的人多嗎？

**雪迪：**在國外的詩歌講演絕大部分是免費的。比如在大學，各
個機構都有活動資金，學生會就有他們自己的錢，邀請學生們
感興趣的作家來朗誦；各個系也有自己的活動經費，必須在年

終時用完，否則下一年的經費會因為今年的未被用盡而消減。各個系的朗誦和講演都是系列。學校也會邀請大牌的作家來朗誦座談講演，名氣越大的作家，參加者會越多。這些朗誦和講演都是免費的。如果主辦方認為場地可能爆滿，就會要求參加者去指定的地方免費拿票，到時憑票入場。很流行的大牌作家，一個大禮堂的位子不夠就同步直播到其他場地。當然也要避開年終和年中大考的時間；接近大考，學生們是不去參加活動的。

　　有的課程教授有一定的教學費，他／她們會邀請自己喜歡的作家來教室和學生交流談詩，五十分鐘，一般薪酬二百美元。我曾連續數年去哈佛的一個詩歌課堂講詩，學生們要通過書店購買我的詩集，閱讀，然後在我來訪時與我交談。

　　詩歌不是流行的項目，不是表演，不是使觀賞者享受的節目，因此收門票會使更少的人參與。如果是大牌的機構做詩歌活動，賣票，他們邀請獲大獎的名人，有時是數位，這會吸引參與者購票參加。這樣的機構有資金支持，可以高額邀請名人，也就敢賣票。

　　通常的詩歌朗誦，出席人數取決於被邀請者的知名度、主辦方的輿論宣傳力度、被邀請者的背景。例如，我在大學和社會上朗誦的出席人數一般都可以，這應該與我作為一個中國詩人的背景有關，加上數本詩集的出版和主辦方的力薦。

　　朗誦會後的現場提問是有意思的，提問範疇取決於出席者的身分。在大學的朗誦被問到的問題多是中國的現狀、生活的狀態和翻譯的過程。各地寫作中心組織的朗誦的提問者會問具體的寫作細節問題，諸如會提出幾個句子，問你怎麼會這樣

寫。圖書館舉辦的朗誦，出席者基本都是來館的固定人員和社會上的人士，他／她們更多的是對東方文化有興趣，也更陶醉於中文的朗誦。

　　我被邀請講演朗誦付的薪酬是不同的。在我得到布朗大學固定工作之前，我曾旅行了美國的東、西海岸，講演朗誦上百場。作家組織和名牌大學薪酬最高，可達到一千美元；一般大學和學術組織會付五百美元，這些地方如果不用飛行，可以自己駕車前往。圖書館資金不多，他們會願意支付二百美元，請你去朗誦。中學和小學資金實在有限，這些地方如果邀請我，我都是自願免費前往，給年輕的學生接觸中國文化的機會。

雪女：你喜歡爵士樂，想嘗試把爵士樂移入詩歌。在你之前，我做陳東東的訪談時，也談到這個問題。他最早曾嘗試把莫札特音樂的節奏和韻律移入詩歌。我覺得不管是古典音樂還是爵士樂，我們如今向音樂借鑑的，已不僅僅是節奏和韻律的問題了。你若在詩歌中移入爵士樂，會萃取哪些元素？

雪迪：把爵士樂移入詩歌是一種探討。爵士樂曲裡蘊藏的感受、深厚的感情、曲折的表達，這些都和詩歌有相似之處。許多著名的爵士樂演奏者也是爵士樂作曲家，如John Conltrane、Miles Davis、Chet Baker等，他們的人生充滿磨難和挫折，堅韌不拔，樂曲中都帶著血、哀痛和希望。那樣的旋律是生活中的起伏、白天黑夜的困苦、黎明時的一線魚肚白，在音符裡浮現出來。那樣的節奏是傾訴、遠去的夢幻和新生的希望，在吐

氣中呈現。這就是詩，是一首詩說清的和不說清的地方，是詞和詞之間詭祕和神奇的連接後締造的刺激和震撼。如一首好的詩，爵士樂觸動人的地方，都是在旋律的後面，在節奏裡面；如詩，動人心魄的都是在空白之處。

所以我一到美國，就迷上爵士樂，搜集了大量古典和當代的爵士光碟。我的收藏之豐富令美國的詩人驚愕。在一次朗誦會上我說，美國對世界的首要貢獻是傳播自由的精神，然後就是爵士樂。我年輕時曾用二年學習演唱，歌劇、義大利發聲法，氣沉丹田，然後從後腦上升，聲音從顱頂湧出，帶金屬聲。那是一種震撼，陽剛之氣。爵士樂在暗處的夾層裡穿行，所到之處摧心裂骨，然後是爆破；你起身離開，心存感激。

這也是寫一首好詩的感受和過程。因此，把爵士樂融入詩歌，是寫入那樣的感覺。節奏本來就在寫作者的心中，在寫下一句詩時的呼吸裡。詞和意象，是爵士樂手的吐氣；行和行之間的空缺，那裡隱藏的力量，是起伏跌宕的旋律。一首詩的完成，是作者和演奏者生命的一段旅程。

雪女：80年代初在國內就開始寫詩，現在國外仍然筆耕不輟，中間有停過嗎？不同的生活背景和地理環境，對你的詩歌寫作有影響嗎？

雪迪：80年代初開始寫作，第一本油印詩集是《斷壁》，看書名就知道詩集的內容。1988年灕江出版社出版《夢囈》、1989年工人出版社出版《顫慄》，這些詩集出版後就賣光了。

1990年到了美國，頭三年因為連續獲獎所以有薪水，專注寫詩和學英文。出版了英文詩集《火焰》、《情景》、《心靈－土地》、《寬恕》。三年後開始在布朗大學的英語系、寫作項目中心、東亞系、現代文化和媒體中心等部門打工，也在外面的餐館洗碗、街頭賣地毯、照顧殘疾人、做園藝工、幫人遛狗、冬天鏟雪、看大門等工作掙錢。那時的生活挺辛苦，存款不多就慌得很。寫作一直在繼續，陸續出版了英文和雙語的詩集《地帶》、《普通的一天》、《另一種溫情》、《碎鏡裡的貓眼》、《音湖》。在臺灣出版了《徒步旅行者：1986-2004》和《家信：雪迪詩選》。在這期間還去了十多個美國的寫作基地，其中包括Lanna Foundation在Marfa的寫作基地、Yadoo、Macdowell、美國洛磯山脈國家公園。

　　生活環境不同了，在一個自由的國家，除去直接的經濟壓力，消解了思想上的壓迫。對抗消失，你面對的現在就是你自己。我的寫作開始轉入內心，以往對外的爆發轉變成內心的思考，情緒轉化成凝視。詩歌顯得安靜了，有了更多的回聲而不是轟鳴。技巧細膩，用字用詞更簡潔、準確、凝煉。因為你要把以前用很多行表達的現在只用幾行表達，你要創造和保留空間，在行與行之間設置空間，那些空間裡有更多的事物在迴旋；就像你在異國的生活，更多辛苦和喜悅在無法言喻之中。你無話不說的時候過去了，現在你要學會在寂靜中言說。空曠是如此堅實、如此渾厚，你要用最精確的詞、最少的行數來呈現這個空曠。除去精煉，空曠無法存在；除去準確，寂靜不會蒞臨。

　　我還用大量的時間思考和實驗將現代寫作和古典詩歌聯繫起來。在很多國家公園的寫作基地，我獨處自然之中，用最原始的方式生活。我看到北極光，聽到狼嚎，夜晚在海濤聲中入睡。我有了機會體驗古人離群索居的生活方式，面對天地獨自冥思，和心魄在一起。那樣的詩是通氣的：通冷暖之氣，通動植物之氣，通天地之氣。那時，你可以和古人連接，看到照耀古人的星光，聽到古人旅行的馬蹄聲、酒倒入大碗裡的聲音，看見你在詩歌的光團裡。

　　大量的時間也用在翻譯詩歌上，和我的詩歌的譯者們對話、商討，看到一本詩集最終完成，以另一種語言面世，內心感激和欣喜。

　　二十七年，逗留在異國幾十載，獨自生活，獨自體驗，獨自面對日常的瑣碎和難過，獨自體會生命的徜徉和跨越。在異國的孤獨中，和詩歌在一起，眺望遠方的家，辛苦和感恩地活著。

雪女：你出版了多本英文詩集，是你直接用英文寫作，還是別人翻譯的？同一首詩，你感覺用英文表達和用漢語表達，有哪些差別？

雪迪：到目前為止出版了九本，三本中英雙語，六本英文。其中五是正規詩集，四本是單行冊。在美國，四十八頁以上就是正規詩集，少於四十八頁就是單行冊。

　　我都是用中文寫詩，完成後翻譯成英文。翻譯分二個步

驊：第一步是把詩從中文翻成英文，需要懂中文的人來做，需要忠實於原文。我有幾個英文很好的朋友翻譯，我自己也做，意思不確定就寫注語。第二步是由美國詩人來做，在原文的基礎上，在與我核實和磋商的情況下把詩完成，使詩在英文上流利、通順。翻譯不可能逐字逐句地相同，如硬性地翻譯會使詩在英語中很彆腳。不是好詩人就能翻譯詩或潤色詩，詩人必須有對另一種語言的感覺，對不同風格的把握，對文字特殊的敏感才能做好翻譯。當然，如果母語是英文但懂中文的詩人來做翻譯是最好的，可這樣的人很少。

　　我沒有用英文寫過詩。我的英語可以寫文章，可以閱讀，可以流利地交談，做採訪，但我不用英文寫詩。用中文寫詩都要全力以赴，為了一個詞嘔心瀝血，為了一行詩輾轉難眠，這是自己的母語呀。準確的詞和字，傳送出廣闊的含義，打造出深度，用後來學習的語言和文字怎麼可能寫出那些詞和字呢？語言也是生活的經驗，使用母語和自己的經歷與感受息息相關，是血液和經脈，語言和我一起成長。那我怎麼能用第二語言去展現我的生命，精準地表達我的感受？因此，我不用英文寫詩。

雪女：據你觀察，當代歐美詩歌的發展狀態如何？

雪迪：因為在美國謀生，學校的工作要頻繁地學習和應對新的電子技術，我幾乎沒有時間大量和系統的閱讀當代歐美詩歌，更多的還是讀國內出版的翻譯作品。這個問題國內的研究者和

理論家會更好地解答，我就不在這裡敘說了。

雪女：中外哪些詩人對你的詩歌寫作產生過較大影響？

**雪迪**：中國詩人對我的影響更多的還是古典文學的作者。唐詩的優秀詩人對我影響最大，然後是宋詞的出色詩人。文化大革命切斷了和古典文學的聯繫，我在該上大學的時候去學工學農，因此古典文學都是後來自己研讀的。我也在不懈地探求和嘗試將當代詩歌和古典詩歌聯繫起來，吸收古詩的精髓。我希望能做得更好。

　　我曾在一篇英文訪談裡談到外國詩人對我的影響，摘出一節翻譯在這裡。

　　普希金是第一個影響我寫作的詩人。他浪漫的氣質對愛的抒寫與對自然的熱愛，在我少年時深深感染了我。那時我父母離異，我被雙親遺棄，獨自住在一個醫院的宿舍裡。我絕望、孤獨、自殘，在走道裡意外撿到一本普希金詩集，戈寶權的譯文。譯文漂亮啊，我讀到詩人對生活的熱愛，他把感到的一切都寫得溫馨美好，自然在他的詩中美妙地展開。他的驕傲和無窮的愛，使我從痛苦中解脫，使我活在美中，看見樹林和陽光，聽到波濤，看到美色。我開始寫詩，試圖也生活在那樣的美好之中，在我絕望的時候感到明亮的陽光。我從死亡的荒地裡走出，因為普希金的詩歌，我能承受生活的苦痛和情感的迷亂，我的心就那樣被詩歌裡的美和愛占有。

　　波德賴爾是第二個影響我寫作的詩人。他對黑暗的感受和

抒寫，尖刻的眼光犀利的文字，他對人類的貪婪與罪惡的憤怒，挺入黑暗的能力，直達黑暗底層。我正經歷著國家的動亂和我的迷惘，那裡人性的迷失和混亂，社會的混沌，使我感到窒息和絕望。波德賴爾的詩使我學習如何在寫作中體現力量，如何下沉，嘗試到達底層，讓作品堅硬和渾然。我嘗試新的寫作技巧，試圖精準地組合詞彙，我那時相信這是展現詩的力量和美的獨一方式。他的詩歌也充分體現了文字的精美。我感到在詩歌的寫作中充滿力量，漸漸沉入濃郁的黑暗。

　　然後是葉芝，他教會我如何在黑暗和混沌中站立，如何用遠方的光照亮生活，如何在生命的廢墟裡歌唱，如何指引人們擁有生活的喜悅和希望，把惡念遺棄。他用那樣的優美迷人的語音教導我。

　　我終於明白：你要學會穿透黑暗，你本身的生命裡要有光，你才能穿透。你要與生活的根攀援與生命的水浸潤，你生長，日益茁壯。你渴望光芒，那是活的希望，也是詩的內容。美是希望，善念是希望，歌唱著打開自己是希望。我終於明白，詩歌必須經歷這個過程：先下降然後上升。沒有下降，詩歌沒有渾厚的力量。沒有上升，就缺失了精神；我們無法依靠寫作帶來的光穿過幽暗漫長的隧道，我們不能飛行。

　　寫作技巧是我的生活方式，是我生活的地方。技藝暴露我誠實的程度。

雪女：你曾經寫過一本詩歌評論集《骰子滾動：中國大陸當代詩歌分析與批評》，據說出版屢遭挫折，到底是怎麼回事？這

個集子主要評論了中國當代哪些詩人？發現了哪些問題？

雪迪：《骰子滾動：中國大陸當代詩歌分析與批評》是1988年應作家出版社關正文約稿寫的，那時沒有簽約這回事。書稿二十萬字，分析批評了五十五個詩人的五十五首詩歌，代表了當時詩歌界的最高水準。這本書稿當時曾在安徽的詩歌報以連載的方式刊登。

1989年夏，書稿在全國各大新華書店訂購完畢，即刻開機印刷。六四發生，作家出版社停止印刷此書。

1993年，北京朝華出版社決意出版此書。書已製成膠片，待印，出版社的《左禍》一書惹來麻煩，出版社停止印刷此書。

因此此書歷經挫折，至今尚未出版。我1990年人到美國，無暇聯繫國內出版社。現在我又嘗試在國內尋找出版社，出版此書。

《骰子滾動：中國大陸當代詩歌分析與批評》是一本歷史性極強的書。此書不僅僅是分析批評詩人的寫作技巧和方法，與詩人和當時的詩歌潮流對話，同時也記錄了那時在國內人們生存的狀態、群體的感受和個體的思索。這是一本由詩人寫的分析批評詩歌寫作的書，細緻地探討了詩歌寫作技巧，分析了眾多詩歌流派，講述了詩人的生活，它將是中國詩歌史的一部分。

希望最終會有出版社出版《骰子滾動：中國大陸當代詩歌分析與批評》。

雪女：我所知道的50年代出生的詩人，在寫作上只有少數幾個突破了困境，站到了當代詩歌第一線，你應該算一個。有些詩人寫不出詩歌，改寫隨筆小說了。有些詩人雖然還在寫，但也是後勁兒不足，難出佳作。請談談你一路克服了哪些障礙，從而保持了現在良好的創作狀態。

雪迪：需要一年，才能在心理上調整過來，如果你接受事實，執意在新地方生存。在一年之中思鄉的痛苦、語言障礙帶來的失落感和自卑、對新環境的本能的拒斥、在新文化中的迷失和已熟知的自我的消失因而產生的恐懼，這些都是無形但巨大的，緊緊地裹著你、壓迫你，使你發瘋。如果你還要因為生計而忙碌和憂慮，那就是雪上加霜了。我很幸運，在最初的三年有獎金資助，因此可以全力以赴地學英語，把握內心的變化。接受事實並有一個明快的計畫，會使生活輕鬆一些，心智免於扭曲。用母語寫作緩解了在異鄉生活的苦痛，不僅僅是幫你揮發心緒的糾結，也使你在用熟悉的文字溝通內心時感到安慰和快意。

　　孤獨是無窮無盡的，在清晨的洗臉水、中午的湯和夜晚的酒盞裡。沒有人和你用母語談論詩歌，沒有人告訴你二個意象之間的生命的窘迫和失落，一首詩完成時生存的欣喜和哀傷。你必須有一個目標，你必須相信自己，沒有懷疑的餘地；唯有這樣，你不會垮下去。孤獨是美妙的，它使你清晰地看見自己，聽見你體內流動的聲音，當你和人群一起，這些寶貴的都會消失。我從小被父母遺棄，在七歲時就開始對抗孤獨和恐

懼，我習慣了孤獨，熟知恐懼。詩歌一直在我的生命的裡面照耀，時而明亮，時而微弱。在異國的生存使詩歌的聲音更清晰、尖銳，它在孤獨中的回聲更長久。

我就這樣在異國活著，目標明確。我知道我不放棄生活，詩歌就不會離開我。對寫作技巧的研習使我欣然，能把一首詩寫得越來越短，內涵卻越加豐富，這樣的結果使我滿足，領會生命的意義。對於我來說，已經不是在異國堅持下去的問題了，是我在看著我自己能走多遠，保持心靈的純正和喜悅，命裡有光，詩歌相伴相隨。活著，愛著，努力著，從艱難困頓中走出；老了，但心是這樣地年輕。

雪女：讀你的詩，就像看冷色調的油畫，冷靜、憂傷、細膩、尖銳、深情等構成了你詩歌的主要特徵。它既來自心靈深處，又有陌生化的語境，呈現出迷人的氣息和創痛的力量。這是否是你在詩歌寫作中所追求的審美效果？

雪迪：感謝你對我的詩的評價。憂傷來自我的被毀了的童年，加上國家的動盪，民生的艱難。在異國的生存和從不同的角度領會文化和進入詩歌，使我的抒寫也許和國內同仁不同。生命的過程與眾不同，這會給詩塗上異樣的色彩。我畫過油畫，酷愛音樂，和中央音樂學院的教授學過美聲唱法；十二歲時進入少年體校打乒乓球，到美國後曾連續十年是我所在州的乒乓球俱樂部的冠軍；我興趣廣泛，但凝聚於詩，持之以恆地研習寫作技巧，並有機會在自然中獨處，與動物為伍，這些經歷提供

了經驗詩歌寫作的不同的途徑。如果你有慘屬的童年，但你沒垮掉；如果你經歷了國家的動盪，你倖存但沒有扭曲，你仍舊愛；如果你漂泊異國，但家園由始至終都在你的心裡，你說夢話時仍是中文；如果你歷經磨難，但奉獻的都帶著光亮；如果，你仍舊寫詩，你一定會打動熱愛生活的人。

　　把你自己準確地表現出來，要說的與眾不同，要堅忍，亮光在你的腦海裡。

雪女：據悉，你曾在美國舉辦上百次的個人詩歌朗誦與講演，這要比國內詩人舉辦的個人詩歌朗誦會多得多。參加你的詩歌朗誦會一般都是哪些人？普通市民也喜歡參加嗎？在美國，詩人和詩歌是否也處於邊緣化？

雪迪：在第五個提問中，我已經詳細講述了我在美國朗誦的情況和朗誦會的大致情形。在我開始正式工作前，我每年都會被一些大型機構和大學、圖書館等處邀請，做詩歌朗誦和講演；工作後由於工作緊張，請假的手續繁瑣又嚴格，慢慢地朗誦就少了。工作前去參加一次愛爾蘭國際詩歌節，在愛爾蘭大學，那次有美國的十多個普利策（又譯普立茲）詩歌獎獲得者參加，為期一週。詩歌節後我旅行了整個愛爾蘭，然後去了蘇格蘭，去了北部的蘇格蘭高地，搭的是郵遞員的車子，因為那時在高地沒有公車。這樣的生活方式我已經告別已久，真懷念呀！我還懷念去寫作基地的那些日子，在林中的小屋裡寫作，早飯中飯都被放在籃子裡，送到小屋外的陽臺。我會專心致志

地寫作，四周全是寂靜。

　　現在的我，每天身背二三臺手提電腦，包裡裝著幾十個電腦手機平板和放映機的連接器，在大學樓之間疾走。或者就坐在大型音樂混合器後，推動鍵盤，監控樂隊在臺上表演。噢，詩在遠方。

　　現在扯回來。布朗大學的文學藝術系每年都有近千人申請，但只錄取十二人左右，其中四五個是詩人，高競爭呀。這個數字說明文學、詩歌、詩人在美國不是邊緣化。美國這個高度自由的國家，人們選擇自己要做的。一個寫作系會有這麼高強的競爭，年復一年，說明文學創作包括詩歌在這個國家的地位、被尊重的程度。

雪女：在你的詩歌中，我讀出了鄉愁。這種鄉愁在去國離鄉的作家詩人中尤其濃郁。你至今堅持用母語寫作，是否也是表達鄉愁的一種方式？

雪迪：我三十三歲離開中國，至今已是二十七載。剛到美國，一句英文也不會。我不倦地學習英文，也感謝我的美國女友，二十多年相伴相愛，也使我的英文長進。用母語寫作不是因為鄉愁，而是為了表述得準確。寫出詩句，就是母語，因為是母語和心相連，母語在氣息之中。母語清晰、細膩、落在扎實的地方，詩歌也是如此。二十七載，母語與我同在，同甘共苦，使我強壯，使我細緻，使我在風雨之中穩穩地站著。

　　母語入夢，使我的生活恍如隔世。母語的四聲令我知道我

是異鄉人，心裡有詩我就是主人，我生活的地方就是自己的國土。我的根在母語裡，母語是生長的，母語在亮光中會更加清晰和雄厚，所以我要棲身於光中。

　　你會看到一個異國的跋涉者，鞋上沾滿泥濘，但臉是乾淨的。母語是他的糧食，他告訴你他的事情，他寫詩。他的一生充滿鄉愁。

雪女：目前為止，你認為自己最滿意的詩歌作品有哪些？

雪迪：喜歡出國前寫的一首長詩〈回憶〉，出國後的一些短詩如〈臉〉、〈雪季〉、〈新年〉、組詩《碎鏡裡的貓眼》、美國國家公園創作基地寫的組詩、詩集《馬納索塔島》裡的詩。
　　最後謝謝雪女的採訪！

2018年1月

# 骰子滾動不停

採訪：張後[1]

張後：雪迪先生好，我曾在瓦蘭主編的《中國先鋒詩選》上較系統地讀了一些你的詩作，同時也讀了一些你更早期發表在《詩歌報》上的《骰子滾動：中國當代詩歌分析與批評》的部分文章，雖然我們有微信的聯繫，但我仍不敢說十分清楚你去國後的一些文學創作活動。能否詳細給我們《訪談家》的讀者分享一下嗎？這一晃你在布朗大學任教和工作竟有二十餘年了？順便也介紹介紹布朗大學吧？你是基於什麼一個機緣去的布朗大學？怎麼會在布朗大學一待就是這麼久？好像很穩定的一份工作，還是你生性如此安靜？

雪迪：謝謝張後採訪。我在1989年9月接到美國布朗大學邀請前往該大學任駐校作家和訪問學者。當時有二個地方給予了資金：美國的赫爾曼－哈米特寫作獎和前布朗大學校長Vartan Gregorian的創作基金。在布朗大學我留在了英語系，參加寫作項目中心的活動，每週和寫作系的學生見面，交談，回答他

---

1 張後，中國著名獨立詩人。作品以情詩為主，意象奇幻，視角新穎，獲過多種獎項。著有詩集、散文集、隨筆集多部。著有《張後訪談錄—訪談詩人中國》、訪談錄《詩人往事》。

們的所有問題。資金延續一年，我在第二年再度獲得赫爾曼－哈米特寫作獎，成為為數不多二次獲得該獎的作家。我也從紐約的巴德學院獲得了國際學者獎，布朗大學寫作創作中心的創作獎。我在第三年獲得布朗大學Artemis Joukowsky文學創作獎，獎金四萬美元。這樣駐校作家的身分就持續了三年半。三年半後，我在英語系找到一份半天的工作，發送信件、在系和學校的各辦公室之間聯絡、張貼文學朗誦活動的廣告等。我也在東亞研究中心、當代文學媒體和電腦中心等系裡工作過，因此經濟上有了收入，但是沒有醫療保險。我選擇做半天的工作是因為學校在夏天有三個月的暑假，我就不上班了。那時我會回國看望爸爸媽媽、和朋友見面、參加文學活動、去國外其他的地方旅遊等。還有很多時候，我會去美國各地的寫作專案中心與基地創作，這些地方都要申請，寄給他們你的寫作專案、文學背景、介紹人的信函等。好的寫作專案基地競爭十分激烈，他們會獲得來自世界各地的幾百份申請函，但只會選擇十幾二十個，根據基地的規模接受人員數量不等。在那些地方可以安心創作不被打擾。例如美國新罕布什爾州的麥克道威爾寫作基地。基地有嚴苛的規定，如果藝術家隨便串門但未經邀請遭到抱怨，那個串門的藝術家會被立刻從基地開除回家。我在這些基地開始或者完成了一些詩集，如《普通的一天》、《地帶》、《碎鏡裡的貓眼》等。我還喜歡去美國國家公園的一些寫作基地，他們會提供給藝術家一間屋子，通常是在國家公園漂亮但偏僻的地點，一般是二個星期。因為這些地方通常只在夏天開放，他們會希望有更多的藝術家前來。條件是送給他們

一份你的創作作品，可以自己擁有版權，但國家公園擁有你的作品。這些地方的競爭非常激烈，一般是數百人申請但只有六至十人可以入選。這樣的基地一般是攝影師和畫家還有詩人允許申請。我酷愛自然和旅遊，加上寫作，因此這些地方是我在夏天最喜歡的地方。例如紐約州藍山寫作基地的藍山湖、科羅拉多州的洛磯山國家公園、密西根州蘇必利爾湖（又譯蘇必略湖）中的皇家島、阿肯色州的野牛河等。學校還有一個月的冬假，通常我都會待在家裡寫作。我之所以選擇半天的工作是因為當時三年半的各種獎金我存留了一些，半天工作會有一些收入，心想錢夠了就可以了，然後做自己喜歡做的事。假期結束就再回去上班。這樣按自己的心願生活了十年，一直到2006年。

那年學校有了新規定，各個系不可以沿用訪問學者和其他類型的人員做半天的工作，只能聘用在校的學生，這樣會給學生帶來收入和就學的便利。我不能再有半天的工作了，存留的錢也由於幾次回國和在國外的旅行日益減少，因此我只能找全天的正式工作。

當時布朗大學的音像音響服務中心在招工，這個中心負責大學所有教室的教學儀器使用和維修、大學所有的講演演出的音像音響技術操作，是一個很熱門但需要技術的工作。我由於早先在學校當代文學媒體系工作過，加上自己一直喜歡鼓搗音響和使用電腦軟體編輯影片，又在學校待了十多年，熟知各個教學樓的位置，因此在經過幾輪的會談後就被招收了。我也是在工作後才知道在美國的一個一流大學獲得正式工作的諸多好處。我清楚地記得大學正式通知我上班的時候我正在佛芒特的

一個寫作基地創作，駕車遍遊這個風景如畫的州，這裡也是美
國著名音樂片《音樂之聲》的發源地。我接到通知後打包，離
開寫作基地，返回布朗大學，開始了全然不同的生活。

　　這個工作使我看到了無數精彩的演出和高級別的講演，因
為我是主持活動的主要人員，是獲得美國證書的音像音響操作
人員。這個證書當時在全美國也就頒發了幾百個，考試極刁鑽
艱難。我獲得了，因此被提升為資深技術人員。在布朗主持的
活動中包括美國前總統奧巴馬在布朗大學的講演、白宮前高級
官員的講演，由於我要上前貼身給講演者安裝麥克，美國FBI還
調查了我的背景。

　　就這樣，我由於有了正式工作，就在羅德島的首府普羅維
登斯安定下來，和我的美國女友穩定地維繫著關係。她在英語
上給了我巨大的幫助，而她也是大學英語系的執行主任。她心
地善良，在羅德島土生土長，典雅美麗。也就是這樣，我就在
美國像你說的安靜下來了，這應該也不是我的性格使然吧。

張後：我知道你生在北京，長在北京，但這些年北京變化太大
了，能否給我們聊聊你記憶裡的北京是怎樣的？

雪迪：我是在北京出生和長大的，記憶裡的北京是喧鬧的，胡
同星羅密布。我穿過一條條胡同去上學：小學、中學、技術學
校。騎著自行車上班，坐著不是很擁擠的公車到其他的區，會
見朋友，去小酒館和朋友們喝酒、聊詩、打架。現在的北京和
那時的北京截然不同。好像一覺醒來，身處異鄉。我的父母離

婚前我們住在東單三條，那是離天安門不遠的地方，離從前的東單菜市場很近，現在那兒是繁華高級的商業區。我和妹妹會沿著細細的胡同去菜市場買東西，拎著網兜走回來。我時常在夢中走在那些拐來拐去的胡同裡，胡同的牆壁是黃土。我們也經常去天安門玩，還有中山公園和北海。我的寫作一般都是在冬天，所以我不會滑冰。夏天就會去後海玩，那裡有一個大湖，我會遊到湖中心的一個小島上。島上有一棵大樹，枝葉茂密。我會躺在樹下，聽雜草中的蟲子叫，看鴨群在湖裡游水。在我十二歲那年，我爸媽離婚了。我隨爸，我妹妹隨媽。那晚我爸拉著我離開東單三條的那個大院，我一步一回頭地往回看，希望看到我媽；胡同裡的樹影在路燈中搖搖擺擺，那晚風刮得山響。

我搬到東直門海運倉三號，那是東直門中醫研究院的所在地，我爸是中醫。東直門海運倉三號和現在的簋街隔一條街，那條街上夏天人群蜂擁，吃飯的人摩肩擦背。多年前這條街很安靜，只有公車來來去去。我和星星畫會的馬德生住得比較近，他家在北新橋，離我一站地。我騎車去他家，他也常拄著雙拐來我這兒。當時我那裡是詩人、畫家聚會的地方，因為我獨住沒有家長。唸詩會和文人聚集都跑到我那兒，徹夜喝酒，聚眾打架，當地的片警也常來警告。

我上班在朝陽區的呼家樓，北京電影光源研究所，就是研究製作放電影的燈泡子。我不喜歡可是又無法調動，上了多年的班最後決定用報病假的方式離休在家。每月可以拿60%的工資，過年過節領導會拎著水果來看我，我需要在那幾天待在家

裡，因為是病了嘛。我裝出的病是心跳過速，無法正常行動。那幾年我寫了很多東西，錢不多可優哉游哉。每月有一些稿費倒也可以偶爾下下館子，天天喝小酒。

　　第一次回國我爸帶我去他的醫院，走到眼前也沒認出來，只有一個老門樓聳立在那裡。這就是老北京的記憶吧，該去的都去了，不該去的也都去了。空留夢境，夢裡仍舊溫馨，滲透出人情味；這種感覺很古典。

**張後：**當下國內「口語詩」幾乎一統天下了，與你在國之時的寫作環境簡直不可同日而語，你一直宣導「純詩」寫作，「一首好詩就是一首好詩；只要字裡行間表達深刻的意義、一種精神、內在的經驗，就可能成為一首好詩。假使詩中沒有深刻的內容，但字、詞安排、聯合得準確、新穎，仍可以成為一首優美、耐讀的詩。……一首詩要好，語言不是唯一的因素。一首詩，光語言純，用詞煉句地道、有新意，還不夠上乘。詩歌必須含蓄深刻的內容，詩歌必須映現人的精神」，這些年你覺得自己寫作風格變化大嗎？為什麼？

**雪迪：**2017年加入微信，讀到大量的國內詩歌，這之前就是在美國獨自寫作，與翻譯者合作出版詩歌作品。1990年出國之前，我確實在許多文章裡談論「純詩」，純熟的技巧和準確的文字搭配、行與行之間的跳躍形成轉換之間的衝擊，作品可以是唯美的，令人讚歎。這樣的純粹的美也帶來巨大的欣賞。後來我又談到詩歌所表述的精神，個人在感悟中能傳達出生命的

質地和內涵。詩歌在對文字的準確運用中闡釋的生存的歷史和微妙的感應，這一切都能交融在一起，揭示個人和集體的命運。因此我們就在詩歌中看到了思想。

在離開大陸前，我的詩歌是情緒化的，很強的抒情。因為那時有著強烈的被壓抑的感覺，因此總有一股氣在向外噴。這樣作品的內容就顯得躁氣和外露。這也是性格使然。寫詩的朋友們聚在一起，共同宣洩和躁動，集體對著經歷出氣。就這樣我們互相影響著，一起哭泣，一起喧鬧。這樣的環境也助長了詩歌的情緒化和內在的反抗心理。這是我在大陸的寫作狀態。

然後來到美國，一夜之間從一座站立的山峰跌落進廣垠無邊的山谷，感到那些日子就是飄呀飄的。原來熟知的文化沒有了，日日夜夜講出的語言講不出來了，陌生的音調彷彿是海洋的浪濤聲在我的頭頂喧響。反抗的對象消失了，這是一個自由的國家，你卻感到是那樣地無助。你隨便說、傻笑或者哭泣都沒人理會。淪陷在異國的文化中，淹沒在異地的語音裡。你自由了，可你消失了。

然後就是默默地寫作，從心的最遙遠的那一端開始，沿著心的通道向在這裡的生活走過來。寫下心靈的悸動而不是叫喊，捕捉微妙的感觸而不是躁怒。當你向內，你看到眾多層次的領域，你看見自己真真實實的樣子。你看到黑暗也看到光，你看見光是怎樣在黑暗中穿行，怎樣被黑暗吞沒又怎樣把暗處一塊一塊地切割，你覺得你可以一直往深處走。

我就這樣用詩歌記載了我在異地的生活，寫下了向內凝視的過程，詩歌也就和國內的作品截然不同。孤獨使我保持清

醒，使我的詩句裡沒有噪音，使我的作品和我的心連在一起，
寧靜，深入。

張後：現在很多詩人大都「直抒胸臆」，你覺得詩歌技巧在詩
歌中起什麼作用？

雪迪：我認為，詩歌的技巧反映一個人的品格，是一個人生活
的總結。技巧是文字和內心的連接，是連接兩岸的一座橋。橋
塌了，行人就無法抵達彼岸。因此寫作者對技巧的認真態度也
是對通篇作品最後展現的高度期待。沒有嫻熟的技巧，作品會
是粗糙的、不誠實的。技巧也是悟性和艱苦訓練的結合，所以
我說它是一個人生活的總結。

　　直抒胸臆，我想這也就是擯棄了技巧和文字的精準，這二
點是詩歌的部分精華。當然你可以講出你的思想，吞吐你的情
感；你可以磅礴也可以細膩，你可以喧譁也可以不斷地哭泣。
但這些都不是詩歌，也許是檄文或者散文，也許是歌聲或者
蟲鳴；也許是風，是槍刺滑動的聲音，但不是詩歌，不是詩。
因為他們沒有詩歌帶有的精準的美和微妙的體驗，這樣的體驗
可以和宇宙中的精髓混合在一起，和個人生活中的隱祕混合，
和歷史融合。這是詩，細緻、微妙、神祕、精準地打動你和感
動你，使你在生活中沉吟，在孤獨中喜悅。因為那些文字不是
來自於直抒胸臆，不是碰撞你後就轉身走開。因為那些文字裡
有淬鍊的金子和思索的光，有領悟後的跳躍。隱祕因此更為廣
闊，精準因此更為震撼。

**張後：**你目前是不是時常回國？對國內的詩歌現場有多少瞭解？跟黑大春、大仙這些「圓明園詩社」的成員還有聯繫嗎？你們早期的詩歌活動是怎麼樣的？

**雪迪：**自從有了這個工作就很少回去了。單位一次只能給二個星期的假，回去後倒時差就需要七天，二個星期太短了。所以上次回去是2005年。夏天學生放假，布朗大學開暑期學習班，會有從世界各地的人來參加，體驗布朗大學的課程和生活，也為以後也許申請這個大學打下基礎。我們夏天也很忙，照應學習班的活動，還要全面的檢修儀器。

2017年3月我進入微信，開始大量閱讀國內的詩歌創作。在這之前都是自己獨自在國外寫作，沒有和國內詩人的寫作連接。我寫的都是自己的感受和在國外生活的經驗，也是淒風厲雨，然而風聲不同，風吹過來的角度不同，奔跑的方向也不同。現在讀國內詩人的作品，真的感到我們之間寫作的不同之處。不僅僅是題材的不同、寫法的不同，更多的是感受的角度和切入點的不同，表達所要呈現的完整度的巨大不同。

工作前回國每次都會和國內寫詩的朋友團聚，芒克、曉渡、西川、高明、小斌、大春、大仙、國越、莫非、樹才、老賀等北京的老熟人，還有四川、上海的詩人朋友。聚在一起喝酒，很少談詩，就是緬懷往昔的時光，歡度此刻、惶惶來日。我和高明、大春、國越、大仙見面的次數較多，很好的朋友，奔赴千里一見，惺惺相惜。現在大春隱居了，高明仍盤踞在北京和平里；國越逗留在南方，大仙去年聖誕夜騎鶴遠去。

　　圓明園詩社是當時一群在北京的年輕詩人因為愛詩聚集在一起，沒有明確的綱領，就是要復興當代詩歌。那是繼《今天》之後北京第一個正式的詩歌團體。詩人們定期聚集在不同詩人的家中討論詩歌，群體去圓明園的廢墟處和福海舉辦朗誦會。圓明園詩社的名稱記錄了那時這些詩人們心中共有的悲愴和使命感，對歷史的追憶和對藝術的瘋狂，對自然的熱愛和生存的躁動。詩社在北京的幾個高校舉辦了規模龐大的朗誦，獲得巨大的成功，那些朗誦在當時的北京也是罕見的。因為朗誦的成功，詩社在繼續發展的方向上產生了巨大的分歧：是繼續安心於詩歌的創作和探尋還是創辦越來越多的朗誦，尋求社會效應。在那時這二個不同的方向和注意力無法聰穎地調和在一起，詩人們互不讓步，最終詩社解體。2020年想起這些往事，令人唏噓，而我心中依舊充滿暖意。

**張後**：有人說，中國人習慣於關注過去，是因為具有五千年文明的歷史積澱造成的，而外國人習慣於仰望宇宙，是緣於他們沒有這些丰姿多彩的文化，所以他們只好向前（未知領域）探尋，對此你是怎麼看的？

**雪迪**：我們習慣於關注過去，因為這五千年文明的歷史。我們可以回顧，可以總結，可以吸取歷史的教訓。我們習慣於用過去的事情寓意現在，從以往中取得經驗。向回看是容易的，以往許多事情你都看得見，你好像是站在了一個高度，你會沾沾自喜。向前看暗藏危險，你需要在一個真實的高度才可以義無

反顧地向前看，你需要內心的勇敢才能向前看。

　　想想吧，如果沒有內心的豐富多彩，怎麼會想到向前看。仰望宇宙，是因為有夢想，是生活中還有夢，在年齡的增長中迴旋盤繞的夢，不曾消逝。那個孩子還在遠處看著我，在我晦暗的生活裡發出笑聲。當一個民族去仰望的時候，應該是他們還有內視的能力，也許宇宙和我們的內心其實有許多相像之處。瞭望宇宙也許就是審視內心，那裡就有歷史，有失敗、成功、經驗，有抽象的情感，有和生命一起來臨的愛的欲望和那份純真。

張後：古今中外你受過誰的影響最深？

雪迪：在我最應該讀書的時候，大學關閉了。我完全是靠自學獲得許多知識的。我在學校之外閱讀了眾多古典文學的作品，當然會有唐詩、宋詞、漢賦、元曲、《離騷》、《詩經》和那些古典名著，還有許多典籍。我有很喜歡的唐宋詩人，但對我影響更大的還是西方文學。也許是成長的背景和生活的經歷使我更容易被一些西方詩人的作品影響，他們的詩句和思索更容易打動我。我讀到了許多在當時暗中流傳的白皮書，很多現當代的優秀作品。我可以寫下一個長長的名單布滿那些我喜愛的詩人、小說家和劇作者，還有那些偉大的音樂家和令我心顫的畫家。但我只在這裡列舉三個真正影響了我的詩歌創作的西方詩人。

　　第一個影響我寫作的詩人是俄國詩人普希金（1799-1837）。

他的浪漫和對自然深沉的感受與熱愛，他的優美詩句和熱戀生活的一生，他把一切都轉換成那樣的美。普希金的詩歌使我踏上我的詩歌旅程。我的童年是不幸的，成長中那個社會是混亂和血腥的。我能承受那樣的痛苦和迷惘，是因為早期生活中我的心在溫柔的愛和美麗的詩句中包裹著。

　　第二個影響我寫作的詩人是法國詩人波特賴爾（1821-1867，又譯波德賴爾或波特萊爾）。他在黑暗中的尖銳視覺和精準表達，他對人類的貪婪與罪惡的憤怒，他在痛苦中穿過黑暗的能力，使我在詩歌創作中目睹力量的呈現。我的成長為我提供了足夠的痛苦，我的感情那麼長久地淪陷在黑暗中，而我的國家又有著足夠的不幸和顛簸，有那麼一句話是長夜當哭。我學會了如何在寫作中展示力量，呈現我的憤怒和沉重的悲哀。我研究寫作技藝，讓詞在精準的感受中被安排，讓句子穿過火焰。我就那樣相信詩的力量就是力量的美，就是可以一直抵達人們心底的寫作。我喜愛波特賴爾的詩歌，在追求中，我感到我的創作日益具有力量，和我的生活凝聚起來。我感到了深沉，但並不知道我也正在下沉。

　　然後是愛爾蘭詩人葉芝（1865-1939）。他教我如何在黑暗和消沉裡崛起，如何在我們生活的廢墟中歌唱；怎樣感到希望和喜悅在未來的逼近中，怎樣用生命的精神和人的罪惡對抗。他用那樣優美動聽的語調教我。

　　這是詩歌的全部內容。美是希望，憐憫是希望，歌唱是希望，與自己完美地交流也是希望。詩歌要完成一個過程：先是下降，然後提升。沒有沉淪，詩裡沒有黑暗，也就沒有力量；

沒有提升，詩句沒有精神，那樣的寫作沒有光穿繞的空間，就沒有飛行的感受。你必須穿透四周有著層次的黑暗，你只有在置身黑暗中成為完整的你才具有穿透力。此外也要說明：寫作技巧就是你生活的方式，是你選擇的生活的地方。技藝展示你如何真誠和你誠實的程度。

**張後：**我讀到你除了詩歌創作，還寫了好多散文詩，你覺得詩歌與散文詩的區別或界限在哪裡？

**雪迪：**我寫了很多散文詩，大部分是去國之前寫的，還出了一本散文詩集《顫慄》。我喜愛波特賴爾的散文詩、聖瓊佩斯的散文詩，我覺得應該受到佩斯較大的影響。我寫詩的時候有時覺得寫得很苦，不舒服，而寫散文詩就覺得舒暢、隨心所欲、好像心和神都通了。寫散文詩的感覺就好像是坐在家裡，和親朋好友聊天，想說什麼就說什麼，想到哪兒說到哪兒。因為平時寫詩的訓練，散文詩的句子卻也是凝煉，句與句跳躍，意象新穎、自成一體卻遙相呼應。寫起來覺得入心，和生活貼得很近也有神祕感。

　　詩歌的抽象性更強，離直抒胸臆更遠。詩歌對煉字的要求更高，對字的有意識的準確組合形成的模糊感要求更多。散文詩可以抒懷但要有意象填充其中，散文詩的濃烈感可以比詩淡但要由句子之間的跳躍來提升。散文詩比詩自由，更親切，它像一股水總是流到實在的地方而顯得美妙又悅目；而詩則是無規則地流動最終匯入大海，磅礴、呈現著蔚藍的美色。

**張後：**你的寫作習慣是怎麼樣的？比如對於一首詩的完成，是一揮而就，還是幾易其稿？

**雪迪：**我並不反覆修改我的作品，因為我在寫詩的時候就已經字斟句酌了。我寫的時候，如果卡在一個地方，我不會繼續往下寫。我必須要把這個地方寫好完成，然後才寫下一句，因為我的下一句關聯著我的這一句，是和這一句相通的，儘管下一句寫的也許是完全不同的東西。這不是說我不能一氣呵成地寫一首詩，這要看寫作時的狀態和通順的程度。但是如果卡住，例如苦苦尋找一個詞，準確的詞，和上一個詞一起會製造最好效果的那個詞，如果找不到，我不會跳過去。我會有幾十分鐘甚至上小時的時間去找這個詞，直到找到為止，然後繼續寫。因此一首詩完成時就沒有太多改動的地方了，當然過後也還會改動，改天讀起來不滿意的地方也會修改，但不會是大幅度地修改。

　　這樣寫起來經常會寫得很慢，但滿足的心情也是不斷增加的。也不只是會在字和意象上被卡住，在句與句之間也會卡住，在跳躍時要落在何處，要跳多遠和跳向哪個角度，都會決定閱讀這首詩的感受和詩的品質。抽象感的營造和生活的體驗的完美融合是一個大的挑戰，這些感受是在句子與句子之間呈現出來的，是大的把握，是成熟詩人面臨的；這些累積在一起的感受就是一首詩的品質，是大詩人和一般詩人的區別。

　　所以，卡在字上和卡在句子上是截然不同的。卡在字上會花上更多時間，因為這是技術問題；卡在句子上就需要調整和

向內心掃描，它能否更好地完成就取決於詩人個人的品質了。

　　一首詩完成後，我會晚些把它列印在電腦裡，因為到目前為止，我所有的作品都是手寫在紙上。在列印的時候也是修改的時候，這時作品會與我交談，發出聲音，它轉身時會留下影子，我會從不同的距離觀看它，我的鍵盤發出響聲。如果窗外陽光明媚，我會聽見詩句的縫隙處藍靛鳥的叫聲。

張後：任協華寫過一篇你的評論〈動盪靈魂的情感秩序〉，他說：「雪迪的詩在當代詩歌的形態中具有著令人難忘的辨識度。」我也這樣認為，你的文字幾乎和你的名字一樣明亮，讓人讀罷很難忘記，甚至不署名，也能判斷出自你的手筆，這和當下許多詩歌「千篇一律」現象截然不同，你是如何做到的？

雪迪：我想這種辨識度和當下許多詩歌「千篇一律」現象截然不同，首先是我對詩歌純粹度的追求、語言的追求。我在寫作時對文字的苛刻和精選，以及以往我的純詩的體驗。構成詩句的文字的準確和連接時形成的張力與空間，這些都是由於精準的文字的選擇形成的。這是對詩歌的理解，也是生命到達的程度，也是寫作和生活的態度。精準的文字使新穎成為可能，增加閱讀的喜悅，讀者在讀到你的詩句時進入他自己的內心的可能性被伸延。由這樣的句子連接的句子，就創造了更廣闊的空間，更微妙的體驗帶來的回憶和想像、頓悟的震動、閱讀一首詩的內心的喜悅和震撼。這些是我對閱讀詩歌的渴望，也是我寫作的準則和要求。我在寫作時巡行著我的理解和經驗，較著

勁地把握著。煉字又煉句是特殊的，混合進個人的生命體驗和獨有的經歷，這樣作品展現出來時就是獨特的，就有了辨識度，就是鮮明的我的個人印記。

繼續說開去就是我個人對生命的思考，在哲學之中的暢享，對世界歷史和現實的認知，個人經歷在生活中留下的烙印。這些都融合在一起，穿插滾動著，創造出不同的層次和深度、涵蓋面。如果你真是在認真地活著，那你就是一個很獨特的個體了。如果你一直在以你認可的方式寫作，那你的作品就應該是與眾不同了，更何況在外面還有眾多的千篇一律。寫作和活著一樣，是一個長時間的過程。你要誠實，你要忠誠，你要絕不放棄。這是我的生活信仰和態度，也就是我的詩歌展現出來的樣子。也許沒有很多人理解你的態度，也就不喜歡你的詩歌，不明白你的詩歌為什麼會是這樣的。這不是使你舒服的結果，但你自己清楚為什麼會是這樣。你知道你的氣是和一些散居各地的詩人們連接的，他們也許逝去，還有很多孤獨地生活著。你們相似、相連、相互感知。

我是1990年1月到的美國，三十年了。想想三十年這樣過來了，孤獨地享有著那些豐富的感受，知道還可以有另一種活法但執著於自己對待生命的方式，我的寫詩的態度。這種態度轉換成文字成為詩歌，應該是與那樣的千篇一律截然不同，應該是有鮮明的辨識度，這是對誠實和歷經苦難的報償。

張後：這些年你還到過其他哪些國家？你最喜歡哪幾個國家？請描述一下對你的文化衝擊？

雪迪：1999年我被邀請參加愛爾蘭國際詩歌節。這是一個大規模的詩歌節，美國四十多個普利策和國家圖書獎得主和愛爾蘭與歐洲的眾多著名詩人都參加了詩歌節。詩歌節是在愛爾蘭著名城市高威（Galway）舉辦的，和葉芝曾經居住的那座塔的地方不遠。我做了一個主場朗誦，效果很好，因而又被其他的一些地方邀請，包括紐約的文學創作中心。詩歌節結束後我遍遊了愛爾蘭。我那時不會開車，遍遊的唯一方法就是坐公車。我買了一張通票，好像是可以使用十四次，也就是說可以上下十四次。我挑選沿海的城市前往，因此汽車就會沿著海岸線開行。愛爾蘭的沿海海水湛藍，車道狹窄，很多時候在二車相錯時其中的一輛都必須停在路邊讓另一輛通過。車道旁邊是綠色的田野，大群的羊群在坡地上吃草。美啊！在相聚較短的城市之間我就搭車。愛爾蘭人不喜歡給站在路邊拇指向上的人停車，因為他們自己不努力而只想坐享其成。我都會背著行囊沿著車路向前走，見到後面有車就手臂伸出拇指向上，大多數的車主都會給我停下來，因為他們看到我是在盡量地自食其力。這樣我就環遊了愛爾蘭，從都柏林回到高威，乘車沿著北愛爾蘭的海岸前行。北愛爾蘭好漂亮呦，但那時情形緊張，經常會看到荷槍實彈的軍人站在街頭，因為那時北愛爾蘭渴望獨立，時有恐怖活動發生。記得我在純粹的北愛爾蘭人餐館吃午餐，用完洗手間後就馬上有幾個北愛爾蘭人進去查看。在那些日子裡，我是唯一的亞洲人坐在全是愛爾蘭人的公車裡。我會早到車站，第一個上車，坐在車頭的位置，這樣我可以無遮擋地看到沿途的景色和身邊的大海。

　　我在北愛爾蘭的港口城市貝爾法斯特搭乘渡輪前往蘇格蘭，抵達愛丁堡。這是一個美麗之極的城市，古色古香。我因為拜倫的詩而發誓要去愛丁堡。遊覽愛丁堡後，我搭乘公車前往蘇格蘭北部的高地。懸崖和古堡俯視著大海，天空湛藍，高地起伏。難怪蘇格蘭人有著那樣豪爽的性格。美國電影《勇敢的心》（臺灣片名《梅爾吉勃遜之英雄本色》）就是在蘇格蘭高地拍攝的。蘇格蘭高地上很多地方都沒有通車，我無法乘坐公車抵達那裡。於是我搭乘郵遞員的車子，信件是必須要送到邊遠的村莊的，也只有搭乘郵遞員的車子才能抵達偏僻美麗的角落。在車子上我會和郵遞員聊天，知道當地的風土人情。抵達高地的小鎮後我會送一本我從愛爾蘭詩歌節留存的詩集給郵遞員，用中文簽上名。郵遞員可高興了，有一個人下班後專程載著我在最邊緣的高地上跑，讓我看到蘇格蘭高地的雄渾的景色。

　　在蘇格蘭之後，去了英格蘭。以前還去過法國，德國。這些旅行都給我留下深刻印象。愛爾蘭的美麗熱情和蘇格蘭的冷峻雄渾進入我的詩歌，和我的生命連在一起。我在低沉的時候在內心看見聳立的高地，看到古堡，知道我往昔的生存，知道我此生為什麼返回，並再次聽見大海的咆哮。我在孤獨時看見愛爾蘭成群的羊群，牠們跟隨光影在綠地上移動。我知道我前生離開，心存感激。生命周而復始，我受難，我堅定，我感恩。

張後：你為什麼寫詩？

雪迪：在我十二歲的時候，我的父母離婚，我隨父親。我爸很快就又結婚了，繼母拒絕我和她們住在一起，我就只能住在我爸工作的集體宿舍。在學校天天被孩子們圍毆，因為孩子們認為是我的原因導致父母離婚。那時幾乎沒有什麼離婚的，政府控制離婚率。我媽也再婚了，她的丈夫拒絕我，因此我就是沒家的孩子了。過年過節是最慘的時候，孤零一人，看到大家歡聚，我的心裡太痛苦了，就在外面打架。很多年節我都是頭纏繃帶在醫院的急診室度過。接著社會動亂，人心在風雨飄搖之中。學校關閉，我因為是獨子留在京城。家事加國事，我的少年充滿痛苦和迷惘。

那個昏暗的日子我在宿舍樓的走廊裡撿到被丟棄的普希金詩集，我的生活中斜射入陽光。每日的孤獨和懼怕開始有了在詩句中迴響的愛，那樣的感覺使我驚悸、困惑和快活。我喜歡詩，那裡有我不曾見過的白樺林、各種鳥的叫聲、大海的浪濤和邊遠的流放地，還有令人著迷的女人，我的心會整日的為此悸動。

我也嘗試了許多別的東西。父親把我送進北京少年體校打乒乓球，前世界冠軍許紹發曾經手把手地教我發球，國家隊的郭中宮把他的大刀底板改成直板送給我，我至今仍舊保存著這塊底板。但打球沒有使我快樂，我離開少年體校。然後我學習唱歌劇。中央音樂學院的專職教授教我唱歌劇、義大利發聲方法。我會到後海去練嗓子，每週三次去教授的家裡練聲。唱那些義大利歌劇，學習義大利語，識別五線譜。這樣練了二年，教授對我很好，把我當他的孩子。在一次歌唱比賽時我發

現我無法面對聽眾唱歌，我背對著聽眾和裁判唱了〈桑塔露琪亞〉。那天之後，我就再沒去過音樂教授的家。

　　我像是在大海裡獨自撐船，飄來飄去，搖搖蕩蕩。我只是划，看不到陸地，被遠方颶風的黑影驚嚇。我在生活裡過得好苦，不大的年紀，社會又把它的滔天巨浪在前頭砸下來。我知道我縮得越來越小，只有活的欲望根本不知道去往何方。那個昏暗的日子我在獨居的宿舍樓撿到那本被丟棄的普希金詩集。

　　詩歌救了我。詩歌中的溫情、美、旋律、夢想、幻想把我從破碎的狀態解救，在我耳邊告訴我還有另一個美麗的世界，使我的雙眼驟然看到陽光，那些陽光自從我爸領著我離開那個家就失去了。我在京城騎著自行車，漫無目的；那些詠歎調曾經在我的腦中迴旋，但不在我的心中。我在二十歲的時候，決定做一個詩人。

　　於是我的日子有了目的，我的船在波濤中向一個方向行駛。我知道是詩歌中的美拯救了我，我也就孜孜不倦地鑽研詩意，用準確的字和結實的詞創造詩意的美。我就追求純詩，因為我知道那樣的純粹可以使人感動，那樣的誠實可以挽救一個人。

　　二十歲之後，就是想著法子和自己過不去了。大量地閱讀：詩歌、文學、哲學、歷史、傳記，這些是我愛讀的範疇，還要研習詩藝，勤於練習和寫作。要傾聽自己體內的聲音，也要傾聽來自遠方的聲音，它們有時是一種聲音，有時是重重疊疊的。我會感到是在渾然中起伏，也會感到是在清澈中行進。廣闊是一堵牆，你只有在牆的那一邊才明白你是命中註定。

　　在暴風中你的聲音必定是竭力的，我的詩也必定會為生活

中的不公叫喊。這和對純詩的追求沒有差異，它們追尋的都是良知和真誠，是你要從黑暗裡飛起來的欲望。你說：要有光，光首先從你前世的生命中出現，逶迤前行，進入你此刻的生命。光就會打開，使你慢慢向上升，使你在亮處和那些活得很苦的人一起流淚。

就是在這樣的循環中，詩歌和人結伴而行。你每登高一級就看見更廣闊的前景，詩歌就會誕生，你也更成熟，更篤定。你感到你和詩被冥冥的力量連在一起，你們互相轉換。詩，那些你寫得最好的詩，就是你長得樣子；你的內心的純淨和可能達到的深度，就是那本詩集能給予的。

我真的感恩，詩歌使我感謝生活，感謝自然，感謝那些孤獨和細緻的詩人。詩歌使我理解了愛，懂得憐憫，知道敬畏，尊崇人類的精神。我寫詩，我成為一個更好的人。

2020年3月，美國羅德島

# 【後記】
# 雪迪：談詩

　　我的詩反映的是生活，是具體的生活欲望和狀態：受苦，渴望；一些孤獨的時刻，靜夜裡聽到的幾種聲音。它們都很真實、鮮明。寫詩是我與我的靈魂的對話，是我的肉身在不同階段向更高一層發展的記錄文字。在寫作中，我更深刻地理解自己，並把生活中很多受苦的時期轉換成美。我的詩歌寫作緊密地與我的「靈」和「肉」連接，深摯地與我的對精神的領悟連接。我的寫作過程是一個文化過程，但我的創作指向生命。我的詩歌創作是努力將生命昇華的過程。記錄下關於美的純粹的思考，記錄下那些置身於美的喜悅、頓悟的時刻。

　　我的詩歌自始自終與生活緊密相連。我對詩歌的認識和表達的方式在不斷豐富與完善中。如果我失去對生活細節、對情感的細膩和清晰的感受，我也就不再寫作詩歌。我從來不把自己的寫作標籤為一個流派，就像你無法把生活化分為派。寫作和生活一樣：複雜，清晰；充滿善意。要真誠；顯示出悟性；精力集中。真誠和深刻是首要的。這也是我做人和寫詩的信條。因之，即使你強迫我，我也不會自我封派。我的詩歌創作來自生活，來自我的真誠的感受。詩歌的表現形式也希望像土地一樣本質，像天空一樣遼闊。詩歌寫作藝術的發展應該像使一切生命存在的氣和能一樣：它們就是你本身。你吸氣，吐

氣；你自在地振動；同時氣連接你和其他物質及存在。你看見它們流動、轉彎，消逝後又出現。它們把一切物體連起來，然後呈現成「自然」這一景象。你觀看它，你也在其中。這就是詩歌的寫作風格。

中國古典詩歌完美地表現了「形」和「意」的連接，這其實也是現代派和後現代派詩歌的話題及寫作方式。也許意象群不一樣；也許感受和意念不一樣，但現代作品同樣需要「形」和「意」，需要研究、完善使意念和意象連接的方式。請注意古典詩歌創作中對細節的關注和描寫。我以為這是古詩所以那麼成功的關健所在。賦予強烈的美感及心靈感受的撞擊，重要的部分來自古詩人對細節的觀察和準確的描寫能力。他們把細節準確呈現，然後抽象地連接細節，同感物質和抽象體。在一剎那，物質幻化為氣流，細節演變為向外、向內漫延的載體。古詩永遠言中有物，這是「核」；在物與物的連接中成熟、完美地傳達了精神，這是「體」。二者互相倚托、互相借重，演變成滿含精神性的詩歌的美。

1998年4月，我獲加利福尼亞州Djerassi藝術創作獎。從4月至6月，我住在加州桑塔・克魯斯山中潛心寫作《碎鏡裡的貓眼》，同時鑽研古詩。美好的山景和大片紅松林的景象；山腳下的大海；山中無數的野生動物和漫長的西部雨季，這些都使我更加身臨其境地體驗了古詩中的自然美。由於我當時癡迷攝影，使我在那段時間領悟到古詩中的細節的重要性。

後現代藝術是反映西方的消費的時代；是整體逐漸消失，個體浮出並主宰一切的時代。廣告成為一門藝術日趨精緻，占

領人的日常生活。後現代藝術是關於細節的藝術。從波普藝術到美國西海岸的語言詩，對細節的關注就是對個體的關注；就是對統一和集體的反抗。沒有細節就沒有日常生活，也就失去了後現代的藝術特徵——在美國的十年生活使我深深體驗到這一點。對後現代藝術的進一步瞭解，使我更清晰地看到它與中國古典詩歌在形式上的聯繫。我的新作注意細節；注意對細節描寫準確和精煉；注意對獨立現象的本質的探討；注意連接細節時的開闊性和思想性；注意抽象的感覺體現的精確的美。這樣，詩更結實，言中有物；更開闊、準確。我一直在尋找我的創作與中國古典詩歌的連接處。我從來不想切斷與傳統文化的聯繫。我一直在研究怎樣以現代的方式連接古典文化，尤其當我孤身獨處異國，更感到這種尋求的迫切性和重要性。在加利福尼亞的群山中；在傾聽窗外成群的北美狼嚎叫的那些夜晚，我領悟到那種連接的方式。

　　我還用大量的時間思考和實驗將現代寫作和古典詩歌聯繫起來。在很多國家公園的寫作基地，我獨處自然之中，用最原始的方式生活。我看到北極光，聽到狼嚎，夜晚在海濤聲中入睡。我有了機會體驗古人離群索居的生活方式，面對天地獨自冥思，和心魄在一起。那樣的詩是通氣的。通冷暖之氣，通動植物之氣，通天地之氣。那時，你可以和古人連接，看到照耀古人的星光，聽到古人旅行的馬蹄聲，酒倒入大碗裡的聲音，看見你在詩歌的光團裡。

　　不論國內、國外，我的創作都緊緊連接著生活。讀我的詩，你會感到一個人的具體、真實的生活感受：疼痛、抑鬱或

呼喊；欣喜，或對靈性的追求。它們真實地紀錄了我的心靈和肉體的成長過程，我的精神的向上的旅行路線，我的美學的形成和發展。它們真實、鮮明，不造作，也許表達的方式愈益抽象。

　　詩歌和散文是兩種不同形式的寫作。詩歌更嚴謹，且有更多的想像空間，裡面有很大的留白供人們去感覺。而在散文中，你可以言無不盡，你可以一五一十。詩歌不同，詩歌是要說出一半，留下一半的空白給你回味，給你代入自己的生命，來激發你自己的感悟與想像。這是詩歌與散文的區別。

　　在新作裡，我努力控制情緒，不使情緒爆發；不渲染，保持冷靜；不動感情，也不理性化；鎮定，冷靜，發掘深刻的意義；盡量含而不露。以前我用言詞把一切都表達出來；如今我盡量不表達，只是表述、呈現，然後強烈的表達會自己從行與行的空隙間、詞與詞的連接處湧現。如今我斷行，自然地就斷在那兒。末尾的詞攜帶節奏和力量。我說不清為什麼停在那裡，為什麼經過這裡；就是不要再多走一程，多加一個詞；而下一行與剛開始的又無關係。過去我寫詩大都是相聯的。實際上那樣的相連帶來更多閱讀上的阻礙和斷裂。現在我寫得斷和跳躍，但卻提供了閱讀的和諧、使讀者的想像力展開的可能。想像力是藝術的本質，如同大地上的水，人的心臟。思想是光。

　　按傳統的寫法，或是在二十年前（那時我充滿感情、浪漫），我的第二行和第三行仍與第一行關聯。傳統的寫法是行行相連，中間沒有跳躍。現在是一行描述一個事物，或一個現實；下一行馬上轉向另一個現實。我用一行描寫這個事物；下

一行不與上一行相連；下一行是煥然一新的景象，是新事物。這些不同現實的景象在轉換之間創造了力量，使美具有形體。

　　唐詩所以如此美，是因為許多東西被砍掉了。格律詩結構嚴謹，限制性強。由於一行五言、七言，古詩人必須講平仄，字斟句酌。他們必須砍掉可有可無的東西。對我來說，這就是唐詩美的地方。

　　生活環境不同了，在一個自由的國家，除去直接的經濟壓力，消解了思想上的壓迫。對抗消失，你面對的現在就是你自己。我的寫作開始轉入內心，以往對外的爆發轉變成內心的思考，情緒轉化成凝視。詩歌顯得安靜了，有了更多的回聲而不是轟鳴。技巧細膩，用字用詞更簡潔、準確、凝煉。因為你要把以前用很多行表達的現在只用幾行表達，你要創造和保留空間，在行與行之間設置空間，那些空間裡有更多的事物在迴旋；就像你在異國的生活，更多辛苦和喜悅在無法言喻之中。你無話不說的時候過去了，現在你要學會在寂靜中言說。空曠是如此堅實、如此渾厚，你要用最精確的詞、最少的行數來呈現這個空曠。除去精煉，空曠無法存在；除去準確，寂靜不會蒞臨。

　　內部的、內在的，是指一種生存姿態和方式；是一個選擇，過一種內心生活的選擇。聯繫到寫作，就是把力量向內凝聚，把情緒向裡、向深處爆發的寫作風格。因此，內在的，就是一種生活方式和態度，是一種選擇。選擇過智性、靈性的內心生活。真誠，充滿善意。把力量向內而不向外擴張；把使生命向更高處昇華作為一個挑戰，不斷看見自身的錯處，承認並

發展，這是一種生活態度。這種生活態度會改變詩歌的寫作。詩歌變得乾淨，注意力更加集中。詩歌中出現更多靈性的聲音。詩歌和古人的思索連在一起，呈獻廣闊、深刻、滿含智慧的語言。這樣的創作變得更渾厚。你感到那些詩作的底在向下沉，向深處運行；詩作表述的在向上升，到達另一個層次，帶領我們達到高處——那兒乾淨、舒適。向內是艱苦的工作的過程，不是一個隨心如意的過程。但你總能看見上面的光。你不放棄。你會感受到很多光貫穿著你寫作的那些日子。

我相信，詩人以及所有優秀的藝術家都不應該只是把自己的活兒做得「漂亮」，雖然這也是需要做的；更主要的是要真正進入自己的世界，更好地瞭解身處的世界。我相信這才是該走的路。當一個人具備創作才華的時候，這就不僅是針對藝術家本人的日常生活而言。我相信藝術家的天分在於，當他們真正聽從內心的時候，他們的心也應該感受到他人的心。藝術家的心裡裝的不應只有自己的喜怒哀樂，它會與人類的悲歡緊密相連。藝術家的天分使得他能夠通過自己的技巧和風格，去接納、感受並呈現出他與人類相連的那部分。我相信，並不是每個人都這樣認為，很多人覺得藝術就是純粹的藝術。如果你在更寬、更深的領域來討論藝術，那就是一個人與自己的聯繫，對自己內心的感受，並通過內心去感受事情背後的、周圍的，或超越的東西。

詩人應有普世的憐憫心。如你不憐憫生活在不幸中的人，你怎麼能真誠地對待你的內心世界？你怎麼能寫出感動世人的詩歌？如你無善心，你的詩也無善心。美是不脫離善的，大美

是有大憐憫心在內。即使是詩句的美，也只會來自創作者人格中的美。詩歌的美來自詩人心靈的善和神經的敏感。

　　我會解放，情感的頂部向上；在同時，還有一股下沉的力，這就好比一棵樹。我想我的生活應該是一棵樹：頂端要插入空中，吸入陽光，但根向下挺進。樹根越深，樹越高大。

語言文學類　PG2865　文學視界146

# 這些文字會發光

作　　者／雪　迪
責任編輯／石書豪
圖文排版／陳彥妏
封面設計／吳咏潔

發 行 人／宋政坤
法律顧問／毛國樑　律師
出版發行／秀威資訊科技股份有限公司
　　　　　114台北市內湖區瑞光路76巷65號1樓
　　　　　電話：+886-2-2796-3638　傳真：+886-2-2796-1377
　　　　　http://www.showwe.com.tw
劃撥帳號／19563868　戶名：秀威資訊科技股份有限公司
　　　　　讀者服務信箱：service@showwe.com.tw
展售門市／國家書店（松江門市）
　　　　　104台北市中山區松江路209號1樓
　　　　　電話：+886-2-2518-0207　傳真：+886-2-2518-0778
網路訂購／秀威網路書店：https://store.showwe.tw
　　　　　國家網路書店：https://www.govbooks.com.tw

2023年2月　BOD一版
定價：520元
版權所有　翻印必究
本書如有缺頁、破損或裝訂錯誤，請寄回更換

讀者回函卡

**國家圖書館出版品預行編目**

這些文字會發光 / 雪迪著. -- 一版. -- 臺北市：
秀威資訊科技股份有限公司, 2023.02
　　面；　公分. -- (語言文學類 ; PG2865)(文
學視界 ; 146)
　　BOD版
　　ISBN 978-626-7187-49-4(平裝)

　1.CST: 中國詩　2.CST: 詩評

831.86　　　　　　　　　　　　111021300